Karen Sander

# DER STRAND

## Verraten

Thriller

Rowohlt Taschenbuch Verlag

Originalausgabe
Veröffentlicht im Rowohlt Taschenbuch Verlag, Hamburg, April 2023

Covergestaltung Hafen Werbeagentur, Hamburg
Coverabbildung nicky39/iStock; Shutterstock
Satz aus der DTL Documenta bei CPI books GmbH, Leck
Druck und Bindung GGP Media GmbH, Pößneck
ISBN 978-3-499-00807-8

Die Rowohlt Verlage haben sich zu einer nachhaltigen Buchproduktion verpflichtet. Gemeinsam mit unseren Partnern und Lieferanten setzen wir uns für eine klimaneutrale Buchproduktion ein, die den Erwerb von Klimazertifikaten zur Kompensation des $CO_2$-Ausstoßes einschließt.
www.klimaneutralerverlag.de

FSC
www.fsc.org
MIX
Papier | Fördert gute Waldnutzung
FSC® C014496

# Donnerstag, 12. September

## Teterow, Landkreis Rostock

Es ist purer Zufall, dass ich in diesem Augenblick aus dem Fenster blicke. Trotz des Beruhigungsmittels, das man mir gespritzt hat, kann ich nicht schlafen, deshalb wandere ich seit Stunden rastlos im Zimmer auf und ab. Mein Verstand sagt mir, dass ich hier sicher bin, aber mein Instinkt schreit Flucht.

Jetzt weiß ich, dass ich auf meinen Instinkt hätte hören sollen.

Wer auch immer in dem Wagen sitzt, der gerade die Einfahrt herauffährt, es ist niemand vom Personal, denn das parkt auf dem kleinen eingezäunten Gelände vor dem Seiteneingang. Und für einen Besucher ist es viel zu spät. Der Wagen hält in der dunkelsten Ecke des Parkplatzes, wo das Licht der Laternen nicht hinreicht. Trotzdem weiß ich sofort, wer es ist. Ich erkenne ihn an der Art, wie er die Tür zuschlägt, an seinem Gang. Herrisch, befehlsgewohnt. Dieser Mann weiß, was er will, und auch, wie er es bekommt.

Ich muss hier weg, so schnell wie möglich, aber ich kann nicht aufhören, nach draußen zu starren. Mit jedem Meter, den er sich dem Gebäude nähert, zieht sich die Schlinge um meinen Hals weiter zu. Endlich verschwindet der Mann unter dem Vordach, und der Bann ist gebrochen.

Rasch wäge ich meine Optionen ab. Ich trage nur ein Nachthemd, meine Füße sind nackt. Egal, keine Zeit. Ich stoße die

Tür auf, horche mit klopfendem Herzen. Alles ist still, so still zumindest, wie es in einem alten Haus sein kann. Irgendein Geräusch macht es immer. Das morsche Holz der Treppen ächzt, die Wasserleitungen pfeifen sacht, die Scheiben klirren leise, wenn Zugluft die Türen bewegt.

Ich zittere vor Anspannung. Der schnellste Weg nach draußen wäre links den Korridor hinunter, doch von dort nähert sich die Gefahr. Ich habe keine Wahl, ich muss mich nach rechts wenden, wo es tiefer in das verschlungene Innere des alten Gebäudes geht. In diesem Flur bin ich noch nie gewesen. Er sieht verwahrlost aus. Staub und abgebröckelter Putz sammelt sich auf dem Boden, Farbe schält sich von der Wand. Die Fliesen sind eiskalt unter meinen Füßen, ich spüre Putzkrümel unter den Sohlen. Ich sehe kaum, wohin ich trete, durch die Fenster dringt nur das schwache Licht der beiden einsamen Laternen, die auf dem Personalparkplatz stehen.

Eine Tür versperrt mir den Weg, daran ein Schild: *Kein Zutritt*. Hier beginnt der ungenutzte Teil des Gebäudekomplexes, nehme ich an. Ich habe mitbekommen, wie die Schwestern sich darüber unterhalten haben, dass die Klinik erweitert werden soll, aber das Geld fehlt. Der Betreiber will den maroden Seitenflügel abreißen lassen, ein Neubau ist billiger als eine Sanierung, doch das Gebäude steht unter Denkmalschutz.

Ich drücke die Klinke ohne viel Hoffnung. Wie durch ein Wunder lässt sich die Tür öffnen. Quietschend schabt sie über den Boden, das Geräusch hallt ohrenbetäubend laut durch den Korridor. Daran kann ich nichts ändern, Hauptsache, ich komme heil hier raus. Egal wie. Wenn ich erst mal draußen bin, kann ich mich irgendwo in Sicherheit bringen. Die Klinik ist von dichtem Wald umgeben, da wird er mich nicht finden.

Kaum ist die Tür hinter mir zugefallen, sehe ich gar nichts mehr. Ich befinde mich offenbar in einem großen Raum, aber die Fenster sind mit Brettern vernagelt. Ich lasse kostbare Sekunden verstreichen, in denen sich meine Augen an die Dunkelheit gewöhnen. Ob er jetzt gerade in meinem Zimmer ist und bemerkt hat, dass ich geflohen bin? Dann wird er nicht mehr lange brauchen, um mich hier zu finden.

Ich horche. Sind das Schritte? Schuhe, die auf den verdreckten Steinfliesen knirschen?

Weiter, ich muss weiter.

Inzwischen erkenne ich wenigstens Schemen. Der Raum ist riesig, ein großer Saal mit mindestens einem Dutzend Fenstern an jeder Seite. Die Konturen von zerschlissenen Polsterstühlen schälen sich aus dem Dunkel, und in der Ecke steht etwas, das aussieht wie ein alter Flügel. Ich kann nicht erkennen, ob am anderen Ende eine weitere Tür ist. Ich bewege mich rasch, aber vorsichtig, um nirgendwo anzustoßen.

Ich habe das andere Ende des Raums fast erreicht, als meine nackten Füße gegen etwas Hartes stoßen. Schmerz durchzuckt mich. Schlimmer aber ist der Lärm. Ein metallisches Scheppern, das man bestimmt noch zwei Korridore weiter hört.

Ich halte den Atem an. Alles ist still. Bestimmt horcht er ebenfalls, wartet darauf, dass ich den Fehler begehe, erneut ein Geräusch zu machen. Ich bücke mich, taste behutsam nach dem Gegenstand. Ein Metallrohr, nicht sehr lang, aber schwer in meiner Hand. Die Oberfläche ist rau, vermutlich vom Rost. Mit dem Rohr in der Hand fühle ich mich besser, es verleiht mir Kraft. So bin ich meinem Gegner nicht völlig wehrlos ausgeliefert. Es erinnert mich an den Schraubenzieher, den ich in meinem Versteck im Keller bei mir getragen habe. Ich wünschte, ich wäre noch dort. Wäre ich doch bloß nicht mit dem

Polizisten mitgegangen. Er war nett, ich glaube, er wollte mir wirklich helfen. Aber er hatte ja keine Ahnung, mit welchem Gegner ich es zu tun habe. Er wusste ja nicht mal von Lilli. Bestimmt lebt sie nicht mehr, bestimmt hat der Dreckskerl sie ermordet. Und jetzt ist er hier in der Klinik, um auch mich für immer zum Schweigen zu bringen. Aber ich werde mich nicht kampflos ergeben.

Ich packe das Rohr und schleiche weiter. Am Ende des Saals ist tatsächlich eine Tür. Massives Holz, zwei Flügel. Ich versuche mein Glück. Nichts. Die Tür ist fest verschlossen. Auch das noch! Jetzt habe ich es so weit geschafft, ich darf nicht aufgeben!

Vom anderen Ende des Saals dringen Geräusche herüber, irgendwer ist hinter der Tür. Dann quietscht etwas so laut und so dicht an meinem Ohr, dass ich erschrocken zurückspringe und das Rohr umklammere. Langsam öffnet sich der eine Flügel der Tür, ich hebe den Arm.

Eine ältere Frau steht da, auch sie trägt nur ein Nachthemd, ihr graues Haar steht wirr vom Kopf ab. Ich kenne sie flüchtig vom Sehen, sie ist ebenfalls Patientin.

«Komm mit», flüstert sie. «Ich kenne einen Weg.»

Ich zögere. Woher weiß sie, dass ich hier bin?

«Nun mach schon!», zischt sie.

Ich gebe mir einen Ruck. Nachdenken kann ich später. Ich folge der Frau durch einen Vorraum, eine Treppe hinunter und einen langen Korridor entlang. Ich habe das Gefühl, dass wir zurückgehen in Richtung des bewohnten Teils. Aber das macht nichts, Hauptsache, ich finde irgendeinen Ausgang. Im Korridor brennt die Notbeleuchtung, Rohre laufen an der Decke entlang, zu beiden Seiten gehen Türen ab, es riecht nach Waschmittel. Hier sind die Wirtschaftsräume der Klinik.

Am Ende geht es eine enge Stiege hinauf, und plötzlich stehen wir in der Eingangshalle.

Die alte Frau dreht sich zu mir um und grinst verschlagen. «Ich habe dich zurückgebracht.»

Im selben Moment sehe ich einen Schatten hinter der Empfangstheke hervortreten. Mein Herz explodiert, das Eisenrohr in meiner Hand fängt an zu zittern. Die Gestalt kommt auf mich zu, ich schreie.

# Freitag, 13. September

## Sellnitz auf dem Darß, am Mittag

Nieselregen benetzte die Scheibe, als Mascha den Mietwagen vor dem Polizeirevier parkte. Ein Fiat 500, ausgerechnet in Blassrosa. Offiziell nannte die Farbe sich Stella Weiß, wie man ihr erklärt hatte. Die Italiener hatten ein seltsames Verhältnis zu Farben. Immerhin war das Fahrzeug brandneu und roch noch nach Fabrik.

Mascha stieg aus und streckte den Rücken durch. Hinter ihr lag ein anstrengender Vormittag. Begonnen hatte er damit, dass sie ihren Chef beim LKA überredet hatte, ihr eine Woche Urlaub zu geben.

«Urlaub?» Oliver hatte sie mit schief gelegtem Kopf angesehen. «Du hältst mich wohl für bescheuert.»

«Ich habe gerade zusammen mit den Kollegen in Sellnitz zwei Morde aufgeklärt», hatte Mascha es versucht. «Da habe ich mir wohl eine Auszeit verdient.»

«Lass die Spielchen, Mascha. Wir wissen beide, dass du keinen Urlaub machen willst. Du weißt doch nicht mal, was das ist. Ich kann gut nachvollziehen, was in dir vorgeht. Ihr habt zwei Mörder überführt, aber Lilli Sternbergs Leiche nicht gefunden. Das würde mich auch ärgern.»

«Ärgern ist wohl kaum das passende Wort.»

«Natürlich nicht, sorry.» Oliver zupfte am Kragen seines perfekt sitzenden Hemdes.

«Sie könnte noch leben», beharrte Mascha.

Oliver schüttelte den Kopf und erhob sich hinter seinem Schreibtisch. «Wenn das irgendwie im Bereich des Möglichen wäre, würden die zuständigen Kollegen alles tun, um sie zu finden.»

Mascha öffnete den Mund.

Oliver hob die Hand und trat zu ihr. «Ich weiß, was du sagen willst.» Wenn er sie so besorgt anschaute, die dunklen Augen unergründlich, sah er unwiderstehlich aus. Doch sie hatte ihre Schwäche für ihn vor langer Zeit überwunden.

«Bitte», drängte sie. «Du hast doch nichts zu verlieren.»

Er seufzte. «Also gut. Eine Woche Urlaub. Was du in deiner Freizeit machst, geht mich schließlich nichts an. Aber komm nicht auf die Idee, irgendwelche Ressourcen des LKA für deine privaten Recherchen zu nutzen. Haben wir uns verstanden?»

Mascha zuckte zusammen. Er hatte bestimmt keine Hintergedanken gehabt, trotzdem kam es ihr so vor, als wolle er sie ermahnen, den gleichen Fehler nicht noch einmal zu begehen. Als müsste sie daran erinnert werden, weshalb sie hier war und nicht in Dresden, weshalb sie Urlaubsvertretung hinter dem Schreibtisch machte statt ihren Job als Ermittlerin bei der Mordkommission.

In ihrem Überschwang hatte sie Oliver dankbar einen Kuss auf die Wange gedrückt und ihren Kram auf dem Schreibtisch zusammengepackt. Von zu Hause aus hatte sie den Mietwagen gebucht, denn aus dem Fuhrpark des LKA durfte sie sich für eine Privatreise natürlich nicht bedienen. Nun war sie wieder hier auf dem Darß, wo die Luft nach Meer roch und ihr alles so merkwürdig vertraut erschien, obwohl sie vor knapp einer Woche zum ersten Mal hergekommen war.

Paul Hendricks blickte überrascht von seinem Bildschirm

unter den Hawaii-Postkarten auf, als Mascha das große Büro betrat. Aus mehr als diesem Raum bestand das Revier nicht, wenn man von dem kleinen Aktenraum, dem Empfangsbereich und der Toilette absah. Noch gestern hatten hier mehr als ein Dutzend Kollegen Anrufe entgegengenommen, Berichte gesichtet und Aussagen protokolliert. Doch heute war außer Paul und Senior, dem diensthabenden Streifenkollegen am Empfang, niemand da. Offiziell war der Fall Lilli Sternberg abgeschlossen. Wenn man von ein paar kleinen losen Enden absah.

«Morgen, Duke.»

«Du hier?», fragte Paul. «Keine Sehnsucht nach Schwerin?»

«Nicht, solange Lilli noch irgendwo da draußen ist.» Mascha knallte ihre Tasche auf den freien Schreibtisch. Eigentlich saß Tom Engelhardt hier, der Leiter des kleinen Kommissariats.

Pauls Mundwinkel zuckten. «Was sagt dein Chef dazu?»

«Ich habe eine Woche Urlaub. Wo ich den mache, geht ihn nichts an.»

«Aha.»

«Was dagegen, wenn ich es mir hier bequem mache, solange Tom nicht da ist?»

Paul breitete die Arme aus. «Fühl dich wie zu Hause.»

«Du hast noch nichts von ihm gehört?»

Sein Gesichtsausdruck wurde ernst. «Nein.»

Tom war zur Kriminalpolizeiinspektion in Anklam gefahren, um seinen Vorgesetzten zu überreden, weitere Ermittlungen zu bewilligen. Angesichts dessen, was sie gestern vom Rechtsmediziner erfahren hatten, sollte das eigentlich kein Problem sein. Doch so einfach war es nicht.

Mascha bediente sich an der Kaffeemaschine und klappte ihren Laptop auf. Es gab da etwas, das ihr keine Ruhe ließ.

Fabienne Mauritz, Lillis beste Freundin, hatte angeblich ihr Handy verloren. Mascha glaubte ihr nicht. Deshalb hatte sie sich verbotenerweise in Fabiennes Cloud gehackt, und von dort alle Fotos heruntergeladen, die von ihrem Smartphone hochgeladen worden waren. Bisher hatte Mascha nur einen flüchtigen Blick auf die Bilder geworfen, aber etwas sagte ihr, dass es sich lohnte, noch einmal genauer hinzuschauen.

Sie richtete mit ihrem eigenen Handy einen Hotspot ein, um nicht das Polizei-WLAN nutzen zu müssen. Bild für Bild klickte sie sich durch, angefangen bei Fabiennes letzter Aufnahme – ein Selfie am Strand, zwei Tage nach Lillis Verschwinden. Die Fotos schienen sich zu wiederholen, Selfies von Lilli und Fabienne zusammen, von Fabienne mit anderen jungen Frauen, Bilder von einer Gartenparty mit bunten Lampions, einem riesigen Grill und einem Bad im Pool zu später Stunde, diverse Mahlzeiten, Drinks und ein Eis in Nahaufnahme.

Einige Bilder hatte Mascha bereits auf Fabiennes Instagram-Account gesehen. Sie ging weiter zurück, war jetzt im Mai angekommen. Eine Gruppe junger Leute bei einem Picknick, im Hintergrund das Meer. Mascha erkannte neben Fabienne drei Männer und eine Frau mit roten Locken und Sommersprossen.

Sie wollte gerade weiterklicken, als ihr etwas auffiel. Sie zoomte heran, doch die Gestalt im Hintergrund war zu verschwommen. Selbst wenn ihr Verdacht stimmte, hatte das etwas zu bedeuten? Mascha kontrollierte das Datum des Fotos und machte sich eine Notiz.

Die Tür wurde aufgestoßen, Senior steckte den Kopf herein. «Besuch für dich, Mascha.»

Sie runzelte die Stirn. «Für mich? Wer ist es denn?»

«Fabienne Mauritz. Sie hat ausdrücklich darum gebeten, mit dir zu sprechen.» Er hob die Brauen hinter den randlosen Brillengläsern. «Soll ich sie reinschicken?»

Maschas Blick schoss zwischen dem Foto auf ihrem Bildschirm und dem Kollegen hin und her, sie hatte plötzlich ein schlechtes Gewissen. Auch wenn Fabienne etwas vor ihnen verbarg, war sie keine Beschuldigte, nicht einmal eine Verdächtige. Mascha hatte kein Recht, in ihrem Privatleben herumzuschnüffeln.

«Stehen die Schultische noch im Archiv?», fragte sie den Kollegen.

«Ja.»

«Dann bitte sie, dort zu warten.» Mascha klappte den Laptop zu. «Und könntest du vielleicht zwei Colas oder so auftreiben?»

«Wird erledigt.» Senior zog den Kopf zurück, stockte, schob die Tür erneut auf. «Schön, dass du wieder da bist, Mascha.»

Fünf Minuten später saß Mascha der jungen Frau an einem der alten Schulpulte gegenüber. Regale mit staubigen Aktenordnern umringten sie, in einer Ecke des Raums standen noch die Kartons mit den bei Ben Reicherts Hausdurchsuchung beschlagnahmten Gegenständen und vor ihnen auf dem Tisch zwei Dosen eiskalte Cola.

Mascha betrachtete Fabienne. Die junge Frau drehte nervös eine blonde Strähne um den Finger, ihr Gesicht war blass.

«War eine schlimme Woche für Sie», begann sie. «Ihre Freundin spurlos verschwunden, vermutlich von ihrem besten Freund umgebracht, der ebenfalls ermordet wurde. Das steckt man nicht so einfach weg.»

Fabienne nickte. «Ich kann das alles immer noch nicht glauben. Es ist wie ein Albtraum.»

Mascha nickte mitfühlend und legte ihr Handy vor sich auf den Tisch. «Ich muss Ihre Aussage aufzeichnen, in Ordnung?»

«Klar.» Fabienne ließ die Haarsträhne los, griff nach der Coladose, trank jedoch nicht.

«Sie wollten mir etwas erzählen, Fabienne?», fragte Mascha, nachdem sie die Aufnahme gestartet hatte.

Fabienne stellte die Dose zurück auf den Tisch und kaute nervös auf ihrem Fingernagel.

Mascha wartete.

«Ich habe …» Die junge Frau nahm ein Smartphone aus ihrer Jackentasche. «Ich habe ein neues Handy. Aber die alte Nummer. Ich habe das alte als gestohlen gemeldet und die Nummer sperren lassen. Und seit gestern habe ich sie wieder. Die Nummer, meine ich.»

Mascha schwieg. Eine Ahnung stieg in ihr auf, und in ihrem Bauch kribbelte es, aber sie wollte Fabienne in ihrem eigenen Tempo erzählen lassen.

«Gestern habe ich WhatsApp neu installiert. Die Nachrichten werden dort dreißig Tage gespeichert, also war alles noch da, was ich bekommen habe, als ich nicht erreichbar war.»

Das Kribbeln in Maschas Magen verstärkte sich. «Und?»

«Da war auch eine neue Nachricht von Lilli. Wieder so ein Rätsel.»

Verdammt! Mascha beugte sich vor. «Kann ich mal sehen?»

Fabienne entsperrte das Handy und legte es auf den Tisch. Der Code war mit Stöcken auf eine Betonfläche gelegt: HBFS!"%(

«Die Zeichen bedeuten 12:58», erklärte Fabienne. «Eine ziemlich krumme Uhrzeit für eine Verabredung. Und die Buchstaben sagen mir überhaupt nichts.»

Mascha runzelte die Stirn. Falls ihre bisherige Annahme

korrekt war und die Sonderzeichen für Zahlen standen, hatte Fabienne recht. Es musste sich jedoch nicht zwangsläufig um eine Uhrzeit handeln, auch wenn es bei den beiden vorherigen Codes so ausgesehen hatte. Und falls doch, ging es in diesem Fall wohl eher nicht um eine Verabredung, sondern womöglich um die Abfahrtszeit eines Busses oder Zuges.

Mascha machte ein Foto von dem Code. «Ich muss die Datei gleich noch auf meinen Rechner überspielen», sagte sie.

«Kein Thema.»

«Wann genau ist die Nachricht gekommen?»

«Am Dienstag, um kurz nach drei. Aber da hatte ich ja kein Handy. Gesehen habe ich sie erst gestern Abend.»

«Sie hätten uns sofort informieren müssen.»

«Ich weiß.» Fabienne wirkte ehrlich zerknirscht. «Ich war am Strand, als ich die Nachrichten abgerufen habe, und ich war so geschockt. Und dann hatte ich plötzlich krass Angst, weil ich doch ganz allein da draußen war und … ich war so froh, als ich endlich zu Hause war, ich konnte einfach nicht klar denken. Sorry.»

Mascha warf einen Blick auf den Code. Sie überlegte kurz, dann schickte sie rasch eine Nachricht an Tom. Bestimmt konnte er zusätzliche Munition gebrauchen, um seinen Chef zu überzeugen. Sie legte ihr eigenes Telefon wieder neben Fabiennes ab. «Und die Buchstaben HBFS sagen Ihnen nichts?»

«Keinen Schimmer, was das heißen soll.»

Mascha beschloss, die Gangart zu ändern, sie war sicher, dass Fabienne noch immer nicht ganz aufrichtig zu ihr war. Sie lehnte sich zurück. «Wo genau haben Sie das alte Handy eigentlich verloren?»

Fabienne biss sich auf die Unterlippe. «Das habe ich doch

schon gesagt. Im Wald bei der Grillhütte. An dem Tag, als ich das Blut entdeckt habe.»

«Die Kollegen von der Spurensicherung haben das ganze Waldstück abgesucht.»

«Bestimmt hat es irgendwer gefunden und behalten. War ja fast neu und ziemlich teuer. Mein Vater hat fett Ärger gemacht deswegen, das neue Handy musste ich selbst bezahlen.»

Mascha musste einräumen, dass es so gewesen sein könnte. Doch sie glaubte es nicht. Ein bisschen erkannte sie ihr früheres Selbst in der jungen Frau wieder: traurig, trotzig und mit dem Erwachsensein überfordert.

«Soll ich Ihnen mal was sagen, Fabienne? Ich glaube, Sie erzählen mir nicht die ganze Wahrheit. Da ist etwas, das Sie verschweigen. Ich verstehe nur nicht, warum. Denn ich denke, dass Sie Ihrer Freundin helfen wollen. Warum also tun Sie nicht alles, was in Ihrer Macht steht, um die Polizei zu unterstützen?»

Fabienne starrte sie an, ihr Gesicht verfärbte sich von blass zu rot.

Mascha ließ sie nicht vom Haken. «Sie wollen doch, dass wir Lilli finden, oder?»

«Was für einen Unterschied macht das? Sie ist tot!»

«Höchstwahrscheinlich.»

«Ich habe alles gesagt.»

«Nein, das haben Sie nicht, Fabienne. Ich bin nicht erst seit gestern Polizistin, mir haben schon ganz andere Typen gegenübergesessen. Ich sehe, wenn jemand versucht, etwas vor mir zu verbergen.»

Fabiennes Augen begannen, verräterisch zu schimmern. Sie senkte den Blick.

«Helfen Sie uns, Fabienne.»

«Aber ich weiß wirklich nichts.»

«Das glaube ich Ihnen nicht.»

«Es ist die Wahrheit. Ich habe keine Ahnung, was mit Lilli passiert ist. Ich weiß nur …» Sie stockte.

«Was, Fabienne?»

Fabienne drehte die Coladose in ihren Händen. «Ich habe versprochen, niemandem etwas zu sagen.»

## Anklam, Landkreis Vorpommern-Greifswald, am Vormittag

Was fällt Ihnen ein, hinter meinem Rücken mit dem Staatsanwalt zu reden?», brach es aus Joost Bartelsen heraus, kaum dass Tom das Büro seines Chefs betreten hatte.

«Aber ich …» Toms Kieferknochen mahlten. Das fing ja gut an. Dabei spannte seine Schädeldecke ohnehin schon bis zum Zerreißen nach einer weiteren Nacht mit zu wenig Schlaf. Es war eine Frage der Zeit, bis der Kopfschmerz explodierte.

«Setzen Sie sich, wir müssen ein paar Dinge klarstellen.» Bartelsen deutete auf den Stuhl vor seinem Schreibtisch.

Der Leiter des Fachkommissariats 1 für Sexualstraftaten und Tötungsdelikte sah genau so aus, wie Tom sich einen Beamten vorstellte, der den ganzen Tag am Schreibtisch saß, andere herumkommandierte, aber keine Ahnung von der Arbeit draußen hatte. Ein elegant geschnittener Anzug und eine Föhnfrisur, die nur unzureichend kaschierte, dass das graubraune Haar sich bereits weit von der Stirn zurückgezogen hatte. Die kleinen grauen Augen hinter der schmalen Brille funkelten angriffslustig.

Tom wäre lieber stehen geblieben, damit er sich nicht fühlte wie ein Schuljunge, der zum Direktor zitiert worden war. Aber er wollte seinen Chef nicht weiter gegen sich aufbringen. Außerdem hätte ihm gerade noch gefehlt, dass ihn ausgerechnet jetzt ein Schwindel erfasste, wie es manchmal passierte, wenn er nachts das Teufelszeug eingeworfen hatte, das ihm zumindest zu ein paar Stunden Schlaf verhalf. Sitzen war da sicherer.

«Ich weiß nicht, wie das in Berlin gehandhabt wird», fuhr Bartelsen fort, kaum dass Tom Platz genommen hatte. «Und es ist mir auch egal. Hier bei uns werden die Regeln eingehalten. Und das bedeutet, dass *ich* mit dem Staatsanwalt abstimme, was ermittelt werden muss, niemand sonst. Sie waren ja nicht einmal der Ermittlungsleiter in diesem Fall.»

«Aber der Ermittlungsleiter ist bereits wieder hier in Anklam und gar nicht über die neuesten Entwicklungen informiert.»

«Neueste Entwicklungen? Gestern Mittag gab es eine abschließende Pressekonferenz. Wollen Sie andeuten, dass es seither eine entscheidende Wendung gab?»

Tom streckte den Rücken durch. «Genau das wollte ich sagen.»

«Dann setzen Sie mich mal ins Bild. Am besten von vorn. Aber die Kurzfassung, wenn ich bitten darf.»

Tom holte tief Luft. Der Typ nervte, doch immerhin gab er ihm eine Chance. «Am vergangenen Donnerstag, also gestern vor einer Woche, wurde Lilli Sternberg von ihren Großeltern, bei denen sie lebt, vermisst gemeldet. Sie ist neunzehn und gehörlos, arbeitet in einer Gärtnerei in Sellnitz als Floristin. Wegen ihrer, ähm, Behinderung wurde sofort eine Suchaktion eingeleitet, ohne Erfolg. Lilli war mit ihrer Freundin Fabienne Mauritz am Strand verabredet, ist dort aber nicht aufgetaucht. Ihr Fahrrad wurde noch am Abend aus einem Tümpel im Wald geborgen. Zudem wurden zwei rätselhafte Codes von Lillis WhatsApp-Account an Fabienne geschickt. Deshalb wurde eine Expertin des LKA hinzugezogen. Zuletzt gesehen wurde Lilli von ihrem Chef auf dem Parkplatz der Gärtnerei, wo sie sich mit Ben Reichert unterhielt, einem guten Freund.»

«Das ist der Typ, der sie höchstwahrscheinlich umgebracht hat, richtig?»

«Genau. Ein paar Tage nach dem Verschwinden haben wir Blutspuren von Lilli in einer Grillhütte im Wald gefunden. Sowie einen unvollständigen Fingerabdruck, der von Ben stammen könnte. Außerdem haben wir Blut in einer seiner Skulpturen entdeckt, das ebenfalls Lilli zugeordnet werden konnte. Reichert war Künstler.»

«Hat er nicht auch gestanden?»

«Angeblich», räumte Tom ein. «Lillis Freund Sören Brandner, der Reichert zur Rede stellen wollte, hat ausgesagt, Reichert habe behauptet, es tue ihm leid.»

«Und dieser Brandner hat gestanden, Ben Reichert erschlagen zu haben», ergänzte Bartelsen. «Damit ist doch alles klar.»

«Wir haben aber noch immer keine Leiche.»

«Damit müssen wir leben. Sie wissen doch, wie das ist. Wenn ich richtig informiert bin, wohnte dieser Ben auf einem alten Bauernhof. Da gibt es bestimmt jede Menge Werkzeuge und Maschinen, mit denen man eine Leiche zerstückeln und verschwinden lassen kann. Wir müssen uns damit abfinden, dass die sterblichen Überreste womöglich nie gefunden werden. Schlimm für die Angehörigen, aber nicht zu ändern. Wir haben zwei Tötungsdelikte und zwei geständige Täter, was wollen Sie mehr?»

«Gestern Abend bekam ich einen Anruf aus der Rechtsmedizin.» Tom verschränkte die Finger. «Ben Reichert starb zwanzig Minuten nach der Prügelei mit Sören Brandner an einem einzelnen Schlag auf den Kopf.»

Zum ersten Mal hatte Tom die volle Aufmerksamkeit seines Chefs. «Ist das sicher?»

«Ja.»

«Das schließt aber nicht aus, dass es Brandner war. Er könnte noch einmal zurückgekehrt sein.»

«Es passt nicht zu seinem Geständnis. Er sagt, er habe auf Ben eingeschlagen, bis dieser sich nicht mehr rührte, und sei dann Hals über Kopf geflüchtet. Wer gesteht denn einen Mord, lässt aber den entscheidenden Teil weg? Außerdem ist da noch die Sache mit dem Auto. Auf dem Weg zum Hof kam uns ein Fahrzeug mit überhöhter Geschwindigkeit entgegen. Meine Kollegin ist sicher, dass es schwarz war. Der Wagen von Brandner ist blau.»

Joost Bartelsen beugte sich vor. «Sie glauben ernsthaft, dass irgendeine unbekannte Person nach der Prügelei auf den Hof gekommen ist und Reichert den Rest gegeben hat?»

«Ich halte es für möglich, ja.»

«Was für ein Motiv hätte dieser Unbekannte haben sollen?»

«Ebenfalls Rache für Lilli. Oder etwas, das gar nichts mit Lilli zu tun hat. Oder ihr tatsächlicher Mörder sah seine Chance, die Tat ein für alle Mal auf Ben Reichert abzuwälzen.»

Toms Handy vibrierte in seiner Tasche. Unauffällig zog er es heraus und warf einen Blick darauf. Eine Nachricht von Mascha.

«Also gut», sagte Bartelsen. «Sie bekommen eine Woche, um im Fall Ben Reichert nach weiteren Spuren zu suchen. Wenn Sie in der Zeit keinen glaubhaften anderen Verdächtigen finden, übergeben wir die Akte dem Staatsanwalt, damit er Anklage gegen Sören Brandner erheben kann.»

Tom ballte die Faust. Das war nicht viel, aber angesichts der Umstände auch kein schlechtes Ergebnis. «Ich brauche Unterstützung.»

«Sie haben doch einen Kollegen da oben.»

«Paul Hendricks ist ein guter Polizist, aber er hat keinerlei Erfahrung mit Kapitaldelikten. Ich möchte, dass Mascha Krieger bleibt, bis der Fall abgeschlossen ist.»

«Die Kollegin vom LKA?» Eine steile Falte bildete sich auf Bartelsens Stirn, die grauen Augen hinter den Brillengläsern blinzelten argwöhnisch.

«Sie hat schon in Mordkommissionen gearbeitet. Und sie ist mit dem Fall vertraut.»

«Keine Chance.» Toms Chef schob die Unterlagen auf seinem Schreibtisch zusammen, ein Zeichen, dass er die Unterredung für beendet hielt.

«Ich brauche sie», beharrte Tom. Ihm brach der Schweiß aus, hinter seiner Stirn hämmerte der Schmerz, als wollte er sich mit Gewalt aus dem Schädel befreien.

«Überspannen Sie den Bogen nicht, Engelhardt.»

Tom ließ sich nicht beirren. «Es geht um die Codes. Sie ist Kryptologin.»

Bartelsens Hand knallte mit solcher Wucht auf die Schreibtischplatte, dass Tom erschrocken zusammenfuhr. «Ich habe Ihnen gestattet, im Fall Reichert weiterzuermitteln. Der Fall Lilli Sternberg ist abgeschlossen.»

«Aber die beiden Verbrechen hängen zusammen. Und die Codes könnten uns zum wahren Täter führen.»

«Kommt nicht infrage. Zumal die Kollegin sich ja bereits eingehend damit beschäftigt hat.»

Tom erlaubte sich ein kleines Lächeln. «Aber nur mit den ersten beiden. Gestern ist eine dritte Nachricht gekommen.»

«Was?»

Statt einer Antwort hielt Tom seinem Chef Maschas Nachricht hin.

Der warf nur einen flüchtigen Blick darauf. Dann betrachtete er Tom. «Ich mag engagierte Ermittler. Aber ich mag es nicht, wenn man sich nicht an die Regeln hält. Haben wir uns verstanden?»

Tom schluckte hart. «Ja, Chef.»

Bartelsen nickte. «Ich frage beim LKA nach, ob Frau Krieger noch einmal ausgeliehen werden kann. Eine Woche. Keinen Tag länger. Und Sie erstatten mir täglich Bericht.»

## Sellnitz, am selben Tag

Mascha warf einen raschen Blick auf ihr Handy, um sicherzustellen, dass die Aufnahme noch immer lief, und lehnte sich im Stuhl zurück. «Wem haben Sie versprochen, nichts zu sagen? Lilli?»

Fabienne nickte. «Es hat doch nichts mit ihrem Verschwinden zu tun, oder?»

«Das kann ich nur beurteilen, wenn Sie mir davon erzählen.»

Fabienne presste die Lippen zusammen und blickte sich in dem provisorischen Vernehmungszimmer um, als würde sie es erst jetzt wahrnehmen. Dann räusperte sie sich. «Lilli hatte ein Geheimnis.»

«Was für ein Geheimnis?»

«Keine Ahnung, sie hat mir nichts erzählt. Sie hat nur gesagt, dass ich noch früh genug erfahren würde, worum es geht.»

Mascha machte sich eine Notiz. «Sie hat doch sicherlich Andeutungen gemacht.»

Lillis Freundin seufzte. «Einmal kam ich in ihr Zimmer, da saß sie mit ihrem Laptop auf dem Bett. Sie hat mich erst bemerkt, als ich schon neben ihr stand, und ihn sofort zugeklappt. Sie hat total den Schreck gekriegt und mich voll angemacht, weil ich mich angeschlichen hätte. Dabei habe ich das gar nicht.»

Mascha zog skeptisch die Brauen zusammen. «Vielleicht war sie wirklich nur sauer, weil sie sich erschrocken hat.»

Fabienne schüttelte den Kopf. «Nein. Nachdem sie sich wieder beruhigt hatte, hat sie zugegeben, dass es da etwas gibt, über das sie nicht reden will. Noch nicht. Sie hat versprochen, dass sie es mir später erzählen würde.»

«Wann war das?»

«Ich weiß nicht mehr genau. Vor ein paar Wochen.»

«Und danach?»

«Sie hat immer mal wieder Andeutungen gemacht, es wäre ein ganz großes Ding und so. Aber nichts Konkretes.» Fabienne griff nach der Coladose, die noch immer unberührt vor ihr stand, und knibbelte mit dem Finger am Verschluss herum.

«Aber Sie haben doch sicherlich einen Verdacht.»

Fabienne zuckte mit den Schultern. «Erst dachte ich, es geht um einen Typen. Dass sie jemanden kennengelernt hat, vielleicht im Internet.»

Mascha beugte sich vor. «Sie glauben, sie hat Sören betrogen?»

Fabienne ließ die Dose los. «An dem Nachmittag, als ich sie in ihrem Zimmer überrascht habe, konnte ich einen kurzen Blick auf den Bildschirm werfen. Ich habe nicht wirklich drauf geachtet, ich wusste ja nicht, dass es so schrecklich geheim ist, deshalb bin ich mir nicht sicher. Aber ich glaube, ich habe einen Chat gesehen.»

«Irgendein Name?»

Fabienne schüttelte den Kopf.

Mascha überlegte kurz, doch sie hatte nichts in der Richtung auf Lillis Computer gefunden. War es das gewesen, was irgendwer am Vormittag ihres Verschwindens gelöscht hatte? Hatte jemand seine Spuren verwischt? Aber warum schon Stunden vor der Tat?

Ihr toter Hauptverdächtiger Ben Reichert, Lillis Freund aus

Kindertagen, hätte auf jeden Fall problemlos in ihr Zimmer im Haus der Großeltern gelangen können. Er ging dort ohnehin ein und aus. Doch warum sollte Lilli heimlich mit ihm gechattet haben, wo sie ihn doch treffen konnte, sooft sie wollte, ohne dass sich jemand etwas dabei dachte?

Mascha versuchte sich die Freundschaft zwischen Ben und Lilli vorzustellen. Waren sie wirklich nur wie Bruder und Schwester gewesen? Oder gab es da mehr? Mascha hatte keinen Freund wie Ben, nicht einmal eine Freundin. All die Freundschaften aus ihrer Jugend waren abgerissen, als sie ihr Zuhause Hals über Kopf verlassen hatte. Sie hatte mit der Vergangenheit und all den damit verbundenen Lügen brechen wollen, und jeder Kontakt in die alte Heimat hätte ihr das unnötig erschwert. Manchmal tat es ihr leid, dass es niemanden in ihrem Leben gab, der sie wirklich gut kannte. Aber die meiste Zeit war es ihr lieber so.

Sie lenkte ihre Gedanken zurück auf den Fall. Leider hatten sie nicht herausgefunden, wo Ben gewesen war, als die Dateien auf dem Computer geschreddert wurden. Dann wüssten sie wenigstens, ob er überhaupt infrage kam. Sie hätten ihn fragen sollen, als er noch lebte. Ein ärgerliches Versäumnis. Lilli war jedenfalls an dem Vormittag auf der Arbeit gewesen, sie hatte es also nicht selbst getan.

Mascha blickte auf ihre Notizen. «Sonst noch etwas, Fabienne? Denken Sie nach, jede Kleinigkeit könnte wichtig sein.»

Die junge Frau legte die Stirn in Falten. «Stand denn nichts in dem Heft?»

«Was für ein Heft?»

«Lilli hatte so ein Heft, in das sie Dinge schrieb.»

«Ein Tagebuch?»

«Nein, keine Ahnung. Alles Mögliche stand da drin. Termine, Einkaufslisten, Adressen. So ein Zeug. Ich habe sie manchmal damit aufgezogen, dass sie so analog ist. Ich meine, man kann das doch alles mit dem Handy machen. Aber sie liebte ihre Hefte, sie hatte für jedes Jahr eins. Silvester hat sie es dann immer feierlich verbrannt.» Fabienne hob den Blick und sah Mascha an. «Haben Sie das Heft denn nicht gefunden?»

## Teterow, am selben Tag

Kriminaloberkommissar Björn André schlug die Wagentür zu und blieb einen Augenblick stehen, um die Klinik zu betrachten, über der sich dunkle Wolken zusammenballten. Obwohl er schon so oft hier gewesen war, wurde ihm beim Anblick des mehr als hundert Jahre alten, maroden Gebäudes jedes Mal unbehaglich. Vielleicht lag es daran, dass es sich um eine psychiatrische Klinik handelte und er auch schon Menschen gegen ihren Willen hatte herbringen müssen.

Vielleicht aber auch an der wechselhaften Geschichte des Ortes. Unter den Nazis war es ebenfalls eine Klinik gewesen und zu Zeiten der DDR ein Kinderheim. Vermutlich hatten auch früher schon viele Bewohner unfreiwillig hinter diesen Mauern ausgeharrt.

Björn schüttelte die unangenehmen Gedanken ab und konzentrierte sich auf seine Aufgabe. Vorgestern erst hatte er Marina Sarow hierhin zurückgebracht, nachdem sie sich fast eine Woche in einem Keller in Rostock versteckt hatte. Es war nicht ihre erste Flucht infolge einer akuten paranoiden Psychose gewesen.

Gestern Nacht war sie erneut verschwunden, doch diesmal lagen die Dinge anders.

Björn schritt auf den Eingang zu. Sein Bein war heute friedlich, und er war dankbar dafür. Er fühlte sich immer so verletzbar, wenn er humpelte. In der Eingangshalle empfing ihn ein Kollege von der Tatortbereitschaft.

«Hallo, Björn», sagte er. «Wir sind gerade fertig. Wenn sonst nichts mehr ist, würden wir gern abhauen.»

«Klar, kein Problem.» Björn blickte sich um und entdeckte in der Nähe der Empfangstheke einen Blutfleck auf dem Boden. «Ist es dort passiert?»

Der Kollege nickte. «Der Pfleger wurde noch in der Nacht operiert, er ist stabil, soweit ich weiß.»

Björn klopfte ihm auf die Schulter. «Danke. Fahrt ruhig los, ich übernehme.»

Er ging vor dem Blutfleck in die Hocke. Seine Chefin hatte ihn am Morgen noch vor Dienstbeginn angerufen und ihm mitgeteilt, was passiert war.

«Die Patientin, die du gerade erst in die Klinik zurückgebracht hast, hat einen Pfleger angegriffen und ist seither auf der Flucht.»

Björn hatte sofort an den Schraubenzieher gedacht, den Marina Sarow umklammert hielt, als er sie in dem leer stehenden Einfamilienhaus aufgespürt hatte. Hätte er die Ärztin darauf hinweisen sollen?

«Gab es einen konkreten Anlass?», hatte er gefragt.

«Keine Ahnung. Der Pfleger ist im OP, weitere Zeugen konnten bisher nicht ausfindig gemacht werden. Die Kollegen haben rekonstruiert, dass Frau Sarow vor der Tat im ungenutzten Teil des Gebäudes gewesen sein muss. Vielleicht war sie verwirrt.» Seine Chefin räusperte sich. «Jedenfalls müssen wir sie finden, bevor sie weitere Menschen attackiert. Eine Hundertschaft durchsucht bereits den Wald rund um die Klinik. Auch das Gebäude selbst wurde noch einmal gründlich unter die Lupe genommen, bisher ohne Erfolg. Du hast dich bereits in den Fall eingearbeitet, deshalb hätte ich gern, dass du die Ermittlungen leitest. Traust du dir das zu?»

Natürlich traute er sich das zu. Schließlich machte er das nicht zum ersten Mal. Solange sein Bein nicht muckte, kam er gut zurecht.

Eine Stimme ertönte. «Herr André?»

Björn erhob sich. Vor ihm stand die junge Ärztin, die er vor einer Woche nach Marinas erstem Verschwinden gesprochen hatte.

«Frau Franke.» Er streckte ihr die Hand entgegen.

Sie ergriff sie. «Schlimme Geschichte. Ich gebe zu, das hätte ich Frau Sarow nicht zugetraut.»

Björn hob die Brauen. «Aber Sie haben mich doch davor gewarnt, dass sie unberechenbar sein kann, wenn sie einen psychotischen Schub hat.»

Eine Tür wurde geöffnet, eine Pflegerin schob einen Rollstuhl an ihnen vorbei.

«Lassen Sie uns in mein Büro gehen», sagte die Ärztin.

Sie ließen sich in der Sitzecke aus schwarzem Kunstleder nieder, wo Dr. Franke, wie Björn vermutete, Gespräche mit Angehörigen führte. Björn winkte ab, als sie ihm etwas zu trinken anbot.

«Also», sagte er. «Sie haben gesagt, dass Sie Frau Sarow den Angriff nicht zugetraut hätten.»

Die junge Ärztin verschränkte die Hände im Schoß. «Hier in der Klinik hat sich Frau Sarow bisher immer sicher gefühlt. Schließlich hat sie sich selbst eingewiesen. Deshalb hätte ich nicht gedacht, dass sie jemanden vom Personal angreifen könnte. Draußen, wo sie sich in Gefahr wähnt, sieht das anders aus. Deshalb hatte ich Sie gewarnt, Herr André. Offenbar ist ihr Zustand schlechter, als ich angenommen hatte. Zum Glück hat mein Kollege die OP gut überstanden. Ich habe gerade mit dem Krankenhaus telefoniert.»

«Dann kann ich hoffentlich später mit ihm sprechen.» Björn kramte seinen Notizblock hervor. «Wie ich hörte, ist Frau Sarow mutmaßlich im Gebäude umhergeirrt, bevor sie den Pfleger angegriffen hat. Ist das schon einmal passiert?»

«Nicht dass ich wüsste. Mir war auch nicht bekannt, dass der leer stehende Flügel zugänglich ist. Ich werde mich darum kümmern, dass er verschlossen wird.»

«Aber hier in diesem Teil der Klinik können sich die Patienten frei bewegen?»

«Nicht alle.» Dr. Franke blickte zur Seite, dann sah sie Björn wieder an. «Marina Sarow schon. Sie war hier nicht eingesperrt. Wie gesagt, sie war freiwillig in Behandlung. Außerdem hatten wir sie nach ihrer Rückkehr leicht sediert, weil sie noch immer sehr aufgewühlt war. Es erstaunt mich, dass sie überhaupt die Kraft hatte, so weite Wege zurückzulegen und jemanden mit einem Eisenrohr anzugreifen. Sie muss unter enormem Stress gestanden haben.»

Björn betrachtete seine Notizen. «Können Sie sich einen Grund dafür vorstellen?»

Dr. Franke zögerte.

Björn sah sie fragend an.

«Ihre Kollegen haben nach den Aufzeichnungen der Parkplatzkamera gefragt», sagte sie.

«Und?»

«Leider keine Spur von Frau Sarow. Dafür sieht man ein Fahrzeug, das etwa zehn Minuten vor dem Vorfall auf den Parkplatz biegt.»

Björn richtete sich auf. «Um wie viel Uhr war das?»

«Kurz nach zehn. Die genaue Uhrzeit können Sie sicherlich

von Ihren Kollegen erfahren. Jedenfalls lange nach der Besuchszeit. Manchmal parken Spaziergänger auf dem Klinikgelände, obwohl es weiter unten einen Wanderparkplatz gibt. Aber um diese Zeit?»

«Sieht man, wer aussteigt?»

«Das Auto muss an einer Stelle angehalten haben, die von der Kamera nicht erfasst wird. Aber man sieht wenig später einen Mann auf das Gebäude zukommen. Leider ist er kaum zu erkennen. Er hält sich im Dunkeln und verschwindet nach ein paar Sekunden wieder aus dem Blickfeld.»

«Hat er die Klinik betreten?»

«Unwahrscheinlich. Der Nachtportier hat jedenfalls niemanden hereingelassen.»

«Und der Wagen, wie sah der aus?»

«Ein dunkler Kombi. Mehr ist bedauerlicherweise nicht zu sehen.»

«Kein Kennzeichen?»

«Nein.»

«Interessant.» Björn klopfte mit dem Stift gegen sein Kinn. «Wir brauchen auf jeden Fall die Aufzeichnung.»

«Selbstverständlich.» Franke warf einen Blick auf die Uhr. «Worauf ich hinauswollte, ist, dass man den Parkplatz von Marina Sarows Zimmer aus sieht. Ich könnte mir vorstellen, also rein spekulativ, dass sie den Wagen bemerkt und in ihrem Wahn geglaubt hat, derjenige wäre hinter ihr her. Das würde ihre Panik erklären.»

## Sellnitz, am Abend

Und Mascha hat jetzt ein rosa Auto, und sie hat mir ein Buch von einem Stern vorgelesen. Und wir haben …»

Tom griff nach dem gerahmten Foto. «Genug jetzt», sagte er sanft. «Es ist spät, du musst schlafen.»

«Aber ich habe Mama noch gar nicht alles erzählt.»

Tom seufzte. Es war seine Idee gewesen, seine kleine Tochter abends im Bett dem Foto ihrer toten Mutter erzählen zu lassen, wie ihr Tag gewesen war. Damit Inga ein Teil ihres Lebens blieb. Inzwischen ertrug er das abendliche Ritual nur noch schwer, er hatte das Gefühl, dass es ihn davon abhielt, nach vorn zu blicken. Zudem beschlich ihn manchmal der Verdacht, dass Romy es nutzte, um die Schlafenszeit hinauszuzögern.

«Für heute reicht es», erklärte er bestimmt.

«Aber noch einen Kuss.» Romy nahm das gerahmte Bild und presste ihre Lippen darauf. «Gute Nacht, Mama.»

Tom musste schlucken. «Gute Nacht, Inga», flüsterte er, weil er wusste, dass Romy es erwartete. Dann nahm er seiner Tochter das Bild behutsam aus den Händen und stellte es auf den Nachttisch.

Er kuschelte sie in ihre Decke ein. «Schlaf gut, Liebes.»

«Du auch.»

«Licht anlassen?»

«Ja.»

Er erhob sich und ging zur Tür.

«Papa?»

«Was denn noch?»

«Ist morgen Kindergarten?»

Er stöhnte innerlich auf. Einige Jungen im Kindergarten hatten Romy auf dem Kieker, weil sie sich nicht richtig wehrte. Nicole, Romys Erzieherin, die auch in ihrer Freizeit manchmal auf sie aufpasste, hatte ihn schon mehrmals darauf angesprochen. Sie glaubte, es läge daran, dass er zu viel arbeitete und nicht genug für seine Tochter da war. Was für ein Unsinn. Er tat wirklich alles, was in seiner Macht stand, um Job und Kind unter einen Hut zu kriegen. Aber bei zwei Morden innerhalb von einer Woche war es nicht so einfach, wie Nicole sich das vorstellte. Und dann war da noch Ingas Tod, sie fehlte ihm jeden verdammten Tag.

«Papa?»

«Kein Kindergarten morgen.»

«Juhu!»

«Allerdings musst du für ein paar Stunden zu Nicole. Okay?»

Romy nickte mit ernstem Gesicht.

«Du gehst doch gern zu Nicole, oder?»

«Ja. Sie ist nett. Vielleicht backen wir wieder, das macht Spaß.»

«Dann schlaf jetzt.» Erleichtert schloss er die Tür.

Als er die Treppe hinunterkam, saß Mascha im Schneidersitz auf dem Sofa, ein Glas Wein in der Hand. «Alles in Ordnung?»

«Ich hoffe es.» Tom setzte sich zu ihr und atmete tief durch.

Mascha sah ihn an. «Wir können unseren Schlachtplan auch morgen früh in Angriff nehmen.»

«Nein, schon okay.» Tom schenkte sich ebenfalls Wein ein.

Er war froh, dass er den Abend nicht allein mit seinen Gedanken verbringen musste, auch wenn er todmüde war. Noch lieber wäre ihm gewesen, Mascha hätte wieder das Gästezimmer bezogen. Es hatte sich gut angefühlt, sie im Haus zu haben. Doch sie hatte für die Woche eine Ferienwohnung auf der Hauptstraße gemietet.

Sie hielt ihr Handy hoch. «Eine Nachricht von meinem Chef. Er hat eine Anfrage der Kripo Anklam bekommen, es wird noch einmal meine Hilfe gebraucht.»

Tom grinste. «Da musst du deinen Urlaub wohl verschieben.»

«Mal schauen.» Sie blickte in ihr Glas.

Tom dachte daran, wie wütend er gewesen war, als sie vor einer Woche auf dem Waldparkplatz aufgetaucht war, mit der schicken Dienstlimousine, in Boots und Lederjacke. Eine Bürotussi, die mal ein bisschen Außendienstluft schnuppern will, hatte er gedacht. Wenn er unter Stress stand, war er manchmal unfair und neigte zu vorschnellen Urteilen. Jetzt jedenfalls wollte er um keinen Preis mehr auf sie verzichten. Sie war eine kluge, hartnäckige Ermittlerin und eine zuverlässige Partnerin. Außerdem kam sie gut mit Romy zurecht.

Zwar hatte auch sie ihre dunklen Seiten und ein Geheimnis, über das sie nicht reden wollte. Doch wer hatte das nicht? Er hätte sie gern dauerhaft als Kollegin auf dem Sellnitzer Revier. Aber davon abgesehen, dass es keine freie Stelle gab, wäre ihr Talent hier draußen verschwendet. So einen Fall wie das Verschwinden von Lilli Sternberg gab es in dieser Gegend so gut wie nie.

Mascha sah ihn an. «Woran denkst du?»

«Ich überlege, wie wir die Woche am besten nutzen. Verdammt wenig Zeit, um alle losen Enden zu verfolgen.»

«Wir müssen nur einen neuen Tatverdächtigen im Fall Ben Reichert präsentieren, dann kriegen wir mehr Zeit.» Mascha nippte an ihrem Wein.

«Hast du etwa schon jemanden im Visier?»

Sie schüttelte den Kopf. «Lass uns den Fall rekapitulieren», schlug sie vor. «Und dann entscheiden wir, wo wir anfangen. Okay?»

«Gute Idee.» Tom streckte sich. «Leider habe ich hier kein Whiteboard.»

«Aber eine Tafel in der Küche.»

«Dein Ernst?»

Als sie nichts erwiderte, erhob er sich und ging in die Küche, wo die große Tafel, auf der er Einkaufslisten und Termine notierte, über der Essecke hing. Er hängte sie ab, stellte sie im Wohnzimmer auf einen Stuhl und wischte mit dem Ärmel die Fläche frei.

Mascha griff nach der Kreide in der Halterung. «Du redest, ich schreibe.»

«Also gut. Lilli Sternberg wurde am Donnerstag, den 5. September zuletzt gesehen, und zwar von ihrem Chef, Herrn Phan. Laut seiner Aussage sprach sie auf dem Parkplatz vor der Gärtnerei mit ihrem Kumpel Ben Reichert. Wie sie von dem Parkplatz wegkam, ist nicht bekannt. Ihr Fahrrad wurde ungefähr sechs Stunden später aus einem Tümpel im Wald in der Nähe des Weststrands geborgen, wo Lilli mit ihrer Freundin Fabienne verabredet gewesen war, aber nicht aufgetaucht ist. Der Fahrradschlüssel lag im Gebüsch vor der Gärtnerei. Vier Tage später wurde Blut in einer Grillhütte im Wald gefunden, das von Lilli stammt. Seit wann es dort war, ist ungewiss, die Hundertschaft, die den Wald am Tag nach Lillis Verschwinden durchkämmt hat, hat es jedenfalls nicht bemerkt. Ein Erpresser, der bei der Lösegeldübergabe ertrank, war höchstwahrscheinlich ein Trittbrettfahrer. Dafür wurde in der Grillhütte nicht nur Lillis Blut gefunden, sondern auch ein Fingerabdruck sichergestellt, der höchstwahrscheinlich von Ben Reichert stammte. Und in einer der Skulpturen in seinem Atelier war ebenfalls Blut von Lilli. Als Lillis Freund Sören Brandner ihn knapp eine Woche nach Lillis Verschwinden zur Rede gestellt hat, wurde er handgreiflich. Brandner verließ das Atelier in dem Glauben, Ben Reichert umgebracht zu haben. Doch der tödliche Schlag auf den Kopf erfolgte erst zwanzig Minuten später. Wir haben die Alibis sämtlicher Personen aus Lillis Umfeld überprüft, sowohl für den Zeitraum ihres Verschwindens als auch für den Todeszeitpunkt von Ben Reichert. Und wir haben dokumentiert, wer zu diesen Zeiten wo war. Aber daraus hat sich keine neue Spur ergeben.» Tom nahm einen Schluck Wein. «Habe ich etwas vergessen?»

«Die Nachrichten.»

«Stimmt. Also: Insgesamt drei rätselhafte Nachrichten gingen von Lillis WhatsApp-Account auf dem Handy ihrer Freundin Fabienne ein. Möglicherweise Treffpunkte samt Uhrzeiten. Dass die Nachrichten tatsächlich von Lilli stammen, ist inzwischen extrem unwahrscheinlich, zumal sie vermutlich längst tot ist. Die Frage ist: Wer hat die Nachrichten verschickt, und mit welcher Absicht?»

Mascha nickte und betrachtete nachdenklich die Stichworte auf der Tafel. Sie hatte die Namen der Personen notiert und dahintergeschrieben, was sie mit dem Fall zu tun haben könnten.

**Lilli Sternberg: vermisst (ermordet?)**

**Ben Reichert: Täter?**

**Sören Brandner: Mörder von Ben?**

**Fabienne Mauritz: Zeugin (was verschweigt sie?)**

**Erpresser: Trittbrettfahrer?**

**Verfasser der Botschaften: unbekannt (Lillis Mörder?)**

«Ziemlich viele Fragezeichen», stellte sie fest. «Für uns gibt es aber vor allem zwei zentrale Fragen. Erstens: Glauben wir, dass Ben Reichert Lilli ermordet hat?»

«Ich weiß es ehrlich gesagt nicht», gab Tom zu. «Vieles deutet auf ihn. Aber das Motiv, Eifersucht auf Lillis Lover Sören Brandner, erscheint mir doch sehr schwach. Niemand außer Sören hat in den vergangenen Tagen ausgesagt, dass Ben mehr für Lilli sein wollte als ein guter Freund.»

«Ben war auffällig gelassen, als wir ihn zum ersten Mal befragt haben. Keine erkennbare Sorge um Lilli.»

«Vielleicht, weil er etwas wusste?»

«Was könnte das gewesen sein?» Mascha knetete ihr Kinn.

«Keine Ahnung.»

«Also dann bleibt er zunächst unser Hauptverdächtiger.»

Tom nickte zögernd. «Was ist mit der zweiten Frage?»

«Glauben wir, dass Sören Brandner Ben Reichert umgebracht hat?»

«Nein», hörte Tom sich zu seiner eigenen Überraschung sagen. «Ich glaube, dass er selbst davon überzeugt ist. Aber er hat im Affekt zugeschlagen. Er wäre nicht zwanzig Minuten später zurückgekehrt, um sein Werk kaltblütig zu beenden. Zumal er ja dachte, Ben wäre bereits tot.»

«Und dann ist da noch der Wagen, der uns entgegengekommen ist», ergänzte Mascha. «Ich bin nach wie vor sicher, dass er schwarz war.»

Tom teilte Maschas Gewissheit nicht, aber er war bereit, vorerst davon auszugehen, dass ihre Beobachtung korrekt war.

«Wir sollten eine Liste aller in den Fall involvierten Personen erstellen, die ein dunkles Auto haben.»

«Und wir sollten uns näher mit Ben Reichert beschäftigen. Wenn Sören Brandner nicht sein Mörder ist, hat sein Tod womöglich gar nichts mit Lilli Sternbergs Verschwinden zu tun.»

Tom nippte an seinem Wein. «Ein guter Gedanke. Behandeln wir seinen Tod so, als wäre es ein vollkommen neuer Fall. Mal sehen, was dabei herauskommt.»

«Sollten wir uns die Kartons aus seinem Haus noch mal vornehmen?»

«Glaubst du, wir haben was übersehen?»

«Keine Ahnung. War nur so ein Gedanke.» Mascha legte das Stück Kreide weg und setzte sich aufs Sofa. «Und was ist mit Lilli? Suchen wir weiter nach ihr?»

Tom studierte den Inhalt seines Glases, von plötzlicher Traurigkeit erfasst. Dieser Fall berührte ihn wie kein anderer in seiner Laufbahn. «Offiziell dürfen wir das nicht. Und ich fürchte, dass wir ihre Leiche nicht finden werden. Die ganze Halbinsel ist so gründlich auf den Kopf gestellt worden, dass wir zumindest eine Spur von ihr hätten entdecken müssen.»

«Haben wir doch», erinnerte Mascha ihn. «Das Blut und das Fahrrad.»

Tom schüttelte unwillig den Kopf. «Du weißt, was ich meine.»

«Du glaubst, dass ihre Leiche mit der Flut fortgespült wurde.»

«Irgendwas in der Art.»

«Die armen Großeltern. Sie werden nie die ganze Geschichte erfahren. Und das, nachdem sie vor neunzehn Jahren bereits ihre Tochter durch ein Gewaltverbrechen verloren haben. Zwei Morde in einer Familie. Was für ein Schicksal.»

«Im Fall Cornelia Sternberg gab es zumindest eine Leiche und einen Täter.»

Mascha betrachtete die Tafel mit den Notizen. «Schon ein merkwürdiger Zufall, dass Mutter und Tochter beide ermordet wurden, findest du nicht?»

«Doch, natürlich. Aber so wie es aussieht, haben die Taten vollkommen unterschiedliche Hintergründe. Cornelia Sternberg wurde von einem Serientäter umgebracht, bei ihrer Tochter war es höchstwahrscheinlich eine Beziehungstat.»

Mascha gähnte und erhob sich. «Ich glaube, ich muss ins Bett. Immerhin wissen wir jetzt, wo wir mit den Ermittlungen ansetzen wollen. Ich nehme mir morgen als Allerserstes Bens Laptop vor. Aber diesmal suche ich nicht nach Hinweisen auf Lilli, sondern auf Personen, die ein Motiv haben könnten, ihn zu töten.»

Tom nickte. «Und ich werde dafür sorgen, dass sein Umfeld unter die Lupe genommen wird. In Berlin ist er einige Male mit dem Gesetz in Konflikt geraten, vielleicht gibt es ja noch Kontakte aus dieser Zeit.»

Als Mascha fort war, schenkte Tom sich Wein nach und trat ans Fenster. Der Garten und die Dünen dahinter lagen im Dunkeln. Genau wie Lillis Schicksal. Tom nahm einen großen Schluck. Wenn er doch nur Licht ins Dunkel bringen könnte.

## Samstag, 14. September

## Sellnitz auf dem Darß, am Morgen

Warte, Lucky, nicht so schnell!» Ursula Zimmermann umklammerte die Leine.

Der Spaniel bellte fröhlich und sprang über den Strand, Ursula stolperte hinterher. Sie wagte nicht, ihn frei laufen zu lassen, sie fürchtete, dass er sich nicht wieder einfangen ließ. Allein der Gedanke brachte sie zum Schwitzen, mehr noch als der Kampf mit der Leine.

Lucky war der Hund ihrer Freundin Renate, ein wirklich liebes, fröhliches Tier, das immer spielen wollte. Doch er hörte nicht sonderlich gut, zumindest nicht auf sie.

Gestern war Renate in den Urlaub geflogen, eine Woche Teneriffa. Als sie Ursula gefragt hatte, ob sie auf Lucky aufpassen könne, hatte sie sofort zugesagt. Sie mochte den kleinen Kerl, hatte sogar schon mit dem Gedanken gespielt, sich selbst einen Hund zuzulegen. Doch sie scheute sich vor der Verantwortung. Sie war nicht gut darin, auf ein anderes Lebewesen aufzupassen. Sie hatte ihre Chance gehabt und sie gründlich vermasselt.

Wieder bellte Lucky und rannte los. Seine Zunge hing aus dem Maul, seine Ohren flatterten im Wind. Ursula hatte Mühe mitzukommen. Sie waren jetzt fast wieder an der Seebrücke, wo ihr Spaziergang begonnen hatte. Eigentlich hatte Ursula gehofft, dass Lucky bei der Rückkehr etwas ruhiger sein würde, doch wie es aussah, hatte der Ausflug für ihn gerade erst begonnen.

Es war noch früh, niemand sonst war am Strand, nur ein einsamer Angler saß ganz am Ende der Seebrücke, den Blick auf den Horizont gerichtet. Es war kühl, aber trocken. Ein steifer Wind blies Ursula ins Gesicht. Sie freute sich auf eine heiße Tasse Tee und ein Brötchen zum Frühstück, bevor ihr Dienst im Strandcafé begann. Obwohl die Saison vorbei war, kamen am Wochenende noch immer viele Ausflügler, sie würde alle Hände voll zu tun haben.

Lucky hielt geradewegs auf ein dunkles Bündel zu, das unter der Seebrücke neben einem der hölzernen Pfeiler lag. Erst hielt Ursula es für ein besonders großes Stück Treibholz, doch dann erkannte sie, dass es Kleidung war. Manchmal ließen die Leute versehentlich eine Jacke oder ein Handtuch am Strand liegen, oder etwas wurde angeschwemmt, verfing sich bei Flut an einem Brückenpfosten und blieb liegen, wenn das Wasser sich zurückzog.

«Komm, Lucky.» Sie zog an der Leine. «Lass uns nach Hause gehen, mir ist kalt.»

Doch der Spaniel zerrte kläffend in die andere Richtung. Seufzend gab Ursula nach. Beim Näherkommen erkannte sie, dass irgendetwas nicht stimmte. Die Sachen sahen zerfetzt aus, aber das war nicht alles. Sie drosselte das Tempo. Lucky schien ihr Unbehagen zu spüren, er riss nicht mehr an der Leine, sondern lief brav neben ihr her. Sie wollte nicht weitergehen, sie wollte umkehren, doch ihre Füße trugen sie wie von allein auf das Bündel zu. Selbst als sie schon ahnte, was es war, ging sie weiter, blieb erst stehen, als sie direkt davorstand.

Entsetzen und Trauer übermannten sie mit solcher Heftigkeit, dass sie laut aufkeuchte und sich krümmte, als hätte man ihr einen Hieb in den Magen versetzt. Ihr wurde schlagartig übel, die Brücke über ihr schien zu schwanken. Ein paar Sekunden lang stand sie einfach nur da, während die Welt um sie herum jede Kontur verlor. Sie war unfähig, sich zu rühren oder auch nur einen klaren Gedanken zu fassen. Dann brach sich der Schmerz Bahn. Sie schrie auf, sank auf die Knie und vergrub schluchzend ihr Gesicht in den Händen.

## Sellnitz, am selben Tag

Tom schlug den Kragen seiner Jacke hoch und knallte die Fahrertür des alten Polizeibusses zu. Es war windig, aber das war nicht der Grund, weshalb er fror. Der Anruf von der Leitstelle hatte ihn eiskalt erwischt. Eine Spaziergängerin hatte die Leiche einer jungen Frau unter der Seebrücke gefunden. Noch hatten sie keine Gewissheit, aber die Wahrscheinlichkeit war hoch, dass es sich um Lilli Sternberg handelte. Tom glaubte schon lange nicht mehr daran, dass die junge Frau noch lebte, trotzdem war es ein Schock. Zumal er sich gestern Abend noch gewünscht hatte, ihr Schicksal aufzuklären, wie auch immer es aussehen mochte. Man sollte aufpassen, was man sich wünschte.

Mascha, die ihren Mietwagen neben dem Bus geparkt hatte, war die Niedergeschlagenheit ebenfalls anzusehen. «Was für ein Scheißgefühl», murmelte sie.

«Bringen wir es hinter uns», erwiderte Tom leise.

An der Seebrücke hatten sich die ersten Schaulustigen eingefunden, zwei Streifenbeamte hielten sie auf Abstand. Das Absperrband flatterte im Wind. Als Tom und Mascha sich näherten, löste sich die Lokalreporterin Dayita Kumar aus der Menge und trat auf sie zu.

«Können Sie schon etwas sagen, Kommissar Engelhardt? Ist es Lilli?»

Tom hob die Hände. «Ich weiß nicht mehr als Sie. Lassen Sie uns bitte unsere Arbeit tun.» Er drängte sich an ihr vorbei. «Diese Aasgeier nerven echt», sagte er leise.

Mascha schloss zu ihm auf. «Sie macht auch nur ihren Job.»

«Es war ihr Artikel, der dafür gesorgt hat, dass bei Sören Brandner die Sicherungen durchgebrannt sind», erinnerte Tom sie.

Mascha blieb stehen. «Du glaubst, es ist ihre Schuld, dass Ben Reichert tot ist?»

«Sie hat zumindest ihren Teil dazu beigetragen.»

«Hätte sie etwa nicht darüber berichten sollen?»

«Müssen wir das jetzt diskutieren? Haben wir nichts Wichtigeres zu tun?» Er biss sich auf die Lippe, er hatte sie nicht anfahren wollen. Seine Nerven lagen blank.

Mascha sah ihn an. «Lass deinen Frust nicht an mir aus. Oder an anderen, die nichts dafür können.»

«Schon gut, hab's kapiert. Sorry.»

Sie liefen weiter und erreichten die Fundstelle, wo Paul wartete, die Hände in den Taschen einer blauen Windjacke vergraben.

«Kein schöner Anblick», begrüßte er sie.

Tom warf einen Blick auf das unförmige Bündel, das noch etwa zehn Schritte entfernt war. «Ist es Lilli?»

Paul zog die Hände aus den Taschen und kratzte sich am Kopf. «Keine Ahnung. Ohne DNA-Abgleich kann das vermutlich niemand sagen.»

«So schlimm?» Tom wechselte einen Blick mit Mascha, dann trat er auf die Tote zu. Als er über ihr stand, schnappte er entsetzt nach Luft. In seiner Zeit in Berlin hatte er so einiges zu sehen bekommen. Tote, die erst nach Wochen in ihrer Wohnung gefunden worden waren. Halb verweste Leichenteile, die aus der Spree oder dem Landwehrkanal gefischt worden waren. Aber das waren Fremde gewesen, namenlose Körper, mit denen ihn nichts verband. Doch beim Anblick dieses bläulich weißen, von Fischen bis zur Unkenntlichkeit angenagten Gesichts musste er unwillkürlich an das Foto denken, das an der Pinnwand im Revier hing, an Lillis strahlende braune Augen, an die Grübchen, die das breite Lächeln auf ihre Wangen zeichnete.

«Großer Gott», flüsterte Mascha neben ihm.

Tom zwang sich, näher hinzusehen. Unter der zerfetzten Kleidung blitzten hier und da bleiche Knochen und angenagtes Fleisch hervor. «Keine offensichtliche Todesursache», murmelte er. «Aber bei dem Zustand der Leiche ist das kein Wunder.» Sein Hals fühlte sich kratzig an, er räusperte sich. «Wollen wir hoffen, dass Süderholz trotzdem etwas findet.» Manfred Süderholz war der leitende Rechtsmediziner der Uni Greifswald. «Und dass sie schnell identifiziert wird, damit wir Gewissheit haben.»

«Leider ist von der Kleidung nicht viel übrig», stellte Mascha fest. «Vielleicht ist die Leiche irgendwo hängen geblieben, und dabei ist der Stoff gerissen. Paul hat recht, ohne DNA geht da gar nichts.»

«Trotzdem muss ich Lillis Großeltern über den Fund informieren, bevor es jemand anders tut.» Tom seufzte. Vor dieser Aufgabe graute es ihm.

Mascha erhob sich und drehte sich zu ihm um. «Soll ich mitkommen?»

Tom war froh, dass sie nicht mehr sauer zu sein schien wegen seines Ausbruchs eben. «Es wäre mir lieber, wenn du dich um die Zeugin kümmern würdest, die die Tote gefunden hat. Viel wird sie zwar nicht sagen können, aber man weiß ja nie.

Ich denke, ich bin zurück, wenn die Kavallerie eingetroffen ist.»

Der Erkennungsdienst, der für die Spurensicherung zuständig war, kam aus Anklam, analysiert wurden die Fundstücke, wie die Kleidung des Opfers, dann im LKA in Schwerin. Manchmal nervte es Tom, dass jede Dienststelle in einer anderen Stadt saß, so ging wertvolle Zeit verloren, und man konnte nicht mal eben vorbeischauen und fragen, wie die Dinge standen, so wie er es aus Berlin gewöhnt war.

Mascha nickte. «Vielleicht kann irgendwer einen Sichtschutz organisieren, bis die Techniker hier ein Zelt aufbauen.»

«Gute Idee.»

Mascha wandte sich zum Meer. «Glaubst du, Ben Reichert hat Lilli umgebracht und ihre Leiche von der Seebrücke geworfen?»

«Noch wissen wir nicht, ob es Lilli ist. Wir müssen die Vermisstenmeldungen durchgehen. Paul soll das machen.»

«Aber falls sie es ist», beharrte Mascha.

«Dann könnte es so gewesen sein.»

«Aber hätte sie dann nicht viel früher angetrieben werden müssen?»

## Am selben Tag

Mascha registrierte überrascht, dass sie die Frau kannte, die mit einem Kollegen von der Streife auf einer Bank saß. Sie arbeitete im Strandcafé und hatte ihr erzählt, dass Sören Brandner Lilli mit ihrer Freundin Fabienne betrogen hatte.

Sie trat näher. «Frau Zimmermann?»

Die Frau hob den Kopf. Ihr Gesicht war blass, die Augen waren gerötet, als hätte sie geweint. «Frau Kommissarin.» Sie blinzelte, als kämen ihr schon wieder die Tränen. «Entschuldigen Sie, ich habe Ihren Namen vergessen.»

«Mascha Krieger. Ich muss Ihnen ein paar Fragen stellen. Ist das in Ordnung?»

«Kann ich danach heim? Es geht mir nicht gut.»

Mascha warf dem Kollegen einen Blick zu, es war Hardy, der ohne seinen Kumpel Laurel ein wenig verloren wirkte. Er schien sich mehr für den Hund zu interessieren, den er an der Leine hielt, als für die Zeugin. Vermutlich war er mit der Situation überfordert.

«Ich kann Sie nach Hause begleiten, wenn Sie möchten, und dann reden wir bei Ihnen. Da ist es wärmer.»

«Wirklich? Das wäre schön. Ich werde verrückt, wenn ich weiter hier sitzen und auf den Strand starren muss.»

Mascha nahm dem Kollegen die Hundeleine ab, und fünfzehn Minuten später machten sie es sich an Ursula Zimmermanns Küchentisch bequem. Mascha hatte Tee gekocht, die dampfenden Becher standen vor ihnen. Der Hund hatte sich in einen Korb im Wohnzimmer zurückgezogen. Er schien zu spüren, dass etwas nicht in Ordnung war.

Mascha zog ihren Notizblock hervor. «Sie waren mit Ihrem Hund am Strand spazieren?», begann sie behutsam.

«Ja, das heißt, nein, Lucky ist nicht mein Hund. Er gehört einer Freundin, die gerade in Urlaub ist.»

Mascha nickte.

«Ich dachte erst, es sind Sachen, die jemand am Strand vergessen hat», fuhr Zimmermann fort und griff nach ihrer Kette aus polierten Bernsteinen, deren Farbtöne von Honiggelb bis Kastanienbraun reichten.

Mascha wusste, dass sie einundsechzig war. Bei ihrer ersten Begegnung im Strandcafé hatte Mascha sie für jünger gehalten, heute sah sie mindestens zehn Jahre älter aus. Kein Wunder, der Anblick einer Wasserleiche war selbst für erfahrene Polizisten ein Schock. Für jemanden, der so etwas noch nie gesehen hatte, musste es entsetzlich sein, erst recht, wenn man die Person höchstwahrscheinlich gekannt hatte.

Sie sah die Zeugin mitfühlend an. «Erzählen Sie weiter.»

«Als ich näher kam, habe ich erkannt …» Die Frau presste die Hand vor den Mund.

«War noch jemand in der Nähe?»

«Nein … doch, da war ein Angler auf der Seebrücke.»

«Sonst niemand?»

Zimmermann schüttelte langsam den Kopf.

«Wo sind Sie losgegangen?»

«Bei der Seebrücke.» Die Frau sprach so leise, dass Mascha sie kaum verstehen konnte. «Aber da habe ich sie nicht bemerkt.»

«Stand das Wasser zu dem Zeitpunkt vielleicht noch höher?»

«Nein. So lange war ich nicht unterwegs. Ich habe einfach nicht in die Richtung geschaut. Lucky hat mich zu ein paar Möwen gezerrt.»

«Verstehe. Um wie viel Uhr war das?»

«So um acht. Als ich zurückkam, muss es halb neun gewesen sein.»

Mascha notierte die Zeiten. «Und es war die ganze Zeit nur der Angler da? Niemand sonst?»

«Ich habe keinen bemerkt. Sie glauben doch nicht, dass jemand sie dort abgelegt hat, während ich …»

«Nein.» Mascha legte ihr beruhigend die Hand auf den Arm. «Vermutlich hat die Flut die Leiche angespült. Aber wir müssen den Zeitraum eingrenzen.»

Mascha schrieb das Wort «Gezeitentabelle» auf ihren Block. Die Tote musste irgendwann in der Nacht angespült worden sein. Kaum vorstellbar, dass sie länger als ein paar Stunden dort gelegen hatte. Tagsüber war es noch immer warm und der Strand gut besucht. Fragte sich allerdings, ob der Tidenhub an der Ostsee überhaupt groß genug war, um eine Leiche anzuspülen. Vielleicht konnte die Wasserschutzpolizei dazu etwas sagen.

Zimmermann blickte in ihre Tasse. «Ist es Lilli?»

«Das wissen wir noch nicht.»

«Aber Sie glauben es auch, oder? Wer sollte es sonst sein?»

«Wir warten die Identifizierung ab.»

«Das ist alles so schrecklich.» Ursula Zimmermann hob den Blick, Tränen glitzerten in ihren Augen. «Sie war so …» Sie vergrub das Gesicht in den Händen.

Mascha presste die Lippen zusammen. In der Gegenwart von trauernden Hinterbliebenen fühlte sie sich immer unwohl. Nur dass Ursula Zimmermann gar keine Hinterbliebene war.

«Wir finden heraus, was geschehen ist», sagte sie und hoffte, dass sie ihr Versprechen halten würde.

Die Frau nahm die Hände vom Gesicht und sah Mascha überrascht an. «War es denn nicht Ben?»

«Er ist der Hauptverdächtige. Aber die genauen Umstände sind noch unklar.»

Zimmermann tupfte die Tränen mit einem Taschentuch ab und putzte sich die Nase. «Was auch immer Sie herausfinden, es macht Lilli nicht wieder lebendig.»

Darauf gab es nichts zu erwidern. Mascha schlug das Notizbuch zu. «Ich danke Ihnen, dass Sie sich die Zeit genommen haben.»

«Ist doch selbstverständlich.»

Mascha erhob sich. «Später kommt ein Kollege vorbei, um eine Speichelprobe von Ihnen zu nehmen.»

Zimmermann sah sie erschrocken an. «Warum das denn?»

«Wegen möglicher Kontamination des Fundorts. Sie waren in der Nähe der Toten, haben vielleicht etwas berührt.»

«Großer Gott, das habe ich nicht!»

«Das glaube ich Ihnen. Dennoch müssen wir auf Nummer sicher gehen. Ein verlorenes Haar genügt, um uns auf eine falsche Fährte zu schicken. Das verstehen Sie doch sicherlich.»

«Ist das wirklich nötig?»

Mascha setzte sich wieder. «Keine Sorge, Frau Zimmermann, es geht ganz schnell und tut nicht weh.»

«Trotzdem ist es überflüssig, ich war wirklich nicht so nah an der Leiche.»

Mascha runzelte die Stirn. «Möchten Sie mir noch irgendetwas erzählen, Frau Zimmermann?»

Die ältere Frau betrachtete sie. «Sie sind noch zu jung, Frau Krieger, Sie haben die DDR nicht mehr erlebt.»

Mascha hielt sich zurück, hier ging es nicht um sie.

«Ich habe Sachen mitbekommen … Wenn man das Vertrauen in die Behörden erst einmal verloren hat …»

«Ich verstehe.» Mascha lächelte ihr aufmunternd zu. «Ich verspreche Ihnen, dass Ihre Probe nur dazu verwendet wird, um Sie als Trugspur auszuschließen.»

Ursula Zimmermann seufzte. «Also gut, wenn es sein muss.»

«Ich danke Ihnen.» Mascha wollte gerade aufstehen, als ihr noch ein Gedanke kam. «Sie haben doch erzählt, dass Lilli häufig im Strandcafé war.»

«Ja.»

«Ist Ihnen etwas an ihr aufgefallen? War sie in letzter Zeit verändert?»

Die Frau runzelte die Stirn. «Was meinen Sie?»

«Was auch immer Ihnen einfällt.»

Zimmermann griff nach der Teetasse, ihr Blick wanderte zum Fenster. «Da war tatsächlich etwas. Aber nur eine Kleinigkeit, sie hat sicherlich nichts zu bedeuten.»

«Erzählen Sie.»

«Vor ungefähr zwei Wochen kam sie auf einen Kaffee vorbei. Sie schrieb sich mit irgendwem Nachrichten auf ihrem Smartphone. Mir fiel auf, dass es dunkelblau war, nicht silbern wie das, was sie sonst benutzte. Also fragte ich sie, ob sie ein neues Telefon hätte. Aber sie verneinte. Es sei ein altes Gerät, weil das andere kaputtgegangen sei.»

Mascha horchte auf. «Ihr Handy war kaputt?»

«So habe ich es verstanden. Ich kenne nur wenige Gebärden, aber ich bin mir ziemlich sicher, dass sie das gesagt hat. Allerdings sah das blaue Telefon funkelnagelneu aus. Und als sie ein paar Tage später da war, hatte sie wieder das silberne dabei.»

Mascha nickte nachdenklich. Wenn Lilli wirklich zwei Handys besaß, stellte sich die Frage, wofür sie das zweite gebraucht hatte. Und wo es jetzt war. Nicht in ihrem Zimmer jedenfalls, das hatten sie gründlich durchsucht.

## Teterow, am selben Tag

Der Pfleger trug einen Kopfverband, dennoch glaubte Björn den jungen Mann mit der Stachelfrisur wiederzuerkennen, der Marina Sarow in Empfang genommen hatte, als er sie in die Klinik zurückgebracht hatte. Trotz der Verletzung wirkte er kräftig und vital, und Björn fragte sich, wie die zierliche Frau es geschafft hatte, ihn niederzuschlagen.

Gestern hatte Björn nicht mehr mit ihm sprechen können, denn die Ärzte hatten ihn wegen des Verdachts auf ein Schädel-Hirn-Trauma zur Sicherheit ins künstliche Koma versetzt. Der Pfleger war nach dem Angriff fast eine Stunde ohne Bewusstsein gewesen, ein Hinweis auf ein Trauma dritten Grades. Die Verletzung hatte sich jedoch als nicht so schwer erwiesen wie zunächst befürchtet, sodass man entschieden hatte, die Medikamente abzusetzen und den jungen Mann aufwachen zu lassen.

«Herr Baum?», fragte Björn und zog sich einen Stuhl heran. «Ich bin Kriminaloberkommissar André, ich leite die Suche nach Frau Sarow.»

«Nennen Sie mich bitte Moritz, Herr Baum ist mein Vater.» Der junge Pfleger versuchte sich an einem Lächeln, das jedoch etwas schief geriet.

«Wie Sie wünschen.» Björn zog seinen Block hervor. «Erinnern Sie sich daran, was an dem Abend passiert ist, Moritz?»

Der Pfleger zuckte mit den Schultern. «So ungefähr ja. Es fühlt sich noch immer ein bisschen unwirklich an.»

Björn nickte. «Beginnen wir von vorn. Sie arbeiten als Nachtwache in der psychiatrischen Klinik, richtig?»

«Manchmal mache ich auch die Spätschicht, aber nachts arbeite ich am liebsten. Ist ein gemütlicher Job, wenn man mit den durchwachten Nächten klarkommt.» Er verzog das Gesicht. «Dachte ich jedenfalls.»

«Kennen Sie Frau Sarow?»

«Nur flüchtig. Ich mache eine Runde, wenn ich meinen Dienst antrete, und ich verteile die Medikamente für die Nacht. Bei ihr gab es nie irgendwelche Schwierigkeiten. Ganz im Gegenteil. Sie hat oft schon geschlafen, wenn ich in ihr Zimmer gekommen bin.»

«Dann erzählen Sie mal, was passiert ist.»

Moritz Baum schloss kurz die Augen und holte Luft. «Ich saß im Dienstzimmer und habe gelesen. Plötzlich hörte ich Geräusche, von der Eingangshalle her. Stimmen, glaube ich, und eine Tür. Ich bin hin, ist ja direkt um die Ecke. Im ersten Moment konnte ich nicht viel erkennen. Es brannte nur eine kleine Lampe hinter der Empfangstheke, der Nachtportier war nicht an seinem Platz. Dafür bemerkte ich jemanden an der Kellertür. Bevor ich kapiert habe, was los ist, hat mir jemand eins über den Schädel gezogen, und dann war ich weg. Ende der Geschichte.»

Björn runzelte die Stirn. «Dann haben Sie Frau Sarow gar nicht gesehen?»

«Doch, ich denke schon. Es ging nur alles so schnell, wie im Zeitraffer, verstehen Sie?»

Björn nickte.

«Es war Frau Sarow», bekräftigte Moritz. «In der Sekunde,

bevor sie zugeschlagen hat, haben wir uns direkt in die Augen geschaut. Sie hatte die blanke Panik im Gesicht, vielleicht eine Psychose.»

«Ist Ihnen sonst noch etwas aufgefallen?»

«Bis auf die Koch nichts.»

«Die Koch?» Björn starrte den Pfleger an. Niemand hatte etwas davon gesagt, dass eine weitere Person zugegen gewesen war.

«Helga Koch. Eine Patientin aus der Gerontopsychiatrie. Sie war auch da. Sie streift häufig nachts durchs Haus, schaut beim Portier vorbei und plaudert mit ihm, ich bringe sie dann zurück in ihr Zimmer. Eigentlich ist die Tür zur Gerontoabteilung nachts verschlossen, aber sie findet immer einen Weg. Ich weiß, das sollte nicht passieren, aber sie ist absolut harmlos und leidet, wenn sie eingesperrt ist.»

Björn kam der Gedanke, dass es die Klinik möglicherweise mit ihrer Fürsorgepflicht gegenüber den Patienten nicht allzu genau nahm. Doch im Augenblick interessierte ihn etwas anderes. «Sie sind also sicher, dass zwei Frauen in der Eingangshalle waren, als der Angriff stattfand?»

«Absolut.» Der junge Mann schloss für ein paar Sekunden die Augen. «Ich glaube es zumindest. Die Bilder in meinem Kopf sind noch immer verschwommen. Hat Frau Koch denn nichts davon erzählt? Ich dachte, sie wäre diejenige, die Hilfe gerufen hat. Wer hat mich denn gefunden?»

Gute Frage. Björn presste die Lippen zusammen. Er hatte die Berichte noch nicht gelesen, sondern sich um die Organisation der Fahndung gekümmert. Das musste er jetzt dringend nachholen.

«Ich weiß es nicht», gab er zu. «Konnten Sie erkennen, ob die beiden Frauen zusammen in den Empfang gekommen sind?»

«Das glaube ich nicht. Ich bezweifle, dass sie sich überhaupt kennen. Die Zimmer der beiden liegen nicht einmal auf derselben Etage. Andererseits …» Moritz Baum legte die Stirn in Falten. «Ich glaube, die Stimme, die ich gehört habe, das war Helga Koch. Aber ich hab nicht richtig mitbekommen, was sie gesagt hat, weil ich in mein Buch vertieft war.»

«Denken Sie nach», bat Björn.

«‹Ich habe dich hergebracht›, nein, ‹Ich habe dich zurückgebracht›, das war es, glaube ich.» Er fasste sich an den Verband. «Aber sicher bin ich nicht.» Der junge Mann sah plötzlich sehr müde aus. «Haben Sie Frau Sarow schon gefunden?»

«Noch nicht. Aber das werden wir.» Björn klappte sein Notizbuch zu. Immerhin passte das, was Moritz Baum glaubte, gehört zu haben, zu der Vermutung, dass Marina Sarow vor dem Vorfall durchs Gebäude geirrt war. Und ihre Mitpatientin hatte sie dann irgendwo aufgegabelt.

«Vielleicht fällt Ihnen später noch etwas ein», sagte er zu dem jungen Mann, dem wieder die Augen zugefallen waren.

Seine Lider flatterten. «Haben Sie was gefragt?»

Björn lächelte. «Nein, alles gut. Schlafen Sie.»

Leise verließ er das Zimmer. Immerhin gab es eine weitere Zeugin. Vielleicht hatte die ja beobachtet, in welche Richtung Marina Sarow geflohen war. Aber bevor er sie befragte, würde er den Bericht der Kollegen lesen. Er musste wissen, wer den Notarzt alarmiert hatte.

## Sellnitz, am selben Tag

Tom blieb vor der alten Kapitänsvilla stehen, um Mut zu sammeln, bevor er sich dazu aufraffte, den Klingelknopf zu drücken. Er hasste es, Todesnachrichten zu überbringen, auch wenn in diesem Fall noch nicht klar war, ob es sich überhaupt um eine handelte. Vielleicht hätte er Mascha mitnehmen sollen, Frauen waren oft besser in solchen Dingen. Doch einerseits wäre das feige gewesen, und andererseits bezweifelte er, dass Mascha zu den Frauen gehörte, denen das Zwischenmenschliche besonders gut lag.

Die Tür wurde aufgezogen. Grit Sternberg, dezent geschminkt und elegant gekleidet wie immer, betrachtete ihn einen Moment schweigend, dann weiteten sich ihre Augen.

«Großer Gott», murmelte sie und fasste sich an den Hals.

Tom hatte keine Zeit, sich zu wundern, woher sie wusste, aus welchem Grund er da war, denn schon ertönte Walter Sternbergs befehlsgewohnte Stimme.

«Wer ist da, Grit?»

Statt einer Antwort trat die Frau zurück und ließ Tom eintreten. Schweigend folgte er ihr ins Wohnzimmer. Der ehemalige Bürgermeister saß am Tisch in der Essecke, die Tageszeitung vor sich ausgebreitet, eine Tasse Kaffee daneben, als wäre dies ein ganz gewöhnlicher Morgen. Tom verurteilte ihn nicht dafür. Man konnte nicht vierundzwanzig Stunden am

Tag in Alarmstimmung sein, nicht einmal, wenn das eigene Enkelkind vermisst wurde.

«Herr Engelhardt», begrüßte er Tom. «Was führt Sie her? Gibt es Neuigkeiten?» Sein Blick fiel auf seine Frau, und seine Miene verdüsterte sich. «Was ist los?»

Es hatte keinen Sinn, um den heißen Brei herumzureden. «Ich muss Ihnen mitteilen, dass heute Morgen am Strand unter der Seebrücke eine weibliche Leiche gefunden wurde. Sie ist noch nicht identifiziert, aber ich dachte, Sie sollten es wissen. Und ich wollte es Ihnen persönlich sagen.»

Grit stöhnte auf. Geistesgegenwärtig fuhr Tom herum und schaffte es gerade noch zuzupacken, bevor sie umkippte. Gemeinsam mit Walter geleitete er die Frau zum Sofa, holte ein Glas Wasser, während ihr Mann auf der Suche nach einem Medikament nach oben lief.

Nachdem Grit die Pille geschluckt und sich ein wenig gefasst hatte, ließ Tom sich auf einem Sessel nieder, während Walter neben seiner Frau Platz nahm.

«Ist es Lilli?», fragte er mit tonloser Stimme. «Bitte, sagen Sie es uns.»

«Wir wissen es nicht, Herr Sternberg.»

«Ich will sie sehen.»

Tom schüttelte den Kopf. «Das ... möchte ich Ihnen nicht zumuten.»

Walters Gesicht zuckte, als er begriff, was das bedeutete.

Tom räusperte sich. «Wir werden schnellstmöglich die DNA abgleichen. So schnell zumindest, wie es am Wochenende möglich ist.»

Walter nickte, zog ein Taschentuch hervor und tupfte sich die Stirn ab. Er wirkte erschöpft, der Kummer hatte den rüstigen Mann innerhalb von einer Woche um Jahre altern lassen.

Grit starrte abwesend auf den Tisch. Tom war nicht sicher, ob sie überhaupt mitbekam, worüber sie redeten.

«Wissen Sie zumindest, woran sie gestorben ist?», fragte Walter.

«Auch dazu kann ich noch nichts sagen, wir müssen die Autopsie abwarten. Dann können wir hoffentlich endlich rekonstruieren, was geschehen ist.»

«Das bringt sie uns nicht zurück», murmelte Grit.

Walter tätschelte ihr unbeholfen den Rücken. «Schon gut, Liebes.»

«Stimmt doch.» Sie hob den Kopf, sah Tom an. «Sie ist tot, nichts ändert etwas daran.»

Was für eine beschissene Situation, dachte Tom. Er hätte nicht herkommen sollen. Schließlich gab es noch nichts Offizielles mitzuteilen. Aber wenn die Tote Lilli war und die Sternbergs es durch den Anruf irgendeines Journalisten erfahren hätten, wäre das unverzeihlich.

«Wir sind schuld», murmelte Grit. «Wir haben sie auf dem Gewissen. Es ist unsere Strafe.» Die letzten Worte flüsterte sie.

Tom sah sie aufmerksam an. «Wie meinen Sie das?»

Walter legte seiner Frau den Arm um die Schultern. «Grit glaubt, dass wir nicht gut genug auf Lilli aufgepasst haben. Aber was hätten wir denn tun sollen? Sie war erwachsen, hat ihr eigenes Leben gelebt. Wir konnten sie doch nicht einsperren, nur weil sie gehörlos war.»

«Ich habe es immer gewusst.» Grit hatte den Blick wieder auf die Tischplatte gesenkt.

«Ich glaube, meine Frau sollte sich jetzt hinlegen.» Walter erhob sich.

«Selbstverständlich.» Tom kam es fast so vor, als hätten Grits Worte Walter Sternberg nervös gemacht. Kein Wunder.

Er sorgte sich um sie. Es schien ihr wirklich schlecht zu gehen. «Wenn Sie mir noch eine Frage gestatten.»

Walter nickte, setzte sich aber nicht wieder.

«Lilli besaß angeblich eine Art Notizheft, in das sie alles schrieb, was ihr wichtig war. Termine, Kontakte …»

«Darüber weiß ich nichts.» Walter machte Anstalten, zur Tür zu gehen, um Tom nach draußen zu begleiten.

«Doch, das stimmt», sagte Grit. «Sie hatte für jedes Jahr so ein Heft.»

«Wissen Sie, wo es ist?»

Die alte Dame schüttelte den Kopf. «Ich habe es schon überall gesucht, aber ich habe es nicht gefunden, sie muss es bei sich gehabt haben.» Ihre Augen schimmerten feucht. Jetzt endlich schienen die Tränen zu kommen, mit denen Tom schon viel früher gerechnet hatte.

«Wie sieht das Heft denn aus?», fragte er rasch.

«Irgendwas mit Blumen drauf. Bunt. Genau weiß ich es nicht, sie hat ja auch nie jemanden reinschauen lassen.» Grit sah ihn an, ihre Wangen waren nass. «Ich wünschte, ich könnte sie noch einmal sehen und um Verzeihung bitten.»

## Am selben Tag

Mascha nahm die Kopfhörer ab und gähnte. Die Buchstaben flimmerten vor ihren Augen. Normalerweise half ihr Mozart, sich zu konzentrieren, doch heute klappte es nicht. Sie brauchte dringend eine Pause, wollte aber ihre Arbeit nicht unterbrechen, bis sie etwas Interessantes gefunden hatte. Irgendeine Spur musste es auf diesem verdammten Laptop doch geben. Sie erinnerte sich an Ben Reicherts beunruhigten Blick, als sie das Gerät unter einer Jacke verborgen auf dem Beifahrersitz seines Wagens entdeckt hatten. Warum hätte er nervös sein sollen, wenn der Rechner sauber war?

Mascha begann, an sich selbst zu zweifeln. Sie hatte sich in diesem Fall bislang wirklich nicht mit Ruhm bekleckert. Die Codes in den WhatsApps hatte sie nur zur Hälfte geknackt, und über die wenigen Informationen, die sie auf den Rechnern der beteiligten Personen entdeckt hatte, wäre jeder Polizeischüler mit ein bisschen Computerwissen ebenfalls gestolpert.

Die Worte ihres Vaters kamen ihr in den Sinn, sein höhnisches Lachen, als sie ihm ins Gesicht geschleudert hatte, dass sie auch Polizistin werden würde, aber eine gute, eine, die Recht und Gesetz vertrat, und nicht einem Regime diente, das seine Bürger einsperrte.

«Du willst Polizistin werden? Dazu hast du gar nicht den

Mumm. Du schmeißt doch alles sofort hin, wenn es schwierig wird.»

Er hatte noch mehr gesagt, Dinge, an die Mascha sich nicht erinnern wollte. Das Wort Versagerin war ihr im Gedächtnis haften geblieben. Wolfram Dietrich verabscheute Versager. Und seit sie ihm als Jugendliche vorgeworfen hatte, als Volkspolizist ein Systemknecht gewesen zu sein, rieb er ihr jeden kleinen Fehler unter die Nase. Zwar hatte er sich irgendwann bei ihr entschuldigt, doch Mascha wusste, dass er es nur auf Drängen ihrer Mutter getan hatte. Seine Worte taten ihm nicht leid. Ganz im Gegenteil, er war überzeugt davon, dass er recht hatte. Und vielleicht stimmte es ja auch, vielleicht war sie wirklich nicht gut genug.

Mascha setzte die Kopfhörer wieder auf, lauschte mit geschlossenen Augen ein paar Takten der Gran Partita. Dann zwang sie sich, ihre Gedanken zurück auf die Arbeit zu lenken. Gerade ging sie die Mails durch. Es waren Hunderte. Hatte dieser Kerl nie irgendwas gelöscht? Mascha hatte sich bereits bis zum Juli zurückgearbeitet, ohne auf etwas zu stoßen, das auch nur im Entferntesten verdächtig wirkte. Neben Newslettern und haufenweise Spam ging es bei den Mails vor allem um Materialbestellungen für die Skulpturen, Terminabsprachen mit der Gießerei und Anfragen von Museen und Firmen, die Stücke von ihm ausstellen oder erwerben wollten. Offenbar war Ben Reichert als Künstler viel renommierter gewesen, als Mascha angenommen hatte. Die Zerstörung der Kopfskulptur in seinem Atelier hatte womöglich einen weitaus größeren Wert vernichtet, als ihnen bewusst gewesen war, auch wenn es sich nur um das Gipsmodell gehandelt hatte. Aber hatten sie eine Wahl gehabt? Ben hatte vermutlich einen Mord begangen, und in der Skulptur hatten sie Blut von Lilli gefunden.

Mascha stellte die Musik aus, lehnte sich zurück. Sie war allein im Raum. Tom war nach seinem Besuch bei den Sternbergs direkt wieder zum Fundort gefahren, wo die Kriminaltechniker inzwischen eingetroffen waren. Paul befragte im Aktenraum den Angler. Babyface und Senior machten Telefondienst am Empfang, Hardy war noch an der Seebrücke, und Laurel hatte frei. Er war mit seiner hochschwangeren Frau zu den Schwiegereltern nach Kiel gefahren. Andernfalls hätte er ebenfalls kommen und Überstunden schieben müssen.

Gerade wollte Mascha aufstehen, um sich einen weiteren Kaffee einzuschenken, als sie im Posteingang eine Mail entdeckte, die herausstach. «Schlüsselübergabe am Freitag» stand da im Betreff.

Schlagartig war sie nicht mehr müde. Die Mail bestand nur aus wenigen Worten:

> **Hallo Herr Reichert,**
> **ich bin am Freitag nicht im Haus, mein Mitarbeiter wird Sie zur verabredeten Zeit am Objekt treffen, um die Übergabe vorzunehmen und Ihnen den Schlüssel zu überreichen.**
> **MfG, Lutz Gönnemann**

Schlüssel. Übergabe. Objekt. Ganz offenbar hatte Ben Reichert irgendeine Immobilie angemietet. Aber zu welchem Zweck? Er hatte einen ehemaligen Bauernhof mit mehreren Nebengebäuden besessen, unter Platzmangel hatte er sicherlich nicht gelitten.

Mascha zwang sich, ihre Gedanken im Zaum zu halten, die sich bereits in wilde Spekulationen verstiegen. Es gab durchaus harmlose Erklärungen. Ein Ladenlokal etwa, wo Reichert seine Kunstwerke ausstellen und verkaufen konnte. Oder vielleicht hatte er einfach einen Urlaub geplant und eine Ferienwohnung gemietet. In der Mail war nicht die Rede davon, wo sich das Objekt befand.

Mascha entdeckte weitere Mails des Absenders. Als sie sämtliche Korrespondenz gelesen hatte, stand sie auf, trat ans Fenster und blickte nach draußen, wo bleigraue Wolken ihre eigene Stimmung zu spiegeln schienen. Sie wusste nun, was für eine Immobilie Lillis bester Freund angemietet hatte, und sie vermutete, dass es dafür keine harmlose Erklärung gab. Mehr noch, die Tatsache, dass dies im Juli geschehen war, sprach dafür, dass er seine Tat bereits Wochen im Voraus geplant hatte.

## Am selben Tag

Zweifelnd betrachtete Kira Blanck die kleine, grün gestrichene Villa. Das also war das Polizeirevier von Sellnitz. Sah eher aus wie ein Ferienhaus. Kein Wunder, dass hier keine effektive Polizeiarbeit geleistet wurde. Sie drückte die Klinke und trat ein.

Mit hochgezogenen Brauen schaute sie sich um. Eine Empfangstheke, an der ein älterer Uniformierter saß und telefonierte, daneben eine Tür sowie eine weitere gegenüber dem Eingang, die nur angelehnt war.

Sie räusperte sich. «Hallo?»

Hinter einer weiteren Tür, wo sich offenbar die Toilette verbarg, war ein Poltern zu hören, dann trat ein zweiter Beamter in Uniform heraus. «Oh, hallo. Kann ich Ihnen helfen?»

Der Mann hatte Muskeln wie ein Bodybuilder, und Kira hätte wetten können, dass er als Schüler zum letzten Mal ein Buch aufgeschlagen hatte.

«Das hoffe ich doch.» Kira schob ihre Brille hoch. «Ich suche Tom Engelhardt.»

«Der ist gerade nicht da. Geht es um die Tote, die am Strand gefunden wurde?»

«In gewisser Weise, ja.»

«Dann sprechen Sie am besten mit meinem Kollegen.» Das Muskelpaket öffnete die Tür neben der Empfangstheke. «Duke, hier ist jemand für euch.»

Noch bevor der Polizist sie dazu auffordern konnte, schob Kira sich an ihm vorbei in den Raum. Innerhalb von wenigen Sekunden erfasste sie alles, was es zu sehen gab. Drei Schreibtische, die sich so sehr unter der Last von Papier bogen, dass kaum Platz für Monitore und Tastaturen war, ein Whiteboard mit Notizen, eine Pinnwand mit Fotos sowie einer Karte der Halbinsel und einem Stadtplan von Sellnitz. An der Wand gegenüber stand ein halbhoher Aktenschrank, darauf eine Kaffeemaschine und ein hässlicher Gummibaum.

An dem Schreibtisch direkt neben der Tür saß ein bärtiger Mann, deutlich jenseits der fünfzig. Kira konnte ein verächtliches Zucken der Mundwinkel nicht verhindern. Wer in dem Alter noch in einem Kaff wie Sellnitz versauerte, konnte nur ein Loser sein.

Der Mann stand auf. «Guten Tag, ich bin Paul Hendricks.» Er streckte ihr die Hand entgegen.

Widerwillig erwiderte sie den Händedruck. «Hallo, Paul, ich bin Kira.»

«Ähm, ja?»

«KK Kira Blanck, die Verstärkung aus Stralsund.»

«Oh, davon hat mir niemand etwas gesagt.»

«Dann weißt du es jetzt. Tom ist nicht da?»

«Kennst du ihn?»

«Nein.»

Paul zog die Brauen hoch. «Also dann, willkommen im Team …» Er zögerte. «… Kira. Hast du schon einmal in einer Mordkommission gearbeitet?»

«Während meines Praktikums, ja.»

Paul nickte. «Also gut. Ich schätze, wir werden einen zusätzlichen Schreibtisch organisieren müssen. Wir haben gerade wieder alles weggeräumt, der Fall schien abgeschlossen.»

«Aha.»

«Für den Moment kannst du dich an Toms Schreibtisch setzen.» Paul deutete auf den Tisch am Fenster. «Er und Mascha gehen einem Hinweis nach.»

«Die Kryptologin vom LKA?»

«Genau. Ich gebe dir das Passwort, dann liest du dich am besten erst mal in die Akte ein.»

Kira streckte die Schultern durch. «Schon geschehen.» Als sie Pauls überraschten Blick bemerkte, fügte sie hinzu: «Auf dem Weg hierher, in der Bahn, und dann im Taxi.» Sie schob die Papiere auf dem Schreibtisch zur Seite und knallte ihre Umhängetasche darauf. «Ich kann also sofort loslegen.»

«Wie du meinst.» Paul zögerte kurz. «Ich wollte gerade für eine späte Mittagspause raus, willst du mitkommen? Dann können wir über den Fall reden. Sicherlich hast du noch Fragen.»

«Ich habe keinen Hunger. Sag mir lieber, was ich tun kann.» Kiras Blick wanderte zu den Postkarten über seinem Schreibtisch. Hawaii. Ein alter Mann, der von der Südsee träumte. Immerhin keine halb nackten Frauen, darüber sollte sie wohl froh sein.

«Na dann.» Paul zuckte mit den Schultern. «Wir müssen die Tote so schnell wie möglich identifizieren. Du könntest abchecken, ob schon eine Probe für den DNA-Abgleich ins Labor in Schwerin unterwegs ist, und falls nicht, ein bisschen Druck machen.»

«Wird erledigt.»

«Und danach könntest du den Zeugenaufruf vorbereiten. Digital und analog. Wir wollen ihn auf unserer Website veröffentlichen, aber auch Zettel aushängen. So können wir hoffentlich den Zeitpunkt, an dem die Leiche angeschwemmt wurde, noch besser eingrenzen. Kriegst du das hin?»

«Klar, warum nicht? Sonst noch was?»

Paul betrachtete sie. Bestimmt gingen ihm irgendwelche Gedanken über hübsche junge Blondinen durch den Kopf. Sie kannte Typen wie ihn, und sie kannte all ihre dummen Sprüche. Aus diesem Grund trug sie Brille statt Kontaktlinsen. So sah sie zumindest ein bisschen nerdig und nicht nur blond aus.

«Dann lass ich dich mal allein», sagte er. «Falls was ist oder du eine Frage hast …» Er griff nach einem Zettel und krakelte eine Handynummer darauf. «Ruf einfach an. Ich bin nur ein Stück die Straße runter.»

Kira ließ sich hinter dem Schreibtisch nieder, schob einen weiteren Papierstapel zur Seite und zog die Tastatur zu sich heran. «Das wird bestimmt nicht nötig sein.»

Als der Kollege die Tür hinter sich zugezogen hatte, atmete sie auf. Ein bisschen Ruhe, um anzukommen und sich einzuarbeiten, war genau das, was sie jetzt brauchte.

Sie hatte innerlich gejubelt, als ihr Chef ihr mitgeteilt hatte, dass sie der Soko Lilli zugeteilt worden war. Nicht, dass sie scharf darauf war, mit Landeiern zusammenzuarbeiten, aber der Fall hatte bundesweit für Schlagzeilen gesorgt, weil das Opfer gehörlos war. In solchen Fällen überschlugen sich die Medien vor geheucheltem Mitleid. Kira verachtete sie dafür, aber sie würde die Aufmerksamkeit für sich zu nutzen wissen. Wenn sie hier gute Arbeit leistete, wäre das ihrer Karriere dienlich. Schließlich hatte sie nicht vor, länger als nötig in einem kleinen Kommissariat in der Provinz zu versauern. Sie wollte es zu was bringen. So wie diese Mascha Krieger, die Kryptologin beim LKA war. Oder noch weiter. Dienststellenleiterin, Kriminaldirektorin oder sogar Innenministerin. Sie war klug, attraktiv, und sie hatte Biss. Sie würde es nach ganz oben schaffen.

## Am selben Tag

Da wären wir.» Lutz Gönnemann deutete auf ein schäbiges Tor, dessen graue Farbe größtenteils abgeblättert war. Rost kam darunter zum Vorschein, nur das Schloss glänzte neu.

Mascha schaute sich um. Die Garage war Teil eines größeren Garagengrundstücks, das etwas abseits der Mietshäuser lag, zu denen es gehörte. Zwei Reihen mit mehr oder weniger hässlichen Toren, manche zweiflüglig und aus Holz, andere aus Metall, lagen sich gegenüber. Der Raum dazwischen war mit Betonplatten ausgelegt, zwischen denen das Unkraut hochschoss.

Die Garage, die Ben Reichert angemietet hatte, befand sich am Ende der rechten Reihe, war etwas größer als die anderen, und das Tor war zum Kopfende hin ausgerichtet. In diese Richtung schlossen sich Felder an, was bedeutete, dass niemand zufällig ins Innere der Garage schauen konnte, wenn das Tor offen stand.

Mascha heftete ihren Blick auf das silbern blitzende Schloss in dem schäbigen Grau. Jetzt würden sie erfahren, weshalb jemand, der einen riesigen Hof auf dem Darß mit Keller, Scheune und Stallungen sein Eigen nannte, dreißig Kilometer entfernt auf dem Festland eine Garage anmietete.

Hoffentlich.

«Danke, Herr Gönnemann.» Tom streckte die Hand nach dem Schlüssel aus. «Ab hier übernehmen wir.»

Der Mann nahm sein Cap ab, fuhr sich über die verschwitzten grauen Haare und setzte es wieder auf. «Und mein Schlüssel?»

«Sie bekommen ihn wieder, sobald die Ermittlungen abgeschlossen sind.»

«Ermittlungen?» Gönnemann blickte neugierig von Tom zu Mascha. «Hat das was mit dem verschwundenen Mädchen zu tun?»

Mascha setzte ein bedauerndes Lächeln auf. «Dazu können wir Ihnen leider nichts sagen.»

«Was auch immer dieser Reichert in der Garage veranstaltet hat, damit habe ich nichts zu tun. Ich guck den Leuten ja nur vor den Kopf.»

Aber sicher doch, dachte Mascha zynisch. Genau wie all die anderen braven Bürger, die lieber so tun, als wäre nichts, wenn in der Nachbarwohnung ständig Geschrei zu hören ist oder die Kinder blaue Flecken haben.

Sie atmete tief durch. «Hat er gesagt, wozu er die Garage braucht?»

«Nee. Und ich hab auch nicht gefragt. Vielleicht weiß mein Mitarbeiter mehr, der hat den Schlüssel übergeben. Haben Sie ihn nicht bei seinen Sachen gefunden? Den bräuchte ich auch wieder.»

«Wenn wir ihn finden, erhalten Sie ihn selbstverständlich zurück», sagte Tom.

Mascha bemerkte seinen genervten Gesichtsausdruck, doch der Garagenbesitzer nahm nichts davon wahr.

«Na dann.» Er überreichte Tom den Schlüssel. «Kriege ich wenigstens 'ne Quittung?»

«Wir schicken Ihnen eine zu», versicherte Mascha rasch, bevor Tom die Geduld verlor.

Sie warteten, bis Lutz Gönnemann um die Ecke verschwunden war, dann streiften sie Handschuhe über, und Tom sperrte das Tor auf. Mascha hielt unwillkürlich die Luft an.

Doch es gab nicht viel zu sehen, zumindest nicht auf den ersten Blick. Die Garage war fast leer. Nicht einmal Staub bedeckte den Boden. Lediglich in der hintersten Ecke stand etwas, das Mascha nicht gleich identifizieren konnte. Enttäuschung mischte sich mit Erleichterung. Sie hatte zugleich befürchtet und gehofft, dass das hier womöglich der Tatort war.

Tom schaltete das Licht ein. Sie näherten sich dem kleinen Haufen hinten an der Rückwand, und Mascha erkannte eine eingerollte Isomatte, eine gefaltete Decke sowie einige Sixpacks Mineralwasser in Plastikflaschen. Sie brauchte nur wenige Sekunden, um eins und eins zusammenzuzählen.

«Sieht aus wie ein Unterschlupf», murmelte Tom.

«Oder ein Gefängnis», ergänzte Mascha.

«Lilli?» Tom blickte sich um. «Aber warum hier? Das wäre megariskant gewesen. Die anderen Garagen sind zwar um die Ecke, aber man muss nur genug Lärm machen …»

«Vielleicht ist ihm das auch klar geworden, und er hat den Plan deshalb geändert», spekulierte Mascha. «Denn Matte und Decke wirken unbenutzt. Auch das Wasser wurde nicht angebrochen.»

Tom ging vor den Wasserflaschen in die Knie, griff dazwischen und fischte mit seinen behandschuhten Fingern etwas hervor.

«Wäre aber auch möglich, dass Lilli doch hier war und Ben danach aufgeräumt hat.» Er wedelte mit dem Papier eines Schokoriegels. «Wir müssen die KT rufen. Die sollen nach Spuren von Lilli suchen. Falls sie was finden, dürfte endgültig belegt sein, dass Ben Reichert der Täter war.» Er erhob sich. «Was für eine Scheiße.»

Mascha wusste, was er meinte. Zum zweiten Mal an diesem Tag fühlte sie sich als Versagerin. Bei der großen Suchaktion vor knapp einer Woche hatten sie sich auf den Darß konzentriert. Irgendwo hatten sie ja eine Grenze ziehen müssen, es waren auch so schon Hunderte Ferienhäuser, Gartenlauben und Boote gewesen, die von den Kollegen durchsucht worden waren. Konnte es sein, dass Lilli währenddessen nur wenige Kilometer entfernt in dieser Garage verzweifelt auf Rettung gewartet hatte?

## Teterow, am selben Tag

Björn André steckte das Handy weg und betrachtete das Klinikgebäude. Noch immer keine Spur von Marina Sarow. Niemand hatte sie gesehen, und der Suchhund hatte ihre Fährte bereits auf dem Parkplatz wieder verloren. Als hätte die Frau sich in Luft aufgelöst.

Das ergab nur Sinn, wenn sie in ein Auto gestiegen war. Aber das einzige Fahrzeug auf dem Parkplatz war das des Unbekannten gewesen. Hatte er sie abgeholt? Waren sie verabredet gewesen? Wieso hatte Marina dann nicht einfach ihre Sachen gepackt und die Klinik offiziell verlassen, statt sich nachts herauszuschleichen und dabei noch einen Pfleger niederzuschlagen?

Björn war in ihrer Wohnung gewesen und hatte, wie schon bei ihrem ersten Verschwinden, die Nachbarin befragt. Ohne Ergebnis. Er hatte auch das Haus in Rostock gründlich durchsucht, in dessen Keller sie sich beim letzten Mal versteckt hatte. Vergeblich. Zudem hatte er mit dem Nachtportier gesprochen, doch der wusste überhaupt nichts. Er hatte gemütlich vor dem Seiteneingang gestanden, Instagram-Reels geschaut und geraucht und erst bemerkt, dass etwas nicht stimmte, als der Rettungswagen eintraf.

Björn dachte wieder an das unbekannte Fahrzeug auf dem Parkplatz. Ein Besucher zu ungewöhnlich später Stunde, den niemand gesehen hatte. Das konnte kein Zufall sein. Was, wenn Sarows Panikattacken doch einen realen Hintergrund hatten? Wenn es etwas, oder besser, jemanden gab, vor dem sie zu Recht Angst hatte? Was, wenn diese Person sie entführt hatte?

Andererseits war Marina Sarow seit Jahren wegen einer wiederkehrenden paranoiden Psychose freiwillig in Behandlung. Das machte man nicht, wenn man vor einer realen Gefahr davonlief. Zudem wäre es ein Leichtes für einen potenziellen Stalker, sie in ihrer Wohnung zu überfallen, wenn sie gerade nicht in der Klinik war. Warum sollte er sich der Gefahr aussetzen, beim Eindringen in ein öffentliches Gebäude gesehen zu werden?

So oder so ergab das alles keinen Sinn. Da war es wahrscheinlicher, dass Marina Sarow selbst den Wagen zur Flucht entwendet hatte. Doch niemand hatte ein Fahrzeug gestohlen gemeldet. Und dass der unbekannte Fahrer sie mitgenommen und irgendwo abgesetzt hatte, schien ebenfalls kaum denkbar. Eine der Krankenpflegerinnen hatte Sarows Sachen durchgesehen und war sicher, dass die Frau im Nachthemd geflohen war.

Immerhin wusste Björn jetzt, wer den Notruf abgesetzt hatte. Es war Helga Koch gewesen, die Patientin, die aus noch ungeklärten Gründen Zeugin des Vorfalls geworden war. Da sie das Telefon am Empfang benutzt hatte, waren die Kollegen zunächst davon ausgegangen, dass es sich um jemanden vom Klinikpersonal gehandelt hatte.

Björn betrat den Empfang, der so aussah wie immer. Nichts erinnerte an den Vorfall vor zwei Tagen. Er trat an den Tresen, wo eine ihm unbekannte Frau mit pinkfarbenen Strähnchen Dienst hatte, und wies sich aus.

«Ich muss mit einer Patientin sprechen, Helga Koch.»

«Oh, wegen dieser Sache.»

Björn nickte. «Wo finde ich Frau Koch?»

«Ich glaube, sie ist gerade mit einer Gruppe in den Garten gegangen.» Die Frau deutete auf die Glastür, durch die Björn eben eingetreten war. «Da raus und rechts um die Hausecke.»

Der Garten war ein mit einem hüfthohen Zaun umfasstes Gelände, das sich entlang des Seitenflügels erstreckte. Es gab Bänke, eine Tischtennisplatte, die nicht so aussah, als würde sie häufig benutzt, und ein kleines Kräuterbeet, das einen leicht verwilderten Eindruck machte.

Ein Pfleger führte eine gebrechliche Frau am Arm spazieren, neben ihnen ging eine zweite Frau, die einen Rollator vor sich herschob. Zwei alte Männer saßen auf einer Bank, unterhielten sich jedoch nicht, sondern starrten in unterschiedliche Richtungen.

Als Björn durch das Gartentor trat, zuckte der vertraute Schmerz durch sein Bein, gefolgt von dem Gedanken, dass er gut in diese kleine Ansammlung von gebrechlichen Menschen passte.

«Hallo, wo finde ich Frau Koch?», fragte er den jungen Pfleger.

«Wahrscheinlich bei den Insektenhotels.» Er deutete vage in den hinteren Teil des Gartens. «Sind Sie von der Polizei?»

«Oberkommissar André.» Wieder zückte Björn seinen Ausweis und humpelte näher.

«Sie haben Glück, heute ist sie gut drauf.»

Björn horchte auf. «Was bedeutet das?»

Der junge Mann zögerte. «Ich weiß gar nicht, was ich Ihnen erzählen darf.»

«Frau Koch ist eine Zeugin, ich muss wissen, wie ich ihre Aussage einzuordnen habe.»

«Warum dauert das so lange?», fragte die alte Dame mit dem Rollator.

«Einen kleinen Moment noch», beruhigte der Pfleger sie. «Wir gehen gleich weiter.» Er wandte sich wieder an Björn. «Helga Koch ist dement. Manchmal hat sie klare Tage, manchmal versinkt sie vollkommen in ihrer eigenen Welt. In solchen Phasen ist sie oft launisch und aggressiv, dann ist sie praktisch gar nicht ansprechbar.» Er nickte der alten Frau zu. «Auf geht's, Luise, genug geplaudert.»

Die kleine Gruppe setzte sich wieder in Bewegung, Björn bedankte sich und eilte in die entgegengesetzte Richtung.

Tatsächlich stand eine Frau mit schulterlangen grauen Haaren vor einer Ansammlung von Insektenhotels, die an der Hauswand angebracht waren und selbst gezimmert aussahen. Als Björn näher kam, hörte er ein leises Summen. Doch es kam nicht von den Bienen, die die winzigen Holzhäuschen zu Björns Überraschung auch jetzt im September noch umschwirrten, sondern von der Frau. Irgendein Kinderlied, das Björn nicht erkannte.

«Frau Koch?», sprach er sie behutsam an.

Die Frau drehte sich um und legte den Finger an die Lippen. «Vorsicht, die Bienen!»

«Ich würde mich gern mit Ihnen unterhalten, Frau Koch. Ich bin von der Polizei. Sollen wir uns da drüben auf die Bank setzen? Da sind wir weit genug weg von den Bienen.»

Helga Koch legte die Stirn in Falten. «Was wollen Sie von mir? Ich kenne Sie nicht.»

«Es geht um das, was vorgestern Nacht passiert ist. Erinnern Sie sich?»

Der Ausdruck der Frau bekam etwas Lauerndes. «Sind Sie der Mann?»

«Welcher Mann?»

Die Frau legte den Kopf schief, dann wandte sie sich wieder den Bienen zu.

Björn unterdrückte ein Stöhnen. Er trat dichter an sie heran. «Frau Koch, ich muss wirklich mit Ihnen sprechen, es ist wichtig.»

«Wenn Sie näher kommen, rufe ich die Polizei!»

Björn hob die Hände. «Ich bin die Polizei.»

«Wo ist Ihre Uniform?»

«Kommissare tragen keine Uniform. Das kennen Sie doch aus dem Fernsehen, oder?»

«Sind Sie ein Fernsehkommissar?»

Björn zwang sich, ruhig zu bleiben. «Tun Sie mir den Gefallen und setzen Sie sich mit mir auf die Bank, bitte.»

Die Frau verdrehte die Augen, als wäre er ein nerviges Kind. «Wenn Sie unbedingt wollen.»

Sie nahmen auf der Bank Platz, Björn streckte sein schmerzendes Bein aus und versuchte es erneut.

«Erinnern Sie sich an das, was mit Ihrer Mitpatientin Marina Sarow passiert ist?»

«Natürlich erinnere ich mich, junger Mann. Halten Sie mich für senil?»

Björn atmete auf. Vielleicht war ja doch noch was aus Helga Koch herauszukriegen. «Erzählen Sie mir davon.»

«Wissen Sie es etwa nicht?»

«Ich war ja nicht dabei.»

«Stimmt.» Die Alte kicherte. «Sie sind ja kein Arzt.»

«Also?»

«Sie war in dem großen Saal.» Koch schaute ihn verschwörerisch an und senkte die Stimme. «Da darf eigentlich niemand hinein. Aber das Türschloss ist kaputt.»

«Was hat Frau Sarow in dem Saal gemacht?»

«Was fragen Sie mich das? Ich war nicht dabei.» Sie legte Björn die Hand auf den Arm. «Ich glaube, sie ist vor dem Mann weggelaufen.»

«Was denn für ein Mann?»

«Der böse Mann. Er schleicht nachts durchs Haus. Ich glaube, sie wollte ihre Pillen nicht nehmen.»

«Reden Sie von dem Pfleger?»

«Ach, Jungchen, Sie verstehen aber auch gar nichts.»

«Dann erklären Sie es mir.»

Helga sah ihn an, ihr Blick war konzentriert, dann erhellte sich ihr Gesichtsausdruck. «Die Bienen!» Sie sprang auf.

Björn erhob sich ebenfalls. «Sie haben mir noch gar nichts von dem Mann erzählt.»

Helga drehte sich zu ihm um. «Sie hat ihn geschlagen. So.» Sie machte eine rasche Handbewegung. «Und er ist einfach umgefallen.»

«Und dann haben Sie den Notarzt alarmiert, das war sehr besonnen von Ihnen.»

«Habe ich das?» Koch legte die Hand ans Kinn.

«Haben Sie gesehen, wohin Marina Sarow gegangen ist, nachdem sie den Pfleger niedergeschlagen hat?»

Helga Koch musterte ihn. «Wer sind Sie?»

Björn seufzte. «Ich bin von der Polizei.»

«Polizei? Sie sollten sich schämen, eine alte Frau so zu erschrecken.»

«Sie wollten mir von dem bösen Mann erzählen», versuchte Björn es ein letztes Mal.

Doch Helga Koch beachtete ihn gar nicht. Sie kehrte zu den Bienen zurück, und kurz darauf setzte wieder das leise Summen ein. Die alte Frau war in ihre eigene Welt zurückgekehrt.

## Am selben Tag

Sie waren auf dem Rückweg ins Revier, als Toms Handy klingelte. Mascha nahm den Anruf entgegen und stellte auf laut.

«Was fällt Ihnen ein, meiner Frau das anzutun!», dröhnte die Stimme von Walter Sternberg aus dem Lautsprecher. «Als hätte sie nicht schon Kummer genug!»

Tom schossen sofort alle möglichen Szenarien durch den Kopf. Er steuerte den alten Polizeibus auf die Meiningenbrücke, die sie zurück auf den Darß brachte. «Was ist passiert, Herr Sternberg?»

«Ihre junge Kollegin. Ruft hier an und sagt, sie schickt jemanden vorbei, der Speichelproben von uns nimmt. Reichlich unsensibel, finden Sie nicht?»

Tom schwirrte der Kopf. Er warf Mascha einen Blick zu, die mit den Schultern zuckte.

«Ich fürchte, ich verstehe nicht, Herr Sternberg. Meine Kollegin und ich kommen gerade von einem Außeneinsatz zurück, sie sitzt neben mir und hat mit Sicherheit niemanden angerufen.»

«Ich rede nicht von Frau Krieger.» Der ehemalige Bürgermeister schnaubte empört. «Haben Sie Ihre Leute nicht im Griff, Herr Kommissar?»

Tom schluckte seinen Ärger hinunter. «Herr Sternberg, immer mit der Ruhe. Erzählen Sie bitte, was passiert ist.»

«Habe ich doch.»

Mascha, die ihr Handy hervorgezogen hatte, hielt Tom das Display hin, auf dem eine Nachricht von Paul zu sehen war, die etwa vor einer halben Stunde eingetroffen sein musste. *Die Verstärkung aus Stralsund ist da. Habe sie erst mal an Toms Schreibtisch verfrachtet.*

Tom schnitt eine Grimasse. Er hatte gestern nach dem Leichenfund mit seinem Chef telefoniert und um Aufstockung des Teams gebeten. Der hatte gezögert.

«Der Fall ist doch praktisch geklärt», hatte er gesagt. «Jetzt, wo Sie die Leiche haben, können Sie doch rasch abschließen.»

«Und wenn es nicht Lilli Sternberg ist?», hatte Tom eingewandt.

«Gibt es dafür Anhaltspunkte?»

«Es gibt auch keine Anhaltspunkte dafür, dass sie es ist», hatte Tom entgegengehalten. «Außer der Tatsache, dass es sich bei der Toten um eine junge Frau handelt.»

Joost Bartelsen hatte theatralisch geseufzt. «Ich schaue, ob ich irgendwen freistellen kann, der Ihnen bei den Laufarbeiten behilflich ist, aber machen Sie sich keine großen Hoffnungen. Jede Abteilung klagt über Personalmangel, außerdem ist Wochenende.»

Tom holte tief Luft. «Es tut mir leid, wenn meine Kollegin irgendwie unfreundlich war, Herr Sternberg. Ich bin sicher, sie hat es nicht so gemeint. Zudem wusste sie offenbar nicht, dass wir Lillis DNA-Profil bereits im System haben, also gar keine Probe von Ihnen zum Abgleich brauchen.»

«Damit hätten Sie ohnehin nicht viel anfangen können», schnauzte Sternberg.

Tom überholte einen Wagen, der nach Zingst abbog. «Wie meinen Sie das?»

«Vergessen Sie's.»

«Herr Sternberg, gibt es da etwas, das ich nicht weiß?» Die Großeltern zu schonen, hieß schließlich nicht, seine Pflichten als Ermittler zu vernachlässigen.

«Ich dachte, Sie wüssten es. Ist schließlich kein Geheimnis. Cornelia, also Lillis Mutter, war nicht unsere leibliche Tochter.»

Verdammt. Das war doch nicht möglich. «Warum haben Sie das bislang nicht erwähnt?», fragte Tom etwas schärfer als beabsichtigt.

«Weil es nicht von Bedeutung ist. War es nie. Cornelia war unsere Tochter und Lilli unser Enkelkind.»

«Bei einer Mordermittlung ist alles relevant, Herr Sternberg.» Ihm kam ein Gedanke. «War der Kollege schon bei Ihnen wegen der DNA?»

«Noch nicht.»

«Bitte geben Sie ihm eine Probe. Falls wir fremde DNA an der Toten finden, brauchen wir Ihre DNA, um sie als Trugspur auszuschließen.»

Tom wollte das Gespräch beenden, doch Mascha hob die Hand. «Hat Ihre Tochter es gewusst?»

«Was?»

«Dass sie adoptiert war.»

«Spielt das eine Rolle?» Sternbergs Stimme klang ungehalten.

«Beantworten Sie bitte einfach meine Frage», forderte Mascha ihn auf. «Oder haben Sie ein Problem damit?»

Sternberg murmelte etwas Unverständliches. Dann sagte er: «Wir haben es ihr gesagt, als sie sechzehn wurde.»

«Wie hat sie reagiert?»

«Sie war erschrocken. Verwirrt. Das wäre wohl jeder gewesen. Aber sie hat sich schnell gefangen, vor allem, als wir ihr versichert haben, dass wir sie vom ersten Moment an geliebt haben. War's das?»

«Ja, ich danke Ihnen.»

Als Mascha aufgelegt hatte, zog Tom die Brauen hoch. «Was sollte das?»

«Keine Ahnung. Ich wollte es einfach wissen.»

«Aha.» Tom sah Mascha an, dass sie ihm etwas verschwieg, aber er hatte keine Lust, mit ihr zu diskutieren. Dafür machte er seinem Ärger über die neue Kollegin Luft. «Wie kommt diese Person dazu, ohne Absprache mit mir solche Dinge zu veranlassen!»

«Vielleicht hat Paul ihr gesagt …»

«Paul weiß, dass wir Lillis Blut haben.»

«Dann hatte er womöglich auch Trugspuren im Sinn. Warte erst mal ab, was die beiden dazu sagen.»

Sie passierten die Brücke über den Sellnitzer Strom. Tom setzte den Blinker und bog in den Ort ab.

«Du hast sicher recht», sagte er. «Und ein Gutes hat die Aktion auf jeden Fall. Wir wissen jetzt, dass Lilli nicht das leibliche Enkelkind der Sternbergs war. Auch wenn ich erst einmal nicht davon ausgehe, dass das für den Fall relevant ist.»

Mascha starrte durch die Windschutzscheibe und schwieg. Tom spürte, dass sie in Gedanken meilenweit weg war, und er musste plötzlich an die beiden Aktenordner denken, die sie stets dabeihatte. Er hatte sie einmal danach gefragt und sich eine Abfuhr geholt. Aber das bedeutete nicht, dass es ihn nicht mehr interessierte.

## Sonntag, 15. September

## Sellnitz auf dem Darß, am Morgen

Mascha blickte auf die Uhr und dann zur Tür. Zehn nach neun, wo blieb Tom nur? Er hatte für Punkt neun die Morgenbesprechung angesetzt. Paul verteilte gerade Kekse auf zwei kleine Teller, und die Neue, Kira Blanck, tippte eifrig auf der Tastatur ihres Laptops herum, als sollte jeder mitbekommen, dass sie die Einzige war, die arbeitete.

Sie hatten wieder zwei alte Schulpulte in den Raum gequetscht, wie schon einmal zu Beginn der Ermittlungen, damit jeder im Team einen eigenen Arbeitsplatz hatte und die Kollegen von der Streife ihren Schreibtisch für das Tippen von Berichten behalten konnten. Die Alternative wäre gewesen, dass zwei von ihnen sich im Archiv einrichteten. Aber das brauchten sie für Vernehmungen. Kira hatte erst gegen den provisorischen Arbeitsplatz protestiert, sich jedoch beruhigt, als sie gesehen hatte, wie Mascha es sich an ihrem Pult bequem machte.

Tom hatte sie sich gestern noch vorgeknöpft, weil sie auf eigene Initiative jemanden zu den Sternbergs geschickt hatte, obwohl Paul sie nur gebeten hatte, bei KTU und Rechtsmedizin nachzufragen. Allerdings war seine Strafpredigt nicht allzu streng ausgefallen, da Pauls Arbeitsauftrag nicht ganz eindeutig und das Missverständnis nachvollziehbar gewesen war. Kira hatte dementsprechend unbeeindruckt gewirkt.

Mascha hätte sie strenger rangenommen, Missverständnis hin oder her. Sie hatte in Kiras Blick eine Überheblichkeit gelesen, die ihr nicht behagte. Aber sie wollte nicht vorschnell urteilen. Eigentlich gab sie viel auf weibliche Solidarität, doch sie befürchtete, dass das im Fall von Kira Blanck eine Einbahnstraße sein könnte. Die junge Kollegin schien extrem ehrgeizig zu sein. Zumindest hatte sie ihnen ungefragt erzählt, dass sie die Ausbildung mit Bestnoten abgeschlossen hatte und schon bald mit ihrer ersten Beförderung rechnete.

Die Eingangstür knallte, dann betrat Tom den Raum. «Sorry für die Verspätung», sagte er. «Ein dringender Anruf.»

«Ging es um den Fall?», fragte Kira sofort.

«Alles zu seiner Zeit», wich er aus.

Mascha sah, dass ein kleiner brauner Fleck auf seiner Hose prangte. Bestimmt hatte es Stress mit Romy gegeben. Es war Sonntag, also hatte er sie wohl wieder bei Nicole abliefern müssen. Hatte er deshalb versucht, sie zu überreden, wieder in seinem Gästezimmer zu wohnen, weil er darauf spekulierte, dass sie ihn bei der Betreuung unterstützte?

Falls ja, hatte er sich verkalkuliert. Mascha mochte Romy, und sie verbrachte gern Zeit mit ihr. Das Mädchen brachte eine Saite in ihr zum Klingen, von der sie geglaubt hatte, sie wäre für immer verstummt. Aber einspannen lassen würde sie sich nicht. So gut sie verstand, in welch schwieriger Situation Tom sich befand, es war seine Angelegenheit, nicht ihre. Sie hatte ihre eigenen Probleme, die löste auch niemand für sie.

Tom hängte seine Jacke über die Stuhllehne und stellte sich ans Whiteboard. «Lasst uns direkt loslegen, es gibt viel zu tun. Ich fasse kurz zusammen, wo wir im Augenblick stehen.» Er griff nach einem Stift. «Am Samstagmorgen wurde eine bisher nicht identifizierte weibliche Leiche am Strand gefunden. Es könnte sich um die sterblichen Überreste der seit zehn Tagen vermissten Lilli Sternberg handeln, aber Gewissheit haben wir erst nach dem DNA-Abgleich.» Tom warf einen kurzen Blick zu Kira, die den Anstand besaß, verlegen den Blick zu senken.

«Ich konnte Professor Süderholz überreden, sein freies Wochenende zu opfern, um die Tote heute zu obduzieren. Er ist selbst daran interessiert, den Fall, in den er von Anfang an involviert war, mit uns zu Ende zu bringen und nicht einem Kollegen zu überlassen. Deshalb fahre ich gleich nach der Besprechung nach Greifswald, um dabei zu sein. Die Leiche ist in keinem guten Zustand, ich gehe dennoch davon aus, dass Süderholz den ungefähren Todeszeitpunkt und vor allem die Todesursache ermitteln kann.» Tom notierte ein paar Stichpunkte und drückte die Kappe auf den Stift. «Was haben wir noch?»

«Was ist mit der Garage?», fragte Paul.

Tom zog die Kappe wieder ab und schrieb das Wort «Garage» neben die bisherigen Notizen. «Die KT hat Spuren gesichert, aber die Resultate stehen noch aus», sagte er. «Wir wissen nicht, weshalb Ben Reichert sie angemietet hat, es gibt jedoch Hinweise darauf, dass sich jemand dort aufgehalten hat.»

«Wurden nicht alle leeren Objekte durchsucht, als man nach Lilli gefahndet hat?», fragte Kira.

Toms Gesichtsausdruck verhärtete sich. «Die Garage liegt außerhalb des Suchgebiets. Wir hatten nicht genug Leute, um in einem noch größeren Radius zu arbeiten.»

«Ein Fehler, wie sich jetzt herausstellt.» Kira spitzte die Lippen.

Mascha hielt die Luft an. Sie war nicht sicher, ob die junge Kollegin einfach nur kein Feingefühl besaß oder gezielt provozieren wollte.

«Spar dir deine Wortbeiträge für den Fall auf, dass du etwas

Hilfreiches zu den Ermittlungen beitragen kannst», fuhr Tom sie an.

Kira setzte zum Protest an, doch Mascha war schneller. Rasch schnappte sie sich einen Keks und wechselte das Thema. «Hat der Angler, der auf der Seebrücke stand, irgendwas gesehen?», fragte sie, an Paul gewandt.

«Leider nicht», erwiderte der sichtlich erleichtert. «Er hat erst mitbekommen, was los ist, als die Kollegen ihn gebeten haben, den Steg zu räumen.»

«Da die Tote höchstwahrscheinlich nicht am Strand abgelegt, sondern mit der Flut angespült wurde, ist das wohl eh nicht relevant», überlegte Mascha laut. «Schließlich hat der Körper allem Anschein nach bereits mehrere Tage im Wasser gelegen.»

Sie sah fragend zu Tom, der mit verschränkten Armen dastand. Er schien in Gedanken ganz woanders zu sein. Sie fragte sich, was mit ihm los war.

Offenbar spürte er ihren Blick und riss sich sichtlich zusammen. «Sonst noch was?»

«Die neue Nachricht, die Fabienne auf ihr Handy erhalten hat, und das verschwundene Notizheft», sagte Mascha.

«Hast du die Botschaft schon dechiffriert?», fragte Kira und sah Mascha an. «Handelt es sich wieder um eine Verabredung?»

«Diesmal ist es anders, weil die Uhrzeit, falls es sich um eine handelt, nicht glatt ist. Ich habe eine Hypothese, aber ich muss sie noch überprüfen.»

Tom schrieb «Notizheft» und «3. Nachricht» an das Board, dann zog er eine senkrechte Linie in der Mitte. «Leider haben uns die Verbindungsdaten von Lillis Handy, die gestern endlich gekommen sind, auch nicht weitergebracht. Kein Kontakt, von dem wir nichts wussten. Und am Tag ihres Verschwindens hat sie das Telefon offenbar gar nicht genutzt.»

«Aber möglicherweise das andere, das Ursula Zimmermann glaubt, bei ihr gesehen zu haben», fiel Mascha ein.

«Also erst mal eine Sackgasse.» Tom kratzte sich am Hinterkopf. Er notierte «Zweithandy?» und drehte sich wieder um. «Dann zu unserem zweiten Fall, dem Mord an Ben Reichert. Hast du die Liste mit den schwarzen Wagen zusammengestellt, Duke?»

«Habe ich.» Paul zog ein Blatt Papier aus einer Mappe, die vor ihm lag. «Insgesamt gibt es dreihundertsiebenundachtzig schwarze Pkw allein in Sellnitz. Auf der gesamten Halbinsel sind es mehr als tausend.»

«Oh Mist», murmelte Mascha.

«Das ist ungefähr ein Viertel aller angemeldeten Pkw», fuhr Paul ungerührt fort, «und entspricht in etwa dem Bundesdurchschnitt. Ich habe alle Kleinwagen aussortiert, da ihr ja eher ein großes Auto gesehen haben wollt. Und dann habe ich die Namen der Halter mit der Liste der Personen abgeglichen, die uns im Zusammenhang mit den beiden Fällen untergekommen sind. So bleiben nur noch wenige übrig. Als Erstes wäre da Walter Sternberg zu nennen, der eine schwarze Mercedes A-Klasse Limousine fährt.»

«Der Großvater des Opfers?», fragte Kira. «Wenn dieser Ben Lilli umgebracht hat, hätte er ein Motiv.»

«Stimmt.» Tom rieb sich das Kinn. «Allerdings hat er bisher immer betont, dass er Ben für unschuldig hält.»

Kira schob ihre Brille hoch. «Würde ich an seiner Stelle auch tun, wenn ich ihn umgebracht hätte.»

«Wir müssen Sternberg auf jeden Fall befragen. Und sein Alibi überprüfen. Ich erledige das, wenn ich aus Greifswald zurück bin.»

«Ich könnte auch …», begann Kira.

«Auf keinen Fall», schnitt Tom ihr das Wort ab.

Sie öffnete den Mund, doch Tom wandte sich Paul zu. «Welche weiteren Personen hast du auf der Liste?»

«Herrn Phan, Lillis Arbeitgeber.»

«Interessant. Und sonst?»

«Nur noch zwei Personen, die nicht direkt mit dem Fall zu tun haben, mir aber trotzdem erwähnenswert erscheinen. Zum einen ein gewisser Jannik Krause. Er ist als Aushilfe beim Sellnitzer Wochenblatt tätig. Und Mike Wackerow, der Inhaber des Strandcafés. Da sowohl unsere Zeugin Ursula Zimmermann als auch Fabienne Mauritz im Strandcafé arbeiten, erschien mir das von Bedeutung.»

«Okay.» Tom nickte nachdenklich. Er schien endlich in der Besprechung angekommen zu sein. «Paul und Kira, ihr überprüft die Hintergründe aller Pkw-Halter. Vielleicht ist ja einer vorbestraft oder hatte doch etwas mit Ben Reichert zu tun. Wir dürfen nichts übersehen. Dann befragt ihr alle, die in der engeren Auswahl sind. Bis auf Walter Sternberg. In Ordnung?»

«Klar, machen wir», sagte Paul.

Kira nickte nur mit zusammengepressten Lippen. Bestimmt hatte sie eine spannendere Aufgabe erwartet, aber diesmal zumindest war sie klug genug, den Mund zu halten.

«Und du, Mascha, kümmerst dich um die Nachrichten. Wir wissen noch immer nicht, wer sie verschickt hat und zu welchem Zweck. Und versuche rauszufinden, was es mit diesem ominösen zweiten Handy auf sich hat, das Ursula Zimmermann bei Lilli gesehen haben will.»

Tom griff nach seiner Jacke. «Okay, Leute, ich muss los. Wir sehen uns später.»

Er stürmte aus dem Raum, Mascha beeilte sich hinterherzukommen. An seinem Wagen holte sie ihn ein.

«Was ist los?»

Er drehte sich zu ihr um. «Was soll los sein?»

«Normalerweise wärst du spätestens eine halbe Stunde vor der Besprechung da gewesen. Außerdem warst du am Anfang gar nicht bei der Sache.»

«Willst du dich beschweren?»

Sie erwiderte nichts, starrte ihn nur an. Er hatte ihr einmal eine Hiobsbotschaft vorenthalten, er würde sie nicht noch einmal ins Messer laufen lassen. Wenn es Probleme gab, wollte sie darüber Bescheid wissen, so machte man das unter Partnern.

Er winkte ab. «Stress mit Romy. Sie wollte nicht zu Nicole, hat einen Riesenaufstand gemacht. Das gab es noch nie, sie geht sonst immer gern hin.»

«Hast du sie gefragt, warum?»

«Es ist ihr zu langweilig.» Er sah sie an. «Wenn du es genau wissen willst, sie findet meine Arbeit doof, Lilli ist ihr egal, und sie will lieber mit uns beiden an den Strand.»

Mascha musste lächeln. «Das kann ich gut verstehen. Und manchmal finde ich unsere Arbeit auch doof.»

Tom erwiderte ihr Lächeln, dann wurde er wieder ernst. «Ich mache mich mal auf den Weg. Halt die Stellung und pass auf, dass Kira keinen Mist baut.»

Mascha verschränkte die Arme. «Jetzt brauchst du also schon zwei Babysitter.»

Toms Miene verfinsterte sich, doch dann grinste er und verdrehte die Augen. «Mal den Teufel nicht an die Wand.»

## Am selben Tag

Nicole Laasch legte die Stifte neben das Papier. «Schau mal, Romy, so viele schöne Farben. Damit malst du jetzt ein Bild, und wenn du fertig bist, habe ich die Küche aufgeräumt, und wir können ein bisschen in den Garten gehen.»

«Ich will aber nicht malen.»

Nicole seufzte. «Du bist noch immer sauer, weil dein Papa heute keine Zeit für dich hat.»

«Immer muss er zu der blöden Arbeit. Ich hasse Arbeit, Arbeit ist doof!»

Nicole strich ihr über das zarte blonde Haar. Romy war ein ausgesprochen süßes Mädchen. Nicole war sich darüber im Klaren, dass sie als Erzieherin keine Lieblinge haben sollte, aber es ließ sich nicht vermeiden, dass man manche Kinder mehr mochte als andere. Und Romy hatte sie ins Herz geschlossen, noch bevor sie angefangen hatte, manchmal privat auf sie aufzupassen. Und bevor ihr aufgefallen war, dass auch Romys Vater ausgesprochen süß war.

«Was dein Papa macht, ist sehr wichtig», sagte sie sanft.

«Ich weiß», entgegnete das Mädchen genervt. «Er sucht die Frau, die mit den Händen spricht.»

«Lilli, genau.»

«Ich will, dass Lilli wiederkommt, sie soll nicht mehr weg sein.»

«Das wünschen wir uns alle, Liebes. Was hältst du davon, ein Bild für Lilli zu malen? Vielleicht eine schöne grüne Wiese mit vielen Blumen? Sie wird sich sicher darüber freuen, wenn sie wieder da ist.» Nicole schämte sich für ihren billigen Überredungsversuch. Zumal Lilli das Bild wohl nie sehen würde. Aber ihr war alles recht, um Romy auf andere Gedanken zu bringen.

Immerhin griff das Mädchen prompt nach einem grünen Stift. «Ich kann aber keine guten Blumen, dabei musst du mir helfen.»

«Mache ich, sobald ich in der Küche fertig bin.» Erleichtert stahl sie sich davon. Als Tom heute Morgen erneut vor der Tür gestanden hatte, weil er nicht wusste, wohin mit seiner Tochter, hätte Nicole ihn am liebsten wieder weggeschickt. So gern sie ihn und Romy mochte, sie wollte nicht ständig als Notnagel herhalten. Außerdem weigerte Tom sich, über Romys Probleme im Kindergarten zu reden. Er wollte einfach nicht sehen, dass sie noch immer um ihre Mutter trauerte und psychologische Hilfe brauchte. Noch war sie kein richtiges Mobbingopfer, doch einige Kinder hatten ihre Unfähigkeit, sich zu behaupten, erkannt und nutzten sie schamlos aus.

Nicole hörte ein Geräusch hinter sich und fuhr zur Gartentür herum, die nur angelehnt war.

«Mike!»

«Habe ich dich erschreckt?» Er grinste.

«Du sollst doch nicht herkommen», fuhr sie ihn an.

«Jaja, ich weiß. Aber ich habe jedes Recht der Welt, hier zu sein, das weißt du ganz genau.» Er trat in die Küche und stellte den mit Folie abgedeckten Teller, den er mitgebracht hatte, auf der Arbeitsplatte ab.

Nicole fing an, die Spülmaschine einzuräumen. Sie wollte

sich nicht über Mike ärgern, sie wollte ihn nur so schnell wie möglich wieder loswerden. Warum hatte er dieses blöde Café auch ausgerechnet hier in Sellnitz eröffnen müssen? Es gab genug schöne Orte an der Ostsee. Sie dachte an Romy, die im Wohnzimmer saß und malte. Hoffentlich kam sie nicht ausgerechnet jetzt in die Küche!

Nicole knallte die Spülmaschine zu. «Was willst du hier, Mike?»

«Gegenfrage: Was will *sie* hier?» Mike nickte zur halb geöffneten Wohnzimmertür hinüber, durch die zu sehen war, wie Romy sich konzentriert über ihr Bild beugte.

«Das geht dich nichts an.»

«Hast du was mit dem Bullen? Willst du mich deshalb nicht hier haben?»

Nicole spürte, wie sie rot wurde. «Red keinen Unsinn!»

Mike grinste. «Hab ich's mir doch gedacht.»

Sie stemmte die Hände in die Hüften. «Warum lässt du mich nicht in Ruhe?»

«Nicole?», ertönte in dem Moment eine Stimme von oben. Ihre Mutter. «Hast du Besuch? Wer ist es denn?»

Sie stöhnte auf. «Nimm deinen Scheißkuchen», zischte sie Mike zu, «und bring ihn hoch. Und dann verpiss dich wieder.»

Er hob die Hände. «Wer auch immer dir die Laune verdorben hat, hat echt ganze Arbeit geleistet.» Er griff nach dem Kuchenteller, doch es war bereits zu spät.

«Du bist der Mann vom Café», kam es von der Tür her.

Er drehte sich um. «Hallo, Romy! Besuchst du mich bald mal wieder und hilfst mir, die Kaninchen zu füttern?»

«Au ja! Jetzt?»

«Jetzt geht es nicht. Aber vielleicht kommst du ja später mit deinem Papa vorbei.»

Romy verzog das Gesicht. «Der hat keine Zeit, der muss Lilli suchen.»

Nicole registrierte, wie Mikes Augen kurz aufflackerten. Ihr fiel wieder ein, welchen Verdacht sie gehabt hatte, ganz zu Anfang, als Lilli verschwunden war. Nein, das konnte nicht sein. Ihr Mörder war ja überführt.

Mike wandte sich ihr zu. «Was meinst du, Nicole, möchtest du mir nachher mit Romy einen Besuch abstatten?»

«Oh ja, bitte!», rief Romy, bevor Nicole eine Ausrede erfinden konnte.

«Mal schauen», antwortete sie deshalb vage.

«Also dann, bis später.» Mike verschwand mit dem Kuchenteller auf der Treppe.

Romy hüpfte fröhlich zurück ins Wohnzimmer. Nachdenklich blickte Nicole ihr hinterher. Sie fragte sich, wie Tom Engelhardt reagieren würde, wenn er die Wahrheit über Mike und sie erführe.

## Greifswald, am selben Tag

Mit einem mulmigen Gefühl im Bauch schlüpfte Tom in die Schutzkleidung. Er hätte so ziemlich alles lieber gemacht, als bei der Autopsie der unbekannten Toten zuzuschauen, die womöglich Lilli Sternberg war. Doch sich zu drücken, kam für ihn nicht infrage. Auch wenn er zugleich das Gefühl hatte, seine Tochter für diese fremde junge Frau zu vernachlässigen. Sobald dieser Fall gelöst war, hatten Romy und er ganz viel gemeinsame Zeit nachzuholen. Vielleicht konnten sie sogar zusammen ein paar Tage Urlaub machen, seine Eltern in Spanien besuchen.

Von unterwegs hatte er Nicole angerufen, die ihm versichert hatte, dass alles in Ordnung sei. Am Nachmittag hatte sie vor, mit Romy ins Strandcafé zu gehen, wo sie die Kaninchen füttern wollten. Tom hatte zwar sofort daran denken müssen, dass der Caféinhaber eben noch Thema in der Teambesprechung gewesen war, aber er konnte Romy wohl kaum den Besuch verbieten, nur weil der Mann ein schwarzes Auto besaß. Sie musste Nicole von den Kaninchen erzählt haben. Tom hatte keine Ahnung, dass es ihr so viel Spaß gemacht hatte, sie zu füttern. Sollte er auch ein Haustier anschaffen? Vielleicht würde es Romy helfen, sich in Sellnitz einzuleben.

Heute Morgen war er kurz davor gewesen, die Nerven zu verlieren. Er hatte wieder eine Nacht hinter sich, in der er kaum geschlafen hatte, und dann war Romy beim Frühstück so bockig gewesen, dass er sie am Ende angeschrien und sich selbst dafür gehasst hatte. Sie hatte zornentbrannt den Löffel quer durch die Küche geworfen, wobei die Tasse umgefallen und der Kakao einmal über den ganzen Tisch gespritzt war. Er hatte nicht nur alles sauber machen, sondern auch Romy umziehen müssen. Immerhin hatte er es fertiggebracht, sich bei ihr zu entschuldigen, was allerdings nicht verhindert hatte, dass sie vor Nicoles Haustür ein Riesentheater gemacht hatte, weil sie nicht dort bleiben wollte.

Tom rieb sich das müde Gesicht und streifte die Handschuhe über. Er trat durch die Tür, wo Manfred Süderholz ihn schon erwartete. Eine junge Assistenzärztin legte gerade die Instrumente bereit. Sie hatte kurz geschnittene dunkle Haare und war klein und schlank und wirkte auf Tom viel zu zart besaitet für einen Job wie diesen. Doch er wusste, dass der äußere Eindruck täuschen konnte. Er hatte schon baumstarke, erfahrene Kollegen neben einer Leiche zittrige Knie bekommen sehen.

Der bittersüße Geruch nach Tod hing schwer in der Luft. Der Leichnam lag auf dem Tisch, war jedoch noch mit einem Tuch bedeckt. Tom wappnete sich für den Anblick. Wenn er Glück hatte, musste er nur für die äußere Leichenschau bleiben, um seine Antworten zu erhalten. Zumindest die auf die drängendsten Fragen.

«Na, dann wollen wir mal sehen, was wir haben», sagte Süderholz fröhlich und zog das Tuch weg. «Sehr schön.» Er schritt den toten Körper ab und murmelte in das Diktiergerät, das um seinen Hals hing, beschrieb, was ihm ins Auge fiel. «Leiche aufgebläht und stark verfärbt, Waschhaut, teilweise in Fetzen. Nägel an den Fingern stark gelockert, an den Füßen kaum.»

Während der Arzt den Zustand der Leiche ausführlich beschrieb, machte seine Kollegin zahlreiche Fotos. Nach einer Weile hielt Tom es nicht mehr aus.

«Was ist mit den blauen Flecken?», unterbrach er. Ihm war klar, dass Rechtsmediziner sich nicht gern bei ihrer Arbeit stören ließen, aber er brauchte Antworten.

Süderholz hob seine weißen Brauen. «Das kann ich nicht so auf die Schnelle sagen. Wasserleichen bieten häufig ein recht buntes Bild. Und nicht immer lässt sich sagen, was genau die Verfärbungen ausgelöst hat.»

Tom fing ein entschuldigendes Lächeln von der jungen Ärztin auf. «Also könnte man Hämatome, die ihr vor dem Tod beigebracht wurden, nicht eindeutig identifizieren?», hakte er nach.

«Das habe ich nicht gesagt.» Der Rechtsmediziner betrachtete ihn wie einen unaufmerksamen Schüler. «Wenn ich sie aufgeschnitten habe, sehe ich, ob es Einblutungen in der Tiefe gibt. Die wären ein Hinweis darauf, dass sie noch gelebt hat, als ihr die Hämatome beigebracht wurden.»

Tom nickte. «Dann muss ich mich wohl gedulden.»

Süderholz setzte seine Arbeit fort, und Tom wartete, bis er die Aufnahme erneut unterbrach.

«Sie wollen sicherlich wissen, wie lange sie im Wasser gelegen hat.» Der Mediziner wandte sich an seine Kollegin. «Zeigen Sie mal die Tabelle.»

Die Frau näherte sich mit aufgeklapptem Laptop. Süderholz beugte sich über den Bildschirm. «Ja, dachte ich mir.» Er drehte sich zu Tom um. «Sie hat etwa fünf bis sechs Tage im Wasser gelegen. Ganz sicher kann ich es eingrenzen, wenn ich Herz und Hirn gesehen habe, aber da erwarte ich keine Überraschungen.»

Tom rechnete rasch zurück. «Also Sonntag oder Montag. Und die Todesursache?»

«Dazu kann ich noch nichts sagen.»

«Nicht einmal eine Vermutung?», drängte Tom.

«Nein, Herr Engelhardt. Sie sehen ja selbst, in welchem Zustand die Leiche ist. Sie könnte erdrosselt oder erschlagen worden oder einfach ertrunken sein. Nicht einmal, wenn sie einen Schnitt durch die Kehle hätte, könnte ich ohne nähere Untersuchung feststellen, ob das die Todesursache ist. Mehr sagen kann ich erst, wenn ich sie von innen gesehen habe.»

«Verstehe.» Tom überwand sich und schaute noch einmal genau hin. «Was ist mit diesen runden Löchern? Könnten die mit ihrem Tod zu tun haben?»

Süderholz lächelte amüsiert, was sein ganzes Gesicht veränderte, vom strengen Oberlehrer hin zum gütigen Großvater. «Das halte ich für unwahrscheinlich. Bei diesen Löchern handelt es sich um typische Fraßdefekte von Seesternen. Wussten Sie, dass die sich gern an Leichen bedienen? Dass sie einen lebenden Menschen angeknabbert hätten, ist mir allerdings noch nicht zu Ohren gekommen.»

Tom schauderte unwillkürlich. Wie gut, dass Romy das nicht wusste. Sie liebte Seesterne, und die Vorstellung, dass sie gern tote Menschen fraßen, hätte sie bestimmt verstört.

«Sonst irgendwas, das mir weiterhilft?», fragte er ohne viel Hoffnung. «Vielleicht ein Hinweis auf ihre Identität? Besondere Merkmale?»

«Sie haben nicht zufällig die Unterlagen von ihrem Zahnarzt dabei?», fragte Süderholz zurück.

«Leider nicht.»

«Sehr bedauerlich. Heute sind alle so auf die DNA fixiert, dass die guten alten Methoden in Vergessenheit geraten sind.

Ein Besuch bei ihrem Zahnarzt, und Sie hätten jetzt vielleicht schon Gewissheit.»

«Ja, vielleicht», räumte Tom ein. Er ärgerte sich, dass er nicht selbst daran gedacht hatte. Andererseits hätte er den Arzt am Wochenende womöglich gar nicht erreicht. Und das Ergebnis aus Schwerin musste bald da sein. «Wann kann ich mit den Resultaten rechnen?»

«Innere Leichenschau heute noch, Toxi Anfang der Woche.»

«Danke. Dann mache ich mich mal auf den Weg.»

«Froh, hier rauszukommen, was?»

«Ich könnte mir nichts Schöneres vorstellen, als Ihnen weiter Gesellschaft zu leisten, aber ich habe noch ein bisschen was zu tun.»

Tom war schon an der Tür, als Süderholz ihn zurückrief. «Hier ist noch eine Kleinigkeit, die hilfreich sein könnte.»

Hoffnungsvoll kehrte Tom an den Tisch zurück.

«Das rechte Bein ist besonders stark angefressen, sehen Sie?» Der Arzt deutete auf das ausgewaschene Fleisch. «Hier sieht man sogar die Tibia, das Schienbein. Und das war mal gebrochen, die Naht ist gut zu erkennen.»

«Wie lange ist das her?»

«Kann ich so nicht sagen. Mehrere Jahre, schätze ich. Mit dem Tod der jungen Frau steht diese Verletzung definitiv nicht in Zusammenhang. Aber womöglich hilft sie Ihnen bei der Identifizierung.»

## Sellnitz, am selben Tag

Fabienne betrat das Krankenzimmer und blieb einen Augenblick an der Tür stehen. Sie wollte überall sein, nur nicht hier, aber sie hatte keine Wahl. Selbst ihr Vater hatte heute Morgen betont, dass es ihre moralische Pflicht sei, sich um ihre Freundin zu kümmern. Ausgerechnet der sprach von Moral. Fabienne hätte am liebsten laut gelacht. Aber ihr war viel zu sehr nach Heulen zumute gewesen. Zumal ihr Vater recht hatte, viel mehr, als er ahnte.

Sie schlich ans Krankenbett, als hätte sie Angst, Jule zu wecken, und stellte den Bluetooth-Lautsprecher auf den Nachttisch. Auf dem Flur hatte sie die Physiotherapeutin getroffen, die täglich mit Jule übte. Die hatte erzählt, dass die Patientin Fortschritte mache, ihre Arme und Beine manchmal mitbewege. Fabienne konnte keinen Fortschritt erkennen. Sörens Schwester lag seit Monaten hilflos im Bett, die Augen halb geöffnet, aber der Blick leer. Manchmal wanderten ihre Pupillen hin und her, aber anscheinend, ohne dass Jule etwas wahrnahm. Manchmal schmatzte sie oder leckte sich über die Lippen, aber auch das war nicht mehr als ein Reflex. Fabienne setzte dennoch ein Lächeln auf, als könnte Jule es sehen.

«Hi, Kleines», murmelte sie. «Sören kann leider nicht kommen, also bin ich wieder hier. Ich habe uns Musik mitgebracht, damit wir es uns gemütlich machen können.» Sie klickte die Playlist an.

Billie Eilish, Lil Nas X, Ed Sheeran. Sören würde vermutlich die Augen verdrehen. Sein Musikgeschmack war total old-school, als wäre er mindestens doppelt so alt wie sie. Aber Jule würde es gefallen. Zumindest hoffte Fabienne das. So richtig gut kannte sie Jule gar nicht. Sie hatte sich erst vor etwa einem Jahr mit ihr angefreundet, und wenn sie ehrlich war, hatte es anfangs vor allem damit zu tun gehabt, dass sie Sörens kleine Schwester war. Damals waren Lilli und Sören noch nicht zusammen gewesen, oder hatten es zumindest noch geheim gehalten. Und Fabienne hatte gedacht …

Sie wischte die Erinnerung ärgerlich weg und kramte in ihrer Tasche nach dem Buch, das sie ausgesucht hatte. Jule hatte immer viel gelesen, genau wie Lilli. Fabienne stand nicht so auf Bücher. Bei Lilli konnte sie es verstehen. Lesen war das Einzige, bei dem sie keine Erklärungen oder Untertitel brauchte, das konnte sie genauso machen wie alle anderen auch. Aber warum Jule ihre Nase ständig in Bücher gesteckt hatte, war ihr ein Rätsel. Es gab schließlich so viel coolere Dinge.

Vielleicht hatten Lilli und Jule sich deshalb so gut verstanden. Nicht dass Fabienne eifersüchtig gewesen wäre. Lilli war immer ihre beste Freundin gewesen, aber sie hatte auch ihre Clique aus der Schule gehabt, mit der Lilli nichts zu tun hatte. Warum sollte Lilli nicht ebenfalls noch andere Freundinnen haben? Das würde nichts ändern. Lilli und sie waren wie Schwestern; früher, als sie klein waren, hatten sie sogar gespielt, dass sie Schwestern wären.

Fabiennes Hals schnürte sich zu, als sie an Lilli dachte. Ob sie je erfahren würde, was zwischen ihr und Ben vorgefallen war? Warum er sie umgebracht hatte? Sie nahm rasch das Buch heraus und betrachtete das Cover. Es zeigte ein Haus am Meer, umrankt von Blüten. Etwas Heiteres, hatte sie sich gedacht. Falls Jule tatsächlich was mitbekam, wäre ihr eine Lovestory bestimmt lieber als ein Thriller. Und Fabienne fand es auch angenehmer so. Mord und Totschlag gab es in ihrem Leben gerade mehr als genug, sie musste nicht auch noch davon lesen.

«Also», sagte sie betont fröhlich an Jule gewandt, während Ed Sheeran «Come on, be my baby, come on» sang. «Ich habe uns ein Buch mitgebracht. Ich hoffe, es gefällt dir.» Sie schlug die erste Seite auf.

Ein Geräusch ließ sie erstarren. Hatte Jule sich gerade geräuspert? Nein, unmöglich. Fabienne presste die Hand auf die Brust, ihr Herz raste. Sie starrte Jule an, die vollkommen reglos dalag, die blicklosen Augen fast vollständig geschlossen.

Fabienne atmete tief durch. Allmählich beruhigte sich ihr Herzschlag. Sie musste sich getäuscht haben. Bestimmt war es die Musik gewesen. Ed Sheeran sang gerade «When your legs don't work like they used to before», und sie starrte unwillkürlich auf ihre Oberschenkel, die ein leichtes Zittern durchlief. Wütend schaltete sie die Musik aus.

«Beruhige dich», murmelte sie. «Sei nicht albern.»

Sören hatte gesagt, die Wahrscheinlichkeit sei gering, dass Jule je wieder aufwachen würde. Zudem sei völlig unklar, wie stark ihr Gehirn geschädigt war. Selbst bei Bewusstsein würde sie womöglich für den Rest ihres Lebens ein Pflegefall bleiben. Deshalb sollte sie demnächst auch in ein Pflegeheim verlegt werden.

Jule würde nie wieder Jule sein. Keine Gedanken, keine Gefühle, keine Erinnerungen. Eine schreckliche Vorstellung. Und Fabienne schämte sich dafür, dass sie insgeheim froh darüber war.

## Am selben Tag

Kira gähnte. Schon Nachmittag, und sie hatten erst die Hälfte der Fahrzeughalter gecheckt. Paul hatte eben einen Anruf bekommen und war zu einem Jäger gefahren, dem das Gewehr aus dem Wagen geklaut worden war. Mascha war schon vor einer Weile irgendwohin verschwunden und Tom noch immer in der Rechtsmedizin.

Sie blickte auf die Uhr. In einer halben Stunde erwarteten sie diesen Jannik Krause und danach den Gärtnereibesitzer. Den Caféinhaber Mike Wackerow hatten sie noch nicht erreicht. Kira überlegte, die Zeit für eine Pause zu nutzen. Sie hatte keine Ahnung, ob man in Sellnitz irgendwo etwas Anständiges zu essen bekam. In dem einfachen Hotel, in dem man sie untergebracht hatte, ganz sicher nicht. Das Frühstück war unterirdisch gewesen, pappige Brötchen und Käse, der an den Rändern bereits eingetrocknet war. Für morgen würde sie sich etwas im Supermarkt besorgen.

Die Tür wurde aufgestoßen, der Kollege vom Empfang streckte den Kopf herein. «Besuch für euch, soll ich ihn reinschicken?»

Kira strich ihre Bluse glatt. «Wer ist es denn?»

«Henning Mauritz.»

«Der Vater von Lillis Freundin Fabienne? Ist etwas passiert?»

«Keine Ahnung.»

«Er soll reinkommen.» Kira stand auf. Das war vielleicht eine Chance, zu zeigen, was sie draufhatte. Hauptsache, sie vergeigte es nicht wieder wie die Sache mit der DNA.

Ein attraktiver Mann Mitte fünfzig betrat den Raum. Eleganter Anzug, das von grauen Strähnen durchzogene Haar lässig halblang, die blauen Augen wach und aufmerksam. Seine gesamte Haltung verriet, dass er wusste, was er wollte, und auch, wie er es bekam.

«Hallo, wir kennen uns noch nicht. Henning Mauritz.»

«Kriminalkommissarin Kira Blanck.»

«So jung und schon Kommissarin?»

Kira verkniff es sich, ihn darauf hinzuweisen, dass das quasi der niedrigste Rang in der Kripo war. Zumindest nach Abschluss der Ausbildung.

Sie streckte den Rücken durch. «Was kann ich für Sie tun, Herr Mauritz?»

«Ich wollte Sie fragen, ob es Neuigkeiten gibt. Sie haben doch die Leiche gefunden und …»

Wenn er ihr Informationen entlocken wollte, war er definitiv an der falschen Adresse. «Dazu darf ich Ihnen nichts sagen.»

«Es ist nur … ich mache mir Sorgen um meine Tochter Fabienne. Kennen Sie sie?»

«Noch nicht. Ich bin gerade erst hierher beordert worden.»

«Verstehe.» Sein Blick wanderte durch den Raum, über die Fotos an der Pinnwand, die Notizen am Whiteboard. Dann sah er sie an. «Manchmal hilft ja ein frischer Blick von außen.»

«Mag sein.»

«Ich will Sie auch gar nicht von der Arbeit abhalten. Es ist nur so, dass es Fabienne in letzter Zeit sehr schlecht geht. Sie schläft kaum, isst fast nichts. Sie muss damit abschließen.»

«Das kann ich gut verstehen. Immerhin hat sie gleich zwei gute Freunde verloren.»

«Genau. Und wenn ich ihr sagen könnte, dass die Tote wirklich Lilli ist, wenn sie wüsste, dass es keine Hoffnung mehr gibt, dann könnte sie endlich trauern und anfangen loszulassen.»

Kira sah Mauritz überrascht an. «Fabienne glaubt, dass Lilli noch lebt?»

«Nun ja, ohne Leiche gibt man die Hoffnung doch nie ganz auf, oder?» Er lächelte entschuldigend. «Da kann ich als Vater sagen, was ich will. Sie hört nicht auf mich.»

«Welche Jugendliche tut das schon.»

«Da haben Sie recht.» Er beugte sich vor. «Sie machen also keine Ausnahme für mich?»

«So gut ich Sie verstehe, Herr Mauritz, ich kann nichts für Sie tun. Selbst wenn ich wollte …» Sie brach ab, bevor sie zu viel verriet.

«Sie haben sie noch nicht identifiziert?» Er zwinkerte ihr verschwörerisch zu. «Keine Sorge, Ihr Geheimnis ist sicher bei mir, ich erzähle es nicht herum.»

Kira wollte protestieren, doch in dem Moment ging die Tür auf.

«Nanu, Herr Mauritz, was führt Sie zu uns?», fragte Paul überrascht.

«Hat sich schon erledigt.» Mauritz nickte Kira zu und rauschte aus dem Raum.

Paul sah sie fragend an. Kira leckte sich nervös über die Lippen. «Er wollte wissen, ob die Tote schon identifiziert wurde und ob es wirklich Lilli ist.»

Paul schnaubte. «Das wollen wir alle, da muss er sich hinten anstellen.»

## Am selben Tag

Vom Meer her blies ein kühler Wind, der vom nahenden Herbst kündete. Mascha zog den Reißverschluss ihrer Lederjacke hoch und lief los. Sie ertappte sich bei dem Gedanken, dass sie eine dickere Jacke brauchen würde, falls sich die Ermittlungen länger hinzogen. Wollte sie das? Wollte sie die Antwort auf diese Frage überhaupt wissen?

Noch immer hatte sie keine Erklärung dafür gefunden, warum sich Sellnitz so merkwürdig vertraut anfühlte. War es nur die Geborgenheit der kleinen Gemeinschaft im Gegensatz zu den anonymen Städten, in denen sie in den vergangenen Jahren gelebt hatte? Oder verband sie etwas Tieferes mit diesem Ort?

Sie stemmte sich gegen den Wind, der ihre kurzen Haare zerzauste. Sie hatte niemandem gesagt, wohin sie wollte. Solange sie keine Beweise hatte, würde sie ihre Theorie für sich behalten, zumal ja nicht einmal klar war, dass das alles etwas mit Lillis Verschwinden zu tun hatte.

Immerhin hatte sie eine Idee zu den verschlüsselten Nachrichten. Die erklärte jedoch nicht, wer sie abgeschickt hatte und aus welchem Grund.

Mascha lief den Weg entlang, der vom Parkplatz zur Küste führte, die an dieser Stelle nicht in sanften Dünen das Meer säumte, sondern steil abfiel. Erst vier Tage war es her, dass sie zusammen mit Tom in seinem alten Polizeibus hier durch die Schlaglöcher gehüpft war, um Sören Brandner davon abzuhalten, eine große Dummheit zu begehen.

Ihr Handy gab Laut. Eine Textnachricht. Kurz durchzuckte sie das schlechte Gewissen, weil sie nicht einmal Tom in ihr Vorhaben eingeweiht hatte. Sie blickte auf das Display. Die SMS kam von ihrer Mutter, vermutlich wegen des runden Geburtstags ihres Vaters. Mascha steckte das Telefon wieder weg. Sie wollte die Nachricht nicht einmal lesen. Sie würde sich nicht überreden lassen, auf diese Feier zu gehen. Für sie gab es nichts zu feiern. Zumindest so lange nicht, bis sie die Antworten hatte, die sie suchte.

Sie erreichte die Schranke, die den Zugang zur Klippe versperrte. Dahinter befanden sich die Überreste einer Bunkeranlage aus DDR-Zeiten. Betonplatten und rostige Armierungseisen ragten zwischen Sand und Grasbüscheln aus dem Boden. Wie bereits am Mittwoch überkam sie das Gefühl, schon einmal hier gewesen zu sein. Rasch drängte sie die verschwommenen Bilder in ihrem Kopf zurück und konzentrierte sich auf ihr Vorhaben. Sie nahm die Fotos, die sie ausgedruckt hatte, aus der Jackentasche, und blickte sich um.

Ja, sie waren genau hier aufgenommen worden. Sechs junge Menschen hatte Mascha darauf gezählt, drei Männer und drei Frauen. Eine der Frauen war Fabienne, sie hatte auch die Fotos aufgenommen, was daran zu erkennen war, dass die Bilder, die sie zeigten, eindeutig Selfies waren. Eine weitere Frau hatte rote Locken. Und dann gab es da noch eine dritte Frau. Sie war nur auf wenigen Aufnahmen zu sehen, und auf fast keiner von vorne. Die einzige Nahaufnahme von ihrem Gesicht war total verwackelt, selbst mit verschiedenen Bildbearbeitungsprogrammen hatte Mascha nicht genug herausholen können, um das Gesicht erkennbar zu machen. Anfangs hatte sie vermutet, dass es Lilli war, doch inzwischen glaubte sie das nicht mehr. Dafür waren die Haare zu hell.

Auf einigen Bildern waren Bierflaschen zu sehen, auf einem machte eine selbstgedrehte Zigarette die Runde, die ganz gewiss nicht nur Tabak enthielt. Womöglich hatte Fabienne deshalb nicht gewollt, dass die Polizei ihr Handy in die Finger bekam. Andererseits war ein bisschen Gras angesichts der Tatsache, dass ihre beste Freundin vermutlich ermordet worden war, kein Grund, die Nerven zu verlieren, oder? Und hier kam das eigentlich Interessante an diesen Bildern ins Spiel. Der Datumsstempel.

Mascha kletterte auf den Bunkerresten herum, machte mit ihrem Handy Fotos aus verschiedenen Blickwinkeln und verglich sie mit den Aufnahmen aus Fabiennes Cloud. Jetzt war sie sicher, dass ihre Theorie stimmte. Die Frage war nur, wie sie Fabienne und ihre Freunde damit konfrontieren konnte, ohne preiszugeben, wie sie an die Bilder gekommen war.

## Am selben Tag

Niemand öffnete, als Tom bei den Sternbergs klingelte. Doch der schwarze Mercedes stand vor der Garage. Es war ein warmer, sonniger Nachmittag, vielleicht waren die beiden alten Leute spazieren gegangen. Oder sie waren im Garten.

Ein schmaler Kiesweg führte auf die Rückseite des Hauses. Der Garten war ein einziges Blütenmeer, auch jetzt im September noch. Zwischen den Blumenbeeten erstreckte sich akkurat geschnittener Rasen, auf dem sich einzelne Sträucher und Bäume verteilten. In einem davon leuchteten rote Äpfel. Man sah auf den ersten Blick, wie viel Arbeit in dem Garten steckte. Und Liebe.

Grit Sternberg stand über einen Busch gebeugt und schnitt verblühte Rosen ab, die sie in einen Korb legte, der an ihrem Arm hing. Ein idyllisches Bild. Niemand, der zufällig vorbeikam, würde ahnen, dass diese Frau ihre Tochter und höchstwahrscheinlich auch ihre Enkeltochter durch ein Gewaltverbrechen verloren hatte.

«Hallo, Frau Sternberg», rief Tom ihr zu.

Sie drehte sich um und lächelte freundlich. Doch als sie ihn erkannte, öffnete sie erschrocken den Mund. Dann presste sie die Lippen zusammen, in Erwartung der niederschmetternden Nachricht.

«Ich habe noch keine Neuigkeiten», erklärte Tom rasch. «Nur

eine Frage, die ich Ihnen beiden gern stellen würde. Ist Ihr Mann auch da?»

Grit Sternberg stellte den Korb auf dem Tisch ab. «Er hat sich ein wenig hingelegt, er ist nicht mehr der Jüngste, auch wenn er es ungern zugibt.» Sie streifte die Gartenhandschuhe ab. «Ich werde ihn holen.»

«Vielen Dank.»

«Setzen Sie sich doch. Kann ich Ihnen einen Kaffee anbieten?» Die perfekte Gastgeberin, auch wenn ihre Welt in Scherben lag. Tom wusste nur zu gut, dass es half zu überleben, wenn man die Alltagsroutinen beibehielt.

«Bitte machen Sie sich keine Umstände.»

«Walter wird auch einen Kaffee wollen.»

«Dann trinke ich gern eine Tasse mit.»

Zehn Minuten später saßen sie zu dritt am Tisch. Grit Sternberg hatte nicht nur Kaffee, sondern auch in kleine Stücke geschnittenen Butterkuchen hingestellt. Und Tom, der seit dem Frühstück nichts zu sich genommen hatte, langte dankbar zu. Eine Weile sprachen sie über den Garten, und Grit erzählte, dass er ihr Reich war, dass sie ihn lange ganz allein gepflegt hatte, seit ein paar Jahren aber Hilfe von einem Gärtner in Anspruch nahm.

Schließlich kam Tom zur Sache. «Sie fahren einen schwarzen Mercedes, Herr Sternberg?»

«Das wissen Sie doch, er steht vor der Tür. Bin ich irgendwo geblitzt worden? Deshalb sind Sie wohl nicht hier.»

«Natürlich nicht. Im Zusammenhang mit dem Mord an Benjamin Reichert wird nach einem schwarzen Wagen gefahndet, der Fahrer könnte ein wichtiger Zeuge sein.»

Sternberg runzelte die Stirn. «Ich dachte, Sie hätten Ihren Mann.»

«Leider gibt es noch ein paar Ungereimtheiten.»

«Ungereimtheiten? Was denn für Ungereimtheiten?» Sternberg stellte seine Kaffeetasse etwas zu abrupt ab, das Porzellan klirrte.

«Dazu darf ich Ihnen nichts sagen.» Tom sah ihn entschuldigend an. «Jedenfalls überprüfen wir alle Personen, auf die ein schwarzer Pkw zugelassen ist. Tut mir leid, dass ich Sie damit behelligen muss. Wenn Sie mir einfach nur sagen könnten, was Sie am letzten Mittwoch gemacht haben. Das war der …» Tom konsultierte den Kalender auf seinem Handy. «… der elfte September.»

«Ein Datum, das man nicht vergisst, was?» Walter Sternberg fixierte Tom. «An dem Nachmittag hatte Grit einen Arzttermin, ich habe sie hingefahren, vor der Praxis gewartet und sie wieder heimgebracht.»

Tom wandte sich an die Frau. «Ist das korrekt?»

«Wenn Walter das sagt.» Grit Sternberg blinzelte. «Ich erinnere mich nicht mehr genau. Aber er hat mich zum Arzt gefahren, ja.»

«Um wie viel Uhr war der Termin?»

«Um vier», sagte Grit. «Allerdings bin ich erst eine knappe Stunde später drangekommen. Sie wissen ja, wie das ist. Die Praxis ist in Barth, deshalb hat Walter mich gefahren. Ich selbst habe nie einen Führerschein gemacht.» Sie lächelte, doch es wirkte verkrampft.

Tom überschlug die Zeiten rasch im Kopf. Nach Barth fuhr man etwa eine halbe Stunde. Also waren die beiden spätestens um halb vier gefahren und nicht vor halb sechs zurückgekehrt. Da hatten Mascha und er die Leiche bereits entdeckt. Natürlich hätte Walter nach Sellnitz fahren und Ben töten können, während seine Frau im Wartezimmer saß. Aber dazu hätte er wissen müssen, dass es so lange dauern würde. Und dass Ben sich gerade mit Sören Brandner geprügelt hatte. Wenn die Angaben des Ehepaars Sternberg stimmten, war Walter aus dem Schneider. Tom war erleichtert.

«Ich bräuchte noch Namen und Adresse des Arztes», sagte er. «Dann sind wir auch schon durch.»

«Ich schreibe es Ihnen auf.» Grit Sternberg erhob sich.

«Und sonst gibt es nichts Neues?», wollte Walter wissen, als seine Frau im Haus war.

«Wir warten noch auf die Identifizierung der Toten.»

«Dabei gibt es hoffentlich keine Pannen.»

Tom sah ihn fragend an.

«Wegen der DNA. Wenn Sie die von uns mit ihrer vergleichen …»

«Keine Sorge.»

«Lilli ist unser Enkelkind.»

«Ich weiß.»

Grit Sternberg kehrte mit einem Zettel zurück. Tom warf einen Blick darauf und steckte ihn ein. Er erhob sich, dann fiel ihm ein, dass er etwas vergessen hatte.

«Eine Frage noch: Hat Lilli sich je das Bein gebrochen?»

Walter runzelte die Stirn. «Nein, wie kommen Sie darauf?»

«Ganz sicher nicht?»

«Das wüsste ich ja wohl.»

«Das stimmt nicht, Walter.» Grit legte ihm die Hand auf den Arm. «Erinnerst du dich nicht, wie sie vom Fahrrad gestürzt ist?» Sie wandte sich an Tom. «Ganz klein war sie da noch, sieben oder acht. Wir wollten sie gar nicht fahren lassen, weil sie ja … Jedenfalls hat sie sich zu uns umgedreht, um zu winken, und dabei ist es passiert.»

«Aber sie hat sich doch nichts gebrochen», protestierte Walter.

«Wir waren nicht beim Arzt, weil sie gesagt hat, dass alles gut ist», stimmte Grit ihm zu. «Aber sie ist noch Wochen danach gehumpelt. Ich habe immer gedacht, wir hätten doch ins Krankenhaus fahren müssen.»

## Am selben Tag

Kaum war Tom Engelhardt um die Hausecke verschwunden, drehte Grit sich zu Walter um. «Und jetzt würde ich gern wissen, wo du wirklich warst.»

Er stöhnte innerlich. War ja klar, dass sie das nicht auf sich beruhen belassen konnte. Er griff nach seiner Kaffeetasse und nippte daran, um Zeit zu gewinnen. «Ich war mit Henning unterwegs.»

«Was habt ihr gemacht?»

«Je weniger du darüber weißt, desto besser.»

Grit gab einen schnalzenden Laut von sich. «Was soll das denn heißen?»

«Wir haben nichts Illegales gemacht, falls du das denkst. Ich habe ihm nur bei etwas geholfen. Du weißt doch, wie das ist. Ich helfe ihm, er hilft uns.»

Grit starrte ihn an. «Seit dieser Mann in unser Leben getreten ist, ist es mehr und mehr aus den Fugen geraten. Ohne ihn ging es uns besser.»

Walter erwiderte fassungslos ihren Blick. «Das glaubst du doch nicht wirklich!»

«Vor mir brauchst du dich nicht verstellen, Walter. Ich weiß, was Henning und du in den vergangenen Jahrzehnten getrieben habt.»

Walter verzog den Mund. Zum Glück kannte Grit nur einen

Bruchteil der Wahrheit, und dabei würde es bleiben. «Wir hatten immer nur das Wohl der Stadt im Sinn.»

«Natürlich hattet ihr das.» Grits Stimme troff vor Sarkasmus.

«Ausgerechnet du beschwerst dich?», fuhr er sie an und bereute seine Worte sofort.

Sie wurde blass, ihre Lippen bebten. «Das ist nicht fair», flüsterte sie.

«Tut mir leid, Grit.» Er ergriff ihre Hand und drückte sie. «Aber es ärgert mich, wenn du auf Henning herumhackst. In all den Jahren ist er derjenige gewesen, auf den wir uns immer blind verlassen konnten.»

«Und er hat sehr davon profitiert», ergänzte sie bitter.

«Warum nicht? Er hat gute Arbeit für Sellnitz geleistet, warum sollte er nicht auch etwas davon haben?» Seine Gedanken wanderten zurück in die vergangene Woche. «Hat dich jemand gesehen, als du aus dem Taxi gestiegen bist?»

Sie sah ihn an. «Nicht hier vor dem Haus jedenfalls. Ich habe mich vor dem Supermarkt absetzen lassen, weil ich noch ein paar Besorgungen machen wollte.»

«Sehr gut. Dann lass uns die Sache vergessen.» Er nickte Grit aufmunternd zu, obwohl er wusste, dass das mit dem Vergessen nicht funktionieren würde. Das hatte es noch nie.

## Rostocker Heide, am selben Nachmittag

Der Wald lichtete sich, rechts der Landstraße tauchten von Baumreihen gesäumte Weiden auf, hohes Gras wiegte sich im Wind. Björn drosselte das Tempo und warf einen Blick auf das Navi. Er hatte den Ton abgestellt, weil ihn die Stimme nervte, also musste er gut aufpassen, um die Abzweigung nicht zu verpassen. Ein Weg auf der linken Seite, dann ein paar Häuser, rechts eine Schranke, dahinter eine schmale Straße, die über die Bahngleise führte. Das musste die Stelle sein.

Björn blinkte, hielt vor der Schranke und stieg aus. Wie man ihm gesagt hatte, war sie nicht abgesperrt und ließ sich zur Seite schwenken. Er stieg wieder ein, überquerte die Gleise und fuhr zurück in Richtung Wald. Er hoffte und fürchtete zugleich, dass er den weiten Weg von Teterow an die Ostsee umsonst gemacht hatte. Eigentlich war es absurd herzukommen. Aber er wollte nichts unversucht lassen. In all den Jahren als Polizist hatte er so viel gesehen, was er eigentlich für unmöglich gehalten hätte, dass er vorsichtig geworden war mit schnellen Urteilen.

Eine Weile verlief die Straße parallel zu den Schienen. Als sie in den Wald eintauchte, endete der Asphalt, der Bodenbelag wechselte zu Sand. Björn beugte sich über das Lenkrad. Hoffentlich blieb er nicht stecken. Während er langsam weiterfuhr, nahm er die Umgebung in sich auf. Hohe Kiefern erhoben wie stoische Wächter ihre Kronen in den Himmel, darunter wuchsen mächtige alte Buchen, dürre Birken und Holundersträucher mit Dolden aus schwarzblauen Beeren. Der Farn färbte sich bereits braun, die Blätter der Birken leuchteten zartgelb. Irgendwo zwischen den weißen Stämmen huschte ein Schatten vorbei. Ein Reh vielleicht, oder ein Fuchs.

Eine Gabelung tauchte auf. Björn hielt sich links. Nach etwa zweihundert Metern erblickte er einen älteren dunkelgrünen Allrad-Kombi am Wegesrand. Daneben stand ein Mann in farblich passenden Outdoorklamotten und mit Filzhut auf dem Kopf. Das Klischee von einem Jäger.

Björn hielt hinter dem Kombi, in dessen Kofferraum jetzt zwei Hunde anschlugen und aufgeregt herumsprangen. Der Duft nach Herbst, nach welkem Laub, Moder und Pilzen umwehte Björn, als er ausstieg, und trug einen Hauch von Kindheit mit sich. Plötzlich musste er an Kartoffelfeuer denken, an geröstete Maronen und Bratbemmen.

Er trat auf den Mann zu. Auch heute schmerzte sein Bein wieder, und er war froh, dass er nur wenige Schritte gehen musste.

«Herr Wichmann? Ich bin Björn André, wir haben telefoniert. Danke, dass Sie noch einmal hergekommen sind.»

«Ist doch selbstverständlich. Ich weiß immer noch nicht, wie das passieren konnte.» Der Jäger sah ihn zerknirscht an. «Ich jage seit dreißig Jahren, und nie ist etwas vorgefallen. Ich könnte mich ohrfeigen, dass ich so leichtsinnig war.»

«Nach dreißig Jahren kennen Sie hier wahrscheinlich jeden Stein», bemerkte Björn.

«Leider nicht. In diesem Pirschbezirk bin ich in dieser Saison zum ersten Mal. Früher hatte ich meistens ein Gebiet weiter südlich.»

Björn runzelte die Stirn, mit den Gepflogenheiten der Jagd kannte er sich nicht aus. «Das wechselt also jährlich?»

Wichmann nickte. «Die Stadt Rostock schreibt die einzelnen Bezirke jedes Frühjahr neu für die Saison aus, und dann kann man gegen Höchstgebot eine Erlaubnis erwerben. Ich bin froh, endlich diesen Bezirk bekommen zu haben, ich wohne keinen Kilometer von hier entfernt ein Stück außerhalb von Graal-Müritz.»

«Verstehe.» Björn zog seinen Block heraus. «Ich weiß, dass Sie bereits mit einem Kollegen gesprochen haben …»

«Der war eigentlich nicht zuständig, schon klar. Die Macht der Gewohnheit, früher habe ich in Sellnitz gewohnt, und die Nummer des Reviers kannte ich auswendig.»

«Aha. Dann erzählen Sie mal.»

Hubert Wichmann zuckte mit den Schultern. «Da gibt es nicht viel zu erzählen. Ich war mit den Hunden unterwegs, hatte aber meine Ausrüstung dabei, habe ich immer, für alle Fälle. Nachdem wir unsere Runde gedreht hatten, habe ich die beiden in den Kofferraum gesperrt und bin kurz hinter den Baum austreten. Hat maximal eine Minute gedauert. Als ich zurückkam, stand die Wagentür offen, und das Gewehr war weg.»

«Welche Tür?»

«Die hintere auf der Beifahrerseite.»

«Und das Gewehr lag wo?»

Wichmann senkte den Kopf. «Auf der Rückbank. Ich hätte nicht gedacht …»

«Marke und Modell?», unterbrach Björn.

«Ein Steyr SM12.»

«Geladen?»

Wichmanns Kopf sank noch tiefer. «Das Magazin war eingelegt. Vier Schuss.»

«Sie wissen, dass Sie das Ihren Jagdschein kostet? Und um eine Anzeige wegen Verstoßes gegen das Waffengesetz kommen Sie auch nicht herum. Beten Sie zu Gott, dass niemand mit dem Gewehr verletzt wird.»

«Ich begreife einfach nicht, wie das geschehen konnte. Ich war nur eine Minute weg, und die Hunde haben keinen Laut von sich gegeben. Das machen sie sonst immer, wenn sich ein Fremder nähert.»

Björn runzelte die Stirn. Das war in der Tat merkwürdig, aber womöglich nur eine Schutzbehauptung. Es gab ja keine weiteren Zeugen. Er spähte in den Wagen. Zwischen Rückbank und Kofferraum befand sich kein Gitter. Die zwei Hunde hatten sich beruhigt, doch als Björn sein Gesicht der Scheibe näherte, sprangen sie wieder auf und bellten.

Er wandte sich Wichmann zu. «Ist sonst noch etwas gestohlen worden?»

«Mein Fernglas. Ein echt teures Teil.»

«Ihr Fernglas? Davon stand nichts im Bericht des Kollegen.»

«Ich hatte einfach alles auf die Rückbank geworfen, war ja nur für einen Moment. Und niemand war in der Nähe. Bis auf diese Frau.»

Jetzt kamen sie zu dem Grund, weshalb Björn an einem Sonntag die lange Fahrt auf sich genommen hatte. «Sie haben behauptet, Sie hätten die Frau von dem Fahndungsfoto wiedererkannt.»

«Ja, ihr Bild ist mir im Gedächtnis geblieben, weil sie so nett und harmlos aussah. Natürlich habe ich nicht sofort geschaltet. Sie fiel mir auf, weil sie orientierungslos und eingeschüchtert wirkte. Anfangs dachte ich, sie hätte Angst wegen des Gewehrs. Nachdem ich an ihr vorbeigegangen war, hatte ich das Gefühl, dass ich sie irgendwoher kannte. Aber woher, fiel mir nicht ein.»

«Und wann sind Sie darauf gekommen?»

«Erst als das Gewehr weg war, da dachte ich, dass sie es gewesen sein muss.»

«Können Sie beschreiben, was die Frau anhatte?»

«Das ist es ja, was mir als Erstes aufgefallen ist. Sie hatte einen Overall an, der viel zu groß war. Von hinten dachte ich erst, sie wäre ein Waldarbeiter. Heute haben die Männer ja auch Pferdeschwänze. Aber dann sah ich das Gesicht und …»

«Welche Farbe hatte der Overall?»

«Olivgrün oder braun. Er war etwas fleckig und hatte einen kleinen Riss an der Seite.»

Björn notierte sich die Beschreibung. Er überlegte. Gut möglich, dass Hubert Wichmann zwischen einem Fahndungsfoto, einem gestohlenen Gewehr und einer zufälligen Begegnung im Wald einen Zusammenhang herstellte, den es gar nicht gab. Dass sein Hirn daraus eine Story strickte, die das scheinbar Unerklärliche zu erklären versuchte. Aber was, wenn es tatsächlich stimmte? Wenn Marina Sarow hier im Wald, achtzig Kilometer von dem Ort entfernt, wo sie zuletzt gesehen wurde, ein Gewehr gestohlen hatte und nun bewaffnet durch die Gegend irrte?

# Montag, 16. September

## Sellnitz auf dem Darß, am Morgen

Mascha erreichte die Promenade, die um diese Zeit noch verwaist war. Auf halber Strecke kam die Abzweigung auf den Pfad durch die Dünen, und dann ging es über einen anderen Strandzugang zurück zu dem Haus, in dem ihre Ferienwohnung lag. Eine kurze Laufstrecke, knapp vier Kilometer, die sie locker in zwanzig Minuten schaffte.

Die Luft war kühl, und es roch nach Herbst und Seetang. Nur ein paar Vögel waren zu hören, die hinter den Strandbuden im Gebüsch herumhüpften, ansonsten war es still.

Mascha liebte diese morgendliche Routine. Sobald sie ihren Rhythmus gefunden hatte, liefen ihre Beine wie von allein, und ihre Gedanken flossen für gewöhnlich ruhiger. Leider sprangen sie heute ohne Umwege sofort zu der SMS, die ihre Mutter ihr gestern geschickt hatte. Natürlich hatte sie die Nachricht doch gelesen, obwohl sie genau wusste, dass sie sich darüber ärgern würde.

**Ruf mich mal an, es geht um das Geschenk für deinen Vater.**

Kein Wort davon, dass Mascha gar nicht zu der Feier kommen wollte. Ihre Mutter war schon immer gut darin gewesen, Unangenehmes zu verdrängen. Vielleicht hatte Holger ihr auch versprochen, sie zu überreden. Aber das würde ihm nicht gelingen.

Sie rief sich den Fall ins Gedächtnis, um auf andere Gedanken zu kommen, ging im Kopf die Details durch. Lillis Geheimnis, das sie nicht einmal ihrer besten Freundin anvertrauen wollte. Die von ihrem Rechner verschwundenen Daten, die sie höchstwahrscheinlich nicht selbst gelöscht hatte. Die zwei Handys, beide ebenfalls verschwunden, genau wie Lillis Notizheft und das Foto über ihrem Schreibtisch. Das Fahrrad im Tümpel, der Schlüssel im Gebüsch vor der Gärtnerei, das Blut in der Skulptur und in der Grillhütte, wo ein Kleindealer sein Drogenversteck hatte. Die Garage auf dem Festland, der schwarze Wagen, der aus der Richtung von Bens Hof kam, kurz nachdem er erschlagen worden war. Und nun eine Frauenleiche am Strand. Möglicherweise Lilli.

Das alles passte nicht zusammen, als hätte jemand falsche Teile in ein Puzzle gemischt. Konnte das die Erklärung sein? Gab es verschiedene Ereignisse, die nicht miteinander in Verbindung standen? Erkannte sie deshalb kein Muster, obwohl genau das doch eigentlich ihre Stärke war?

Mascha bog auf den Dünenpfad. Von hier aus konnte sie das Meer sehen, das heute genauso grau war wie der Himmel. Schräg hinter ihr lag die Seebrücke, die noch immer mit Flatterband abgesperrt war, ebenso wie ein Teil des Strands. Sich hier noch einmal umzusehen, war sinnlos, denn etwaige Spuren, die nicht sofort gesichert worden waren, wären mit der nächsten Flut fortgespült worden.

Ein neuer Gedanke kam ihr. Vielleicht sahen sie noch nicht das vollständige Bild. Vielleicht glaubten sie, das Puzzle eines Baumes zusammenzusetzen, obwohl es in Wahrheit ein ganzer Wald war.

## Am selben Tag

Tom hielt für einen Moment die Luft an, als er die Vorwahl erkannte. Das mussten die Kollegen aus dem Labor sein. Jetzt würden sie also endlich Gewissheit erlangen, was die Identität der Toten aus dem Meer anging.

Gestern hatte er noch einmal mit dem Rechtsmediziner gesprochen, der tatsächlich an verschiedenen Körperstellen tiefe Einblutungen ins Gewebe gefunden hatte. Sie ließen darauf schließen, dass die Frau vor ihrem Tod massiver Gewalt ausgesetzt war. Aufgrund der Position der Hämatome hielt er Schläge von einer anderen Person für die wahrscheinlichste Ursache. Also hatten sie es schon mit dem zweiten Opfer zu tun, das verprügelt worden war, bevor es starb. Außerdem stand fest, dass die Frau ertrunken war. Ob es sich um einen Unfall, Suizid oder Mord handelte, ließ sich nicht feststellen. Blieb die toxikologische Untersuchung, da standen die Resultate noch aus.

Tom griff nach dem Hörer und meldete sich. Als er kurz darauf wieder auflegte, spürte er eine seltsame Leere in sich. Gleichzeitig schwirrten tausend Fragen in seinem Kopf. Er hob den Blick und bemerkte, dass die drei anderen ihre Arbeit unterbrochen hatten und ihn erwartungsvoll ansahen.

«Sieht so aus, als könnten wir noch einmal von vorne anfangen», sagte er. «Die Tote ist nicht Lilli Sternberg.»

Paul schnappte nach Luft, Kira schlug sich mit der Hand auf den Oberschenkel.

«Sicher?», fragte Mascha ungläubig. «Die haben die Probe ja hoffentlich nicht mit denen von Grit und Walter Sternberg abgeglichen.»

«Nein, sie haben sie mit dem Blut abgeglichen, das wir im Wald gefunden haben. Und das stimmte ja mit Lillis Blutspende aus dem Krankenhaus überein.»

«Also kein Zweifel möglich», murmelte Mascha.

«Sie haben zudem Fremd-DNA in Form eines Haars sichergestellt, das sich unter ihrem Pullover verfangen hatte und deshalb im Wasser nicht weggespült wurde. Es ist keiner der Personen zuzuordnen, die im Zusammenhang mit dem Fall bereits eine Probe abgegeben haben.»

«Krass.» In Kiras Augen leuchtete etwas, das Tom nicht behagte. Eine befremdliche Begeisterung, als wäre das alles ein Spiel, ein großes Abenteuer.

Paul kratzte sich am Hinterkopf. «Also haben wir zwei junge Frauen, die eine verschwunden und vermutlich umgebracht, die andere unter ungeklärten Umständen zu Tode gekommen. Und das innerhalb von zehn Tagen. Gehen wir davon aus, dass die Fälle zusammenhängen?»

Tom betrachtete das Whiteboard mit den Notizen vom Vortag. «Kommt darauf an, was mit den beiden geschehen ist. Wurden sie ermordet, glaube ich nicht an zwei unabhängige Taten, und vor allem nicht an zwei verschiedene Täter. Aber wenn es bei der Unbekannten ein Unfall oder Selbstmord war, ist es höchstwahrscheinlich ein tragischer Zufall.»

Mascha fuhr sich durch das Haar. «Was bedeutet das für unsere Ermittlungen?»

«Vor allem, dass wir ein größeres Team brauchen», sagte Tom sofort. «Ich telefoniere gleich mit dem Chef.»

«Was, wenn er die Fälle trennt und eine separate Sonderkommission für die unbekannte Tote ins Leben ruft?», fragte Kira.

Es war der erste kluge Satz, den Tom aus ihrem Mund gehört hatte. «Das kann er nicht machen.»

«Kann er schon», widersprach Paul. «Und aus seiner Sicht hat das durchaus Vorteile.»

Tom schnaubte ärgerlich. Er hätte Joost Bartelsen am liebsten ganz außen vor gelassen, aber er musste ihm ohnehin Bericht erstatten. Außerdem hatten sie mit dem Personal ihres kleinen Reviers keine Chance, drei Verbrechen aufzuklären, selbst wenn sie die Hilfe von ein paar zusätzlichen Streifenkollegen aus Barth anforderten.

Mascha riss ihn aus seinen Überlegungen. «Wir sollten noch über etwas anderes nachdenken», sagte sie. «Falls die beiden Frauen tatsächlich von derselben Person getötet wurden, haben wir es vielleicht gar nicht mit einem Täter aus dem persönlichen Umfeld der Opfer zu tun.»

«Ein Serienmörder», murmelte Kira.

«Glaube ich nicht», widersprach Tom.

«Die Möglichkeit besteht zumindest.» Sie sah ihn herausfordernd an.

Er presste den Mund zusammen. Das wäre ein Fest für die Presse. Er sah die Schlagzeile schon vor sich. *Ein Serienkiller auf dem Darß. Die Angst geht um. Wer ist das nächste Opfer?*

«Würden diese merkwürdigen Nachrichten nicht auch dazu passen?» Kira klang für Toms Geschmack noch immer zu euphorisch. «Vielleicht kündigt der Täter so seine Taten an.» Sie wandte sich an Mascha. «Hat er nicht schon eine dritte Botschaft verschickt? Konntest du sie dechiffrieren?»

Tom hob die Hand. «Wir sollten uns nicht in Theorien versteigen, für die es keine Beweise gibt.»

«Aber …»

«Ich habe tatsächlich eine Idee zu den Nachrichten», unterbrach Mascha. «Allerdings ist sie nicht annähernd so spektakulär wie deine, Kira. Und sie erklärt leider auch noch nicht, was der Absender damit bezweckt.»

Tom sah sie überrascht an. «Lass hören, Mascha.»

«Die letzte Botschaft lautete HBFS!"%(. Wenn unsere bisherige Vermutung richtig ist und die Sonderzeichen für Ziffern stehen, sind dies eins, zwei, fünf und acht. Als Uhrzeit gelesen: 12 Uhr 58. Eher keine Verabredung, sondern womöglich eine Abfahrtzeit. Es gibt einen Regionalzug, der um 12 Uhr 58 vom Hauptbahnhof Schwerin nach Ludwigslust abfährt.»

«Dann würde HBFS für Hauptbahnhof Schwerin stehen», folgerte Paul. «Aber wie hilft uns das weiter? Vor allem ohne ein Datum oder zumindest einen Wochentag?»

«Gar nicht», erwiderte Mascha. «Denn ich denke, diese Botschaft ist nicht an uns oder an eine andere Person gerichtet. Wir haben niemanden in Lillis Umfeld gefunden, der etwas mit dem Code anfangen konnte. Zudem ist die Verschlüsselung extrem simpel. Deshalb glaube ich, dass die Person, die sie ersonnen hat, das für sich selbst getan hat. Um sich Termine so zu notieren, dass sie für andere nicht lesbar sind.»

«Und wessen Termine sind das?»

«Lillis. Aus ihrem Notizheft. Fabienne hat erzählt, dass sie es anderen nicht gern gezeigt und am Jahresende verbrannt hat. Sie war also jemand, der seine Privatsphäre schützen wollte. Ich könnte mir gut vorstellen, dass sie auch harmlose private Notizen wie etwa einen Arzttermin auf diese Art in ihrem Notizbuch festgehalten hat.»

«Und wer hat die Nachrichten dann geschickt?», wollte Kira wissen. «Und warum?»

«Das weiß ich nicht.» Mascha hob die Schultern. «Irgendwer, der ihr Handy und ihr Notizheft gefunden oder an sich genommen hat.»

«Also der Täter?»

«Möglich.»

Tom dachte über Maschas Theorie nach. Sie erschien ihm einleuchtend. Und irgendwie bedrückend. Wie verunsichert musste sich ein Mensch fühlen, der sogar banale Alltagstermine vor seinen Mitmenschen geheim hielt? Es musste mit Lillis Gehörlosigkeit zusammenhängen, damit, dass sie viel von dem, was um sie herum passierte, nicht richtig mitbekam und deshalb womöglich wollte, dass andere auch nicht alles von ihr mitbekamen. Allerdings brachte sie diese Erkenntnis im Augenblick nicht weiter. Und seinen Chef würde er damit auch nicht beeindrucken können. Der wollte handfeste Beweise.

«Lasst uns nicht weiter spekulieren», sagte er. «Wir müssen dringend herausfinden, wer die Tote ist. Wir sind ja am Samstag die Vermisstendatenbank durchgegangen. Jetzt sollten wir das noch einmal gründlicher tun und auch Meldungen aus dem benachbarten Ausland einbeziehen. Kira, ich möchte, dass du das übernimmst.»

«Klar, mache ich.»

Tom war froh, dass sie sich nicht querstellte. Hauptsache, sie kam nicht auf die Idee, sich mit irgendwelchen Alleingängen profilieren zu wollen. «Sobald du was findest, gibst du mir Bescheid. Klar?»

Kira verzog kaum merklich das Gesicht. «Sicher doch.»

«Wir müssen zudem eine Beschreibung an die Presse rausgeben. Haarfarbe, ungefähres Alter, Kleidung, soweit sie sich rekonstruieren lässt. Und das gebrochene Bein. Paul?»

«Wird sofort erledigt.»

«Wenn die Pressemitteilung raus ist, hilfst du Kira.» Er warf einen Blick auf die Uhr. «Ich rufe jetzt in Anklam an, Mascha sagt den Sternbergs Bescheid, dass die Tote nicht Lilli ist. Danach befragen wir beide diesen Mike Wackerow, der ist für zehn einbestellt. Noch Fragen?»

Tom sah Mascha an, dass sie noch etwas auf dem Herzen hatte, doch sie schüttelte wie die anderen beiden den Kopf, also hakte er nicht nach. «An die Arbeit, wir haben jede Menge zu tun.»

## Am selben Tag

Mascha eilte hinter Tom her, als er nach draußen verschwand, um mit seinem Chef zu telefonieren.

Als sie außer Hörweite waren, drehte er sich zu ihr um. «Also, was ist los?»

«Es geht um die Fotos von Fabiennes Handy.»

Er runzelte die Stirn, dann schien er sich zu erinnern. «Die du illegal aus der Cloud runtergeladen hast?»

«Deswegen wollte ich drinnen nicht darüber reden.» Sie blickte über die Schulter, bevor sie fortfuhr. «Mir ist da etwas aufgefallen, ich weiß aber nicht, ob es mit dem Fall zu tun hat.»

«Okay, fass dich kurz, ich will das Telefonat hinter mich bringen, bevor Wackerow kommt.»

Mascha schlang die Arme um den Körper. Es war kalt, sie hatte vergessen, ihre Jacke mit nach draußen zu nehmen. «Ich habe mich langsam rückwärtsgearbeitet und bin auf ein paar Bilder gestoßen, die im Mai aufgenommen wurden, genau an dem Ort, wo Sören Brandner sich mit seiner Schwester von der Klippe stürzen wollte. Und wo Jule beim Schwimmen verunglückt ist.»

Tom kniff die Augen zusammen. «Was ist auf den Bildern zu sehen?»

«Ein paar Jugendliche, die Bier trinken und kiffen. Fabienne, zwei weitere Frauen und drei Männer.»

«Willst du Fabienne wegen ein bisschen Gras Ärger machen?»

«Natürlich nicht. Das Interessante an diesen Fotos ist das Datum. Sie wurden am 3. Mai aufgenommen.»

«Worauf willst du hinaus, Mascha?»

«Das ist der Tag, an dem Jule verunglückt ist.»

Tom starrte sie an. «Bist du sicher?»

«Absolut. Ich habe den Unfallbericht gelesen. Das letzte Foto wurde gemacht, ungefähr zehn Minuten bevor der Notruf abgesetzt wurde.»

«Das gibt es doch nicht! Fabienne und ihre Freunde waren oben auf der Klippe, während Lilli und Jule unten am Strand waren? Warum hat sie das nie erwähnt?»

«Dazu habe ich eine Theorie. Und die hat mit dem Bier und dem Gras zu tun.»

«Raus damit!»

«Ich glaube, die sechs jungen Leute waren ziemlich zugedröhnt. Ich habe recherchiert, der 3. Mai war der Tag der Mathe-Abiprüfungen, vielleicht haben sie deshalb am Strand gefeiert. Ich nehme an, dass sie entweder mitbekommen haben, was unten passiert ist, aber in ihrem benebelten Kopf die Gefahr nicht realisiert haben. Oder sie haben es zu spät mitgekriegt, womöglich erst, als der Rettungsdienst schon da war. Und dann sind sie einfach abgehauen. Wegen der Drogen. Aus Scham. Weil sie Angst hatten, wegen unterlassener Hilfeleistung zur Rechenschaft gezogen zu werden.»

«Verdammt, das gibt es doch nicht.» Tom rieb sich die Augen.

«Es würde erklären, warum Fabienne das wandelnde schlechte Gewissen ist», fuhr Mascha fort.

Sie dachte beschämt, dass sie in Fabiennes Alter möglicherweise genauso gehandelt hätte. Nicht aus Berechnung oder

Kaltherzigkeit, sondern aus Angst. Aus Überforderung. Sekunden, die über die Zukunft entschieden. Und über Leben und Tod.

«Und warum sie ihr Handy hat verschwinden lassen», ergänzte Tom. «Sie wusste, dass es nicht so einfach ist, Dateien endgültig zu löschen.»

«Nur an die Cloud hat sie nicht gedacht.»

Tom schlug sich mit der Faust in die Handfläche. «Wenn Lilli Fabienne und ihre Freunde oben auf der Klippe gesehen hat, hätten die ein Motiv, ihr etwas anzutun.»

Daran hatte Mascha auch schon gedacht, doch sie wollte es nicht so recht glauben. «Wenn das stimmt, warum dann erst nach all den Monaten?»

«Vielleicht hat Lilli sie erpresst.»

«Möglich», räumte Mascha ein. «Aber das denke ich nicht. Sie haben ja keine Straftat begangen.»

«Stimmt. Allerdings können Schuldgefühle Menschen zu allem Möglichen antreiben. Wir müssen Fabienne erneut vorladen und mit den Fotos konfrontieren.»

Mascha sah ihn an. Wieder einmal saß sie in der Patsche, weil sie sich nicht an die Regeln gehalten hatte. «Das können wir nicht. Offiziell haben wir sie nie gesehen.»

«So eine Scheiße.» Tom rieb sich über das Kinn.

«Wenn wir einen richterlichen Beschluss bekommen würden …»

Tom lachte freudlos auf. «Mit welcher Begründung?»

«Ich lasse mir etwas einfallen», versprach Mascha, auch wenn sie noch nicht wusste, wie sie das Versprechen halten sollte.

«Zu blöd, dass wir nicht mal die anderen mit ins Boot holen dürfen.» Tom zog sein Handy hervor. «Lass uns später in Ruhe beratschlagen.»

Er wandte sich ab, um zu telefonieren, und Mascha kehrte zurück in die kleine grüne Villa. Sie mussten schnell sein. Wenn Tom richtig lag und Fabienne Mauritz sich in irgendeiner Form die Mitschuld an dem gab, was Jule Brandner zugestoßen war, war sie womöglich eine tickende Zeitbombe.

## Am selben Tag

Fabienne legte frustriert das Buch weg. Sie fragte sich, wie Sören das schaffte. Seit Monaten redete er mit jemandem, der nie antwortete, nie auch nur die winzigste Reaktion zeigte. Zwar wanderten die Pupillen unter den halb geöffneten Lidern manchmal hin und her, und anfangs hatte Fabienne gedacht, es wäre ein Zeichen, dass Jule mitbekam, was gesagt wurde. Doch inzwischen war ihr klar, dass es keinen Zusammenhang zwischen den Augenbewegungen und der Außenwelt gab. Jule war nicht hier, die Person im Bett war nur noch eine leere Hülle.

Trotzdem hatte Fabienne ihr erzählt, dass ihr Bruder für eine Weile nicht kommen könne, nur zur Sicherheit, aber nicht den Grund genannt.

Fabienne stand auf. Sie war heute ohnehin nur hergekommen, weil sie ihre Box gestern vergessen hatte, und sie hatte es nicht übers Herz gebracht, sofort wieder zu verschwinden. Sie hatte nicht vor, jeden Tag an Jules Bett zu sitzen, davon wurde man ja depressiv. Ja, sie hatte Sören versprochen, sich zu kümmern, und das würde sie auch tun. Aber einmal oder zweimal in der Woche musste reichen. Zumal sie das für Sören tat, nicht für Jule. Die kriegte ohnehin nichts mit. Zumindest hoffte Fabienne das. Es musste schrecklich sein, alles zu hören und zu sehen, sich aber nicht bemerkbar machen zu können.

Ihr fiel auf, dass Jules Kopfkissen verrutscht war, und sie versuchte, es wieder unter ihren Kopf zu schieben. Dabei kam ihr ein Gedanke, der sie mitten in der Bewegung erstarren ließ. Wie einfach es wäre. Und wie schnell es gehen würde. Das Kissen nehmen, es für einen Moment auf Jules Gesicht drücken, und alles wäre vorbei. Jules Geist, falls er noch existierte, müsste nicht mehr in diesem Gefängnis ausharren, Sören könnte ein neues Leben beginnen, nachdem er seine Strafe abgesessen hatte, die, wie sein Anwalt behauptete, sehr milde ausfallen würde.

Und sie selbst könnte endlich diesen schrecklichen Nachmittag aus ihrem Gedächtnis streichen. Nach vorn blicken. Sie würde Sellnitz verlassen, zum Studieren in eine weit entfernte Stadt ziehen, nicht mehr an Jule denken, und auch nicht an Lilli.

Neu anfangen.

Sie umfasste das Kissen, stellte sich vor, wie sie es auf Jules Gesicht drückte, wie der Körper unter ihr zuckte und zappelte. Abrupt hielt sie inne, erschrocken über sich selbst. Tränen schossen ihr in die Augen. Sie wünschte, sie könnte die Zeit zurückdrehen. Ein winziger Fehler, eine verfickte falsche Entscheidung, und das ganze Leben war versaut.

Die Tränen wollten gar nicht aufhören zu fließen, sie weinte so heftig, dass ihr ganzer Körper bebte. Schützend umschlang sie ihre Brust mit den Armen.

«Es tut mir so leid, Jule», schluchzte sie. «Es tut mir so leid.»

## Am selben Tag

Tom war in Gedanken noch immer bei dem, was Mascha ihm erzählt hatte, als sein Chef den Anruf entgegennahm.

«Hallo, Tom, haben Sie Neuigkeiten für mich?»

«Kann man so sagen.» Rasch berichtete er, was im Labor und bei der Autopsie herausgekommen war.

Joost Bartelsen reagierte schnell. «Gibt es Hinweise darauf, dass der Tod der unbekannten Frau mit den bisherigen Vorkommnissen rund um Lilli Sternbergs Verschwinden zusammenhängt?»

«Bis auf die räumliche und zeitliche Nähe nicht», gab Tom zu.

«Es könnte sich also um eine Selbstmörderin oder eine verunglückte Touristin handeln.»

«Ja. Allerdings glaube ich nicht an Zufälle.»

«Ihr Glaube in allen Ehren, aber wir müssen uns an die Fakten halten. Die Wasserleiche sollte von einer unabhängigen Sonderkommission untersucht werden, damit ...»

«Ich halte das für keine gute Idee», unterbrach Tom. «Vor allem nicht, wenn ein Team darangesetzt wird, das die Fakten aus dem Sternberg-Fall nicht kennt. Die Kollegen könnten Zusammenhänge übersehen, weil sie nicht alle Details kennen.»

«Das sehe ich genauso. Deshalb sollte einer von Ihnen in der neuen Soko mitmachen.»

«Dann können wir doch auch direkt zusammenarbeiten.»

Tom presste Daumen und Zeigefinger gegen die geschlossenen Augenlider. Er wollte sich diesen Fall nicht wegnehmen lassen. Keinen der Fälle. Es würde sich wie eine Degradierung anfühlen, genau wie in dem Moment, als Holger Dietrich in der vergangenen Woche ins Büro marschiert war und erklärt hatte, dass er ab sofort die Leitung der Sonderkommission übernehmen würde. Das durfte nicht noch einmal passieren. Es reichte, wenn er als Vater versagte, er durfte nicht auch noch als Ermittler scheitern.

«Sie sind wirklich hartnäckig, Tom.»

«Und Sie wissen, dass ich recht habe.»

Einen Moment lang blieb es still in der Leitung. «Liegt es im Bereich des Möglichen, dass eine einzige Person für den Tod beider Frauen verantwortlich ist?»

Tom schöpfte Hoffnung. «Nun ja, die Unbekannte war etwa so alt wie Lilli Sternberg. Sie war sogar ein ähnlicher Typ Frau, soweit sich das beurteilen lässt. Etwa genauso groß, schlank, braune Haare.»

«Aber es gibt keinen unwiderlegbaren Beweis, dass eine von ihnen ermordet wurde.» Bartelsen seufzte hörbar. «Die eine ist verschwunden, die andere ertrunken.»

«Das ist richtig.»

«Und für die mutmaßliche Tötung von Lilli Sternberg gibt es einen Verdächtigen, auf den vieles hindeutet», fuhr Bartelsen fort.

«Einen zwingenden Beweis, dass Reichert Lilli ermordet hat, haben wir bisher nicht gefunden.»

«Aber einige sehr starke Indizien. Nicht zuletzt das Geständnis gegenüber dem Mann, der ihn erschlagen hat.»

«Dessen Täterschaft auch noch nicht erwiesen ist.»

«Sind Sie denn da schon weiter?», hakte der Kommissariatsleiter sofort nach.

«Wir arbeiten gerade eine Liste von Verdächtigen ab.» Tom erblickte einen schwarzen Toyota Land Cruiser, der langsam am Revier vorbeifuhr. Das musste Mike Wackerow sein.

«Ende der Woche ist Schluss, was diesen Fall angeht», erinnerte Bartelsen ihn. «Wir haben einen geständigen Täter, eine weitere Verlängerung kann ich nicht rechtfertigen. Und was die Tote vom Strand angeht, dürfen Sie so lange weiterermitteln, wie die Möglichkeit einer Verbindung zum Sternberg-Fall besteht. Zerschlägt sich der Verdacht, geben Sie den Fall ab, in Ordnung?»

«Damit kann ich leben.» Der Land Cruiser kehrte zurück und hielt auf der gegenüberliegenden Straßenseite.

«Ich schicke Ihnen Holger Dietrich und Dennis Schwarz zur Verstärkung. Mit denen haben Sie ja schon zusammengearbeitet.»

Tom stöhnte innerlich auf. Das hatte er nun davon, dass er sich bei Bartelsen durchgesetzt hatte. Er konnte und wollte nicht noch einmal unter Maschas herrischem Bruder arbeiten. «Chef, ich weiß nicht, ob das …»

«Keine Sorge, diesmal bleibt die Leitung der Ermittlungen bei Ihnen.»

«Das ist gut, danke.»

«Danken Sie Holger.»

«Wieso das?»

«Das soll er Ihnen selbst erzählen.»

Für einen Moment war Toms Neugier geweckt, doch letztlich interessierte ihn Holger Dietrich nicht. Hauptsache, er behielt das Zepter in der Hand. «Drei Kollegen zur Verstärkung sind nicht viel, aber besser als nichts», sagte er, den Blick auf den Toyota geheftet.

«Sollte sich herausstellen, dass die Mordfälle zusammenhängen, kann ich Unterstützung beim LKA anfordern», bot Bartelsen an. «Vielleicht können die einen Fallanalytiker nach Sellnitz schicken, der ein Täterprofil erstellt.»

Tom war so vom Anblick des Caféinhabers abgelenkt, der gerade aus dem Wagen stieg und die Tür zuknallte, dass er die letzten Worte seines Chefs beinahe überhört hätte.

«Gute Idee», sagte er, ein wenig überrumpelt. «Ich muss jetzt Schluss machen, da kommt gerade ein Zeuge, den ich einbestellt habe.»

«Alles klar, Tom. Viel Erfolg, und halten Sie mich auf dem Laufenden.»

## Am selben Tag

Ich robbe durch den Sand, bis ich nahe genug heran bin, um freie Sicht in den Garten zu haben. Ich bin noch immer mehr als vierzig Meter vom Haus entfernt, aber mit dem Fernglas kann ich das Anwesen gut im Auge behalten. Die Dünen stehen unter Naturschutz und dürfen nicht betreten werden, mit etwas Glück bleibe ich in meinem Versteck ungestört.

Kein Mensch ist zu sehen. Es steht auch kein Auto in der Einfahrt, es scheint niemand da zu sein. Noch nicht.

Ich lege das Fernglas weg und entspanne mich ein wenig. Das Gewehr habe ich in eine Plastiktüte gewickelt und ein paar Meter weiter im Sand vergraben. Dort wartet es auf seinen Einsatz. Es fühlt sich gut an, endlich zu handeln, statt nur darauf zu warten, dass etwas passiert. Ich habe den Spieß umgedreht, ich bin nicht länger die Gejagte, ich bin die Jägerin.

Dabei sah es anfangs wirklich schlimm aus, ich dachte, es wäre alles vorbei. Ich wollte den Pfleger nicht niederschlagen. Ich habe ihn nicht erkannt, ich glaubte, es wäre der Mann, der mich verfolgt. Dem bin ich dann beinahe direkt in die Arme gerannt, als ich aus der Klinik stürmte. Er stand neben der geöffneten Fahrertür und hatte das Handy am Ohr.

Panisch hastete ich auf den Wald zu, aber er entdeckte mich und schnitt mir den Weg ab. Also machte ich kehrt, lief in Richtung Straße und sprang hinter die Müllcontainer. Er rannte an mir vorbei, ohne mich zu bemerken. Ich wäre am liebsten im Versteck geblieben, aber ich wusste, dass ich dort nicht sicher war. Also lief ich wieder in die andere Richtung. Als ich auf Höhe seines Autos war, hörte ich die Sirenen. Ich erstarrte. Das musste die Polizei sein. Sie kamen, um mich zu holen. Ich hatte einen Pfleger angegriffen, ihn vielleicht sogar getötet. Sie würden mich für den Rest meines Lebens einsperren.

Ich habe nicht nachgedacht, bin einfach meinem Instinkt gefolgt, in den Wagen gekrochen, über die Rückbank in den Kofferraum geklettert, der zum Glück keine Abdeckung hatte, und habe mich unter der Decke verkrochen, die dort lag. Sie roch nach Hund und war voller Haare.

Sekunden später hörte ich den Mann einsteigen. Er fluchte leise und startete den Motor. Er wollte ebenfalls nicht der Polizei begegnen. Der Wagen rollte an, blieb nach ein paar Metern stehen. Kurz darauf schossen in einiger Entfernung die Sirenen vorbei, ich konnte das Blaulicht durch die Decke flackern sehen. Der Wagen fuhr los, langsam ging es den Weg durch den Wald nach unten, danach durch verschiedene Ortschaften, was ich daran erkannte, dass der Fahrer die Geschwindigkeit drosselte oder an Ampeln hielt.

Ich lag starr vor Angst im Kofferraum und versuchte, einen Plan zu fassen. Aber meine Gedanken rasten wild hin und her wie aufgescheuchte Hühner. Als ich ins Auto gesprungen war, hatte ich nicht nachgedacht, sondern einfach nur versucht, mich irgendwo in Sicherheit zu bringen. Ich wollte nicht von Polizeihunden zu Tode gehetzt werden, und in dem Augenblick war mir meine Idee nicht so verrückt vorgekommen, wie sie tatsächlich war.

Es ging auf die Autobahn. Ich musste dringend pinkeln, und die Hundehaare kitzelten in der Nase. Ich wagte nicht, auch nur einen Finger zu krümmen aus Angst, entdeckt zu werden. Irgendwann muss ich trotz der Todesangst eingenickt sein, denn ich schreckte auf, als die Wagentür knallte. Der Motor war aus. Jetzt stand der Wagen höchstwahrscheinlich vor dem Haus meines Gegners oder, schlimmer noch, in seiner Garage.

Ein Piepsen ertönte, die Türverriegelung rastete ein, dann war es still. Ich zwang mich, bis hundert zu zählen, bevor ich die Decke vorsichtig zur Seite schob und tief Luft holte. Es war dunkel, aber nicht völlig. Ein paar Sekunden blinzelte ich orientierungslos, dann bemerkte ich, dass das Licht von einer Straßenlaterne kam. Keine Garage. Erleichtert atmete ich auf. Ich kletterte auf die Rückbank und spähte aus dem Seitenfenster. Eine von Bäumen und kleinen Einfamilienhäusern gesäumte schmale Straße. Kein Licht außer der Laterne, kein Mensch zu sehen. Ich zog am Türriegel. Mit einem lauten Klacken wurde die Zentralverriegelung entsperrt. Ich wartete mit rasendem Herzen, doch nichts passierte.

Vorsichtig öffnete ich die Tür und kroch nach draußen. Kaum hatte ich sie behutsam wieder zugedrückt, hörte ich ein Motorengeräusch. Instinktiv duckte ich mich hinter den Wagen, und Augenblicke später raste ein silberner Sportwagen vorbei.

Als er weg war, versuchte ich mich zu orientieren. Das Haus, vor dem der Wagen stand, war unbeleuchtet, aber das war zu dieser Stunde zu erwarten. Der Name auf dem Klingelschild sagte mir nichts. Unentschlossen lief ich die Straße hinunter. Ich fror in dem dünnen Nachthemd, meine nackten Füße waren eiskalt, und ich bereute, dass ich die Decke nicht mit aus dem Auto genommen hatte. Alle Häuser standen auf großen baumbestandenen Grundstücken. Es roch nach Meer. Die Wohnsiedlung schien sich in einem Wäldchen zu befinden, das unmittelbar hinter den Dünen lag. Ein leerer Briefumschlag neben dem Papiercontainer verriet mir, dass es sich um Graal-Müritz handeln musste. Ich wusste nur ungefähr, wo das lag. Etwa auf halbem Weg zwischen Rostock und dem Darß.

Viele Häuser schienen leer zu stehen, bei einem fand ich den Schlüssel unter einem Blumentopf. Obwohl ich noch immer verwirrt und verängstigt war, gelang es mir, für ein paar Stunden auf dem Sofa zu schlafen. Am Morgen kramte ich einige Vorräte aus den Küchenschränken zusammen und bereitete mir ein Frühstück aus schwarzem Kaffee, Knäckebrot und Honig. Ich fühlte mich erstaunlich gut angesichts der desolaten Lage, in die ich mich hineinmanövriert hatte. Keine Panikattacke, kein Bedürfnis, mich im Keller zu verkriechen. Es war, als hätte das Abenteuer der vergangenen Nacht mir ungeahnte Kräfte verliehen. Ich hatte mich in die Höhle des Löwen gewagt, statt vor ihm wegzurennen, und ich hatte es überlebt.

Während ich das Geschirr abwusch und sorgfältig alle Spuren meiner Anwesenheit beseitigte, stellte ich das Radio an, um herauszufinden, wie es dem Pfleger ging und ob die Polizei nach mir suchte. Der Vorfall war nur eine kurze Meldung wert: Ein Mitarbeiter der Psychiatrie war in der Nacht von einer Patientin verletzt worden, aber außer Lebensgefahr. Zum Glück. Keine Beschreibung der flüchtigen Täterin. Aber das heißt nichts. Ich weiß, dass sie überall nach mir suchen, dass sie jeden Stein umdrehen, um mich zu finden. Und was sie mit mir machen werden, wenn es so weit ist. Auch der nette Polizist wird daran nichts ändern. Aber sie werden mich nicht finden. Diesmal nicht.

Als ich eine Stunde später das Radio erneut einschaltete, kam die Nachricht, die ich die ganze Zeit befürchtet hatte. Die Leiche einer jungen Frau war in Sellnitz an den Strand gespült worden, die Polizei schloss ein Verbrechen nicht aus. Ob es sich um die vermisste Lilli Sternberg handelte, konnte man noch nicht sagen.

Ich sank auf die Knie und begann zu schluchzen. Ich konnte nicht anders, es kam einfach so über mich. Diese Schweine, diese miesen, dreckigen Schweine, jetzt hatten sie die Kleine also auch umgebracht. Ich heulte und heulte und wünschte mir, ich könnte ebenfalls sterben. Hätte der Mistkerl mich gestern doch erwischt. Dann wäre ich jetzt tot, und nichts von alldem könnte mir noch etwas anhaben.

Irgendwann kamen keine Tränen mehr. Dafür war die Entschlossenheit da. Lilli würde die Letzte sein, an der sie sich vergriffen hatten, dafür würde ich sorgen. Und wenn es das Letzte war, was ich tat. Jetzt, wo sie ebenfalls tot war, hatte ich nichts mehr zu verlieren.

Nach und nach formte sich ein Plan in meinem Kopf. Ich fand Turnschuhe und einen alten Arbeitsanzug im Anbau. Er war mir zwar etwas zu groß, aber dafür konnte ich das Messer, das ich aus der Küchenschublade genommen hatte, gut darin verbergen. Ich borgte mir das Fahrrad, das hinter dem Haus stand, und fuhr los, nutzte, wenn es ging, Nebenstraßen und Waldwege. Es war kühl, Nieselregen bestäubte mein Gesicht. Erst nach ein paar Kilometern fiel mir auf, dass ich in die falsche Richtung fuhr, nach Rostock statt auf den Darß. Ich war in einem Wald, den ich nicht kannte. Kurz zuvor war ich an einem am Wegesrand geparkten Auto vorbeigekommen, das so ähnlich aussah wie das, in dem ich mich am Abend zuvor versteckt hatte.

Dann hörte ich plötzlich Hundegebell. Ich warf das Fahrrad ins Gebüsch und wollte mich verstecken, doch bevor ich eine gute Stelle fand, tauchte ein Typ aus dem Unterholz auf, der zwei Hunde an der Leine führte. Ich tat so, als wollte ich in die andere Richtung, drückte mich rasch an ihnen vorbei und hielt dabei den Kopf abgewandt. Als sie außer Sichtweite waren, wartete ich noch eine Weile, dann zerrte ich das Rad aus dem Versteck und fuhr zurück in die Richtung, aus der ich gekommen war. Als ich wieder an dem Auto vorbeikam, sah ich, dass die Hunde nun im Kofferraum waren. Von dem Typen keine Spur. Eine Autotür war nur angelehnt und schien mich einzuladen, fast genau wie am Abend zuvor. Nur dass diesmal ein Gewehr auf der Rückbank lag.

Ich zögerte nur eine Sekunde. Dann schnappte ich mir die Waffe und nach kurzem Überlegen auch das Fernglas, das daneben lag. Ein Gewehr ist viel besser als ein Messer. Mit einem Gewehr muss ich meinem Feind nicht nahekommen. Die Hunde schlugen nicht an, sie wedelten nur mit den Schwänzen und kläfften freundlich, als würden sie eine alte Freundin begrüßen, und ich betrachtete das als gutes Zeichen.

Mein Vater war auch Jäger, er hat meinem Bruder und mir gezeigt, wie man mit einem Gewehr umgeht. Manchmal sind wir sonntags mit ihm in den Wald gegangen und haben auf Dosen oder Baumstümpfe geschossen. Nie auf Tiere, das wollte ich nicht. Viele Jahre ist das her, aber es gibt Dinge, die verlernt man nicht. Wie Fahrradfahren oder Schwimmen.

Ich legte das Fernglas in den Fahrradkorb, klemmte mir das Gewehr unter den Arm und trat in die Pedale, fuhr so schnell, wie ich konnte, bis ich sicher war, weit genug von dem Auto weg zu sein. Ich verschnaufte einen Moment, sah nach, ob die Waffe überhaupt geladen war. Ich hatte wieder Glück, das Magazin war eingelegt. Ich radelte zurück zu dem Ferienhaus. Mir war klar geworden, dass ich zu überstürzt aufgebrochen war. Ich musste meinen Plan sorgfältiger schmieden, mir genau überlegen, wie ich es angehen will, und gründlich die Karte studieren.

In der folgenden Nacht habe ich dann das Gewehr in den Dünen versteckt. Gestern war zu viel los am Strand, es muss Sonntag gewesen sein. Da habe ich nicht gewagt, mich dem Haus zu nähern. Aber jetzt bin ich hier, um die Gewohnheiten meines Opfers zu studieren. Soll es sich ruhig noch ein paar Tage in Sicherheit wähnen. Ich habe Zeit. Und nur die eine Gelegenheit. Sollte mein Schuss fehlgehen, ist er gewarnt und wird kein leichtes Opfer mehr sein. Also darf nichts schieflaufen.

## Am selben Tag

Haben Sie Lilli Sternberg gekannt?», fragte Mascha den Mann, der ihr gegenübersaß.

Sie vernahm Mike Wackerow, während Tom sich im Hintergrund halten und nur bei Bedarf einschalten wollte. Da der Caféinhaber, wie sich seiner Vorstrafe entnehmen ließ, offenbar ein Problem mit Frauen hatte, würde es Mascha womöglich besser gelingen, ihn aus der Reserve zu locken.

Wackerow zuckte mit den Schultern. «So gut wie jeder andere in Sellnitz.»

«Kam sie manchmal in Ihr Café?»

«Ich glaub schon.»

«Glauben Sie oder wissen Sie es?»

«Herrje, jeder in Sellnitz war schon mal bei mir, das ist doch nichts Besonderes.»

«Aber nicht jeder in Sellnitz ist jung und hübsch», wandte Mascha ein. «Und dazu auch noch ein bisschen hilfsbedürftig.»

Wackerows Gesicht rötete sich. «Was unterstellen Sie mir da?»

«Sie sind gern dominant, wenn es um Frauen geht, oder etwa nicht?»

Der Mann knallte die Hand auf den Tisch. «Unterstellung!»

Tom streckte den Rücken durch, doch Mascha versuchte,

keine Reaktion zu zeigen. In aller Ruhe schlug sie die Mappe auf, die vor ihr lag, und tat so, als würde sie etwas nachlesen.

Auf Wackerow mochte sie cool wirken, doch innerlich brodelte sie. Der Typ erinnerte sie in seiner arroganten Art ein bisschen an Holger, und sie musste aufpassen, dass ihr Zwist mit ihrem Bruder ihre Professionalität nicht beeinträchtigte.

«Einmal sind Sie so ausgerastet, dass die Frau ins Krankenhaus eingeliefert werden musste. Schwere Körperverletzung, wie das Gericht festgestellt hat.»

Tom war ganz blass geworden, als sie gestern von der Vorstrafe des Cafébesitzers erfahren hatten. Im Zusammenhang mit Lilli Sternbergs Verschwinden hatten sie zwar nach einschlägig vorbestraften Tätern aus der Region gesucht, aber da war der Name Mike Wackerow nicht aufgetaucht, weil er wegen schwerer Körperverletzung verurteilt worden war und deshalb nicht als Sexualstraftäter galt.

«Diesem Schwein habe ich meine Tochter anvertraut», hatte Tom gesagt. «Mir wird jetzt noch übel, wenn ich daran denke.»

«Er ist ja nicht pädophil», hatte Mascha versucht, ihn zu beruhigen, obwohl sie ähnlich empfand wie er.

«Und das macht es besser?»

Mascha hatte es vorgezogen, das Thema nicht zu vertiefen. Toms schlechtes Gewissen, weil er Romy so häufig betreuen lassen musste, machte jedes Gespräch über dieses Thema zum Drahtseilakt. Und es ging sie ja auch nichts an.

«Das ist Jahre her», stieß Wackerow hervor. «Ich habe meine Strafe abgesessen und sogar eine Therapie gemacht. Wie lange wollt ihr mir das noch unter die Nase reiben?»

Mascha beschloss, die Strategie zu wechseln. Auf die Vorstrafe konnte sie jederzeit zurückkommen, aber sie wollte nicht, dass Wackerow sich in seine Opferrolle hineinsteigerte. «Sie fahren einen schwarzen Toyota Land Cruiser?»

Der Cafébesitzer war sichtlich aus dem Konzept gebracht. «Ja, und?»

«Waren Sie damit am vergangenen Mittwoch unterwegs?»

«Kann sein, weiß ich nicht mehr.»

«Versuchen Sie sich zu erinnern.»

Wackerow beugte sich über den Tisch. «Worum geht es hier eigentlich?»

«Wir müssen ein paar Fakten abklären.»

«Sie wollen mir was unterschieben.» Er schnitt eine Grimasse. «Der vorbestrafte Gewalttäter, der perfekte Sündenbock. Aber ich habe Lilli nichts angetan.»

«Dann dürfte es ja kein Problem für Sie sein, uns zu sagen, was sie am Mittwochnachmittag gemacht haben.»

Mike Wackerow lehnte sich zurück und rieb sich über die Stirn. «Mittwoch, sagen Sie?»

«Ja.»

«Da war ich einkaufen fürs Café, auf dem Großmarkt in Rostock und bei der Metro in Wismar.»

Mascha verspürte ein leichtes Bedauern darüber, dass er ein Alibi hatte, und sie rief sich innerlich zur Ordnung. «Kann das irgendwer bestätigen?»

«Ich war allein. Aber ich habe mit Karte bezahlt, falls Ihnen das hilft.»

«Wir werden das überprüfen.»

Wackerow breitete die Arme aus. «Wenn es Sie glücklich macht.»

«Kannten Sie Benjamin Reichert ebenfalls?»

«Ben?» Wackerow runzelte die Stirn. «Ja, flüchtig. Soll ich

den auch umgebracht haben? Ich dachte, dieser Lehrer wäre es gewesen, der Freund von Lilli.»

Mascha ließ sich nicht aus der Reserve locken. «Waren Sie je auf dem Hof von Ben Reichert?»

«Nee, was sollte ich da? Ich wusste nicht mal, dass der einen Hof hatte.»

«Sie hatten also nie näher mit Benjamin Reichert zu tun?»

«Nein. Sagte ich doch schon.»

«Und Sie hatten auch keinen Streit mit ihm? Wegen Lilli vielleicht?»

«Nein, verdammt.» Zum ersten Mal sah Wackerow zu Tom hinüber. «Ist die immer so schwer von Begriff?»

«Beantworten Sie einfach die Fragen meiner Kollegin», antwortete der ruhig.

«Tue ich doch.» Wackerow verschränkte die Arme.

«Ich bin auch so gut wie fertig», sagte Mascha, fest entschlossen, sich nicht anmerken zu lassen, wie wütend der Typ sie machte. Sie betrachtete ihre Notizen. «Eine letzte Frage noch: Haben Sie Ihr Auto in den vergangenen Tagen verliehen?»

Einen winzigen Moment stockte der Caféinhaber, dann schüttelte er den Kopf. «Nein, habe ich nicht.»

«Dann sind wir fürs Erste durch.» Mascha warf Tom einen fragenden Blick zu. Als er nickte, fuhr sie fort. «Ich würde Sie nur noch bitten, uns die Belege für die Einkäufe in Rostock und Wismar zur Verfügung zu stellen, damit wir Ihre Angaben überprüfen können.»

## Graal-Müritz, am selben Tag

Dayita Kumar beugte sich vor und spähte durch die Windschutzscheibe, fand aber nicht die Hausnummer, nach der sie suchte. Kurz entschlossen fuhr sie weiter. Am Ende der Straße gab es einen kleinen Parkplatz, von dem ein Fußweg durch den Wald zum Strand führte.

Sie stellte den Wagen dort ab und stieg aus. Zu Fuß fühlte sie sich zwar nicht so anonym wie in ihrem Auto, aber dafür fiel es weniger auf, wenn sie kurz vor einem Haus pausierte. Ein Pkw, der im Schritttempo durch die Siedlung fuhr, blieb womöglich irgendwem im Gedächtnis.

Seit sie vor ein paar Tagen beschlossen hatte, dem Bauunternehmer Henning Mauritz ein wenig auf den Zahn zu fühlen, hatten sie unzählige Artikel aus dem Archiv des Sellnitzer Wochenblatts studiert, aber auf eine richtig heiße Spur war sie bisher nicht gestoßen. Zwar gab es Andeutungen über Korruption, Vetternwirtschaft und krumme Geschäfte, aber nichts davon konnte Mauritz je nachgewiesen werden. Vor etwa zwanzig Jahren wäre es sogar einmal fast zu einem Prozess gekommen, weil auf dem Gelände, auf dem Mauritz eine Feriensiedlung bauen ließ, angeblich Schwermetalle von einer ehemaligen Mülldeponie im Boden waren. Blei, Kupfer, Nickel und Zink hatte man gefunden, aber in so geringer Konzentration, dass sie unter dem gesetzlichen Grenzwert für Wohngebiete blieben. Es war, als würde an dem Unternehmer alles abperlen wie an einer Glasscheibe.

Aber sie würde seine Achillesferse finden, und wenn sie sein ganzes Leben auf den Kopf stellen musste. Sie war noch immer eine preisgekrönte Investigativjournalistin, auch wenn ein dummer Fehler sie in dieses Kaff verschlagen hatte. Sie würde mit einem Paukenschlag zurückkehren und der Welt beweisen, dass sie es noch draufhatte.

Dayita schloss den Wagen ab und setzte sich in Bewegung. Henning Mauritz musste Dreck am Stecken haben. Sie war sicher, dass man es nicht so weit brachte in dieser Branche, wenn man immer nach den Regeln spielte. Deshalb hatte sie in den vergangenen Tagen mit Personen gesprochen, die sich von dem Bauunternehmer betrogen fühlten, weil sie ihm ihr Grundstück unter Wert verkauft hatten, oder weil sie ein Haus von ihm erworben hatten, an dem es Mängel gab.

Ein Familienvater hatte angedeutet, dass Mauritz nicht nur ein skrupelloser Geschäftsmann war, sondern auch ein Doppelleben führte. Angeblich besaß er ein Strandhaus weit weg von Sellnitz, wo wilde Partys mit Drogen und jungen Mädchen veranstaltet wurden.

Dayita konnte das nicht so recht glauben, hatte aber trotzdem bei einem Bekannten im Grundbuchamt, der ihr noch einen Gefallen schuldete, nachgefragt. Und tatsächlich besaß Henning Mauritz ein kleines Haus hinter den Dünen am Ortsrand von Graal-Müritz.

Und vor dem stand sie nun. Mit einem Blick über die Schulter versicherte sie sich, dass niemand in der Nähe war. Dann zog sie ihr Handy hervor und machte ein paar Schnappschüsse. Das Haus stach nicht aus den übrigen Feriendomizilen in dieser Siedlung heraus. Einstöckig, weiß verputzt und von einem

Garten umgeben, in dem vor allem immergrüne Sträucher standen, die den Schatten unter den hohen Kiefern gut vertrugen. In der Einfahrt vor der ans Haus angebauten Garage stand kein Wagen.

Dayita klingelte und wartete. Nichts rührte sich. Sie schaute sich noch einmal um, bevor sie die Klinke des Gartentors drückte und auf das Grundstück schlüpfte. Mit schnellen Schritten eilte sie auf die Rückseite des Hauses. Als sie sicher war, dass sie von der Straße aus nicht mehr zu sehen war, hielt sie inne.

Auf der großen Terrasse standen hölzerne Gartenmöbel, die mal wieder einen Anstrich vertragen hätten. Auch die Dielen waren verwittert. Auf dem Tisch stand ein mit Regenwasser gefüllter Aschenbecher, in dem einige Kippen schwammen. Daneben ein benutztes Glas, das wohl jemand vergessen hatte wegzuräumen. Die doppelflügelige Terrassentür war lange nicht geputzt worden, ein Spinnennetz spannte sich über die rechte obere Ecke.

Dieses Anwesen war in jeder Hinsicht das Gegenteil von dem modernen Wohnklotz, den Mauritz mit seiner Familie in Sellnitz bewohnte. Es fiel Dayita schwer, sich den Mann auf diesem Grundstück vorzustellen. Vielleicht präsentierte sich Henning Mauritz in Sellnitz so, wie er von der Öffentlichkeit gesehen werden wollte, während er hier sein wahres Ich herausließ.

Dayita trat auf die Terrasse und versuchte, einen Blick durch die Scheibe ins Innere des Hauses zu werfen. Doch sie konnte kaum etwas erkennen, es war zu dunkel.

Als sie zurücktrat, knirschte es unter ihren Schuhen. Sie hob den Fuß und erblickte eine silberne Kette mit einem Herzanhänger, die im Spalt zwischen zwei Holzdielen klemmte.

Gerade als sie sich danach bücken wollte, hörte sie hinter sich ein lautes Räuspern.

«Darf ich fragen, was Sie hier machen?», fragte eine erboste Stimme.

## Sellnitz, am selben Tag

Schon seltsam», sagte Mascha und tunkte eine Frühlingsrolle in die Sojasoße. «Je mehr wir erfahren, desto verworrener wird der Fall.»

Der Gedanke war Tom auch schon gekommen. Er nickte kauend. Sie hatten sich für einen schnellen Mittagsimbiss beim Chinesen eingedeckt und auf eine sonnige Bank an die Strandpromenade zurückgezogen. Hier konnten sie in Ruhe reden, ohne ihre Worte vor Kira genau abwägen zu müssen. Nicht dass Tom Kira grundsätzlich misstraute, aber so richtig einschätzen konnte er sie nicht. Und wirklich sympathisch war sie ihm auch nicht. Sie schien sich für etwas Besseres zu halten, zu gut für die Arbeit in einem kleinen Revier an der Küste.

Die Soko Lilli war jetzt offiziell in Soko Strand umbenannt und untersuchte mehr oder weniger offiziell alle drei Todesfälle in Sellnitz.

«Was denkst du über Mike?», fragte Tom.

«Hm.» Mascha schluckte ihre Frühlingsrolle hinunter. «Sympathisch ist er mir nicht. Aber ich wüsste nicht, was für ein Motiv er haben sollte, Ben Reichert zu erschlagen.»

«Wenn er Lilli etwas angetan hat, und Ben ist dahintergekommen …» Er öffnete den Karton mit den gebratenen Nudeln und griff nach den Stäbchen.

«Aber wir haben keine Verbindung zwischen Lilli und ihm gefunden.»

«Er könnte sie zufällig im Wald getroffen haben.»

«Und dann?» Mascha schnappte sich eine weitere Frühlingsrolle.

«Er hat sich an sie rangemacht, die Situation ist eskaliert …» Tom stopfte sich eine Portion Nudeln in den Mund.

«Möglich», räumte Mascha ein. «Aber dieses Szenario passt nicht zu den Ermittlungsergebnissen.» Sie zählte an den Fingern ab. «Wenn es Wackerow war und es sich um eine spontane Tat gehandelt hat, wer hat dann Stunden zuvor die Daten auf Lillis Laptop gelöscht? Und wer hat ihr Smartphone und ihr Notizheft an sich genommen und die seltsamen Nachrichten verschickt? Und aus welchem Grund? Und wie kam das Blut in die Grillhütte?»

«Apropos Grillhütte.» Tom ließ die Stäbchen sinken. «Müssen wir Justin Klein nochmals überprüfen?» Im Rahmen der Spurensicherung an der Grillhütte hatte ein Spürhund dort ein Drogenversteck entdeckt, das einem Kleindealer aus Sellnitz zugeordnet werden konnte.

«Ich kann mir nicht vorstellen, dass der was mit der Sache zu tun hat.» Mascha nahm einen Schluck von ihrer Cola. «Auch wenn er ein Motiv haben könnte, falls Lilli sein Versteck gefunden hat. Zudem erklärt es genau wie bei Mike die anderen Vorkommnisse nicht.»

«Sehe ich genauso.» Tom legte die Stäbchen weg und sammelte Mut. «Da ist noch was.»

«Ja?»

«Wir kriegen zwei weitere Kollegen zur Verstärkung.»

«Nicht viel, aber besser als nichts.»

«Freu dich nicht zu früh.»

Mascha stellte abrupt die Dose ab. «Holger?»

«Ich konnte es nicht verhindern.»

«Scheiße.» Mascha zog die Knie an und wandte sich dem Meer zu, das Gesicht versteinert.

Die kleine Lücke im Himmel hatte sich geschlossen, Wolken hatten sich vor die Sonne geschoben, und der Wind hatte aufgefrischt. Vor dieser Kulisse wirkte die sonst so taffe Polizistin mit einem Mal klein und wehrlos. Tom hätte ihr gern den Arm um die Schultern gelegt und ihr versichert, dass er auf ihrer Seite stand.

Aber er wusste ja nicht einmal genau, bei was. Er hatte keine Ahnung, weshalb Mascha und ihr Bruder sich überworfen hatten. Nicht, dass es dafür einen Anlass gegeben haben musste. Holger war ein arrogantes Arschloch, das man auch ohne konkreten Grund hassen konnte. Aber Tom war sicher, dass hinter der Feindschaft zwischen Bruder und Schwester mehr steckte.

«Immerhin kriegt er nicht die Leitung der Ermittlungen.»

Mascha sah ihn an. «Echt nicht? Warum?»

«Der Chef hat nichts weiter dazu gesagt.»

Ein schwaches Grinsen umspielte Maschas Mundwinkel. «Ich habe da einen Verdacht.» Sie erzählte ihm von der Drogenrazzia in Greifswald am Abend von Lillis Verschwinden, bei der Holger seine Kompetenzen überschritten und sein Team ohne Absprache mit dem Einsatzleiter ins Objekt geschickt hatte. Dabei hatte es eine Geiselnahme gegeben, die beinahe blutig ausgegangen wäre.

«Also eine Disziplinarmaßnahme», schloss Tom.

«Davon gehe ich aus.» Mascha verzog das Gesicht. «Das bedeutet allerdings auch, dass er ziemlich mies gelaunt sein dürfte.»

Tom zuckte mit den Schultern. «Damit komme ich klar.»

Bevor er noch etwas hinzufügen konnte, klingelte sein Handy. Die Rechtsmedizin. Er stellte auf laut, damit Mascha mithören konnte.

«Die Resultate aus der Toxi sind da», berichtete Manfred Süderholz. «Die Tote hatte eine recht hohe Konzentration an Lorazepam im Körper.»

«Lorazepam?» Tom schluckte hart, seine Gedanken schossen zu dem Päckchen in seinem Badezimmerschrank. Ihm war plötzlich übel.

«Das ist ein Benzodiazepin», erklärte Süderholz. «Ein Anxiolytikum, um genau zu sein. Wird unter anderem verschrieben bei Angststörungen oder Schlafproblemen.»

«Das ist rezeptpflichtig, oder?», wollte Mascha wissen.

«Allerdings. Das Zeug kann süchtig machen, und die Nebenwirkungen sind auch nicht ohne.»

«Würde jemand, der sich ertränken will, das womöglich einnehmen, um es sich leichter zu machen?»

«Nun ja, ich spekuliere nicht gern, aber es wirkt sedierend und muskelrelaxierend, hat zudem eine hypnotische, also schlaffördernde Wirkung. Wäre also denkbar.»

Tom fasste sich allmählich, auch wenn sein Magen noch immer verrücktspielte. Er versuchte sich zu konzentrieren. «Könnte man sich mit einer Überdosis das Leben nehmen? Oder jemanden umbringen, indem man ihm eine Überdosis verabreicht?»

«Das ist bei entsprechend hoher Dosierung möglich», sagte Süderholz. «Zudem ist es für Sie vermutlich interessant zu wissen, dass der Wirkstoff zu Verwirrtheit und Koordinationsstörungen führen und sogar Selbstmordgedanken auslösen kann.»

Tom keuchte auf. Sein Magen schien zu explodieren. Er spürte Maschas Blick. Rasch bedankte er sich bei Süderholz und legte auf.

«Alles okay?», fragte Mascha. «Du bist ganz blass.»

«Mir ist ein bisschen übel.» Er tippte mit einem entschuldigenden Lächeln auf die Essenskartons. «Zu viel Fast Food, nehme ich an.»

Mascha runzelte zweifelnd die Stirn, doch sie hakte nicht nach. «Was denkst du? Über die Sache mit den Tabletten, meine ich.»

«Dass wir nicht einen Schritt weiter sind.» Tom knüllte frustriert den Nudelkarton zusammen. «Solange wir nicht wissen, wer die Tote ist, kann es noch immer Mord, Selbstmord oder ein Unfall gewesen sein.»

## Graal-Müritz, am selben Tag

Erschrocken fuhr Dayita herum und registrierte erleichtert, dass es nicht Henning Mauritz war. Ein Mann um die fünfzig in Outdoorhose und Holzfällerhemd und mit einem Filzhut auf dem Kopf beäugte sie angriffslustig.

«Das hier ist Privatgrund. Ich rufe die Polizei.» Er nahm ein Mobiltelefon aus einer der zahlreichen Taschen seiner Hose.

Dayita setzte ein argloses Gesicht auf und schob unauffällig ihren rechten Fuß über das silberne Kettchen. «Ist das denn nicht das Haus, das verkauft werden soll?»

«Verkauft? Wie kommen Sie denn darauf?»

«Ich habe die Anzeige im Internet gelesen.» Dayita beugte sich verschwörerisch vor. «Ich wollte vor dem offiziellen Besichtigungstermin schon mal einen Blick darauf werfen, mein Mann und ich, wir suchen schon so lange.»

«Blödsinn, dieses Objekt wird nicht verkauft.» Die Miene des Mannes hellte sich auf, er strich sich über den akkurat gestutzten Bart. «Sie meinen sicherlich das Haus von den Schröders. Da sind Sie hier aber ganz falsch, das ist um die Ecke in der Uferstraße.»

«Oh, wie unangenehm.» Dayita schlug die Hand vor den Mund. Das Spiel fing an, ihr zu gefallen. Wie oft war sie früher in eine Rolle geschlüpft, um an Informationen zu kommen!

Sie hatte ganz vergessen, wie viel Spaß das machen konnte. «Das ist mir so peinlich.»

«Kommen Sie, ich zeige Ihnen, wo das Haus ist.» Der Mann setzte sich in Bewegung. «Aber einfach auf dem Grundstück herumspazieren dürfen Sie da auch nicht.»

«Schon in Ordnung», sagte Dayita. «Wenn Sie sagen, es ist in der Uferstraße, finde ich es auch allein.» Sie musste den Typen dringend loswerden. Hätte ihr gerade noch gefehlt, dass er sie zu dem Haus eskortierte.

«Wie Sie meinen.» Er blieb abwartend stehen.

Dayita fluchte lautlos. Keine Chance, sich nach der Kette zu bücken. Das musste sie auf später vertagen. Dann aber ganz besonders vorsichtig.

Zurück auf dem Bürgersteig beschloss sie, die Gelegenheit beim Schopf zu packen und den Mann ein wenig auszuhorchen. «Da können die Hauseigentümer aber froh sein, einen so guten Nachbarn wie Sie zu haben, der ein Auge aufs Anwesen hat, wenn sie nicht da sind.»

«Irgendwer muss sich ja kümmern.» Der Mann warf sich geschmeichelt in die Brust. «So viele Häuser sind nur in der Ferienzeit belegt, eine Schande ist das.»

«Dann ist das hier auch ein Feriendomizil?», hakte Dayita nach und nickte zum Haus hinüber.

Sofort wurde der Mann wieder argwöhnisch. «Warum wollen Sie das wissen?»

«Na ja, wenn mein Mann und ich herziehen, wollen wir nicht im Winter ganz allein hier draußen hocken.»

Der Mann zog die Brauen hoch. «Viel los ist hier außerhalb der Saison nicht.»

«Auch nicht am Wochenende?»

«Manche Eigentümer kommen regelmäßig, manche vermieten auch. Einige wohnen in Hamburg oder Berlin, da lohnt die weite Fahrt nicht für ein paar Tage.»

«So einsam wollte ich es eigentlich nicht haben.»

Der Mann musterte sie abschätzig. «Dann sollten Sie sich besser nach was anderem umsehen.»

«Sie haben recht, ich bespreche das noch einmal mit meinem Mann.» Dayita lächelte breit. «Haben Sie vielen Dank, Herr …»

«Wichmann.»

«Herr Wichmann. Es war wirklich nett, mit Ihnen zu plaudern.»

Bevor der Mann auf die Idee kommen konnte, sie ebenfalls nach ihrem Namen zu fragen, eilte sie die Straße hinunter zum Parkplatz.

## Sellnitz, am selben Nachmittag

Kira beäugte kritisch die Salatmischung, die sie aus der Frischetheke genommen hatte. Wirklich frisch sah der nicht mehr aus, aber gab es eine Alternative? Nachdem Mascha und Tom sich unter einem Vorwand verdrückt hatten und Paul zu seinem üblichen Fast-Food-Laden gefahren war, hatte Kira begriffen, dass niemand Wert auf ihre Gesellschaft zu legen schien. Auch gut. Den Fraß, den ihre Kollegen in sich reinschaufelten, mochte sie ohnehin nicht.

Nach kurzem Zögern wählte sie noch einen Spinatsmoothie und machte sich auf den Weg zur Kasse. Sie war so in Gedanken, dass sie den Mann nicht bemerkte, der sich rückwärts aus einem Gang bewegte, und mit ihm zusammenkrachte. Zwei Päckchen Lachs und der Smoothie landeten auf dem Boden. Verlegen murmelte sie eine Entschuldigung und bückte sich nach dem Getränk. Doch der Mann hatte die gleiche Idee, und so stießen sie mit den Köpfen zusammen.

«Verzeihen Sie», sagte er. «Ich bin so ungeschickt.» Er verzog zerknirscht das Gesicht. Dann hellten sich seine Züge auf. «Frau Blanck!»

«Herr Mauritz?»

«Es tut mir furchtbar leid, ich bin ein Tollpatsch.» Er lächelte, griff nach dem Smoothie und reichte ihn ihr. Dann streckte er die Hand aus und half ihr auf.

Sie war zu verwirrt, um zu protestieren.

Er schnappte sich seine Lachspäckchen. «Das Mindeste, was ich tun kann, ist, Sie auf einen Kaffee einzuladen. Einverstanden?»

Kira schob sich verlegen eine Haarsträhne hinter das Ohr. «Das ist wirklich nicht …»

«Bitte geben Sie mir keinen Korb, Frau Blanck, sonst muss ich annehmen, Sie sind noch sauer auf mich.»

Kira dachte daran, dass im Revier ohnehin niemand auf sie wartete, und zuckte mit den Schultern. «Meinetwegen.»

Vielleicht konnte sie die Gelegenheit nutzen und dem Bauunternehmer etwas Interessantes entlocken. Er musste Lilli Sternberg doch ganz gut gekannt haben, wenn sie die beste Freundin seiner Tochter war. Was für ein Triumph, wenn sie auf eine Spur stoßen sollte, die ihre Kollegen bisher übersehen hatten.

Sie zahlten ihre Einkäufe und suchten sich einen Platz beim Bäcker nebenan. Mauritz besorgte die Kaffees, einen Caffè Latte mit Sojamilch für sie und einen Cappuccino für sich selbst.

«Vielleicht noch ein Stück Kuchen?», fragte er, als er die Tassen abstellte.

«Nein, danke. Ich esse gleich meinen Salat.»

«Ist viel gesünder, da haben Sie recht.» Er nahm einen Schluck. «Und, haben Sie sich ein wenig eingelebt? Sicherlich kommen Sie aus der Stadt und finden es bei uns ziemlich öde. Eine junge Frau wie Sie möchte doch etwas erleben.»

«Nun ja, länger hierbleiben möchte ich tatsächlich nicht. Aber der Fall ist ungewöhnlich.» Sie sah ihn prüfend an. «Und was ist mit Ihnen? Sie sind doch auch kein Landei.»

Er lachte auf. «Gut gegeben. Meine Frau stammt vom Darß, ich habe quasi nach Sellnitz eingeheiratet. Ich gebe zu, am

Anfang war es nicht einfach. Aber hier hatte ich die Chance, etwas zu gestalten.»

«Das verstehe ich.» Kira löffelte Schaum von ihrem Kaffee.

«Darf ich Sie etwas fragen?»

Kira straffte die Schultern. Er wollte sie doch wohl nicht anbaggern? Im Kopf ging sie die Szene von eben durch, hatte er die Begegnung inszeniert? Er sah gut aus, keine Frage, aber er war mindestens zwanzig Jahre älter als sie. Auf so alte Typen stand sie nicht.

«Was denn?», fragte sie vorsichtig.

«Ich habe vorhin den Wagen von Mike Wackerow vor dem Revier stehen sehen. Er ist doch nicht etwa in Schwierigkeiten?»

Darum ging es also. «Dazu kann ich Ihnen nichts sagen, Herr Mauritz, das Thema hatten wir doch schon.»

«Bitte, Frau Blanck. Kira.» Er legte seine Hand auf ihre, zog sie aber sofort wieder zurück. «Meine Tochter arbeitet im Strandcafé. Wenn Mike irgendwas mit Lillis Tod zu tun hat …»

«Dafür gibt es im Augenblick keine Anhaltspunkte.» Kira war sich darüber im Klaren, dass sie selbst damit schon zu viel verriet, aber sie konnte Mauritz' Sorge verstehen.

«Dann war er also aus einem ganz anderen Grund bei Ihnen.»

Kira seufzte. «Eine routinemäßige Überprüfung. Aber es ging nicht um Lilli, sondern um einen anderen Fall.»

«Ach ja?» Mauritz wirkte für einen Moment beunruhigt. «Was denn für ein Fall?»

Kira fiel ein, dass noch nicht publik gemacht worden war, dass es sich bei der Toten vom Strand nicht um Lilli Sternberg handelte. Bis auf die Großeltern hatten sie niemanden informiert. Paul sollte später eine Pressemitteilung herausgeben. Aber Henning Mauritz war mit Walter Sternberg befreundet, also wusste er es womöglich bereits.

Sie leerte hastig ihre Kaffeetasse. Aus unerfindlichen Gründen machte Mauritz sie nervös. Statt die Gelegenheit zu nutzen, ihm Informationen zu entlocken, hatte sie sich ausfragen lassen. «Ich muss jetzt zurück aufs Revier.» Sie erhob sich. Als sie seinen verwirrten Gesichtsausdruck sah, fügte sie hinzu: «Ich denke nicht, dass Sie sich Sorgen um Fabienne machen müssen, aber es kann ja nicht schaden, ein Auge auf sie zu haben.»

Mauritz stand ebenfalls auf. «Wie meinen Sie das?»

Er wirkte ehrlich erschrocken, und Kira bereute ihre Worte. Andererseits war in den vergangenen Tagen eine Frau in Fabiennes Alter spurlos verschwunden und eine zweite unter ungeklärten Umständen zu Tode gekommen, ein wenig Vorsicht war durchaus angebracht.

«Nur zur Sicherheit», sagte sie rasch. «Bis die Ermittlungen abgeschlossen sind.» Sie griff nach ihren Einkäufen. «Danke für den Kaffee.»

Auf dem Weg zurück zum Polizeirevier ging sie das Gespräch noch einmal im Kopf durch. Henning Mauritz schien ein Talent dafür zu haben, Menschen einzuwickeln. Aber sie hatte nichts für den Fall Relevantes ausgeplaudert.

Oder doch?

## Am selben Abend

Schau mal, hier ist noch eine große Lücke.» Tom deutete auf den Bauch des Igels.

«Nein, da will ich das nicht.»

«Dann such einen anderen Platz aus.» Tom hatte keine Lust zu diskutieren. Nicht über einen Igel aus Papier und Laub.

Romy zögerte kurz, dann pappte sie das Blatt auf die von Tom vorgeschlagene Stelle und drückte es mit der Faust gewissenhaft fest.

«Ich glaube, jetzt ist es genug», sagte Tom erleichtert.

«Aber ich habe noch drei Blätter», protestierte Romy.

Tom seufzte. Seit fast einer Stunde kämpfte er mit Klebestift, trockenem Laub und seiner unzufriedenen Tochter. Nicole hatte ihr die Bastelarbeit mit nach Hause gegeben, um sie dort fertig zu machen. Ein aus Karton geschnittener Igel, auf dessen Körper statt Stacheln buntes Herbstlaub geklebt werden sollte, das die Kinder selbst gesammelt hatten. Romys Igel war im Kindergarten nicht fertig geworden, genau genommen klebte nicht ein einziges Blatt auf dem Körper, als Tom ihn aus der Tasche holte. Über den Grund dafür schwieg Romy sich aus.

Tom hatte den Verdacht, dass Nicole ihm diese Arbeit absichtlich aufgebrummt hatte. Bestimmt war sie noch immer sauer, weil er keine Lust hatte, sich von ihr belehren zu lassen, wie er seine Tochter zu erziehen hatte. Er wusste, dass es wegen seiner Arbeitszeiten nicht immer leicht für Romy war, und auch, dass sie noch immer ihre Mutter vermisste. Das tat er auch. Aber Nicole hatte kein Recht, ihm einen Vorwurf zu machen, weil er auch seinen Beruf ernst nahm.

Zehn Minuten später hatten sie alle Blätter aufgeklebt, und der Igel bekam einen Ehrenplatz am Kühlschrank.

«Und jetzt Schlafanzug anziehen», forderte Tom Romy auf.

«Ich will aber auf Mascha warten.»

Er hätte ihr nicht sagen sollen, dass seine Kollegin später noch vorbeikommen würde. «Du kannst ihr auch im Schlafanzug Gute Nacht sagen.»

«Liest sie mir vor?»

«Heute nicht, Liebling. Wir haben etwas Wichtiges zu besprechen. Ich mache das, sobald du umgezogen bist und die Zähne geputzt hast.»

«Aber …»

«Ab nach oben mit dir, Romy, es ist schon spät.»

«Du bist gemein!» Wütend verschränkte sie die Arme und stapfte davon.

Tom hörte ihre polternden Schritte auf der Treppe und stützte sich frustriert auf der Arbeitsplatte ab. In Momenten wie diesen hatte er das Gefühl, alles falsch zu machen, und das, obwohl er sich abstrampelte bis zum Umfallen. Warum war mit Inga alles so leicht gewesen, und ohne sie so schwer? Warum kosteten ihn die einfachsten Dinge so viel Kraft? Er schob die Fragen beiseite, die seinen Frust nur vergrößerten, und räumte die Bastelsachen weg.

Eine halbe Stunde später schlief Romy tief und fest. Sie hatte es nicht einmal geschafft, bis zum Ende der Geschichte wach zu bleiben.

Er entkorkte eine Flasche Merlot, schenkte sich ein Glas ein und trat hinters Haus, wo das letzte Licht des Tages über den Dünen glühte. Sein Blick wanderte zu der Sitzecke unter dem Birnbaum, und er musste daran denken, wie er hier mit Inga gesessen hatte, in ihrem ersten und einzigen Urlaub als Familie, und wie sie herumgesponnen hatten, dass sie das Haus kaufen und ein entschleunigtes Leben am Meer führen würden. Das graue Berlin tauschen gegen Strand und Wellenrauschen, den Arbeitsalltag mit Drogendealern, Banküberfällen und Mördern gegen den gemütlichen Dienst in einem Revier auf dem Land.

Jetzt lebte er tatsächlich hier, ohne Inga, und jagte wieder Mörder. Zurück nach Berlin wollte er trotzdem nicht. Sellnitz war nun sein Zuhause. Er nahm einen Schluck Wein. Als er das Glas auf der Fensterbank abstellte, bemerkte er etwas auf dem Boden. Romys Teddy Onkel August, den sie vorhin noch verzweifelt gesucht hatten. Zum Glück war sie mit ihrer Puppe zufrieden gewesen und ohne Onkel August eingeschlafen.

Als er sich danach bückte, hörte er Schritte, und im nächsten Moment kam Mascha um die Hausecke.

«Dachte ich mir doch, dass du hier bist.» Sie lächelte. «Hast du für mich auch ein Glas?»

«Klar. Lass uns reingehen, es wird gleich dunkel, und kühl ist es auch.»

Als er die Terrassentür öffnete, glaubte er, von den Dünen her ein Geräusch zu vernehmen. Doch als er sich umdrehte, war da nichts.

## Am selben Abend

Ich lasse das Gewehr sinken. Zu spät, die Gelegenheit ist verstrichen. Der Mann und die Frau sind im Haus verschwunden, und ein Schuss durchs Fenster ist zu riskant, dafür bin ich nicht gut genug. Ich konnte nie so gut schießen wie mein Bruder, hatte nie seine ruhige Hand.

Ich war überrascht, wie jung der Mann von Weitem wirkt. Als wären die Jahre spurlos an ihm vorübergegangen. Und offenbar hat er sich einen Bart wachsen lassen, das verfremdet seine Züge. Im Dunkeln vor der Klinik ist mir das gar nicht aufgefallen. Für einen winzigen Moment war ich deswegen verunsichert. Ist er es überhaupt? Könnte es ein anderer Mann sein? Auf diese Entfernung konnte ich sein Gesicht nicht genau erkennen.

Aber dann hat er sich bewegt, und ich habe ihn an seiner Körperhaltung wiedererkannt. Er ist es, da bin ich sicher. Es ist sein Haus, sein Garten, ich erinnere mich sogar an die Bank und den Tisch unter dem Baum. Einmal habe ich auch dort gesessen, vor vielen Jahren. Ich denke nicht gern an jenen Nachmittag zurück.

Nun hat er sich ins Haus zurückgezogen, und ich sollte auch machen, dass ich meinen Posten für die Nacht verlasse. Eigentlich bin ich erleichtert, dass es nicht geklappt hat. Ich will meinen Widersacher ja erst einige Zeit observieren. Ich hatte gar nicht vor, heute schon zuzuschlagen. Doch als er da so ganz allein im Garten stand, ungeschützt, den Blick in meine Richtung geheftet, ohne mich zu sehen, da dachte ich, es wäre ein Wink des Schicksals.

Rasch bin ich zum Waffenversteck gerobbt, um das Gewehr zu holen. Ich kontrollierte den Lauf, presste den Kolben an die Schulter, um den Rückstoß abzufedern, drückte den Spannschieber nach vorn, der rote Punkt erschien. Mit einer schnellen Bewegung zog ich den Kammerstängel nach hinten und wieder nach vorn. Jetzt lag die Patrone im Lauf. Es fühlte sich gut an.

Ich legte den Zeigefinger um den Abzug, visierte den Mann durchs Zielfernrohr an. Dreimal atmete ich ein und aus, dann hielt ich die Luft an, krümmte den Finger, spürte den Widerstand des Abzugs. Doch in dem Augenblick bückte sich der Mann nach einem Gegenstand auf dem Boden, und ich war aus dem Konzept gebracht. Kurz darauf kam die Frau hinzu. Nicht seine Frau, sondern eine Fremde, die ich nie zuvor gesehen habe. Vielleicht ist es eine Freundin, vielleicht hat er neu geheiratet. Für mich macht es keinen Unterschied.

Ich nehme das Magazin aus dem Gewehr und die Patrone aus dem Lauf, packe die Waffe zurück in die Tüte und vergrabe sie wieder im Sand. Dann robbe ich rückwärts, bis ich außer Sichtweite bin. Das letzte Stück laufe ich in gebückter Haltung und verwische dabei meine Spuren mit einem Ginsterzweig. Das habe ich mal in einem Film gesehen. Wenig später betrete ich einen der Pfade, die den Strand mit dem Ort verbinden. Ich kehre zum Fahrradständer zurück, sehe erleichtert, dass das Rad noch da ist. Ich habe ja kein Schloss dafür.

Ich trage nicht mehr den Overall, sondern ein Kleid, das ich im Schlafzimmerschrank gefunden habe. Es ist zu dünn für die

Jahreszeit, aber dafür habe ich nun kaum Ähnlichkeit mehr mit der Frau, die das Gewehr gestohlen hat. Ich sehe aus wie eine normale Touristin, ein wenig zu dünn vielleicht und zu blass im Gesicht, aber doch so gewöhnlich, dass ich niemandem auffalle.

Als ich aufsteige, bemerke ich, wie ausgehungert ich bin. Ich habe seit dem mageren Frühstück nichts gegessen. Während ich losfahre, denke ich an die bescheidenen Vorräte in dem Ferienhaus und überlege, wo ich etwas zu essen herbekommen könnte.

Das Glück kommt mir wieder einmal zu Hilfe. Als ich an einem Mülleimer vorbeikomme, entdecke ich darin einen Pizzakarton, in dem noch drei Stücke Spinatpizza liegen. Das ist mehr als genug. Beschwingt mache ich mich auf den Weg zurück zum Ferienhaus. Ich werde mindestens eine Stunde unterwegs sein, über die Feldwege und Waldpfade eher doppelt so lange, vor allem, da es inzwischen stockdunkel ist. Aber das macht mir nichts aus. Endlich muss ich nicht mehr weglaufen, endlich habe ich einen Plan, endlich weiß ich, was ich tun muss, um diesem Schrecken ein für alle Mal ein Ende zu bereiten. Und diese Gewissheit macht mich stark.

## Am selben Abend

Mascha schenkte sich Wein nach, obwohl sie eigentlich schon zu viel hatte. Schließlich hatte sie bei Tom bereits getrunken. Aber sie musste irgendwie runterkommen. Das Kreisen der Gedanken um die beiden toten jungen Frauen anhalten.

Um sich abzulenken, hatte sie ihre beiden Aktenordner hervorgeholt und darin gelesen. Sie kannte fast jedes Wort auswendig, und doch hoffte sie noch immer, irgendwo auf den entscheidenden Hinweis zu stoßen, das winzige Detail, das sich im Dickicht der Formulare, Adresslisten, behördlichen Anordnungen und aus dem Netz gezogenen Informationsfetzen verbarg. Doch bisher hatte sie keinen Erfolg gehabt.

Sie nahm das Glas, stand auf und trat ans Fenster. Die Ferienwohnung besaß sogar einen kleinen Balkon, doch der ging zur Straße hinaus. Kein Blick aufs Meer, der das Auge beruhigte, stattdessen hatte sie den Ort im Blick, der so verschlafen aussah, in dem aber drei Menschen gewaltsam zu Tode gekommen waren. Was in aller Welt ging hier vor?

Sie wandte sich wieder dem Zimmer zu. Es war gemütlich, wenn auch ein wenig minimalistisch eingerichtet. Laminatboden in einem warmen Honigton, ein cremefarbenes, für die Größe des Raums etwas zu großes Ecksofa mit Blick auf den Fernseher und im Anschluss die Essgruppe, bestehend aus einem Holztisch und vier Polsterstühlen.

Mascha stellte das Glas ab und schlug die Ordner zu. Weder der eine noch der andere Fall ließen sie zur Ruhe kommen. Sie würde versuchen, im Bett ein paar Seiten zu lesen, um sich abzulenken, auch wenn sie fürchtete, dass auch dieser Versuch zum Scheitern verurteilt war.

Als sie die Ordner zurück in die Tüte stecken wollte, berührten ihre Finger etwas Weiches. Sie nahm die kleine Stoffente heraus, ihre Brust zog sich zusammen. Schnatterinchen, ihr Glücksbringer. Schmutzig, den Blick schielend auf den übergroßen Schnabel gerichtet. Wie oft hatte sie das Tier nachts im Bett an sich gepresst und heiße Tränen in den gelben Plüschstoff geweint.

Die Ente war das Einzige, was ihr aus der Zeit davor geblieben war, aus den Jahren, die im Dunkeln lagen. Niemand hatte sie ihr wegnehmen können, weder mit Drohungen noch mit Versprechungen. Sie war ihr Halt gewesen in einer Zeit, als sie so einsam gewesen war, dass es sie innerlich zerrissen hatte.

Mascha fiel wieder ein, dass sie das Plüschtier zu den Akten gesteckt hatte, als sie mit dem Zug nach Schwerin gefahren war, um ein paar frische Sachen zu packen, den Mietwagen abzuholen und ihren Chef dazu zu bringen, ihr Urlaub zu geben.

Sie wollte die Ente auf dem Tisch ablegen, als sie ein Gedanke durchzuckte. Im Durcheinander der sich überschlagenden Ereignisse der vergangenen Woche hatte sie fast vergessen, dass Lilli ebenfalls ein Schnatterinchen besaß. Es war kleiner als das von Mascha und wohl auch nicht so alt, ein Anhänger für Lillis Fahrradschlüssel, den sie im Gebüsch vor der Gärtnerei gefunden hatten.

Von Anfang an hatte Mascha das Gefühl gehabt, dass es etwas gab, das sie mit Lilli verband. Und zwar mehr als ein Plüschtier.

Mascha dachte an Lillis Geheimnis. War sie womöglich auch auf der Suche gewesen, hatten sie die gleichen Fragen umgetrieben wie Mascha? Hatte sie deshalb sterben müssen? Weil jemand nicht wollte, dass sie die Antworten fand?

# Dienstag, 17. September

## Sellnitz auf dem Darß, am Morgen

Als Mascha um kurz nach acht den Mietwagen vor dem Revier abstellte, wartete eine Frau vor der Tür. Rasch stieg sie aus.

Der Wind riss ihr fast die Fahrertür aus der Hand, für den Abend war der erste Herbststurm vorausgesagt. Auf dem Revier rechneten sie mit einer erhöhten Anzahl an Einsätzen, und auch die Feuerwehr war in Alarmbereitschaft.

«Guten Morgen», rief Mascha der Frau zu, nachdem sie das Auto abgeschlossen hatte. «Warten Sie auf jemanden?»

Die Frau zögerte. «Ich möchte meine Tochter vermisst melden.»

Sofort legte sich etwas Schweres auf Maschas Brust. Sie betrachtete die Frau mit erwachtem Interesse. Sie trug Jeans, Windjacke und hohe Stiefel, Mascha schätzte sie auf etwa fünfzig. Im richtigen Alter also, um eine Tochter zu haben, die Anfang zwanzig war, wie die Tote vom Strand.

«Ich bin Kriminalhauptkommissarin Mascha Krieger.» Sie streckte der Frau die Hand hin.

«Gudrun Lamertz.»

«Kommen Sie doch herein.» Mascha stieg die Stufen hoch und drückte die Klinke, doch die Tür war verschlossen. «Nanu, wir scheinen die Ersten zu sein.» Sie drehte sich zu der Frau um. «Tut mir leid, aber ich bin nur vorübergehend in dieser Dienststelle tätig und habe keinen Schlüssel.» Sie blickte sich suchend um und entdeckte eine Bank im Vorgarten der grünen Kapitänsvilla. «Setzen wir uns für einen Augenblick. Bis die Kollegen kommen, können Sie mir schon mal von Ihrer Tochter erzählen.»

Sie nahmen Platz, Mascha zog den Reißverschluss ihrer Lederjacke hoch und sah Gudrun Lamertz aufmunternd an.

«Das Mädchen, das Sie am Strand gefunden haben ...» Die Frau presste die Lippen zusammen.

«Sie glauben, dass es Ihre Tochter ist?»

Gudrun Lamertz nickte. «Ich habe seit mehr als einer Woche nichts von ihr gehört.»

«Vielleicht beginnen wir von vorne, Frau Lamertz. Wie heißt Ihre Tochter?»

«Patrizia. Sie studiert in Rostock, aber sie wohnt noch bei mir. In Ahrenshoop. Am Samstag vor einer Woche ist sie weggefahren, sie wollte übers Wochenende verreisen, mit ihrem Freund.»

«Wie heißt dieser Freund?»

Die Frau unterdrückte ein Schluchzen. «Das weiß ich nicht. Sie wollte es mir nicht sagen. Noch nicht. Sie wirkte so glücklich, ich dachte, sie hätte endlich jemanden gefunden, der ihr guttut.»

Mascha schluckte. Das klang nicht gut. Eine junge Frau, die offenbar schon problematische Beziehungen hinter sich hatte, ein geheimnisvoller neuer Freund, über den niemand etwas wissen sollte. Unwillkürlich musste sie an Lilli denken, die ebenfalls ein Geheimnis gehabt hatte.

Aber sie wollte keine voreiligen Schlüsse ziehen. «Wohin wollte Ihre Tochter denn verreisen?»

«Das hat sie mir nicht gesagt.»

«Dann könnte sie also noch mit Ihrem Freund dort sein?»

«Nein, ganz bestimmt nicht. Sie wollten doch nur übers Wochenende weg. Ich habe Dutzende Male versucht, sie anzurufen, aber sie ist nicht erreichbar.»

«Haben Sie es bei anderen Freunden versucht?»

«Da gibt es nicht viele. Eine alte Schulfreundin, aber die studiert im Ausland. Und ein Mädchen von der Uni, mit der sie sich gut versteht. Die hat seit Tagen nichts von Patrizia gehört. Auch nicht über WhatsApp, TikTok oder wie das alles heißt.»

Das war in der Tat merkwürdig. «Haben Sie ein Foto Ihrer Tochter dabei?»

«Selbstverständlich.» Gudrun Lamertz zog den Reißverschluss ihrer Handtasche auf und kramte darin herum. «Das hier wurde vor ein paar Monaten aufgenommen.»

Mascha betrachtete das Bild. Eine hübsche junge Frau mit einem schmalen Gesicht, das von glatten braunen Haaren gerahmt wurde. Keine Doppelgängerin von Lilli, aber doch eindeutig der gleiche Typ. Das Gewicht auf ihrer Brust wurde schwerer. Hatten sie die Serientäter-Theorie zu leichtfertig verworfen? Hätten sie schon bei Lilli in eine vollkommen andere Richtung ermitteln müssen?

«Gibt es sonst noch etwas, das wir über Patrizia wissen sollten? Irgendwelche besonderen Merkmale vielleicht?»

«Nein.»

«Hatte sie irgendwann mal einen Unfall? Vielleicht ein gebrochenes Bein?»

Gudrun Lamertz sah sie überrascht an. «Ja, das stimmt. Sie ist vom Klettergerüst gefallen, als sie sechs war.» Sie schlug die Hand vor den Mund, ihre Augen weiteten sich. «Das Mädchen vom Strand, sie hat auch ein gebrochenes Bein, nicht wahr?»

## Am selben Vormittag

Dayita betrachtete die Kette, die vor ihr auf dem Schreibtisch lag. Sie war noch einmal zurückgekehrt zu Henning Mauritz' Ferienhaus, spätabends, als es dunkel war und sie halbwegs sicher sein konnte, nicht beobachtet zu werden.

Sie hatte die Kette eingesteckt, ohne genau zu wissen, aus welchem Grund. Vermutlich war alles ganz harmlos, und sie gehörte Fabienne. Aber falls nicht …

«Nanu, so nachdenklich heute, Chefin?», riss Edda sie aus ihren Gedanken.

Dayita sah zu ihrer Mitarbeiterin hinüber. «Ich komme nicht richtig weiter mit Henning Mauritz», gab sie zu.

«Hab ich doch gesagt, der Typ ist glatt wie ein frisch gebohnerter Fußboden.»

Dayita musste schmunzeln. Gab es überhaupt noch Böden, die gebohnert wurden? In ihrer Kindheit wurden die Flure der Schule regelmäßig mit Bohnerwachs behandelt, und Dayita war stets fasziniert gewesen von dem geheimnisvollen Gerät, das scheinbar schwerelos über den Boden glitt.

Edda verzog das Gesicht. «Was gibt's zu grinsen?»

«Ich dachte nur gerade darüber nach, dass man Sand auf den gebohnerten Boden streuen müsste, dann wäre er nicht mehr so glatt.»

«Ich fürchte, ich kann dir nicht folgen, Chefin.»

«Ich würde Mauritz gern ein bisschen aus dem Konzept bringen.»

«Und wie?»

«Das weiß ich selbst noch nicht.»

Edda schnalzte mit der Zunge. «Das schreit nach einem Kaffee.» Sie wuchtete ihren umfangreichen Leib hinter dem Schreibtisch hervor und begab sich an die Küchenzeile, die noch aus der Zeit stammte, als dies ein kleiner Lebensmittelladen gewesen war.

«Für mich lieber nicht», sagte Dayita. «Sonst kriege ich ein Magengeschwür.»

«Nicht von meinem Kaffee», empörte sich Edda. «Höchstens von deinem Feldzug gegen Henning Mauritz.»

«Feldzug?»

«Nimm's mir nicht krumm, Dayita. Aber ich bin nicht so wie du. Ich liebe meine Arbeit, aber ich muss nicht die Welt verbessern.»

Dayita lehnte sich zurück und verschränkte die Arme. «Und ich will das?»

«Ist mein Eindruck.» Edda machte sich an der Maschine zu schaffen. «Ist ja auch ein ehrenhaftes Ziel, keine Frage. Aber man riskiert halt auch, sich die Finger zu verbrennen.»

Dayita schluckte. «Spielst du auf etwas Bestimmtes an?»

Sie hatte zuvor schon den Verdacht gehabt, dass Edda wusste, weshalb Dayita von einem bundesweit erscheinenden Wochenmagazin zu einem Käseblatt an der Ostseeküste gewechselt hatte. Zwar erzählte sie immer, dass sie wegen der Krankheit ihres Mannes aus Hamburg fortgezogen war. Was ja auch stimmte, zumindest teilweise. Als er die Diagnose bekommen hatte, hatten sie entschieden, die Monate, die ihm blieben, in ihrem Ferienhaus zu verbringen. Dass zeitgleich ihre Karriere vor eine Betonwand krachte, war ein gnädiger Zufall gewesen, der den Absprung leichter gemacht hatte. Simon war jetzt seit mehr als einem Jahr tot, und in Dayita war das Bedürfnis erwacht, der Welt zu beweisen, dass sie sehr wohl eine gute Journalistin war.

«Chefin?» Edda sah sie besorgt an.

«Sorry, ich war in Gedanken.»

«Dann doch besser ein Kaffee?»

Dayita seufzte. «Wenn du das sagst.»

Sie blickte durch das Schaufenster nach draußen, wo der Wind Laub über die Straße wirbelte. Hoffentlich würde der Sturm nicht zu heftig ausfallen, das Dach ihres Hauses war nicht mehr das neueste. Schon im vergangenen Herbst hatten sich bei einem Unwetter ein paar Ziegel gelöst.

Edda stellte einen dampfenden Becher auf ihrem Schreibtisch ab. «Hübsche Kette.»

«Habe ich gefunden. Leider weiß ich nicht, wem sie gehört.»

Edda beugte sich vor. «Das ist keine Massenware. Irgendwer müsste dieses Herz wiedererkennen.»

Dayita schlug mit der Hand auf den Tisch. «Du bist ein Schatz, Edda.»

«Ach ja?»

«Ich weiß jetzt, was ich damit mache.»

## Am selben Tag

Mascha stand auf der Treppe vor dem Revier, weil sie mit ihrem Chef telefoniert hatte, um zu klären, wie ihr Urlaub in einen Einsatz auf Antrag der Kriminalpolizeiinspektion Anklam verwandelt werden sollte, als der Wagen mit der Verstärkung vorfuhr. Sie unterdrückte ein Seufzen.

«Hallo, Mascha», rief Dennis Schwarz aufgeräumt. «Bist du das Empfangskomitee?»

Falls der Kollege irgendetwas von den Spannungen zwischen seinem Partner und dem Team in Sellnitz mitbekommen hatte, ließ er es sich nicht anmerken.

«Ihr werdet schon sehnsüchtig erwartet», erwiderte sie trocken, öffnete die Tür und trat zur Seite.

Dennis marschierte sofort hinein, doch Holger blieb draußen stehen.

«Du möchtest deinen Triumph wohl auskosten.»

«Welchen Triumph?»

«Nun komm schon, Mascha, du weißt genau, wovon ich rede. Die Degradierung habe ich deinem Chef zu verdanken, da bin ich sicher. Er hat sich bei Bartelsen beschwert.»

«Und was habe ich damit zu tun?»

«Ich seid doch so dicke, dein Chef und du.»

Mascha verschränkte die Arme. «Heißt das, ich hätte ihn überreden sollen, den Vorfall nicht zu melden? Du hast nicht nur die Operation gefährdet, sondern auch das Leben einer unbeteiligten Person.»

«Blödsinn.» Er schnaubte ärgerlich. «Weißt du, es gibt Familien, da steht man füreinander ein. Aber davon hast du wohl noch nie etwas gehört.»

Mascha war für einen Augenblick sprachlos. Ungläubig starrte sie ihren Bruder an. Der wartete nicht auf eine Antwort, sondern schob sich an ihr vorbei ins Revier.

Dennis war bereits mit großem Hallo begrüßt worden, vor allem von Paul, der sich bei den Ermittlungen in der vergangenen Woche gut mit ihm verstanden hatte. Jetzt stellte Tom Kira und Holger einander vor. Mascha registrierte, dass Holger die junge Kollegin interessiert beäugte. Vielleicht würde er sich ja ihretwegen zusammenreißen, dann war sie zumindest für etwas gut.

Sie biss sich auf die Lippe, als ihr auffiel, wie gehässig ihre Gedanken waren, und schlüpfte auf ihren Platz.

«Wie weit seid ihr über die neuen Entwicklungen im Bilde?», fragte Tom die beiden Neuankömmlinge.

«Wir wissen, dass die sterblichen Überreste einer jungen Frau gefunden wurden», erwiderte Dennis. «Und dass es sich nicht um Lilli Sternberg handelt.»

«Inzwischen gibt es auch einen konkreten Verdacht, wer es sein könnte. Eine Frau aus Ahrenshoop hat ihre Tochter vermisst gemeldet. Alter und Aussehen könnten passen, auch der Zeitpunkt ihres Verschwindens. Ihr Zahnarzt hat bereits die Daten nach Greifswald gemailt, Süderholz hat versprochen, noch heute eine Antwort zu liefern. Aber das bedeutet nicht, dass wir bis dahin untätig herumsitzen können.» Tom deutete aufs Whiteboard. «Schließlich haben wir zwei weitere Verbrechen, bei denen noch längst nicht alle Punkte geklärt sind. Da wäre als Erstes der mysteriöse schwarze Wagen. Ihr erinnert euch daran, dass Mascha und mir jemand entgegengekommen ist, als wir zum Tatort Ben Reichert gefahren sind.»

«Ihr folgt doch nicht wirklich diesem Phantom?», knurrte Holger ungläubig. «Sören Brandner ist der Täter, er hat gestanden, und sein Auto ist dunkelblau.»

«Es gibt einen weiteren Hinweis darauf, dass er womöglich nicht der Mörder ist», entgegnete Tom mit bewundernswerter Gelassenheit. «Reichert starb erst zwanzig Minuten nach der Prügelei an einem einzelnen Schlag auf den Kopf.»

Dennis pfiff durch die Zähne.

«Trotzdem kann es Brandner gewesen sein», beharrte Holger.

Mascha verdrehte die Augen. So viel zu ihrer Hoffnung, Holger könnte sich wegen Kira am Riemen reißen.

Tom ignorierte ihn. «Die wichtigsten Fahrzeughalter haben wir bereits überprüft, daraus hat sich aber leider nichts ergeben.»

«Ich denke nicht, dass eine Vorstrafe, weil man eine Frau krankenhausreif geschlagen hat, nichts ist», bemerkte Kira spitz.

«Da hast du natürlich recht», räumte Tom ein. Er wandte sich an Paul. «Was ist mit Mike Wackerows Alibi?»

«Er wollte die Kreditkartenbelege mailen, die beweisen, dass er in Rostock war. Sie sind aber noch nicht gekommen.»

«Nachhaken. Und danach bringst du Dennis auf den neusten Stand, damit er die übrigen Halter abtelefonieren kann. Nur zur Sicherheit.» Er sah Dennis an. «Halt alles fest, was irgendwie auffällig oder ungewöhnlich erscheint. Okay?»

«Klar, kein Thema. Ich brauche nur einen Tisch und eine ruhige Ecke zum Telefonieren.»

«Ist es okay, wenn du dich in den Aktenraum setzt? Du weißt ja, wie beengt es hier ist.»

Die Antwort des Kollegen ging im Klappern eines Fensterladens unter.

«Verfluchter Sturm», murmelte Tom. «Der hat uns gerade noch gefehlt.»

Paul stand auf und kontrollierte die Fenster.

Das Telefon auf Toms Schreibtisch klingelte. Er sah aufs Display. «Das ist Greifswald.» Er nahm den Hörer ab, und während des kurzen Gesprächs sagte keiner ein Wort.

«Und?», fragte Mascha, nachdem Tom aufgelegt hatte.

«Die Tote ist Patrizia Lamertz. Ohne jeden Zweifel.»

Ein paar Sekunden schwiegen alle betreten. Mascha dachte an die Frau, mit der sie am Morgen gesprochen hatte. Für sie würde die Welt nie wieder so sein wie zuvor.

Schließlich räusperte sich Dennis. «Was wissen wir über sie?»

«Noch nicht viel», antwortete Mascha. «Studentin, wohnte bei ihrer Mutter. Hatte einen neuen Freund, dessen Identität sie aber wohl geheim gehalten hat.»

«Genau das scheint mir im Augenblick der interessanteste Ansatz zu sein», hakte Tom ein. «Kira und Holger, ich möchte, dass ihr nach Rostock an die Uni fahrt und so viel wie möglich über das Opfer herausfindet.»

«Es sind noch Semesterferien», wandte Kira ein.

«Trotzdem», beharrte Tom. «Treibt Kommilitonen in den Studentenwohnheimen oder sonst wo auf, und sprecht auch mit ihren Dozenten. In der Akte steht die Nummer einer Studienfreundin, die die Mutter uns gegeben hat. Fangt bei der an. Und du, Paul, machst die Pressemeldung fertig, sobald du Dennis eingewiesen hast. Danach hältst du hier die Stellung.»

«Willst du, dass ich mit der Mutter spreche?», fragte Mascha. «Mich kennt sie ja schon.»

«Nein, das mache ich selbst. Bei der Gelegenheit will ich mir direkt ihr Zimmer anschauen. Vielleicht finde ich etwas, das uns bei der Suche nach diesem mysteriösen Mister X hilft. Bis die Kriminaltechnik vor Ort ist, dauert es ja mindestens zwei Stunden. Trag du bitte alles zusammen, was du im Netz über sie finden kannst. Geh ihre Social-Media-Accounts durch und alles, was du sonst noch aufstöberst. Ich bringe ihren Computer mit, wenn ich zurückkomme, dann kannst du den auch noch unter die Lupe nehmen.» Tom klatschte in die Hände. «Los mit euch, an die Arbeit!»

Als die anderen nach draußen verschwunden waren, wandte Tom sich an Mascha. «Sieht doch so aus, als wäre dein Bruder ganz friedlich.»

Mascha sah ihn überrascht an. Sie hatte nicht den Eindruck, dass Holger sich besonders kooperativ gezeigt hatte. Und selbst wenn, würde es nicht von Dauer sein. Unwillkürlich fasste sie sich an den Hals. «Freu dich nicht zu früh. Im Augenblick leckt er seine Wunden, aber er wird diese Demütigung nicht auf sich beruhen lassen.»

## Am selben Tag

Ich danke dir, Nicole. Wir sehen uns später.» Tom beendete das Gespräch und fuhr los.

Ein Wasserrohrbruch im Kindergarten, die Eltern wurden gebeten, wenn irgendwie möglich, ihre Kinder früher abzuholen. Doch Nicole hatte natürlich Verständnis dafür, dass das in seinem Fall unmöglich war. Romy würde mit einer Handvoll anderer Kinder bleiben, zumindest bis Tom aus Ahrenshoop zurückkehrte.

Immerhin hatte er heute Morgen an der Pinnwand im Eingangsbereich die Telefonnummer einer Tagesmutter abfotografiert. Die würde er in den nächsten Tagen anrufen. Wenn sie einen Platz freihatte, könnte er endlich ein wenig Struktur in seinen und Romys Alltag bringen und müsste nicht ständig Nicole um einen Gefallen bitten.

Dann würde er sich endlich nicht mehr als Versager fühlen, der Beruf und Familie nicht unter einen Hut bekam, und auch Nicole würde keinen Anlass mehr haben, ihn ständig mit diesem unterschwelligen Vorwurf im Blick anzusehen. Das Problem mit den anderen Kindern, die Romy ärgerten, war damit allerdings noch nicht gelöst. Dem musste er sich noch stellen. Allerdings erst, wenn die Todesfälle aufgeklärt waren. Er würde sein Leben in den Griff bekommen. Schritt für Schritt.

Das Handy war noch in der Freisprechanlage, also nutzte er die Gelegenheit, um seinen Chef zu informieren und die Kriminaltechnik anzufordern. Er parkte gerade vor der Wohnung von Gudrun Lamertz, die über einer Boutique in einem Mehrfamilienhaus an der Durchgangsstraße lag, als das Handy erneut klingelte.

«Was gibt's, Paul?»

«Gerade kam eine Meldung rein», berichtete er ein wenig atemlos. «Jemand will Patrizia Lamertz mit Mike Wackerow gesehen haben.»

«Verflucht! Wer?»

«Der Anruf war anonym. Klang nach einem Mann, sicher bin ich allerdings nicht, die Stimme war verstellt.»

«Das gibt es doch nicht.» Tom fuhr sich über die Stirn. «Woher wusste er überhaupt von Patrizia?»

«Ich habe die Information ins Netz gestellt, sobald ich Dennis über die schwarzen Wagen ins Bild gesetzt hatte. Das hat nur ein paar Minuten gedauert. War ein Fehler, sorry. Ich hätte warten sollen, bis du die Mutter informiert hast.»

«Ist jetzt nicht mehr zu ändern. Also hat jemand die Info gelesen und sofort reagiert. Aber warum anonym?»

«Dafür kann es viele Gründe geben. Vielleicht will die Person nicht als Denunziant dastehen. Oder sie hat selbst Dreck am Stecken.»

«Oder jemand will Wackerow anschwärzen.»

«Und nun?»

«Was ist mit dem Alibi?»

«Da ist noch nichts gekommen.»

«Okay. Ich spreche mit der Mutter und packe Patrizias Computer ein, dann fahre ich zurück nach Sellnitz. Wir treffen uns am Café, sagen wir, in einer halben Stunde?»

«Alles klar.»

Gudrun Lamertz reagierte erstaunlich gefasst, offenbar hatte sie sich bereits damit abgefunden, dass die Tote vom Strand ihre Tochter war. Sie ließ zu, dass Tom eine Freundin informierte, die versprach, sofort vorbeizukommen. Sie hatte auch nichts dagegen, dass Tom Patrizias Laptop mitnahm.

«Wir müssen Sie noch einmal ausführlich befragen», sagte er. «Aber das hat Zeit bis morgen. Die Spurensicherung kommt gleich, um sich das Zimmer anzusehen.»

Gudrun Lamertz' Augen funkelten beunruhigt. «Muss das sein?»

«Wir müssen herausfinden, was mit Ihrer Tochter geschehen ist. Das wollen Sie doch auch.»

«Ja, natürlich. Es fühlt sich nur nicht richtig an, dass fremde Leute in ihren privaten Dingen herumwühlen.»

Tom stellte sich vor, was er empfunden hätte, wenn seine Kollegen Ingas Sachen nach ihrem Tod durchsucht hätten. Kein schöner Gedanke. «Tut mir leid, dass das nötig ist.»

In dem Augenblick traf zum Glück die Freundin ein, und Tom verabschiedete sich. «Können Sie morgen Vormittag aufs Revier kommen?», fragte er. «Oder ist es Ihnen lieber, wenn wir Sie hier befragen?»

«Hier, bitte.»

«In Ordnung, dann machen wir das so.»

Mit einem drückenden Gefühl in der Brust verließ Tom die Wohnung. Draußen schlug ihm scharfer Wind ins Gesicht. Blaugraue Wolken jagten über den Himmel. Er blickte auf die Uhr. Mist, Paul wartete schon auf ihn.

Eine Viertelstunde später traf er auf dem Parkplatz des Cafés ein. Drinnen war nicht viel los, Ursula Zimmermann bediente die wenigen Gäste. Als sie Tom erblickte, nickte sie nur, als hätte sie mit seinem Besuch gerechnet. Für einen Moment fragte er sich, ob sie die anonyme Anruferin war. Oder jemanden damit beauftragt hatte. Sie stellte das Tablett mit dem schmutzigen Geschirr hinter der Theke ab und kam zu ihnen.

«Gibt es etwas Neues?»

Tom ignorierte ihre Frage. «Wir suchen Ihren Chef.»

«Mike ist nicht hier. Er musste was erledigen.» Nichts an ihrem Gesichtsausdruck deutete darauf hin, dass sie wusste, was sie von ihm wollten.

Tom kam ein Gedanke. «Erinnern Sie sich vielleicht, ob er am vergangenen Mittwoch in Rostock einkaufen war?»

«Am Mittwoch? Nein, ganz bestimmt nicht.»

«Woher wissen Sie das so genau?», hakte Paul nach.

«Weil er immer montags zum Einkaufen in die Stadt fährt, zusammen mit einem Freund. Und wenn er das in der vergangenen Woche anders gemacht hätte, wäre mir das aufgefallen.»

Tom tauschte einen Blick mit Paul. «Sind Sie da ganz sicher?»

«Ja, natürlich. Warum ist das wichtig? Was war denn am Mittwoch?» Sie wirkte mit einem Mal beunruhigt.

Tom ging es genauso. «Wissen Sie, wo Wackerow jetzt ist?»

Ein Gast rief nach der Bedienung. Paul bat ihn, sich einen Augenblick zu gedulden. Tom wiederholte seine Frage.

Zimmermann schüttelte den Kopf. «Er hat nur gesagt, dass er noch mal wegmuss. Ich habe nicht nachgefragt.»

«Hat er den Wagen genommen?»

«Keine Ahnung.» Sie blickte nach draußen, wo der Wind mit einer Plastiktüte spielte. «Sieht so aus, er steht nicht an seinem üblichen Platz.»

Tom ballte die Faust. «Kennen Sie eine Patrizia Lamertz?»

«Nein, ich denke nicht.»

Tom ärgerte sich gerade, dass er kein Foto dabeihatte, als

Paul sein Handy hervorzog. «Das ist die Frau. Vielleicht war sie schon mal hier im Café?»

Zimmermann beugte sich über das Display. «Ich weiß es nicht, tut mir leid.» Sie sah Tom an. «Wir bedienen hier jeden Tag so viele Gäste, und die meisten sind Touristen, die man nur ein einziges Mal sieht. Ich kann es wirklich nicht sagen.»

Tom nickte. Er hatte das Gefühl, dass ihm die Zeit davonlief, und der drohende Sturm verstärkte seine Sorge. «Hat Ihr Chef gesagt, wann er zurück sein will?»

«Nein. Was, um Himmels willen, haben all diese Fragen zu bedeuten? Hat Mike etwa was mit Lillis Tod zu tun?»

«Wie kommen Sie darauf?»

«Weil Sie all diese Dinge über ihn wissen wollen.» Zimmermann rieb sich über die Oberarme, als würde sie plötzlich frieren, ihr Blick verzog sich schmerzhaft. «Ich sehe sie noch immer dort am Strand liegen.»

«Die Frau vom Strand war nicht Lilli», sagte Tom in etwas sanfterem Ton.

«Nicht Lilli? Ist das sicher?»

«Ja.»

«Aber …» Sie schien zu begreifen. «Es war diese Patrizia, nicht wahr? Oh Gott, das arme Mädchen.»

Trotz ihrer Worte hatte Tom den Eindruck, dass sie erleichtert war. Er konnte sie verstehen. Patrizia war eine Fremde. Es war einfacher, die Erinnerung an den Anblick der Toten zu ertragen, wenn es kein Mensch war, den man lebend gekannt hatte.

Er nahm eine Visitenkarte aus der Hosentasche. «Bitte rufen Sie uns an, sobald Ihr Chef hier auftaucht.»

Als sie draußen vor dem Café standen und mit dem Wind kämpften, fiel Tom wieder ein, dass er diesem Mann seine

Tochter anvertraut hatte, wenn auch nur für ein paar Minuten. War Nicole nicht noch einmal mit Romy hier gewesen, um die Kaninchen zu füttern? Großer Gott. Sein Herz krampfte sich zusammen.

Paul holte ihn in die Gegenwart zurück. «Fahndung?»

«Wir haben nicht wirklich viel gegen ihn in der Hand, aber ich habe ein ungutes Gefühl. Also ja, gib eine Beschreibung von Mike Wackerow und seinem Auto raus.»

## Am selben Tag

Verdammt, Mike», zischte Nicole, halb erschrocken, halb wütend, als sie ihn jenseits des Zauns erblickte. «Hau sofort ab.»

«Ich will nur kurz was mit dir klären.» Er grinste breit. «Dann lasse ich dich in Ruhe.»

Nicole war gerade dabei gewesen, das liegen gebliebene Sandspielzeug einzusammeln, in Gedanken bei dem Wasserrohrbruch und dem Chaos, den dieser verursachte. Die Handwerker waren noch immer nicht da, und zwölf Kinder warteten auf Abholung. Um die kümmerte sich ihre Kollegin drinnen in einem der Gruppenräume, während sie den Außenbereich aufräumte und sturmfest machte.

«Ich rede nicht mit dir», fuhr sie Mike an. «Nicht hier.»

Sie wandte sich ab, lief mit den Armen voller Eimer, Schippen und Sandförmchen auf den Schuppen zu, wo auch die Dreiräder und Roller aufbewahrt wurden. Aus den Augenwinkeln sah sie, wie Mike einen Satz über den niedrigen Zaun machte.

Sie ließ das Spielzeug fallen und fuhr herum. «Raus hier! Auf der Stelle, sonst rufe ich die Polizei.»

Sein Grinsen wurde breiter. «Na mach doch, ich will sehen, wie du deinem Bullenfreund erklärst, wer ich bin.»

«Du bist so ein Mistkerl.» Nicole warf einen Blick zur Seite, konnte aber nicht erkennen, ob ihre Kollegin sie womöglich durch die Scheibe beobachtete. «Was willst du?»

«Ich war letzte Woche Mittwoch bei euch, erinnerst du dich?»

Verwirrt runzelte Nicole die Stirn und strich sich die Haare hinters Ohr, die der Wind ihr ins Gesicht blies. «Mittwoch? Wann denn?»

«Nachmittags. Ich habe euch den übrig gebliebenen Kuchen gebracht.»

«Nein, das war am Sonntag.»

«Ja, am Sonntag war ich auch da. Aber das meine ich nicht.» Mike lächelte sie von oben herab an, als wäre sie schwer von Begriff.

«Aber du warst am Mittwoch nicht bei uns.»

«Glaub mir einfach.»

«Aber warum?»

«Das versuche ich ja gerade, dir zu erklären.»

Nicole spürte, wie jemand hinter sie trat.

«Warum ist Mike hier? Gehen wir wieder zu den Kaninchen?»

Romy. Herr im Himmel. Nicole setzte ein liebevoll strenges Gesicht auf und wandte sich ihr zu. «Gehst du bitte wieder rein zu den anderen, Romy? Hier draußen ist es viel zu windig. Ich komme gleich nach.»

«Ich will aber nicht mehr malen.»

«Dann mach etwas anderes. Nimm dir ein Buch.»

«Liest du mir vor?»

«Gleich, wenn ich fertig bin mit Aufräumen.»

Romy trat einen Schritt vor. «Kann Mike mir vorlesen?»

«Nein, kann er nicht!» Nicole spürte, wie es in ihrem Magen anfing zu brodeln. Sie war wütend auf Mike, weil er sie in diese Lage gebracht hatte, und auf Romy, weil sie im falschen Moment nach draußen gekommen war. Aber vor allem war sie wütend auf sich selbst, weil sie es nicht schaffte, Mike in seine Schranken zu weisen.

Romys Unterlippe zitterte verdächtig. Schnell beugte Nicole sich zu ihr hinunter. «Schon gut, Liebes. Ich lese dir gleich vor. Bitte such ein Buch aus und warte auf mich.»

Als sie sich wieder aufrichtete, ertönte eine weitere Stimme. «Hallo? Haben Sie wegen des Wasserrohrbruchs angerufen?» Ein Mann in Arbeitskleidung stand am Zaun.

«Wie gut, dass Sie da sind! Bitte gehen Sie zur Eingangstür, meine Kollegin macht Ihnen auf.»

«Da haben wir es schon versucht.»

Auch das noch! War die Klingel etwa noch von der Mittagszeit leise gestellt?

«Gehen Sie bitte nach vorn», rief sie dem Mann zu. «Ich komme sofort.» Sie wandte sich an Mike. «Und du haust ab. Was auch immer du mir zu sagen hast, muss warten.»

«Das geht leider nicht. Aber mach ruhig die Tür auf. Romy und ich gehen solange auf die Rutsche.» Er griff nach Romys Hand.

«Untersteh dich», zischte sie.

«Was tu ich denn?»

Nicole wollte Romy hineinschicken, doch als sie deren flehentlichen Blick sah, überlegte sie es sich anders. Ein heulendes Kind hätte ihr jetzt gerade noch gefehlt.

«Ich bin in einer Minute zurück», drohte sie, bevor sie ins Gebäude eilte, die Hand auf den Bauch gepresst, um die lodernde Wut zu besänftigen.

## Am selben Tag

Du übernimmst das Schlafzimmer, ich das Wohnzimmer», sagte Tom zu Paul und streifte sich Handschuhe über.

Der Beschluss war so schnell gekommen, dass ihnen keine Zeit geblieben war, das Team zu informieren. Tom hatte kaum den Anruf beendet, da war das Dokument schon in seinem Posteingang. Den Namen des Richters würde er sich merken, nicht immer funktionierte die Zusammenarbeit zwischen Polizei und Justiz so reibungslos.

Ursula Zimmermann hatte ihnen den Zweitschlüssel für die Wohnung über dem Café ausgehändigt, den Mike Wackerow in einer Schreibtischschublade im Hinterzimmer aufbewahrte. Die Kriminaltechnik war informiert. Sobald die Kollegen in Ahrenshoop fertig waren, würden sie nach Sellnitz kommen. So hatten sie nur zehn Minuten Anfahrt statt mehr als eine Stunde.

Tom betrat das Wohnzimmer und ließ es auf sich wirken. Der Raum war überraschend aufgeräumt für eine Junggesellenbude. Vielleicht hatte Wackerow das im Knast gelernt. Es gab einen Schrank, in dem sich nur Gläser und Geschirr befanden, zudem ein Sofa, einen Fernseher mit einem riesigen Bildschirm und einen Computertisch mit einem Laptop. Um den würde sich Mascha später kümmern müssen.

Beim Gedanken an Mascha überkam Tom ein schlechtes

Gewissen. Sie wäre sicherlich gern dabei gewesen, zumal er sie ja schon nicht in die Wohnung von Patrizia Lamertz mitgenommen hatte. Aber er brauchte ihre Fähigkeiten als Kryptologin beim Überprüfen der Online-Aktivitäten von Opfer und Tatverdächtigen, diese Aufgabe konnte ihr niemand abnehmen.

Er schlug die Schranktür zu und wollte sich gerade der Kommode neben dem Computertisch widmen, als Paul ihn rief.

«Komm her, das musst du dir ansehen!»

Tom eilte ins Schlafzimmer, wo sein Kollege neben dem Bett hockte. Stumm deutete er darunter.

«Ich habe ihn nicht angefasst.»

Tom bückte sich. Zwischen dicken Staubflocken lag ein Slip, der ganz sicher nicht Mike Wackerow gehörte. Er machte ein paar Fotos, dann holte er das Kleidungsstück unter dem Bett hervor und steckte es in eine Plastiktüte.

«Er könnte eine Freundin haben», sagte Paul.

«Das wird sich herausstellen.» Tom nahm sein Handy heraus. «Ich habe nur eine kurze Frage», sagte er, als Gudrun Lamertz sich meldete. «Sie mag Ihnen seltsam vorkommen, aber ich muss sie stellen: Besaß Ihre Tochter einen weißen Slip mit lilafarbenem Gummibund?»

«Lieber Himmel!»

«Heißt das ja?»

«Sie hat zwei davon.»

«Könnten Sie nachsehen, ob sie da sind?»

«Ich verstehe nicht …»

«Bitte.»

Ein Seufzen. «Einen Moment.»

Tom klopfte ungeduldig mit den Fingern auf seinen Oberschenkel, während er wartete. Er dachte an seinen Besuch in der Rechtsmedizin. Neben der Waage auf der Arbeitsplatte hatte der Beweismittelbeutel mit den Kleidungsstücken der Toten gelegen. Auch wenn nicht viel davon übrig gewesen war, hatte er gut erkennen können, dass der Slip einmal rosa gewesen war.

Endlich hörte er Gudrun Lamertz zurückkehren. «Es ist nur einer da.»

«Sicher?»

«Ich habe überall nachgeschaut, auch in der Schmutzwäsche.»

«Ich danke Ihnen, Frau Lamertz.»

«Was hat das zu bedeuten?»

«Das erkläre ich Ihnen, wenn wir uns morgen sehen.» Er beendete das Gespräch und sah Paul an. «Was sagst du dazu, Duke?»

«Ich denke, wir haben unseren Täter.»

Tom steckte das Telefon weg. «Sieht wohl ganz so aus.»

Doch insgeheim zweifelte er. Das war viel zu glattgegangen, erst der Anruf, dann das Beweisstück unter dem Bett, wie auf dem Silbertablett präsentiert. Manchmal war es tatsächlich so einfach, denn die meisten Täter waren nicht besonders clever. Aber hier stimmte etwas nicht.

## Am selben Tag

Mascha fuhr erschrocken zusammen, als die Tür zum Büro aufgestoßen wurde und Senior den Kopf hereinstreckte. «Ein Funkspruch von der Streife. Sie haben das Fahrzeug des Tatverdächtigen gesichtet.»

Tom hatte Mascha eben angerufen und ihr die neuesten Entwicklungen mitgeteilt. Sie war Mike Wackerow nur einmal flüchtig begegnet, als sie mit Tom und Romy im Café gewesen war. Trotzdem fragte sie sich, ob sie genauer hätte hinschauen, ob sie hätte merken müssen, dass etwas mit ihm nicht stimmte.

Sie drängte den Gedanken weg. «Wo?», fragte sie Senior.

«Auf dem Parkplatz des Dünenkindergartens.»

Mascha erhob sich. «Sie sollen warten und ihn festnehmen, falls er auftaucht. Ich fahre sofort hin.»

Senior schob seine Brille hoch. «Was ist mit Tom?»

«Den informiere ich.»

Sie eilte nach draußen, ihre Gedanken rasten. Verdammt, verdammt. Hoffentlich war der Kerl nicht im Kindergarten. Das hätte ihnen gerade noch gefehlt, einen Mordverdächtigen inmitten einer Schar von Kindern festnehmen zu müssen.

Kaum im Wagen, suchte sie die Nummer des Kindergartens raus. Es dauerte einen Moment, dann meldete sich Nicole mit atemloser Stimme.

«Hallo, hier ist Mascha, die Kollegin von Tom.»

«Ist etwas passiert?»

«Ich habe nur eine Frage: Ist ein gewisser Mike Wackerow bei Ihnen?»

Es blieb so lange still in der Leitung, dass Mascha fürchtete, die Verbindung wäre unterbrochen worden.

«Warum wollen Sie das wissen?», fragte Nicole dann mit argwöhnischem Unterton.

«Ist er dort?»

«Ja.»

Großer Gott. «Wo genau hält er sich auf?»

«Draußen auf dem Spielplatz.»

«Und die Kinder.»

«Sind drinnen.»

«Sehr gut. Bitte sorgen Sie dafür, dass er genau dort bleibt, wo er gerade ist. Verwickeln Sie ihn in ein Gespräch, ich bin in fünf Minuten bei Ihnen. Und erzählen Sie ihm um Gottes willen nicht, dass ich angerufen habe.»

Mascha beendete das Gespräch und startete den Motor. Tom würde stinksauer sein, weil sie ihm nicht Bescheid gab, aber in dieser Situation war es wichtig, einen kühlen Kopf zu bewahren, und Mascha war nicht sicher, ob er das hinkriegen würde, wenn Romy möglicherweise in Gefahr war.

Der Wind beugte die Birken am Straßenrand und wirbelte gelbe Blätter durch die Luft. Seit dem Morgen war er kaum stärker geworden, und Mascha hoffte, dass der angekündigte große Sturm ausbleiben würde.

Der Streifenwagen mit Laurel und Hardy darin wartete vor dem Kindergarten. Mascha parkte dahinter, die Kollegen stiegen aus. Gemeinsam eilten sie zum Eingang. Auf dem kleinen Parkplatz an der Seite stand tatsächlich der schwarze Land

Cruiser neben einem Kleinwagen und dem Transporter einer Rohrreinigungsfirma.

Die Eingangstür war offen, ein Mann in Arbeitskleidung kam ihnen entgegen, als sie den Kindergarten betraten. «Nanu, ist etwas passiert?»

«Alles in Ordnung», versicherte Mascha.

Zum Glück war sie schon einmal hier gewesen und wusste, wie man zum Außenbereich kam. Sie erreichten die Glastür, Mascha blickte hinaus und erschrak.

Neben der Rutsche standen Mike Wackerow und Nicole Laasch und diskutierten, der Cafébesitzer hatte ein Kind auf dem Arm. Romy.

Verflucht, auch das noch. Mascha presste die Lippen zusammen und griff instinktiv nach dem Holster, ließ die Waffe jedoch an Ort und Stelle. Sie wollte eine Eskalation vermeiden.

«Ist das etwa Toms Tochter?», fragte Hardy und wischte sich Schweiß von der Stirn.

«So eine Scheiße», murmelte Laurel. «Sollen wir Verstärkung rufen?»

«Auf keinen Fall», zischte Mascha. «Ihr wartet bei der Tür. Achtet darauf, dass er euch nicht sieht.»

Laurel verzog skeptisch das Gesicht. «Bist du sicher?»

«Absolut.»

Hardy sah sie an, sein rundes, sonst so jugendliches Gesicht wirkte mit einem Mal sehr reif und ernst. «Beim kleinsten Anzeichen, dass die Situation außer Kontrolle gerät, sind wir bei dir, Mascha. Ich hab selbst zwei Jungs, ich weiß, wie das ist. Und Tom hat bereits seine Frau verloren.»

Danke, dass du mich daran erinnerst, dachte Mascha. Sie holte tief Luft und trat nach draußen. Normalerweise wäre es Wahnsinn, sich ohne die Deckung von Kollegen in eine solche

Situation zu begeben, aber Mascha fürchtete, dass Wackerow sich sonst bedroht fühlen und die Nerven verlieren könnte. Sie hoffte sehr, dass sie die Lage richtig einschätzte. Falls das hier schiefging und Romy etwas zustieß, würde Tom sie vierteilen und ihre Gebeine auf Pflöcke spießen. Und das zu Recht.

Romy entdeckte sie als Erste. «Mascha!»

Die beiden anderen drehten sich zu ihr um, Wackerows Gesichtsausdruck war überrascht, der von Nicole besorgt.

«Hallo, Romy», rief Mascha mit aufgesetzter Fröhlichkeit. «Bist du so lieb und gehst mit Nicole nach drinnen? Ich muss etwas mit Herrn Wackerow besprechen.»

«Ich will aber mit dir gehen.» Romy wand sich, um von Wackerows Arm zu kommen.

Zu Maschas Erleichterung setzte er das Mädchen anstandslos auf dem Boden ab. Sofort klammerte sie sich an Maschas Beine. Nicht ideal, sollte es zum Handgemenge kommen, aber so war sie wenigstens in Sicherheit.

«Geht es um den vergangenen Mittwoch?» Er schien nicht zu ahnen, weshalb Mascha hier war. «Ich wollte Sie sowieso anrufen. Mir ist eingefallen, dass ich da doch nicht einkaufen war, sondern bei Nicole.»

Maschas Blick schoss zu der Erzieherin. «Stimmt das?»

Nicole sah sie nicht an. «Ich erinnere mich nicht genau.»

Mascha wandte sich wieder an Wackerow. «Kommen Sie doch mit aufs Revier, da nehmen wir eine neue Aussage auf.» Sie beugte sich ein Stück zu Romy hinunter, ohne den Caféinhaber aus den Augen zu lassen. «Bitte bleib solange bei Nicole.» Sie sah die junge Frau auffordernd an.

Diese griff nach Romys Hand. «Wir wollten doch ein Buch lesen, schon vergessen?»

«Aber ich will …»

«Mascha holt dich später ab.» Nicole warf ihr einen Blick mit einer unverhohlenen Drohung zu. Wage es bloß nicht, dein Versprechen zu brechen, war darin zu lesen.

Romy zögerte noch einen Moment, dann trottete sie an Nicoles Hand auf die Tür zu.

«Ich wusste gar nicht, dass Nicole und Sie sich kennen», sagte sie zu Wackerow. «Davon können Sie mir auch auf dem Revier erzählen, kommen Sie!»

Tatsächlich schlenderte der Mann nichts ahnend mit ihr auf das Gebäude zu. An der Tür ließ sie ihm den Vortritt. Kaum war er hindurch, ergriffen ihn die Kollegen und legten ihm Handschellen an.

«Mike Wackerow, Sie sind vorläufig festgenommen», erklärte Hardy sichtlich erleichtert und nickte Mascha anerkennend zu.

«Was soll das?», fuhr Wackerow sie an.

«Sie stehen im Verdacht, Patrizia Lamertz getötet zu haben», erklärte Mascha.

«Was soll ich?» Er glotzte sie ungläubig an. «Soll das ein Scherz sein? Ich kenne keine Patrizia!»

«Das werden wir ja sehen. Abführen.»

Sie wandte sich ab und zog ihr Handy hervor. Sie brauchte einen Moment, um Toms Nummer aufzurufen, weil ihre Finger so zitterten.

# Mittwoch, 18. September

## Sellnitz auf dem Darß, am Morgen

Das Orkantief hatte zum Glück nur wenige Schäden hinterlassen. Ein paar abgebrochene Äste, die Straßen blockierten, ein gefluteter Keller, abgedeckte Dächer. Kein Mensch war verletzt worden, aber für die Kollegen von der Streife war die Nacht dennoch lang gewesen.

In anderen Regionen hatte der Sturm schlimmer gewütet. Der Bahnverkehr war in weiten Teilen Norddeutschlands zum Erliegen gekommen, zahlreiche Menschen hatten in Zügen übernachten müssen. Es gab unzählige Schäden durch umgestürzte Bäume, doch zum Glück keine Todesopfer.

Dafür hatte Tom wider Erwarten gut geschlafen. Ausgerechnet. Weder das Unwetter noch die Ereignisse des gestrigen Tages hatten ihn wach gehalten. Vielleicht war sein Körper einfach zu erschöpft gewesen. Jedenfalls hatte er sich, nachdem er Romy eine Geschichte vorgelesen hatte, gerade noch in sein eigenes Bett schleppen können.

Und auch heute Morgen war alles erstaunlich glattgelaufen, kein Protest beim Frühstück, kein Jammern im Auto, und vorm Kindergarten war seine Tochter fröhlich auf einem Bein gehüpft. Vielleicht hatte es damit zu tun, dass Mascha sie gestern abgeholt hatte. Offenbar hatte seine Kollegin mächtig Eindruck auf die anderen Kinder gemacht und so auch Romy Respekt verschafft.

Tom gab ihr einen Kuss auf die Wange. «Wir sehen uns später, Schatz. Viel Spaß!»

Er winkte lächelnd, als sie die Hand zum Gruß hob, bevor sie im Gruppenraum verschwand.

Trotz des guten Ausgangs krampfte sich in seinem Bauch etwas zusammen bei der Vorstellung, Romy hier zurückzulassen. Als würde jemand seine Eingeweide zerquetschen. Nach dem, was gestern geschehen war, hatte er das Gefühl, dass sie nirgends sicher war. Zudem war er noch immer wütend auf Mascha, weil sie ihn nicht sofort informiert hatte, und noch viel wütender auf Nicole. Wie hatte sie einen Mann wie Mike Wackerow in die Nähe seiner Tochter lassen können?

Er wusste, dass er ungerecht war, schließlich hatte er selbst Romy vor ein paar Tagen erlaubt, mit dem Cafébesitzer zusammen die Kaninchen zu füttern. Mit einem vorbestraften Gewalttäter. Bei dem Gedanken wurde ihm übel. Aber er hatte nichts von der Vorstrafe gewusst. Nicole hingegen schien ihn besser zu kennen, wie gut genau, würde er jetzt in Erfahrung bringen.

Zum Glück war sie allein im Frühstücksraum. Er trat ein, ohne zu klopfen, und zog die Tür hinter sich zu.

«Woher kennst du Mike Wackerow?», fragte er ohne eine Begrüßung.

«Tom!» Sie fuhr so sehr zusammen, dass der Kaffee aus ihrer Tasse schwappte. Sie fluchte leise, stellte die Tasse ab und griff nach der Küchenrolle, um den Fleck vom Boden aufzuwischen.

«Woher?», beharrte Tom.

Sie erhob sich und warf das Papier in den Müll. «Wir kennen uns schon lange, aber wir haben nicht besonders viel miteinander zu tun.»

«Ach ja? Er hat behauptet, dass er vergangene Woche bei dir

zu Hause war.» Tom verschränkte die Finger, weil ihn plötzlich der Drang überkam, Nicole zu packen und zu schütteln. Er sah ihr an, dass sie ihm nicht die volle Wahrheit erzählte.

«Er kommt manchmal vorbei und bringt Kuchen für meine Eltern.»

«Er verteilt Kuchen an alte Leute?» Tom war für einen Augenblick aus dem Konzept gebracht. Das passte so gar nicht zu dem Bild, das er von Mike Wackerow hatte.

«Mir ist das auch nicht recht, vor allem, weil meine Eltern gar nicht so viel Süßes essen sollen. Aber sie freuen sich darüber.»

«Wusstest du, dass er vorbestraft ist?»

Nicole senkte den Blick.

Eine frische Welle Zorn überrollte Tom. «Du hast ihm Romy überlassen, wie konntest du?»

«Er würde nie einem Kind etwas zuleide tun!» In Nicoles Augen standen plötzlich Tränen.

«Ach nein? Und woher weißt du das? Ich dachte, ihr kennt euch nur flüchtig?»

Die Tür ging auf, eine Kollegin wollte eintreten.

«Nicht jetzt!», stießen Tom und Nicole gleichzeitig hervor, und die Kollegin zog sich erschrocken zurück.

«Also raus mit der Wahrheit, Nicole», forderte Tom.

«Schau mich nicht an, als hätte ich deine Tochter in einen Käfig voller wilder Tiere geworfen», fuhr Nicole ihn an. «Das ist nicht fair. Ich reiße mir ein Bein aus, arbeite jeden Tag acht Stunden im Kindergarten, kümmere mich um anderer Leute Kinder, und wenn ich nach Hause komme, sind meine Eltern dran. Obendrein bringst du mir ständig deine Tochter. Ich habe überhaupt keine Freizeit, ich bin für jeden da, tue nie etwas für mich, und trotzdem hacken alle auf mir herum. Ich habe so was von die Schnauze voll!»

Tom atmete tief durch. So hatte er das noch nie betrachtet. Er hatte noch nicht entschieden, ob er Romy weiterhin zu Nicole geben würde, wenn er einen Babysitter brauchte. Nun begriff er, dass sie in der Sache auch etwas mitzureden hatte. Immerhin hatte er schon mit der Tagesmutter telefoniert. Am kommenden Samstag sollte es ein Kennenlerntreffen geben. Wenn das gut lief, würde sie sich ab sofort außerhalb der Kindergartenzeiten um Romy kümmern.

«Ich kann dich auch vorladen, Nicole», sagte er so ruhig wie möglich. «Das muss ich ohnehin wegen deiner Aussage.»

«Dann mach es doch.» Nicole presste die Lippen zusammen.

Tom schüttelte ungläubig den Kopf. «Du hast es wohl noch nicht kapiert. Gleich vernehmen wir Wackerow. Dann wird er uns seine Version eurer Beziehung präsentieren.»

In Wahrheit war Tom nicht sicher, ob der Mann überhaupt mit ihnen reden würde. Gestern Abend hatte er es jedenfalls nicht getan. Er hatte auf die Anwesenheit seiner Anwältin bestanden, und die hatte erst heute Vormittag Zeit. Also hatten sie ihn in die JVA Stralsund überstellen müssen, was ärgerlich war, da sie nur vierundzwanzig Stunden hatten, bis ein Richter entschied, ob es genug Gründe gab, Untersuchungshaft anzuordnen.

Nicole hob trotzig den Blick. «Es ist nicht, wie du denkst.»

«Dann sag mir, wie es ist, verdammt noch mal.»

«Mike ist mein Bruder. Mein Halbbruder, um genau zu sein.»

Tom starrte sie ungläubig an. Seine Gedanken schossen zu Mascha, die ihre Verwandtschaft mit Holger Dietrich ebenfalls geheim hielt. Zwei Frauen, die aus gutem Grund nichts mit ihrem Bruder zu tun haben wollten. Wie viele Menschen gab es wohl noch in seinem Bekanntenkreis, die einen Teil ihres Lebens vor der Welt verbargen?

«Er ist sechs Jahre älter als ich», erklärte Nicole, als er nichts sagte. «Und er ist bei seinem Vater und seiner Stiefmutter in Stralsund aufgewachsen. Deshalb kenne ich ihn wirklich nicht besonders gut. Er hat uns selten besucht, als ich klein war. Sein Vater hat für ihn das Café gepachtet, nachdem er aus dem Gefängnis entlassen wurde. Für den Neuanfang. Der Typ hat jede Menge Kohle, hat Mike immer unterstützt, aber in seiner Nähe haben wollte er ihn nicht. Er hat noch zwei andere Kinder, die mehr so sind, wie er sich das wünscht. Also hat er Mike zu uns abgeschoben.» Nicole verschränkte die Arme. «Ich wollte nicht, dass jeder im Dorf weiß, dass ich die Schwester eines Kriminellen bin.»

## Am selben Tag

Fabienne rannte in ihr Zimmer, knallte die Tür zu und warf sich aufs Bett. Tränen liefen ihr über die Wangen, Wut loderte heiß in ihrem Bauch. Ihr Vater war so gemein, wie konnte er es wagen?

Dabei hatte er das Gespräch so scheißfreundlich begonnen. Als hätte er plötzlich sein Interesse an seiner Tochter entdeckt.

«Wie geht es dir, Fabienne? Sicherlich stehst du noch immer unter Schock wegen allem.»

«Geht so», hatte sie überrascht gemurmelt. Sie saßen im Wohnzimmer, Fabienne, ihr Vater und ihre Mutter, der es ausnahmsweise ein wenig besser zu gehen schien. «War alles ein bisschen viel auf einmal.»

«Das verstehe ich gut.»

Sie hatte gerade noch mehr sagen, ihm ihr Herz ausschütten wollen, als er zum Schlag ausholte.

«Aus diesem Grund dachten wir, dass dir ein Tapetenwechsel guttun würde.»

Fabienne glaubte, sich verhört zu haben. «Ein Tapetenwechsel?»

«Deine Reise nach Asien fällt doch ins Wasser, und hier in Sellnitz hängst du nur sinnlos herum. Deshalb kam uns die Idee, ein Auslandsaufenthalt wäre genau das Richtige. Und du könntest gleich noch dein Englisch aufpolieren, das ist immer nützlich.»

Klar, dass ihr Vater nichts für sie tat, das nicht noch einen zusätzlichen Nutzen hatte. Sie blickte ungläubig zwischen ihm und ihrer Mutter hin und her. «Ich verstehe nicht, was …»

«Ich habe doch diesen Freund, der Professor an der University of Texas in Austin ist. Er könnte dir einen Studienplatz besorgen. Und natürlich darfst du auch bei ihm und seiner Frau wohnen, sie freuen sich auf dich. Ich habe schon einen Flug gebucht, nächste Woche geht's los. Na, was sagst du?»

Fabienne konnte eine Weile überhaupt nichts sagen, so geschockt war sie, dann platzte es aus ihr heraus. «Du schickst mich nach Amerika, ohne das vorher mit mir abzusprechen, schmiedest mit wildfremden Leuten Pläne für mein Leben? Was soll das, willst du mich loswerden?»

«Aber nicht doch … ich will nur, dass du in Sicherheit bist. Zwei Mädchen in deinem Alter sind tot, und die Polizei tappt völlig im Dunkeln.»

Daher wehte also der Wind. Fabienne wandte sich an ihre Mutter. «Willst du auch, dass ich verschwinde?»

«Nein, Liebes, das möchte ich nicht.» Sie lächelte entschuldigend. «Aber ich mache mir Sorgen, genau wie dein Vater. Wir wollen nicht, dass dir etwas zustößt.»

«Und da schickt ihr mich ausgerechnet nach Texas? Wo es mehr Schusswaffen gibt als Menschen?» Wütend sprang sie vom Sofa. «Ich gehe nicht nach Amerika, ich gehe nirgendwohin!»

Ihr Vater stand ebenfalls auf. «Ich erwarte, dass du darüber nachdenkst. Und zwar gründlich. Es ist nur für ein Jahr, das geht schneller vorüber, als du jetzt vielleicht glaubst. Und wenn du zurück bist, haben sich hier die Wogen geglättet.

Dann ist Gras über alles gewachsen.» Er sah sie eindringlich an, und für einen Moment wurde ihr kalt. Wusste er etwa … Nein, das konnte er nicht wissen.

«Ich will nicht weg», protestierte sie, wenn auch nicht ganz so heftig wie zuvor. «Mein Leben ist hier, meine Freunde sind hier.»

«Deine Freunde gehen auch zum Studieren fort.»

«Aber nicht so weit!» Tränen stiegen ihr in die Augen.

«Sei nicht kindisch, Fabienne.» Aus dem Blick ihres Vaters sprach Verachtung.

Ihre Mutter erhob sich und ergriff ihre Hände. «Sei doch vernünftig, Kind. Wir wollen nur dein Bestes.»

«Ach ja? Seit wann das denn?» Fabienne machte sich los. «Euch hat doch nie interessiert, was ich will. Ich existiere gar nicht für euch. Immer geht es nur um die Scheißfirma.»

«Die Firma, von der auch du gut lebst», erinnerte ihr Vater sie kühl. «Überspann den Bogen nicht, Fabienne. Sonst …»

«Sonst was?»

«Sonst wirst du erfahren, wie es ist, ohne Papas Geld zurechtzukommen.» Er blickte auf die Uhr. «Ich muss jetzt los. Bis heute Abend hast du dich hoffentlich beruhigt. Dann können wir noch einmal vernünftig über alles reden.»

Aber da täuschte er sich. Fabienne hatte nicht vor, auch nur ein einziges Wort mehr zu dem Thema zu sagen. Sie würde sich nicht nach Amerika abschieben lassen. Texas, ausgerechnet!

Sie würde bleiben, und wenn sie sich eine eigene Wohnung suchen und arbeiten musste. So verführerisch der Gedanke auch sein mochte, einfach abzuhauen, sie wusste, dass es keine Lösung war. Wohin auch immer sie ging, ihr schlechtes Gewissen würde sie begleiten.

Es waren Dinge geschehen, die sich nicht rückgängig machen ließen. Sie hatte drei Freunde verloren. Ben war tot, Lilli höchstwahrscheinlich auch und Jule so gut wie. Damit musste sie leben. Egal wo.

## Stralsund, am selben Tag

Die JVA Stralsund auf der Franzenshöhe war ein moderner Flachbau mit Blick auf den Strelasund und die Insel Rügen. Zumindest aus den oberen beiden Stockwerken.

Mike Wackerow wartete bereits in dem Zimmer, das ihnen für die Vernehmung zur Verfügung gestellt worden war, einem schmucklosen Raum mit vergitterten Fenstern. Neben ihm hatte seine Anwältin Platz genommen.

Sie streckte ihnen eine Hand mit langen, rot lackierten Fingernägeln entgegen. «Sonja Krause, ich glaube, wir hatten noch nicht das Vergnügen.»

Mascha gab ihr die Hand und stellte sich und Tom vor. Sie fragte sich, ob Wackerows Vater die Anwältin bezahlte, genauso, wie er für das Café aufkam.

Sie nahmen Platz, die Anwältin räusperte sich.

«Ich muss Sie darauf hinweisen, dass mein Mandant zum jetzigen Zeitpunkt nicht bereit ist, sich zu dem Sachverhalt zu äußern, da er davon überzeugt ist, dass die Polizei ihm das Beweisstück, einen …» Krause beugte sich über die Aktenmappe, die vor ihr lag. «… Damenslip Größe sechsunddreißig, untergeschoben hat.»

«Das ist doch lächerlich!», entfuhr es Tom.

Mascha warf ihm einen warnenden Blick zu. Wenn sie überhaupt etwas aus dem Beschuldigten herausbekommen wollten, dann bestimmt nicht mit einem Streit über vermeintlich untergeschobene Beweismittel.

«Lassen Sie uns zunächst über den vergangenen Mittwoch reden», sagte sie. «Bei Ihrer ersten Vernehmung haben Sie ausgesagt, Sie hätten an dem Nachmittag in Rostock eingekauft. Gestern haben Sie hingegen behauptet, Sie wären bei Ihrer Schwester gewesen.»

Wackerow schnaubte, die Anwältin blinzelte verwirrt.

«Schwester?»

«Nicole Laasch ist meine Halbschwester. Ich habe ihr versprochen, es niemandem zu sagen.»

Sonja Krause spitzte die rot geschminkten Lippen und notierte sich etwas. Dann nickte sie ihrem Mandanten zu. «Erzählen Sie, was Sie mir erzählt haben.»

«Ich war bei Nicole, Kuchen für meine Mutter und meinen Stiefvater vorbeibringen. Sie freuen sich darüber. Außerdem denkt sich niemand was dabei, wenn ich mit dem Kuchenteller das Haus betrete.»

«Es muss schwierig für Sie sein, Ihre Verwandtschaft verleugnen zu müssen», sagte Mascha.

Er zuckte mit den Schultern. «Ich kann's ja verstehen.»

«Wirklich? Wünschen Sie sich nicht vielmehr, dass Ihre Familie Ihnen verzeiht und Sie bei sich aufnimmt?»

Mascha spürte, wie Tom neben ihr unruhig wurde. Sicherlich hätte er Wackerow lieber sofort frontal angegangen. Aber sie hatten ausgemacht, dass sie erst eine Weile den Good Cop spielte, bevor Tom zuschnappen durfte.

«Klar wäre das schön», brummte Wackerow. «Aber ich bin es nicht anders gewohnt. Ich habe nie richtig dazugehört, weder in die Familie meiner Mutter noch in die meines Vaters.»

«Das muss bitter sein.»

«Worauf wollen Sie hinaus?», ging die Anwältin scharf dazwischen.

Mascha ignorierte sie. «Warum haben Sie Nicole gestern im Kindergarten besucht? Das war ihr doch sicherlich nicht recht.»

«Natürlich nicht.» Wackerow verschränkte die Arme. «Aber mir war wieder eingefallen, wo ich an dem Mittwoch war, und ich wollte sie bitten, meine Aussage zu bestätigen.»

«Mussten Sie denn befürchten, dass Nicole lügen würde?», schaltete Tom sich ein.

«Sie wollte ja nicht, dass jemand die Wahrheit erfährt.»

«Ich glaube Ihnen nicht, Herr Wackerow. Ich denke, Sie haben an besagtem Nachmittag etwas ganz Anderes gemacht. Ihre Schwester erinnert sich nämlich nicht daran, dass Sie bei ihr waren. Und sie hat ja jetzt keinen Grund mehr zu lügen. Sie hatten Angst, dass Ihr falsches Alibi auffliegt, deshalb wollten Sie sich rasch ein neues besorgen.»

«Das ist nicht wahr!»

«Was haben Sie wirklich am Mittwoch gemacht?»

«Ich war bei Nicole.»

«Ach ja? Nicht vielleicht bei Ben Reichert?»

«Ben? Wie kommen Sie denn darauf?»

«Und am Wochenende? Hatten Sie da Besuch? Von Patrizia Lamertz vielleicht?»

«Nein!»

Tom nahm ein Foto von Patrizia aus der Akte und schob es ihm hin. «Vielleicht hilft das Ihrem Gedächtnis auf die Sprünge.»

Wackerow sagte nichts.

«Oder das hier.» Tom legte ein zweites Foto neben das erste, ein Bild vom Fundort, das die sterblichen Überreste der jungen Frau zeigte.

Wackerow schnappte nach Luft. «Das lasse ich mir nicht anhängen.»

«Ich sagte doch bereits, dass mein Mandant sich zu diesem Vorwurf nicht einlassen wird», erklärte die Anwältin und legte Wackerow beruhigend eine Hand auf den Arm.

«Es wäre aber besser, wenn er es tun würde.» Tom öffnete erneut die Akte, diesmal zog er einen Ausdruck hervor. Die Mail war, wenige Minuten bevor sie in Sellnitz aufgebrochen waren, eingetroffen.

«Was ist das?» Sonja Krause beugte sich vor, zum ersten Mal wirkte sie ein wenig beunruhigt.

«Der Laborbefund. Der Slip, der unter dem Bett Ihres Mandanten gefunden wurde, gehörte ohne jeden Zweifel Patrizia Lamertz.»

Mascha lächelte Mike Wackerow aufmunternd an. «Vielleicht sollten Sie uns doch besser erzählen, woher Sie Patrizia kannten. Es ist ja kein Verbrechen, den Slip einer Frau zu besitzen. Vielleicht ist alles ganz harmlos, sie war bei Ihnen zu Besuch, Sie hatten Sex, und sie hat ihn vergessen.»

«Nein, nein, nein!» Wackerow hämmerte die Faust auf den Tisch. «Ich sage kein Wort mehr!»

«Bitte, Herr Wackerow, reden Sie mit uns.»

Er schüttelte stumm den Kopf.

Tom wandte sich an die Anwältin. «Versuchen Sie, Ihrem Mandanten gut zuzureden.»

«Ich denke, er tut besser daran zu schweigen», konterte sie.

Es hatte keinen Sinn. Tom erklärte das Verhör für beendet.

«Glaubst du, was wir haben, reicht aus für eine Untersuchungshaft?», fragte Mascha, als sie wieder draußen beim Wagen standen.

«Ich fürchte nicht. Mit Ben Reichert können wir ihn gar

nicht in Verbindung bringen, und im Fall Patrizia Lamertz liegt kein eindeutiges Tötungsdelikt vor. Zudem wissen wir nicht, seit wann der Slip schon unter dem Bett lag. Und da ist noch etwas, das ich dir eben nicht gesagt habe.»

«Ach ja?»

«An dem Slip wurde nicht nur die DNA von Patrizia Lamertz, sondern auch die einer weiteren Person sichergestellt. Aber sie stammt nicht von Mike Wackerow. Ebenso wenig wie das Haar an der Leiche.»

## Sellnitz, am selben Tag

Dayita lehnte sich zurück. Der Artikel über das Sportfest war fertig, zum Glück. Sportfeste, Schützenfeste, Maifeiern, Erntedankfeiern, goldene Hochzeiten und Richtfeste, das täglich Brot von kleinen Zeitungen wie dem Sellnitzer Wochenblatt. Früher hätte sie sich eher einen Arm ausgerissen, als über solche Banalitäten zu berichten, aber die Zeiten, in denen sie es sich erlauben konnte, wählerisch zu sein, waren vorbei. Inzwischen ging sie sogar ganz gerne zu solchen Veranstaltungen, denn sie hatte begriffen, wie wichtig es für die Gemeinschaft war, dass manche Menschen sich so engagierten.

Dayita stand auf, um sich einen Kaffee zu holen. Edda war nicht da, sie traf sich in der Mittagspause mit einer Freundin, und Jannik, der ohnehin nur zehn Stunden die Woche für sie arbeitete, tat dies meistens von zu Hause aus. Er hatte ihr erzählt, dass die Polizei von ihm wissen wollte, wo er am vergangenen Mittwochnachmittag war. Offenbar befragte sie alle Halter schwarzer Autos. Am Mittwoch war Benjamin Reichert getötet worden, womöglich hatte es damit zu tun. Doch der Täter war längst festgenommen und hatte gestanden. Gab es da noch Ungereimtheiten?

Interessante Frage, aber Dayita hatte andere Prioritäten. Sie musste etwas über den Orkan schreiben. Noch so ein Thema, über das sie früher die Nase gerümpft hätte. Immerhin hatte ihr

Dach dem Sturm standgehalten. Das hatten ihr Haus und sie gemeinsam, sie waren standhaft und ließen sich nicht so leicht umpusten.

Die Notizen zum Unwetter lagen schon bereit. Aber erst kam der Anruf. Sie goss sich Kaffee ein und kehrte an ihren Schreibtisch zurück, wählte die Nummer, die sie auf der Internetseite gefunden hatte. Hoffentlich stimmte sie noch.

«Ja?», meldete sich eine argwöhnische Stimme nach dem zweiten Klingeln.

«Hier ist Dayita Kumar vom Sellnitzer Wochenblatt, spreche ich mit Elias Siemer?»

«Was wollen Sie?»

«Ich würde mich gern mit Ihnen treffen, um über die Feriensiedlung in den Sellnitzer Dünen zu sprechen.»

Einen Moment blieb es still.

«Warum das?», fragte der Mann am anderen Ende dann abweisend.

Dayita betrachtete das alte Foto auf der Website, das einen sympathischen jungen Mann mit Wuschelfrisur und Fünftagebart zeigte, und versuchte sich vorzustellen, wie er wohl heute aussehen mochte.

«Ich interessiere mich für die Anzeige wegen zu hoher Schadstoffwerte im Boden.»

«Das ist zwanzig Jahre her.»

«Ich würde trotzdem gern mit Ihnen darüber reden. Könnte sein, dass es neue Erkenntnisse gibt.» Das war glatt gelogen. Aber das scherte Dayita nicht. Irgendwie musste sie den Mann dazu bringen, sich mit ihr zu treffen. Er hatte damals die Umweltorganisation *Earthcare* geleitet, die sich um den Schutz der Küste kümmerte und die die Anzeige gegen Henning Mauritz erstattet hatte. Wenn einer mehr wusste, als in den

Zeitungsartikeln stand, abgesehen von Mauritz selbst, dann Elias Siemer.

«Ich will mit dieser Sache nichts mehr zu tun haben. Wenn das alles ist …»

«Sie können doch nicht wollen, dass Henning Mauritz mit seinen Verbrechen davonkommt?», hakte sie schnell ein, bevor der Mann auflegte.

Siemer schnaubte ungehalten. «Was auch immer er damals wusste oder getan hat, ist längst verjährt, Frau Kumar, das müssten Sie doch auch wissen.»

Dayita dachte an ihr Haus, das dem Sturm getrotzt hatte. So leicht würde sie nicht aufgeben.

«Da wäre ich nicht so sicher, Herr Siemer.» Sie lächelte, denn sie wusste, jetzt hatte sie ihn. «Es gibt Verbrechen, die verjähren nicht.»

## Am selben Tag

Sie trafen sich an der Fischbude im Hafen zur Dienstbesprechung, nicht weil sie Appetit auf eine deftige Mahlzeit hatten, sondern aus Mangel an Alternativen. In einem Restaurant oder Café hätte es zu viele Mithörer gegeben, aber zu der Bude gehörte nur ein einziger wackeliger Tisch mit zwei Bänken, der zudem etwas abseits direkt an der Kaimauer stand, sodass sie außer Hörweite waren.

Es war kühl und noch immer etwas windig, aber die Sonne schien. Möwen flatterten kreischend über ihre Köpfe, und auf dem Bodden, der heute die Farbe von flüssigem Blei hatte, zogen Boote mit geblähten Segeln ihre Bahnen. Eine umgefallene Mülltonne zeugte vom Sturm der vergangenen Nacht, doch ansonsten wirkte es, als wäre Sellnitz der friedlichste Ort der Welt.

Paul und Dennis hatten sich Fischbrötchen geholt, die anderen nur etwas zu trinken. Kira rümpfte die Nase beim Geruch nach Fisch und Zwiebeln.

«Bist du Vegetarierin?», fragte Paul und rückte ein wenig von ihr ab.

«Was dagegen?», gab sie angriffslustig zurück.

«Warum sollte ich?» Er zuckte mit den Achseln und wandte sich dem Bodden zu. «Tolles Wetter zum Kiten.» Sehnsucht lag in seiner Stimme.

«Wir wären alle gern woanders», murmelte Holger.

Mascha hätte am liebsten erwidert, dass es ihr genügen würde, wenn er woanders wäre, aber sie beherrschte sich und tauschte einen Blick mit Tom, der rasch die Mappe mit seinen Notizen aufschlug.

«Lasst uns anfangen.» Er klickte mit seinem Kugelschreiber. «Wir gehen die Fälle nacheinander durch, zuerst Patrizia Lamertz. Holger, Kira, was habt ihr in Erfahrung bringen können?»

Kira räusperte sich, doch Holger war schneller. Natürlich, dachte Mascha verächtlich. Den Tag, an dem er einer anderen Person freiwillig den Vortritt ließ, würde sie sich rot im Kalender anstreichen.

«Nicht viel», begann er. «Mehrere Kommilitonen konnten bestätigen, dass sie einen Freund erwähnt hat, aber niemand wusste Näheres. Kein Name, kein Foto, keinerlei Details.»

«Wir glauben nicht, dass es jemand aus der Uni war», hakte Kira ein, die sich offenbar nicht so einfach die Butter vom Brot nehmen ließ. «Alle Andeutungen, die sie gemacht hat, verweisen eher auf jemanden, der in ihrer Nachbarschaft wohnt.»

«Also jemand aus Ahrenshoop?»

«So genau kann man das wohl nicht eingrenzen», sagte Holger. «Aber vermutlich jemand, der auf dem Darß wohnt.»

«Außerdem scheint es einen konkreten Grund zu geben, weshalb die Beziehung geheim ist», ergänzte Kira. «Einer anderen Studentin hat sie so etwas gesagt wie …» Sie wischte auf ihrem Handy herum. «Wenn bekannt würde, dass wir zusammen sind, würde das ganz schön Wellen schlagen.»

«Ein Politiker?», überlegte Paul laut. «Oder irgendeine Berühmtheit?»

«Jedenfalls passt das nicht zu Mike Wackerow», stellte Tom

fest. «Es gäbe keinen Grund, eine Beziehung mit ihm geheim zu halten.»

«Außer seiner Vorstrafe», wandte Kira ein.

«Aber von der wusste niemand.» Tom sah nachdenklich einer Möwe hinterher, die sich aus der umgefallenen Mülltonne bedient hatte. «Ich bin gleich mit Patrizias Mutter verabredet. Vielleicht weiß sie ja doch noch etwas.»

«Der anonyme Anruf konnte nicht zurückverfolgt werden?», wollte Dennis wissen, der bisher schweigend gekaut hatte.

«Leider nicht.» Tom klopfte mit dem Stift auf den Tisch. «Möglich, dass es jemand aus Wackerows Umfeld war, der nicht in die Sache hineingezogen werden will.» Er wandte sich an Mascha. «Hast du noch irgendwas aus den sozialen Medien?»

Mascha schreckte aus ihren Gedanken auf. Sie hatte gerade darüber sinniert, wie viele geheime Beziehungen es in diesem Fall gab. Fabienne und Sören. Patrizia und ihr rätselhafter Freund. Nicole und Mike. Lilli und ihr Geheimnis, vielleicht auch ein heimlicher Lover?

Und dann noch sie selbst und Holger. Nur Tom wusste, dass sie Geschwister waren.

«Ähnliche Andeutungen wie die aus der Uni», erklärte sie und blickte in ihre Notizen. «‹Wieder ein traumhaftes Wochenende zu zweit verbracht.› Oder: ‹Der gestrige Abend war wunderbar, ich bin noch ganz beschwingt.› Kein Hinweis auf Mike Wackerow, keine Erwähnung seines Namens, kein Foto, nicht einmal eins vom Strandcafé. Das letzte Lebenszeichen ist von Samstag vor einer Woche, was zu dem vermuteten Todesdatum am Sonntag passt.» Sie legte das Blatt weg. «Mir kam beim Lesen der Posts ein ganz anderer Gedanke: Könnte es sein, dass Patrizia sich diesen mysteriösen Freund bloß ausgedacht hat?»

Die anderen schwiegen überrascht.

«Guter Gedanke», sagte Tom dann. «Ich werde das Thema auf jeden Fall bei der Mutter ansprechen. Ich muss ja auch noch klären, wie sie an die Tabletten gekommen ist. Vielleicht hatte sie psychische Probleme.»

Mascha betrachtete ihn. Da war ein seltsames Flackern in seinen Augen. Sie hatte das Gefühl, dass er mehr zu dem Thema zu sagen hatte. Was verbarg er vor ihnen?

Sie konzentrierte sich wieder auf ihre Notizen. «Auf Wackerows Computer habe ich bisher auch nichts gefunden, das eine Verbindung zwischen ihm und Patrizia belegt.»

«Wäre ja auch zu schön gewesen.» Tom rieb sich das Kinn. «Holger und Kira, ich möchte, dass ihr dranbleibt», sagte er. «Nehmt euch die Bekannten vor, die ihr noch nicht erreicht habt. Und dann die Nachbarn in Ahrenshoop. Telefoniert auch mit dieser Schulfreundin, die im Ausland lebt. Und gebt Gas, wir haben nur noch wenige Stunden, bis unser Verdächtiger entlassen wird.» Er nahm einen Schluck von seiner Cola. «Dann würde ich gern zum nächsten Fall kommen.» Er sah Dennis an, der sein Fischbrötchen verputzt hatte und sich gerade eine Zigarette anzündete, was Kira mit einem missbilligenden Stirnrunzeln kommentierte. «Irgendwas Neues in Bezug auf die schwarzen Wagen?»

«Leider nicht. Ich habe noch nicht alle Halter erreicht, das sollte heute aber klappen.»

«Vielleicht ist das doch eine Sackgasse.» Tom warf Mascha einen Blick zu, als würde er Protest erwarten, doch sie beherrschte sich. Sie wusste, was sie gesehen hatte, aber sie hatte keine Lust auf eine sinnlose Diskussion. «Ich habe beschlossen, noch einmal mit Sören Brandner zu reden», fuhr er fort. «Vielleicht ist seine Erinnerung ja inzwischen klarer.»

Er blickte auf die Uhr. «Dann zu Lilli Sternberg. Hier gibt es eine neue Entwicklung.» Tom nickte Paul zu, der ein Blatt zu sich heranzog.

«Die Ergebnisse aus der Garage sind da. Es wurden Spuren von drei Personen gefunden. Dem Vermieter Lutz Gönnemann, Benjamin Reichert und Lilli Sternberg.»

«Fuck», entfuhr es Holger, und Mascha musste ihm ausnahmsweise recht geben.

«Das ist dann wohl ein weiteres Indiz dafür, dass der Kerl Lilli entführt hat», stellte Dennis fest. «Vermutlich hat er sie erst eine Weile in der Garage festgehalten, bevor er sie getötet hat. Ich gebe zu, ich kann nachvollziehen, dass Sören Brandner ihn sich zur Brust genommen hat.»

«Das ist noch nicht alles», sagte Paul. «Ein Zeuge hat sich gemeldet, der Ben Reichert am Vormittag vor Lillis Verschwinden am Haus der Sternbergs gesehen hat. Der Mann hat sich nichts weiter dabei gedacht, weil Ben dort ein und aus gegangen ist. Erst als er hörte, dass Ben unter Tatverdacht steht, ist es ihm wieder eingefallen. Und auch, dass die Sternbergs zu der Zeit gar nicht zu Hause waren.»

«Also hat er vermutlich die Daten auf Lillis Laptop gelöscht», schloss Mascha und konnte ihre Überraschung nicht verbergen.

«Damit ist der Fall ja dann wohl endgültig abgeschlossen.» Holger sah zufrieden aus, immerhin hatte er die Ermittlungen geleitet, und die neuen Fakten bestätigten seine Resultate.

Doch Mascha genügte das nicht. «Uns fehlt noch immer das Motiv», warf sie ein. «Was lief da zwischen Ben und Lilli? Warum haben sie ein Geheimnis daraus gemacht?»

«Herrgott, das ist doch nicht wichtig», fuhr Holger sie an. «Der Fall ist geklärt, der Mörder überführt und tot. Was in seinem kranken Hirn abgegangen ist, interessiert doch keinen.»

«Mich schon», entgegnete Mascha scharf.

«Spekulationen helfen uns hier leider nicht weiter», mahnte Tom.

Mascha wollte etwas erwidern, doch er ließ sie nicht zu Wort kommen.

«Lasst uns wieder an die Arbeit gehen. Mascha, du machst an Wackerows Computer weiter. Für seine Handydaten haben wir leider keinen Beschluss bekommen. Paul, sprich du bitte mit Nicole Laasch wegen Wackerows Alibi, sie kommt in einer halben Stunde aufs Revier. Heute Morgen war sie mir gegenüber etwas vage, mal schauen, ob sie bei ihrer Aussage bleibt. Und danach bringst du die digitale Akte auf den neuesten Stand. Und Dennis …»

«Die Autos, ich weiß.» Er seufzte.

Tom erhob sich. «Ich fahre von hier aus direkt zu Gudrun Lamertz. Um vier treffen wir uns noch einmal auf dem Revier, um die Ergebnisse abzugleichen.»

Alle erhoben sich. Mascha wollte sich auf den Weg machen, doch Tom signalisierte ihr, dass sie bleiben sollte.

«Gibt es noch was?», fragte sie spitz, als die anderen außer Hörweite waren.

«Bist du sauer?»

«Du hättest mir gerade mit Holger nicht so in den Rücken fallen müssen.»

Er breitete die Arme aus. «Mich interessiert das Motiv ebenfalls, das weißt du. Und ich betrachte den Fall noch nicht als abgeschlossen. Aber mit Holger darüber zu diskutieren, ist sinnlos, das müsstest du doch am allerbesten wissen.»

«Du hast recht.» Mascha sah ihn an. «Also, was wolltest du?»

«Hast du Lust, heute mit Romy und mir zu Abend zu essen?

Kein besonderer Anlass, wir würden uns nur über Gesellschaft freuen.»

«Ähm, ja. Klar», stammelte sie überrumpelt.

«So um halb sechs, okay? Du weißt ja, Romy geht früh ins Bett.»

«Sehr gerne.» Sie blickte ihm hinterher, als er zu seinem alten Bus eilte. Eigentlich hatte sie für heute Abend andere Pläne, aber die konnten auch bis nach dem Essen warten.

## Ahrenshoop, am selben Tag

Tom trat nach draußen und atmete erleichtert auf. Gespräche mit Angehörigen waren immer eine Gratwanderung. Einerseits musste man versuchen, so viele Informationen aus ihnen herauszubekommen wie möglich, andererseits galt es behutsam vorzugehen, um sie nicht noch mehr zu traumatisieren und am Ende gar nichts zu erfahren.

Manchmal half es ihm, wenn er sich ins Gedächtnis rief, wie er sich direkt nach Ingas Tod gefühlt hatte, doch meistens scheute er davor zurück, zu diesem Moment zurückzukehren. Vielleicht konnte er eines Tages mit mehr Abstand darauf blicken, doch noch war der Schmerz zu scharf, die Wunde zu frisch.

Zum Glück war Gudrun Lamertz' Freundin dabei gewesen, hatte Kaffee gekocht, die Hand ihrer Freundin gehalten und sie ermuntert, die Polizei zu unterstützen. Trotzdem hatte er nichts Neues über den mysteriösen Mann in Patrizias Leben erfahren. Ihre Mutter schien noch weniger über ihn zu wissen als ihre Bekannten an der Uni. Immerhin wusste er nun, dass sie tatsächlich einige Jahre lang mit jemandem zusammen gewesen war, der sie geschlagen hatte. Und dass sie unter Depressionen und Angstzuständen litt, wogegen ihr Medikamente verschrieben worden waren, unter anderem Lorazepam.

Ausgerechnet. Tom überlief ein Schauder. War das ein Zufall oder ein Wink des Schicksals? Eine Warnung, wie er enden könnte, wenn er sein Leben nicht in den Griff bekam?

Rasch überquerte er die Straße. Sein nächster Treffpunkt, ein kleines Café am Ortsausgang, lag schräg gegenüber. Dabei kam ihm ein Gedanke. Was er erfahren hatte, machte einen Suizid wahrscheinlicher. Eine junge Frau, die unter Depressionen litt und Benzodiazepine einnahm, war höchstwahrscheinlich emotional labil. Womöglich hatte ihr neuer Freund mit ihr gestritten oder sogar Schluss gemacht, sie hatte daraufhin die Tabletten eingeworfen und war ins Meer gegangen. In Berlin hatte er hin und wieder mit einer Psychologin zusammengearbeitet, er nahm sich vor, sie anzurufen.

Er erreichte das Café, sammelte seine Gedanken, schaltete im Kopf von Patrizia zu Lilli um. Süßer Kuchenduft wehte ihm entgegen, als er eintrat. Die Einrichtung war bunt und fröhlich, und es gab nur ein halbes Dutzend Tische. Der Mann, mit dem Tom verabredet war, saß ganz hinten in der Ecke, eine Tasse Cappuccino vor sich, und winkte ihm.

Tom reichte ihm die Hand. «Hallo, ich bin Tom Engelhardt.»

«Björn André.» Er deutete auf den Stuhl gegenüber. «Danke, dass du dir die Zeit genommen hast. Ich darf doch du sagen?»

«Klar.» Tom setzte sich und zeigte auf Björns Tasse, als die Bedienung sich näherte, um zu signalisieren, dass er das Gleiche wollte.

«Ich weiß, ihr habt gerade ziemlich viel um die Ohren auf eurem kleinen Revier in Sellnitz, mit drei ungeklärten Todesfällen.»

«Und du hast vor, es noch ein bisschen schwieriger zu machen.» Tom grinste, um seinen Worten die Schärfe zu nehmen. Der Kollege war ihm auf Anhieb sympathisch, außerdem war er tatsächlich neugierig. «Es geht um das gestohlene Gewehr, richtig?» Seit dem Vorfall in der Rostocker Heide wurde mit großem Polizeiaufgebot nach der Frau gefahndet, auch die beiden Streifenbesatzungen vom Sellnitzer Revier waren an dem Einsatz beteiligt. Bisher leider ohne Erfolg. «Ich dachte eigentlich, da wären die Kollegen aus Rostock zuständig.»

«Die Sache ist etwas komplizierter.»

«Schieß los.» Tom nahm seinen Cappuccino entgegen und löffelte den Schaum ab.

Björn legte die Hände flach auf den Tisch. «Ich versuche, mich kurzzufassen. Vor knapp zwei Wochen, genau gesagt, am Freitag, den sechsten September, verschwand die Patientin Marina Sarow aus der psychiatrischen Klinik in Teterow. Der Fall wurde als nicht besonders dringlich eingestuft, da sie sich selbst eingewiesen hatte, und das nicht zum ersten Mal. Sie leidet unter wiederkehrenden Angstzuständen, und wenn eine solche Phase im Anzug ist, holt sie sich Hilfe. Sie ist auch früher schon aus der Klinik verschwunden, meistens ist sie dann einfach nach Hause zurückgekehrt. Diesmal jedoch nicht. Ich habe sie zwei Tage später im Keller eines leer stehenden Hauses am Stadtrand von Rostock ausfindig gemacht, und sie ist freiwillig mit mir in die Klinik zurückgekehrt. Damit war der Fall für mich abgeschlossen.»

Tom trank von seinem Kaffee. Er fragte sich, was das alles mit ihm und seinen Fällen zu tun hatte, doch er übte sich in Geduld. Björn André machte auf ihn nicht den Eindruck, als würde er eine Geschichte erzählen, nur um sich in den Vordergrund zu drängen.

«Einen Tag später ist Marina Sarow erneut verschwunden», fuhr dieser nun fort. «Doch diesmal war es anders. Sie verließ die Klinik mitten in der Nacht und schlug auf der Flucht einen Pfleger nieder.»

«Autsch.» Tom stellte die Tasse ab.

Björn holte tief Luft. «Womöglich bin ich nicht ganz unschuldig an diesem Zwischenfall. Als ich Frau Sarow gefunden habe, hielt sie einen Schraubenzieher umklammert, zu ihrer Verteidigung. Ich musste sie überreden, ihn zurückzulassen. Ich hätte das Klinikpersonal darauf hinweisen müssen.»

Tom nickte. «Waren die sich nicht darüber im Klaren, dass sie potenziell gefährlich ist?»

«Offenbar gab es da bisher keine Probleme.»

«Aber jetzt hat sie ein Jagdgewehr», sagte Tom, damit Björn zum Punkt kam.

«Genau.» Der Kollege rieb sich über die Stirn. «Ich habe mich gefragt, warum sie beide Male in Richtung Norden geflohen ist. Also habe ich ihre Vergangenheit überprüft und herausgefunden, dass sie in Sellnitz aufgewachsen ist.»

Tom runzelte die Stirn. «Aber das bedeutet doch nicht ...»

«Das ist noch nicht alles», unterbrach Björn. «Als ich sie vor einer Woche in der Klinik abgeliefert habe, sagte sie etwas Merkwürdiges. Damals habe ich mir nichts weiter dabei gedacht, ich wusste ja, dass sie paranoide Schübe hat. Aber jetzt bin ich nicht mehr so sicher. Vielleicht haben ihre Worte ja doch eine Bedeutung.»

Allmählich wurde Tom ungeduldig. «Und welche Worte sind das?»

«Ganz genau kriege ich es nicht mehr zusammen, aber ich bin sicher, dass sie nach Lilli gefragt hat. Sie sagte so was wie ‹Wurde Lilli schon gefunden?›.»

Tom horchte auf. «Lilli? Sicher?»

«Ja. Absolut. Wie gesagt, ich dachte, sie hätte das vielleicht im Radio aufgeschnappt. Aber jetzt, wo ich weiß, dass sie mal in Sellnitz gewohnt hat ...»

«Hast du sie danach gefragt?»

«Leider nicht.» Björn verzog bedauernd das Gesicht. «Jedenfalls ist sie 2001 weggezogen, also zwei Jahre nach Lillis Geburt, sie könnte das Mädchen also gekannt haben.»

Tom lehnte sich zurück. War es möglich, dass diese Marina Sarow etwas mit Lillis Geheimnis zu tun hatte? Lag die Lösung des Falls irgendwo in der Vergangenheit, gelang es ihnen deshalb nicht, das Knäuel zu entwirren?

## Am selben Nachmittag

Nee, von einem Freund weiß ich nix.» Der alte Mann, ein Nachbar von Patrizia Lamertz, kratzte sich am Kopf und zerzauste dabei sein schütteres weißes Haar, das mal wieder eine Wäsche und einen ordentlichen Schnitt vertragen hätte. Kira war froh, dass sie nicht mit dem Typen an einem Tisch sitzen musste, ein Gespräch über den Gartenzaun hinweg war definitiv nah genug.

«Wurde sie vielleicht mal von jemandem abgeholt?», hakte Holger nach. «Überlegen Sie, es ist wichtig.»

«Kann sein, weiß nicht.»

Kira räusperte sich. «Sie sind viel im Garten?»

«Ja, schon.»

«Dann merken Sie doch bestimmt, wenn hier ein fremdes Auto hält. So viele Nachbarn haben Sie ja nicht.»

«Das will ich wohl meinen. Aber die Patrizia wohnt nach vorne zur Hauptstraße raus, da ist viel mehr los.» Das Gesicht des Alten hellte sich auf. «Jetzt fällt es mir ein, sie ist in einen Wagen gestiegen. Aber nicht vor ihrer Tür, sondern an der Bushaltestelle. Ich hab's gesehen, als ich vom Bäcker kam.»

Kira warf ihrem Kollegen einen triumphierenden Blick zu. «Wann war das?»

«Weiß nicht, vor zwei Wochen ungefähr. Nein, eher vor

zehn Tagen. Muss ein Samstag gewesen sein, da hole ich immer frisches Brot.»

«Und das Fahrzeug?»

«Ein Sportwagen, glaube ich.»

Holger lehnte sich über den Zaun. «Marke? Modell?»

«Ich kenn mich mit so was nicht aus.»

«Aber die Farbe haben Sie doch sicherlich erkannt.»

Wieder kratzte sich der Alte. Kira trat unwillkürlich einen Schritt zurück.

«Silber, glaube ich. Oder Weiß. Könnte aber auch Grau gewesen sein.»

Aus den Augenwinkeln sah Kira, wie Holger die Augen verdrehte. Rasch zog sie ihr Handy hervor und tippte etwas ein. Dann hielt sie dem Zeugen das Display hin. «Sah der Wagen vielleicht so aus?»

«Möglich, ja.»

Kira rief ein anderes Foto auf. «Oder so?»

Der Alte zuckte mit den Schultern. «Könnte auch sein.»

Kira zeigte Holger das Display und zog vielsagend die Augenbrauen hoch. Auf dem ersten Foto war ein silberner Porsche Cayman zu sehen, auf dem zweiten ein grauer Toyota Camry, also eine gewöhnliche Limousine mit Schrägheck. Sie verzichtete darauf, dem Zeugen weitere Fotos zu zeigen. Von ihm würden sie wohl keine brauchbaren Informationen bezüglich des Fahrzeugs erhalten. Immerhin wussten sie nun, dass Patrizia wohl tatsächlich mit ihrem mysteriösen Freund das Wochenende verbringen wollte und er sie sogar zu Hause abgeholt hatte.

Sie bedankten sich bei dem Mann und kehrten zum Wagen zurück. Als Nächstes stand noch jemand von der Uni auf ihrer Liste, den sie bisher nicht erreicht hatten. Als sie Ahrenshoop hinter sich gelassen hatten, nahm Kira ihren Mut zusammen.

«Darf ich dich was fragen, Holger?»

Er warf ihr einen unergründlichen Blick zu. «Was denn?»

«Du hast doch die Ermittlungen im Fall Lilli Sternberg geleitet, das habe ich in der Akte gesehen. Warum jetzt nicht mehr?»

Holger schnaubte ungehalten, und Kira fürchtete, er würde sie anschnauzen. Doch seine Antwort fiel erstaunlich ruhig aus.

«Das habe ich Mascha zu verdanken. Ihr und ihrem Chef. Die beiden können mich nicht leiden.»

«Aber wie …»

Holger scherte aus, um einen Lkw zu überholen. Von vorne näherte sich ein anderes Fahrzeug, zu schnell für Kiras Geschmack. Sie klammerte sich unwillkürlich am Türgriff fest, sagte jedoch nichts. Holger ordnete sich gerade noch rechtzeitig wieder ein, und Kira atmete auf. Falls Holger ihre Angst bemerkt hatte, kommentierte er sie nicht.

«Mascha und ich hatten vor zwei Wochen einen gemeinsamen Einsatz in Greifswald. Bei einem Drogendealerring. Sie und Oliver Böhm waren eigentlich nur dabei, weil ihre Abteilung beim LKA eine Liste mit Adressen dekodiert hatte.»

Kira erinnerte sich an die Aktion, auch in Stralsund waren mehrere Verstecke ausgehoben worden. Sie hatte nicht gewusst, dass es Mascha gewesen war, die die Liste entschlüsselt hatte.

«Die Sache wurde brenzlig», erzählte Holger weiter.

Sie hatten den nächsten Lkw erreicht, und Kira hielt die Luft an, als Holger wieder den Blinker setzte. Doch diesmal kam ihnen niemand entgegen.

«Die Dealer wollten sich aus dem Staub machen, also stürmte ich mit meinen Leuten das Objekt. Die Verdächtigen wurden gefasst, ich konnte sogar eine Geisel befreien. Aber ich hatte die Befehlskette nicht eingehalten. Also hat Oliver Beschwerde eingereicht. Es wird wohl ein Disziplinarverfahren geben, und bis dahin bin ich degradiert.»

Kira spürte Empörung in sich aufwallen. Und dabei hatte sie Mascha bisher eigentlich als Vorbild betrachtet. «Wie unfair. Und du glaubst, Mascha hat ihren Chef dazu gebracht?» Wie sehr man sich in einem Menschen täuschen konnte!

«Jede Wette.» Holger blinkte und bog von der Landstraße auf einen Feldweg, sie hatten das Haus des Zeugen fast erreicht.

«Aber was hat sie gegen dich?»

«Gute Frage.»

«Hast du sie mal abblitzen lassen?»

«Nee, darum geht es nicht.» Er zögerte. «Versprich mir, dass du es für dich behältst.»

«Klar doch.» Kira sah ihn erwartungsvoll an. Das schien interessant zu werden. Es war immer hilfreich, Dinge über Kollegen zu wissen. Wissen war Macht.

«Mascha ist meine Schwester.»

«Echt? Wie krass.»

Das kam definitiv unerwartet. Fragte sich, warum beide es geheim hielten. Kira überlegte noch, wie sie Holger danach fragen konnte, ohne ihn gegen sich aufzubringen, als er von sich aus weitersprach.

«Mascha war schon als Kind neidisch auf mich und hat ständig versucht, mich schlechtzumachen. Was meinst du, warum sie auch Polizistin geworden ist? Sie wollte unbedingt beweisen, dass sie besser ist als ich. Aber das ist ihr nicht gelungen. Sie ist nämlich diejenige, die wirklich Mist gebaut hat. Deshalb musste sie von der Kripo Dresden ins LKA Schwerin wechseln. Das war kein Aufstieg, sondern eine Gnadenversetzung, und zwar nur als Vertretung für einen Kollegen, der im Januar zurückkehrt. Sie darf nämlich eigentlich keinen Außendienst mehr machen. Aus diesem Grund war sie auch so heiß darauf, nach Sellnitz zu kommen.»

Kira versuchte cool zu bleiben, während ihre Gedanken rasten. Ob Tom wohl wusste, was für eine faule Nuss man ihm zur Seite gestellt hatte?

## Am selben Nachmittag

Tom und Romy hatten zusammen ein Blech Pizza belegt, Mascha war ganz gerührt. Und nicht sicher, ob Tom sich die Arbeit für seine Tochter oder ihretwegen gemacht hatte. Und was das im Zweifelsfall zu bedeuten hatte. Sie schob die Frage beiseite, aß mit Appetit mehrere Stücke und beantwortete dabei so kindgemäß wie möglich Romys unzählige Fragen über ihre Arbeit.

Bei «Hast du auch eine Pistole?» und «Kannst du ganz schnell rennen, um einen Dieb zu fangen?» war das einigermaßen einfach. Bei «Ist deine Mama auch Polizistin?» fing es an, brenzlig zu werden.

«Meine Mama nicht, aber mein Papa», erklärte sie.

«Mein Papa ist auch Polizist.» Romy grinste ihren Vater an. «Und meine Mama. Aber die ist tot, weil ein böser Mann sie erschossen hat.»

Maschas Hals wurde eng. «Das ist ganz schrecklich», sagte sie. «Bestimmt vermisst du sie sehr.»

Romy nickte ernst. «Sie ist im Himmel und passt auf mich auf.»

«Wie schön.»

Tom blickte demonstrativ auf die Uhr. «Zeit, den Schlafanzug anzuziehen.»

«Aber ich habe noch nicht aufgegessen!», protestierte Romy.

«Du hast drei Stücke Pizza verdrückt, du willst mir doch nicht weismachen, dass du noch Hunger hast.»

«Doch.»

Tom schnitt einen schmalen Streifen ab.

«Nicht so klein!»

Er seufzte, schnitt ein größeres Stück ab.

«Den Streifen kannst du mir geben.» Mascha hielt ihm den Teller hin.

Romy aß noch einen Happen, doch dann stocherte sie nur noch auf dem Teller herum. Schließlich gähnte sie herzhaft.

«Immer noch nicht müde?», fragte Tom schmunzelnd.

«Ein bisschen.»

«Dann komm.» Er erhob sich.

«Mascha soll auch!»

«Nein, sie möchte sich etwas ausruhen.»

«Aber …»

«Schon in Ordnung.» Mascha stand auf.

Gemeinsam brachten sie Romy ins Bett und lasen ihr eine Geschichte vor. Am Ende erzählte Romy dem Foto ihrer Mutter, was sie heute erlebt hatte. Mascha schlich diskret aus dem Zimmer, sie wollte bei diesem intimen Familienmoment nicht stören.

Kurz darauf kam Tom zu ihr in die Küche. «Noch ein Glas Wein?»

«Danke, für mich nicht.» Mascha hatte sich nicht gesetzt, sondern lehnte an der Arbeitsplatte.

«Ach ja, deine Verabredung.»

«Es dauert wahrscheinlich nicht lange. Ich würde danach gern noch mal vorbeikommen, um dir davon zu erzählen. In Ordnung?»

«Klar.» Er sah sie neugierig an, stellte jedoch keine Fragen, sondern griff nach seinem Weinglas. «Manchmal habe ich das Gefühl, dass mir alles entgleitet. Romy. Der Fall. Ich hatte mir mein Leben hier anders vorgestellt. Einfacher.»

«Ich finde, du kriegst das ziemlich gut hin.»

«Ach ja? Drei Morde, und bei keinem ist der Täter sicher überführt. Ich bin ein toller Soko-Leiter.»

Mascha saß auf heißen Kohlen, aber sie wollte ihn ungern in dieser Stimmung verlassen. «Wir wissen doch gar nicht, ob es in allen drei Fällen Mord war», erinnerte sie ihn.

«Das macht es nicht besser. Im Gegenteil. Dadurch gibt es bloß mehr offene Fragen. Und jetzt haben wir zudem noch diese flüchtige Patientin, die mit einem geladenen Gewehr herumläuft und Gott weiß was mit der ganzen Geschichte zu tun hat.»

Mascha kam ein Gedanke. «Vielleicht sollten wir zum Anfang zurückkehren.»

Tom nippte an seinem Wein. «Wie meinst du das?»

«Mit Lilli hat alles angefangen. Wenn wir herausfinden, was mit ihr geschehen ist, sehen wir möglicherweise auch bei den beiden anderen Todesfällen klarer.»

«Wir haben doch bereits jeden Stein umgedreht.»

«Dann haben wir nicht genau genug hingeschaut. Nicht alle Hinweise als das betrachtet, was sie sind. Wir sollten …» Mascha stockte. Mit einem Mal sah sie es vor sich, klar und deutlich, das Muster, nach dem sie die ganze Zeit vergeblich gesucht hatte. Verfluchter Mist, wie hatte sie nur so blind sein können!

Tom stellte sein Glas ab. «Was ist los?»

«Mir ist gerade eine Idee gekommen. Was, wenn wir von Anfang an einen kolossalen Denkfehler gemacht haben?»

«Und welchen?»

«Wir haben gedacht, dass Lilli das Opfer ist.»

Tom starrte sie an. «Ist sie nicht?»

Mascha drückte sich von der Arbeitsplatte ab. «Lilli hatte ein Geheimnis, über das sie mit niemandem gesprochen hat. Und sie hatte ein zweites Handy. Überleg doch mal: Das im Tümpel versenkte Fahrrad, der Schlüssel im Gebüsch, das von ihrer Pinnwand verschwundene Foto, das alles könnte sie selbst arrangiert haben. Ebenso wie die rätselhaften Botschaften von ihrem WhatsApp-Account. Was, wenn sie das alles geplant hat? Hat sie nicht Fabienne gegenüber angedeutet, dass sie irgendwas Großes im Schilde führt? Und was, wenn Ben als Einziger eingeweiht war und ihr geholfen hat?»

«Dann hätten die beiden die Garage gemeinsam angemietet», murmelte Tom. «Aber zu welchem Zweck?»

«Ich weiß es nicht», gab Mascha zu. «Jedenfalls muss etwas schiefgegangen sein. Deshalb hat Ben auch zu Sören gesagt, dass es ihm leidtue. Er meinte nicht, dass er Lilli getötet hat, aber vielleicht trägt er eine Mitschuld an ihrem Tod.»

## Am selben Abend

Tom räumte das Geschirr in die Spülmaschine, war jedoch in Gedanken noch immer bei dem, was Mascha gerade gesagt hatte. Am liebsten hätte er sich sofort hingesetzt und ihre Theorie überprüft, aber zum einen brauchte er dazu die Akten, und zum anderen war sein Kopf schwer vom Wein.

Er hatte einen Verdacht, worum es bei ihrer geheimnisvollen Verabredung ging, und war gespannt, ob sie etwas in Erfahrung brachte. Wenn er richtiglag, hatte es nichts mit ihren Fällen zu tun, ansonsten hätte er darauf bestanden, eingeweiht zu werden. Alleingänge wollte er in seinem Team nicht haben, schließlich trug er die Verantwortung.

Er hörte ein Scheppern aus dem Bad, dann ein Fluchen. Rasch stellte er den Teller ab, den er gerade in die Spülmaschine stellen wollte, und lief die Treppe hoch. Die Tür war nur angelehnt.

Mascha stand vor dem Waschbecken, zu ihren Füßen lagen die Scherben der gläsernen Seifenschale. Eine Tür des Hängeschranks stand offen. Mascha hielt die linke Hand hoch, von ihrem Zeigefinger tropfte Blut ins Waschbecken. Doch nicht darauf war ihr Blick geheftet, sondern auf das Päckchen in ihrer rechten Hand.

Zorn loderte in Tom auf. «Was zum Teufel machst du da, Mascha?», fuhr er sie an.

«Mir ist die Seifenschale runtergefallen, sorry.»

«Das meine ich nicht!» Er hätte sie am liebsten angebrüllt, doch er beherrschte sich mühsam, um Romy nicht aufzuwecken.

«Ich habe nach einem Pflaster gesucht.»

«Dazu hattest du kein Recht.» Er trat in den Raum und riss ihr das Päckchen aus der Hand.

Lorazepam. Die Tabletten, die sein Arzt in Berlin ihm gegen die Schlaflosigkeit und die Angstzustände verschrieben hatte. Die Tabletten, die er noch immer hin und wieder nahm, obwohl er das Medikament längst hätte ausschleichen sollen.

«Deshalb hast du so komisch reagiert, als Süderholz angerufen hat.» Mascha zog die Brauen zusammen. «Nimmst du das Zeug regelmäßig?»

«Das geht dich einen Scheißdreck an.»

Mascha blieb ruhig. «Wenn der Leiter der Sonderkommission Benzos nimmt, geht mich das sehr wohl was an.»

Tom baute sich vor ihr auf. «Willst du mich verpfeifen?»

Sie wich nicht zurück, hielt noch immer den blutenden Finger hoch. «Ich will die Wahrheit wissen.»

Tom hätte sie am liebsten ohne weitere Diskussion aus dem Haus gejagt. Aber das wäre dumm gewesen, also lenkte er ein. «Ich habe die Dinger schon vor Monaten abgesetzt.»

«Wirklich?»

«Willst du mit dem Arzt sprechen, der sie mir verschrieben hat? Er kann dir sagen, wann er das letzte Rezept ausgestellt hat. Das war noch in Berlin und ist fast ein Jahr her.» Er verschränkte die Arme, nicht sicher, ob das Zittern in seinen Fingern von Wut oder Angst herrührte.

Einen Augenblick lang starrten sie sich wortlos an.

«Ich denke, das ist nicht nötig», sagte Mascha schließlich. Sie drehte den Wasserhahn auf und hielt ihren Finger unter den Strahl. «Hast du jetzt vielleicht ein Pflaster für mich?»

## Am selben Abend

Die Sonne war schon untergegangen, als Mascha über die Schranke stieg. Nervös blickte sie sich um. Sie hatte nicht bedacht, wie viel früher die Dämmerung jetzt jeden Tag einsetzte. Als sie sich für halb acht verabredet hatte, war sie davon ausgegangen, dass es um die Zeit noch hell sein würde.

Zumindest hatte sich der Wind fast vollständig gelegt. Sie lief über die große Betonplatte bis zum Abgrund, spähte vorsichtig hinab ins Wasser, das erschreckend tief und dunkel unter ihr lag, und trat ein paar Schritte zurück. Hier an der ehemaligen DDR-Bunkeranlage hatte Sören Brandner sich zusammen mit seiner bewusstlosen Schwester umbringen wollen, genau eine Woche war das her. Aber das war nicht der Grund, weshalb Mascha diesen Ort als Treffpunkt ausgewählt hatte.

Sie hörte ein Knacken, fuhr herum, aber da war niemand. Sie fröstelte. Es wurde nicht nur von Minute zu Minute dunkler, sondern auch kälter.

Ein Licht blitzte in einiger Entfernung auf, Mascha erschrak. Plötzlich waren da noch mehr Lichter, die hin und her zuckenden Strahlen von Stablampen, der blendend weiße Kegel eines Suchscheinwerfers, der die Nacht zerschnitt. Eine Frau schrie, rief immer wieder Maschas Namen, eine Männerstimme bellte Befehle, Schatten huschten hektisch umher. Mascha stand da und zitterte vor Angst und Kälte. Sie verstand nicht, was geschah. Sie wollte zu der Frau, aber sie wusste nicht, wohin die Männer sie gebracht hatten. Der schneidende Wind riss an ihren Haaren, die vielen Lampen blendeten sie. Sie presste Schnatterinchen an sich und wimmerte leise. Als eine Hand ihren Arm berührte, schrie sie auf.

«Frau Krieger?»

Mascha blinzelte, versuchte, sich zu orientieren. Sie stand noch immer auf der großen Betonplatte der Bunkerruine, aber sie war nicht mehr allein. Fabienne Mauritz nahm die Hand von ihrem Arm und betrachtete sie besorgt.

«Alles in Ordnung», krächzte Mascha und versuchte, die verstörenden Bilder aus ihrem Kopf zu verscheuchen.

Was zur Hölle war das gewesen? Eine Panikattacke? Eine Erinnerung?

«Sie haben am ganzen Körper gezittert», sagte Fabienne. «Und komische Sachen gemurmelt.»

«Ich … war in Gedanken.» Mascha machte eine wegwerfende Handbewegung. «Und es ist ziemlich kalt hier. Sorry, dass ich Sie so spät noch herbestellt habe.»

«Kein Problem. Ich bin zwar nicht so gern im Dunkeln draußen, aber ich habe ja das hier.» Fabienne schaltete die Taschenlampe an ihrem Smartphone aus.

Mascha riss sich zusammen. «Vielleicht können Sie sich denken, worüber ich mit Ihnen sprechen möchte.»

In Fabiennes Augen flackerte etwas, aber sie zuckte scheinbar gelassen mit den Schultern. «Hat es mit Sören zu tun, weil er hier …?»

«Nein, Fabienne. Es hat mit Ihnen zu tun. Und mit Ihren Freunden.»

Die Augen der jungen Frau weiteten sich. «Ich weiß nicht, was Sie meinen, Frau Krieger.»

«Lassen Sie uns über den dritten Mai reden, Fabienne. Es war einer der ersten sommerlich warmen Tage in diesem Jahr. Und es war der Tag der Mathe-Abiprüfungen in Mecklenburg-Vorpommern.»

Fabienne presste die Lippen zusammen. Sie sah plötzlich aus, als würde sie jeden Moment in Tränen ausbrechen.

«Ich sage Ihnen mal, was ich denke», fuhr Mascha fort. «Und Sie korrigieren mich, wenn ich falschliege. Sie waren in Feierlaune. Mathe war eins der letzten Prüfungsfächer, danach hatten Sie es geschafft. Also sind Sie mit ein paar Freunden an den Strand gefahren. Vermutlich hatten Sie Alkohol dabei. Bier? Sekt? Härtere Sachen?»

Mascha sah die junge Frau fragend an, doch die presste die Lippen nur noch fester zusammen.

«Was auch immer es war, Sie haben reichlich davon getrunken, hier oben in den Ruinen des Bunkers, mit Blick aufs Meer. Ein harmloses Vergnügen, das Sie sich mehr als verdient hatten. Doch dann geschah etwas.»

Fabienne keuchte leise.

«Unten am Strand waren zwei weitere Freundinnen von Ihnen, Lilli Sternberg und Jule Brandner. Haben die beiden Sie hier oben bemerkt? Nein, ich denke nicht. Aber Sie haben Ihre Freundinnen gesehen. Sie waren nur ein paar Meter weiter südlich, wo der Strand breiter ist und bei Flut ein schmaler Streifen Sand übrig bleibt. Wann haben Sie sie entdeckt? Sofort, als Sie eintrafen, oder erst, als Jule schwimmen ging und Schwierigkeiten bekam?»

Fabiennes Augen wurden größer, sie schaute rasch zur Seite.

«Wie auch immer es genau abgelaufen ist, Sie haben von hier oben zugesehen, wie Jule im Wasser um ihr Leben kämpfte, und nichts getan. Sie haben Lilli allein gelassen mit alldem.

Warum haben Sie nicht geholfen? Warum sind Sie und Ihre Freunde einfach abgehauen?»

Fabienne verschränkte die Arme, als müsste sie sich selbst festhalten. «Wir haben es nicht bemerkt», sagte sie leise. «Sie glauben gar nicht, wie viele Vorwürfe ich mir deshalb schon gemacht habe.» Sie sah Mascha an, senkte dann aber sofort wieder den Blick. «Uns ist erst aufgefallen, dass etwas passiert ist, als wir die vielen Leute sahen, die auf die Stelle zuliefen.»

«Und dann? Was haben Sie gemacht?»

«Wir sind abgehauen.»

«Warum?»

Fabienne schabte mit dem Fuß über die Betonplatte, den Blick auf einen Punkt in der Ferne gerichtet. Inzwischen war es fast vollkommen dunkel, sodass Mascha ihren Gesichtsausdruck nur erahnen konnte. «Ich weiß es nicht», flüsterte sie. «Es war ein Reflex. Die anderen sind losgerannt, und ich mit.» Sie wandte sich Mascha zu, die glaubte, Trotz in ihrem Blick zu erkennen. «Jule hatte ja bereits Hilfe, da hätten wir ohnehin nichts mehr tun können.»

«Und Lilli? Warum haben Sie Lilli damit allein gelassen? Sie konnten sich doch denken, wie schwer es für sie sein würde, auch nur mit den Sanitätern zu kommunizieren. Ganz abgesehen davon, dass sie unter Schock stehen musste. Ich dachte, sie wäre Ihre Freundin.»

«Ich habe nicht nachgedacht. Aber ich habe versucht, es wiedergutzumachen, Lilli da durchzuhelfen. Wirklich.»

Mascha nickte. Immerhin war ein Rätsel nun gelöst. Fabienne hatte ihr Handy verschwinden lassen, weil sie nicht wollte, dass die Fotos von jenem Nachmittag gefunden wurden. Ihre Freunde und sie hatten nichts getan, was juristisch von Belang war, aber sie hatten zwei Freundinnen im Stich gelassen.

«Danke, dass Sie es mir erzählt haben», sagte Mascha.

«Woher wussten Sie es?»

«Ich habe einfach eins und eins zusammengezählt», log Mascha. «Kommen Sie, lassen Sie uns zurück zum Parkplatz gehen. Ich bringe Sie nach Hause.»

«Das ist nicht nötig, ich bin mit dem Wagen meiner Mutter gekommen. Und ich würde gern noch einen Moment hierbleiben.»

Mascha betrachtete sie beunruhigt. «Ich halte das für keine gute Idee.»

«Keine Sorge. Ich will nur für ein paar Minuten allein sein.»

«Sicher?»

«Absolut.»

«Wie Sie meinen. Dann gute Nacht, Fabienne. Und nochmals danke, dass Sie mir Ihr Geheimnis anvertraut haben.»

Auf dem Weg zurück zum Parkplatz kehrten Maschas Gedanken zurück zu dem merkwürdigen Vorfall, zu den Bildern und Stimmen in ihrem Kopf, die sich so real angefühlt hatten. Was war da nur mit ihr geschehen?

## Am selben Abend

Tom nahm sein Glas und trat durch die Terrassentür in den Garten. Am Horizont war noch ein schmaler heller Streifen zu sehen, doch darüber war der Himmel blauschwarz. Vereinzelt funkelten Sterne, deren Namen er nicht kannte. Das Universum war ihm immer als zu fern erschienen, als dass er sich damit hätte beschäftigen wollen.

Mit einem Mal zog sich seine Brust zusammen, sein Herz schlug schneller, und in seinem Nacken kribbelte es. Was war los? Hatte er ein Geräusch gehört?

Er stellte das Glas auf dem Tisch ab und horchte. Alles war still. Nur der Wind strich durch den alten Holunderstrauch, und der Strandhafer wogte sanft. Auf der Hauptstraße fuhr ein Auto vorbei und entfernte sich langsam.

Kein Grund zur Unruhe, dennoch fühlte sich Tom in dem Lichtschein, der vom Wohnzimmer auf die Terrasse fiel, wie auf dem Präsentierteller.

Bestimmt war dieses unangenehme Gefühl des Ausgeliefertseins der Nachgeschmack seines Streits mit Mascha eben im Bad. Er war noch immer wütend, allerdings mehr auf sich selbst als auf sie. Er hätte nicht so aufbrausen sollen, damit hatte er nur gezeigt, dass er sich schuldig fühlte. Wenn sie gleich wiederkam, musste er das mit ihr klären.

Er blickte erneut zum Horizont, der helle Streifen war verschwunden. Stattdessen glaubte er, in den Dünen eine Bewegung wahrzunehmen, die schneller war als das Wogen des Hafers und die auf unerklärliche Weise bedrohlich wirkte. Er kniff die Augen zusammen, konnte aber nichts erkennen.

Dann blitzte etwas auf, er wurde herumgerissen und gegen die Hauswand geschleudert. Ein stechender Schmerz fuhr in seine Schulter, und bevor er begriff, was geschehen war, verlöschten die Sterne, und vollkommene Finsternis hüllte ihn ein.

## Am selben Abend

Mascha trat ans Küchenfenster und klopfte vorsichtig an die Scheibe. Sie wollte nicht klingeln, um Romy nicht zu wecken. Als sich nichts regte, klopfte sie erneut, diesmal fester. Wieder ohne Erfolg.

War es möglich, dass Tom noch immer schmollte und sie nicht hereinlassen wollte? Nicht auch das noch. Zugegeben, sie war ihn womöglich etwas zu harsch angegangen. Aber deshalb nicht mehr mit ihr zu reden, wäre kindisch.

Mascha beschloss, es auf der Rückseite des Hauses zu versuchen. Vielleicht saß Tom im Wohnzimmer und hörte sie nicht.

Eine niedrige Pforte aus Holzlatten trennte den Vorgarten vom hinteren Teil des Grundstücks. Toms Haus war das letzte in der Sackgasse, hinter seinem Garten begannen die Dünen. Die Pforte war von innen mit einem Fallriegel verschlossen. Mascha griff über die Latten und öffnete.

Als sie um die Ecke bog, sah sie Licht aus dem Wohnzimmer in den Garten fallen. Tom war also noch auf. Die Terrassentür stand offen, obwohl es inzwischen sehr kalt war. Mascha trat näher, stockte. Etwas lag auf der Terrasse.

Großer Gott, Tom!

Sie stürzte zu ihm, fiel auf die Knie und tastete nach seinem Puls. Er lebte. Erleichterung durchströmte sie. Als sie versuchte, ihn behutsam umzudrehen, spürte sie eine klebrige Flüssigkeit unter ihren Fingern. Blut.

Im selben Moment stöhnte Tom.

«Lieber Himmel, was ist passiert?», rief Mascha.

«Ich glaube, jemand hat auf mich geschossen.»

«Geschossen? Bist du sicher?»

«Es hat sich jedenfalls so angefühlt.» Er versuchte, sich aufzusetzen.

Mascha drückte ihn zu Boden. «Bleib liegen.»

Sie spähte in die Dünen, konnte aber nichts erkennen. Der Schütze war bestimmt längst über alle Berge. Sie zog ihr Handy hervor und wählte den Notruf. Während sie mit der Leitstelle sprach, zog sie ihren Schal aus und presste ihn auf die Wunde. Zum Glück war es die Schulter, also waren keine lebenswichtigen Organe verletzt. Es sei denn … Sie blickte an Tom hinunter, doch er schien keine weiteren Verletzungen zu haben, bis auf eine oberflächliche Kopfwunde, die wohl vom Sturz herrührte. Erleichtert atmete sie auf.

Wieder versuchte Tom hochzukommen. «Wir müssen in den Dünen nach Spuren suchen.»

«Du musst gar nichts, ich kümmere mich darum.»

«Und Romy …»

«Ich bringe sie rüber zu Nicole, sobald der Notarzt da ist.»

Er nickte, schloss für einen Moment die Augen. «War das diese Marina, die das Gewehr gestohlen hat? Aber warum hat sie es auf mich abgesehen? Ich verstehe das nicht.»

«Keine Sorge», erwiderte Mascha grimmig und fixierte die Dunkelheit hinter dem Gartenzaun. «Das werden wir herausfinden.»

## Am selben Abend

Kira musste fast rennen, um mit Holger mitzuhalten, der mit langen Schritten über den Bohlenweg eilte, der von der Sackgasse über die Dünen zum Strand führte. Die Besatzung des Streifenwagens war wenige Minuten vor ihnen eingetroffen, und die beiden Kollegen, die Kira nur als Laurel und Hardy kannte, leuchteten unschlüssig mit ihren Taschenlampen in der Gegend herum.

«Auf dem Steg bleiben!», brüllte Holger ihnen zu. «Sperrt das Gelände weiträumig ab, bevor tausend Leute hier herumtrampeln und Spuren vernichten.»

Die beiden schienen froh zu sein, dass ihnen jemand sagte, was sie tun sollten, und eilten los, um Absperrband aus dem Wagen zu holen. Holger nahm sein Handy hervor und richtete den Strahl der Taschenlampenapp auf die endlos scheinende Weite aus Sand und Strandhafer.

«Sie muss irgendwo hier gestanden haben», murmelte er, mehr zu sich selbst als zu Kira. Er leuchtete zur Seite. «Weißt du, welcher der Gärten zu Toms Haus gehört?»

«Keine Ahnung.»

«Komm!»

Sie hasteten zurück zum Dienstwagen, machten unterwegs den Kollegen Platz, die ihnen mit einer großen Rolle Flatterband und einem Arm voll Metallstäben entgegenkamen.

Holger riss die Tür auf, griff nach dem Funkgerät und meldete sich bei der Leitstelle. «Wir brauchen Straßensperren, jetzt sofort. Kein Wagen darf unkontrolliert die Halbinsel verlassen.»

Während Holger die Details der Fahndung koordinierte, drehte Kira sich zu den im Dunkel liegenden Dünen um. Ein mulmiges Gefühl stieg in ihr auf. Was, wenn diese Verrückte es nicht auf Tom speziell, sondern auf Polizisten im Allgemeinen abgesehen hatte? Wenn sie noch irgendwo da draußen im Sand auf der Lauer lag, wenn sie vielleicht jetzt gerade auf sie anlegte?

Unwillkürlich trat Kira hinter den Wagen. Als Holger eben wie wild an die Tür ihres Hotelzimmers gehämmert hatte, waren ihr alle möglichen Szenarien durch den Kopf gegangen, aber ein Anschlag auf einen Kollegen war nicht darunter gewesen.

Holger hatte sofort die Einsatzleitung übernommen, hatte eine Streife zu Toms Haus und eine an den Strand geschickt. Sein Kumpel Dennis sollte Tom im Krankenhaus befragen, falls der ansprechbar war, und Paul hatte er aufs Revier beordert, um dort die Stellung zu halten. Auf der Fahrt zum Tatort hatte er die Spurensicherung in Anklam angefordert.

Jetzt trat er zu Kira. «Ich habe alles in die Wege geleitet, hoffentlich braucht die Spusi nicht zu lange. Immerhin wurde ein Kollege angeschossen.»

Kira war beeindruckt, wie effizient Holger arbeitete. Tom kam ihr dagegen immer ein wenig unentschlossen vor. Wenn es hart auf hart kam, würde sie sich definitiv an Holger halten.

Ein Mann in Jogginganzug und Pantoffeln näherte sich. «Ist was passiert?»

«Bitte gehen Sie nach Hause.» Holger stellte sich ihm in den Weg.

«Aber ich habe etwas gesehen.»

«Ach ja, was denn?»

«Da war ein Fahrrad, und es war nicht abgeschlossen. Es stand ...»

«Einen Moment bitte», unterbrach Holger ihn. Er warf Kira einen vielsagenden Blick zu. «Dein Zeuge. Hör dir an, was er zu sagen hat, notier die Kontaktdaten, dann schick ihn nach Hause. Ich schaue derweil mal, wie weit die Kollegen mit der Sicherung des Tatorts sind.»

Kira sah ihn irritiert an. «Müssten wir nicht alle Anwohner befragen?»

«Machen wir. Sobald die Verstärkung da ist, kannst du das koordinieren, in Ordnung?»

Kira blickte ihm hinterher, wie er über den Steg in der Dunkelheit verschwand. Plötzlich war sie nicht mehr so sicher, ob er wirklich ein guter Ermittlungsleiter war oder nur gut darin, kompetent zu wirken.

## Am selben Abend

Tut mir leid, ich kann Sie nicht durchlassen.» Ein Polizist in Uniform, den Mascha nicht kannte, stellte sich ihr in den Weg.

«Ich denke doch, dass Sie das können, ich leite nämlich hier die Ermittlungen.» Sie zog ihren Dienstausweis hervor.

Der Streifenkollege zeigte sich unbeeindruckt. «Mir hat man gesagt, dass der da der Ermittlungsleiter ist», sagte er achselzuckend und deutete hinter sich, wo Mascha Holger erkannte, der gerade mit einem Kriminaltechniker sprach. «Ist mir auch egal, klären Sie das unter sich.»

«Das werden wir.» Mascha stürmte an ihm vorbei.

Sie hatte die ganze Zeit ein ungutes Gefühl gehabt, weil sie so lange gebraucht hatte. Sie wäre beim Eintreffen der Kavallerie lieber vor Ort gewesen. Aber Romy zu Nicole zu bringen, war komplizierter gewesen als gedacht. Erst hatte das Mädchen sich geweigert, ohne Kindersitz in den Wagen zu steigen, sodass Mascha erst Toms Wagenschlüssel hatte suchen müssen, und dann war es ihr nur mit Mühe gelungen, die Erzieherin aus dem Schlaf zu klingeln.

Nach einer gefühlten Ewigkeit waren im Haus Stimmen zu hören, und dann öffnete sich die Haustür.

«Ist etwas passiert?» Nicole rieb sich verschlafen die Augen.

Mascha beugte sich vor und berichtete so leise, dass Romy sie nicht verstehen konnte, was geschehen war.

«Gütiger Himmel!» Nicole schlug die Hand vor den Mund. «Wie geht es ihm?»

«Nur ein Streifschuss, aber …» Mascha hatte auf Romy hinabgeschaut.

«Ja, natürlich. Ich kümmere mich um sie.» Sie hob das Mädchen auf den Arm. «Wie schrecklich, komm rein, Liebes.»

Mascha war erleichtert gewesen, als die Tür hinter Nicole zufiel. Sie hatte einen Blick auf die Uhr geworfen und entsetzt festgestellt, dass über eine Stunde vergangen war, seit sie Tom gefunden hatte. Genug Zeit für Holger, die Leitung an sich zu reißen. Aber damit würde er nicht durchkommen.

Sie näherte sich, erkannte, dass es sich bei dem Techniker um Lisa handelte, die kompetente, sympathische Kollegin, mit der sie in diesem Fall schon mehrmals zu tun gehabt hatten, und begrüßte sie mit einem Lächeln. Dann wandte sie sich an Holger. «Auf ein Wort.»

«Ah, Mascha. Wie du siehst …»

«Unter vier Augen.»

«Kann das nicht warten? Du siehst doch, was hier los ist.»

Mascha sah zu Lisa, die sich darangemacht hatte, einen Scheinwerfer aufzustellen. Sie hoffte, dass Holger sie nicht zwang, ihren Machtkampf vor den Augen der Kollegin auszufechten.

Endlich gab er klein bei und trat mit ihr zur Seite.

«Ich habe gehört, dass du hier einen auf Ermittlungsleiter machst.»

«Tom ist im Krankenhaus, irgendwer muss ja …»

«Er hat mir die Leitung übertragen.»

Holger verzog das Gesicht. «Ich bin der ranghöchste Beamte vor Ort.»

«Und du wartest gerade auf ein Disziplinarverfahren.»

«Das ich dir zu verdanken habe.» Er spie ihr die Worte förmlich ins Gesicht.

Mascha zwang sich, ruhig zu bleiben. Ihr Zwist mit Holger war im Augenblick vollkommen unwichtig. «Ich übernehme jetzt hier, ich hoffe, du respektierst das. Oder sollen wir in Anklam anrufen, um das zu klären?»

Er starrte sie hasserfüllt an, und für einen Moment fürchtete sie, er könnte handgreiflich werden. Doch dann verzog er bloß das Gesicht. «Ich schwöre, das wirst du bereuen, Mascha.»

Er drehte sich weg und stapfte davon. Sollte er doch schmollen, er konnte ihr nichts anhaben. Sie vergrub die Hände in den Taschen ihrer Lederjacke und kehrte zu Lisa zurück, um sich auf den neuesten Stand bringen zu lassen.

## Am selben Abend

Tom bezahlte den Taxifahrer und stieg aus. Nachdem seine Verletzung versorgt worden war, hatte er sich selbst aus dem Krankenhaus entlassen. Wozu sollte er mit einer Fleischwunde und dem Verdacht auf eine Gehirnerschütterung im Bett herumliegen, während seine Kollegen ohne ihn ermittelten?

Aus dem Taxi hatte er Nicole angerufen, die ihm versichert hatte, dass Romy sofort wieder eingeschlafen war, nachdem Mascha sie zu ihr gebracht hatte. Sie klang ernsthaft besorgt, wollte Tom überreden, nicht mehr ohne Begleitung herumzulaufen, bis der Täter gefasst war.

Schon von Weitem sah er die Scheinwerfer, die von den Kriminaltechnikern aufgestellt worden waren. Er eilte über den Bohlenweg, versuchte dabei, nicht zu humpeln. Im Krankenhaus hatte er verschwiegen, dass er sich beim Sturz auch am Bein verletzt hatte. Zwei Verbände und dazu der rechte Arm in einer Schlinge genügten vollkommen, er kam sich jetzt schon vor wie eine Mumie mit den ganzen Bandagen.

Mascha entdeckte ihn als Erste. «Tom! Was machst du denn hier? Du hättest wenigstens bis morgen früh im Krankenhaus bleiben sollen.»

«Unsinn, ich bin topfit.» Er nickte einem Kollegen zu, der ihn mit grimmiger Miene grüßte.

Kira war ebenfalls vor Ort, sie sprach mit einer Hundeführerin. Tom bezweifelte, dass der Hund die mutmaßliche Schützin finden würde. Bisher hatte sie es trotz großem Polizeiaufgebot geschafft, unsichtbar zu bleiben. Zudem war viel zu viel Zeit vergangen, sie war bestimmt längst über alle Berge.

«Was haben wir bis jetzt?», fragte er Mascha.

«Spuren im Sand, wo sie gelegen hat», antwortete Mascha. «Und eine Hülse. Kaliber .30-06.»

«Also das aus der gestohlenen Steyr.» Tom schüttelte fassungslos den Kopf und bereute es sofort.

«Du hast Schmerzen.» Mascha machte ein besorgtes Gesicht. «Mit einer Gehirnerschütterung ist nicht zu spaßen.»

«Nein, mir geht es gut. Die haben mir im Krankenhaus was gegeben.» Tom winkte ab.

«Ich hätte das bis morgen auch allein geschafft.»

«Daran zweifle ich nicht. Ich will dir die Leitung auch gar nicht wegnehmen. Ich will nur auf dem Laufenden sein.»

«Wie du meinst.»

«Sonst noch was?»

«Bisher nicht. Einen Anwohner haben wir schon befragen können. Er hat ausgesagt, dass in den vergangenen Tagen immer wieder abends ein Fahrrad im Ständer am Strandaufgang stand, das nicht abgeschlossen war. Deshalb ist es ihm auch aufgefallen, er hat sich über den Leichtsinn des Besitzers gewundert.»

«Beschreibung?»

«Ein älteres Damenrad. Mehr konnte er nicht sagen. Die Kollegen befragen gerade die anderen Anwohner.»

Tom berührte vorsichtig seine dick verbundene Schulter. Erst allmählich drang ihm ins Bewusstsein, was vorhin geschehen war. Ein paar Zentimeter weiter links, und er wäre jetzt tot. Romy hätte beide Eltern verloren und wäre Waise, und das, obwohl er extra hierhergezogen war, um genau das zu verhindern. Ein Schwindel erfasste ihn.

Mascha packte zu, führte ihn zu einer Bank. «Ein ganz schöner Schock», sagte sie, als sie sich neben ihn setzte.

Tom fühlte sich mit einem Mal entmutigt und verletzbar. Vielleicht hätte er doch nicht kopflos aus dem Krankenhaus fliehen sollen. «Ich weiß gar nicht, was ich Romy sagen soll.»

«Muss sie es unbedingt wissen?»

Tom hob vorsichtig seinen Arm ein Stück an. «Das lässt sich wohl kaum vor ihr verbergen.»

«Was für eine Scheiße.» Mascha presste die Finger gegen die Schläfen. «Ich verstehe das nicht. Warum schießt diese Frau auf dich?»

«Ich habe nicht die geringste Ahnung. Es muss mit dem Fall zu tun haben.»

«Aber mit welchem Fall?»

«Das ist wohl die entscheidende Frage. Björn André, der Kollege, der die Fahndung nach Marina Sarow leitet, hat mir doch erzählt, dass sie von Lilli gesprochen hat, als er sie das letzte Mal aufgegriffen hat.»

«Aber wo kommst du da ins Spiel?» Mascha schüttelte ungläubig den Kopf. «Was genau hat sie denn gesagt?»

«Sie wollte wissen, ob Lilli schon gefunden wurde.»

«Sonst nichts?»

«Offenbar nicht. Sie stammt aus Sellnitz und kannte Lilli vielleicht.»

«Aber sie ist doch viel älter, oder?»

«Ja, eher im Alter ihrer Mutter. Und sie ist auch schon vor vielen Jahren weggezogen. Irgendwie ergibt das alles keinen Sinn.» Tom spürte Übelkeit in sich aufsteigen, das musste von der Gehirnerschütterung herrühren. Und vom Schock. Er sollte sich wohl doch besser hinlegen. «Würdest du mich nach Hause bringen?», fragte er Mascha. «Ist zwar nicht weit, aber ich fühle mich nicht so wirklich sicher auf den Beinen.»

«Auf keinen Fall.» Sie erhob sich.

Tom sah sie ungläubig an. «Aber ich …»

«Ich nehme dich mit in meine Ferienwohnung», unterbrach Mascha ihn und griff energisch nach seinem gesunden Arm. «In dem gestohlenen Gewehr sind noch immer drei Patronen. Solange wir nicht wissen, wo Marina Sarow steckt, gehst du nicht nach Hause.»

## In derselben Nacht

Mascha fuhr aus dem Schlaf hoch. Ihr Herz hämmerte wild in ihrer Brust, in ihren Ohren schepperte noch der Knall, der sie geweckt hatte. Draußen war es stockdunkel.

Sekundenlang horchte sie mit angehaltenem Atem. Als sich nichts rührte, setzte sie sich auf und warf einen Blick auf ihr Handy. Kurz nach vier. So lautlos wie möglich stieg sie aus dem Bett. Ihre Dienstwaffe war im Revier, also packte sie kurz entschlossen den Kerzenständer von der Kommode. Sie wollte einem potenziellen Eindringling nicht vollkommen wehrlos gegenüberstehen.

Auf nackten Füßen schlich sie ins Wohnzimmer, wo Tom auf dem Sofa lag und gleichmäßig atmete. Leise rüttelte sie an der Balkontür, sie war verschlossen. In der Küche war niemand, auch das Bad war leer. Mascha öffnete die Wohnungstür einen Spaltbreit und horchte ins Treppenhaus. Kein Laut war zu hören.

Rasch schloss sie die Tür wieder und legte den Riegel um. Das hätte sie gestern Abend schon tun sollen, aber sie hatte nicht daran gedacht. Sie hatte nicht ernsthaft damit gerechnet, dass Marina Sarow oder wer auch immer auf Tom geschossen hatte, in ihre Wohnung eindringen könnte, um sein Werk zu vollenden. Ein Versäumnis, das sie beide das Leben hätte kosten können.

Als sie ins Schlafzimmer zurückkehrte, hörte sie unten auf der Straße einen Wagen anspringen. Da musste offenbar jemand sehr früh zur Arbeit. Vielleicht hatte sie eine Haustür zufallen hören und war davon wach geworden. Sie trat ans Fenster, sah aber nur noch die Rücklichter um die Straßenecke verschwinden.

Sie starrte auf die nun wieder stille Straße. Warum versuchte eine Patientin aus der Psychiatrie einen Polizisten umzubringen? Was gab es für eine Verbindung zwischen Lilli Sternberg und Marina Sarow? Oder existierte die nur in Marinas Fantasie?

Mascha seufzte. Vorhin noch hatte sie gedacht, endlich den Schlüssel zu dem Rätsel in den Händen zu halten, als sie erkannt hatte, dass Lilli selbst die Ereignisse inszeniert haben könnte. Doch nun hatte sich der Roulettekessel erneut gedreht, und die Kugel war in eine völlig neue Position gesprungen.

Sie legte sich wieder hin, doch an Schlaf war nicht mehr zu denken. Der Knall, der sie geweckt hatte, steckte ihr in den Knochen. Sie war sträflich leichtsinnig gewesen, hatte sich von Tom anstecken lassen, der den Vorfall demonstrativ herunterspielte. Bei ihm lag es daran, dass er unter Schock stand. Und dass er Schmerzmittel verabreicht bekommen hatte. Für sie gab es keine Entschuldigung.

# Donnerstag, 19. September

## Sellnitz auf dem Darß, vormittags

Es war kalt, als Mascha und Kira aus dem Wagen stiegen, doch immerhin fast windstill. Angeblich sollte es am Wochenende noch einmal über zwanzig Grad warm werden, doch davon war an diesem Morgen noch nichts zu spüren. Sie erwischten Walter Sternberg, als er gerade in seinen Mercedes steigen wollte, der in der Einfahrt der ehemaligen Kapitänsvilla stand.

«Was wollen Sie?», fragte der alte Mann barsch.

Vermutlich sprach er lieber mit dem Ermittlungsleiter als mit zwei Frauen, die er als bessere Sekretärinnen empfand. Mascha hatte Kira mitgenommen, weil sie nicht wollte, dass sie sich Holger anschloss, der sie vermutlich ohnehin schon viel zu sehr in seinem Sinn beeinflusst hatte. Sie schluckte ihren Ärger hinunter. Walter Sternberg hatte genug Kummer, und Holger wollte sie nicht noch mehr Raum in ihrem Leben zugestehen.

«Wir haben ein paar kurze Fragen an Sie und Ihre Frau.»

«Grit ist nicht da.»

«Wann kommt sie denn wieder?», schaltete sich Kira ein.

«Ich wollte sie gerade abholen. Sie ist im Krankenhaus.»

«Hoffentlich nichts Schlimmes.» Kira wirkte aufrichtig besorgt. Wenn es gespielt war, war sie wirklich gut.

«Ein Knoten in der Brust.» Walter Sternberg sah schlagartig sehr müde aus. «Das hat uns gerade noch gefehlt.»

«Oh, ich drücke Ihnen die Daumen, dass er harmlos ist.»

Mascha trat näher an den Wagen. «Wenn Sie trotzdem fünf Minuten hätten. Es ist wirklich wichtig.»

«Worum geht es denn?»

«Sagt Ihnen der Name Marina Sarow etwas?»

Für eine Sekunde sah es aus, als würde der alte Mann noch tiefer in sich zusammensinken, doch dann straffte er die Schultern, und der Riss in seinem Panzer war verschwunden. «Ich kenne keine Person mit diesem Namen.»

«Sie hat früher mal in Sellnitz gelebt», half Mascha ihm auf die Sprünge. «Und sie war ungefähr im gleichen Alter wie Ihre verstorbene Adoptivtochter.»

Walter Sternberg schien durch Mascha hindurchzusehen. «Wie ich schon sagte, der Name ist mir unbekannt. Vielleicht kann Grit etwas dazu sagen. Ich frage sie danach.»

Er wollte einsteigen, doch Mascha bewegte sich nicht zur Seite. «Denken Sie bitte nach, es ist wichtig. Marina Sarow hat gestern Abend meinen Kollegen niedergeschossen, und wir sind sicher, dass das etwas mit den Morden zu tun hat.»

Sternberg riss die Augen auf, schlagartig hellwach. «Ist er schwer verletzt?»

«Es war zum Glück nur ein Streifschuss. Aber er hätte tot sein können. Also überlegen Sie bitte noch einmal.»

Sternberg fummelte mit dem Wagenschlüssel herum. «Jetzt, wo Sie das sagen, erinnere ich mich doch an etwas. Da war ein Mädchen auf Cornelias Schule. Ich glaube, sie hieß Marina, aber beschwören könnte ich es nicht. Sie war irgendwie komisch, hatte psychische Probleme. Cornelia wollte nichts mit ihr zu tun haben, keins der Kinder wollte das. Irgendwann ist sie dann verschwunden, in eine Klinik eingewiesen worden, glaube ich.»

«Was für eine Klinik?», fragte Kira.

«Keine Ahnung.»

«Erinnern Sie sich, wann das war?» Mascha nickte Kira zu, die sich eifrig Notizen machte.

«Das weiß ich wirklich nicht. Und jetzt muss ich los, ich möchte meine Frau in dieser Situation nicht warten lassen, das verstehen Sie sicherlich.»

«Selbstverständlich, Herr Sternberg.» Kira trat zur Seite, obwohl sie überhaupt nicht im Weg stand.

Mascha hingegen rührte sich nicht von der Stelle. «Eine letzte Frage: Haben Sie Marina Sarow je wiedergesehen? Später, meine ich, als sie erwachsen war. Vielleicht in Ihrer Funktion als Bürgermeister?»

Wieder glaubte Mascha, für einen winzigen Augenblick eine Emotion durch die stoische Fassade von Lillis Großvater hindurchschimmern zu sehen, und wieder war sie sofort verschwunden.

«Nein. Ganz sicher nicht.»

«Danke, Herr Sternberg.» Mascha gab die Tür frei. «Grüßen Sie Ihre Frau von uns.»

Sie blieben in der Einfahrt stehen, bis Sternberg weggefahren war.

«Den hast du geschickt aus der Reserve gelockt.» Kira sah Mascha an, als hätte sie ihr das nicht zugetraut. Schon vorhin auf dem Revier hatte Kira sie merkwürdig beäugt, so als würde sie sie plötzlich in einem neuen Licht betrachten. Mascha nahm an, sie hatte von ihrer Strafversetzung erfahren. Und sie war ziemlich sicher, von wem.

«Leider nicht geschickt genug», erwiderte sie. «Ich fürchte, er weiß mehr, als er gesagt hat.»

## Am selben Vormittag

Björn sah sich in dem kleinen Revier um, während er darauf wartete, dass jemand seinen Anruf entgegennahm. Ein großes Büro mit drei Schreibtischen, die sich unter Papierstapeln bogen. Auf einem stand neben dem Bildschirm das Foto eines blonden Mädchens im Kindergartenalter, mit großen blauen Augen, einem strahlenden Lächeln und einer Eistüte in der Hand, deren Inhalt ihr über die Finger lief.

Über dem Schreibtisch direkt neben der Tür hingen altmodische Postkarten von Hawaii sowie zwei Fotos. Beide zeigten einen grauhaarigen Mann mit Bart und erstaunlich athletischer Figur für sein Alter, einmal mit einem Surfbrett und einmal umringt von ähnlich sportlichen Gestalten. Der Kollege Paul Hendricks, den Björn schon kennengelernt hatte.

An der Wand, die den Fenstern gegenüberlag, hatte man neben den dritten Schreibtisch zwei kleine Schulpulte gequetscht, auf denen Laptops lagen und sich weitere Papierstapel türmten. Zusammen mit dem Whiteboard in der Ecke und den Aktenschränken platzte der Raum aus allen Nähten. Und dabei stand noch nicht mal jedem Mitglied der Soko ein eigener Arbeitsplatz zur Verfügung. Björn hoffte, dass die Ermittler mit ihrer Aufgabe nicht ebenso überfordert waren wie die Räumlichkeiten, das wäre fatal. Die zwei, die er bisher kennengelernt hatte, machten zumindest einen kompetenten Eindruck.

Die anderen Mitglieder der Sonderkommission sollten ihm im Laufe des Tages vorgestellt werden. Im Augenblick war er mit einem Streifenbeamten, der am Empfang Dienst tat, allein auf dem Revier.

Als noch in der Nacht der Anruf gekommen war, hatte Björn sich schwere Vorwürfe gemacht. Wenn Marina Sarow den Kollegen erschossen hätte, wäre das auf ihn zurückgefallen. Weil er ihre Gefährlichkeit nicht erkannt hatte, und weil er es nicht geschafft hatte, sie rechtzeitig zu finden. Jetzt war er plötzlich Teil einer Soko, die drei ungeklärte Todesfälle und eine versuchte Tötung aufzuklären hatte.

Er war in der Vergangenheit schon einige Male Mitglied einer Mordkommission gewesen. Aber keins der Verbrechen hatte auch nur annähernd die Komplexität dieses Falls besessen. Wie auch immer, er würde sein Bestes geben, um seine Scharte auszuwetzen. Zumal dies eine unerwartete Gelegenheit war. Zu Hause in Teterow achtete seine Chefin peinlich genau darauf, dass er wegen seiner Unfallverletzung geschont wurde. Hier würde niemand übermäßig darauf Rücksicht nehmen, und das war gut so. Zumindest so lange, wie er nicht zu einem Einsatz musste, bei dem Schnelligkeit gefragt war.

Am anderen Ende wurde endlich abgehoben. «Ja, Sarow», meldete sich eine Männerstimme.

«Hier ist Kriminaloberkommissar Björn André, wir haben schon einmal miteinander gesprochen.»

«Ist es wegen Marina?»

«Ja, sie ist erneut verschwunden, und …»

«Hören Sie, es passt mir jetzt gerade gar nicht, Herr André.»

«Das ist schade, aber dann muss ich Sie vorladen», gab Björn zurück, der sich schon beim letzten Telefonat über das Desinteresse des Mannes geärgert hatte.

«Was soll das heißen?»

«Dass Sie nach Sellnitz aufs Revier kommen müssen, um Ihre Aussage zu machen. Eventuell könnten das auch die Kollegen bei Ihnen in München übernehmen, aber die kennen den Fall nicht so gut.»

«Wovon reden Sie überhaupt?»

«Ihre Schwester ist erneut aus der Klinik verschwunden. Bei ihrer Flucht hat sie einen Pfleger niedergeschlagen, und gestern Abend hat sie auf einen Polizisten geschossen.»

«Was ist denn das für ein Bullshit? Wollen Sie mich verarschen? Wo soll meine Schwester denn eine Schusswaffe herhaben?»

«Ich will Sie keineswegs verarschen, Herr Sarow», gab Björn kühl zurück. «Ihre Schwester hat einen Jäger bestohlen. Sie hat übrigens erstaunlich gut getroffen, wenn man das unter den Umständen so ausdrücken kann. Haben Sie eine Ahnung, woher sie das kann?»

«Unser Vater hat auch gejagt, er hat es uns beigebracht.»

Immerhin ein Rätsel gelöst. Björn machte sich eine Notiz. «Ihre Eltern leben nicht mehr?»

«Sind schon seit Jahren tot.»

«Und Marina hat sich nicht bei Ihnen gemeldet, nehme ich an?»

«Nein.» Sarow klang jetzt ziemlich kleinlaut.

«Können Sie sich erklären, warum sie auf den Kollegen geschossen hat? Er war in seinem Haus, nicht auf dem Revier. Und er ist mit einem ganz anderen Fall betraut, hier in Sellnitz.»

«Sellnitz? Da sind wir aufgewachsen.»

«Haben Sie noch Kontakt zu irgendwem hier?»

«Es gibt da ein paar alte Schulfreunde. Aber von denen habe ich seit Jahren nichts gehört.»

«Und Ihre Schwester?»

«Das weiß ich nicht. Ich habe Ihnen ja erzählt, dass ich zum Studieren nach München gegangen und nicht mehr zurückgekehrt bin. Da war Marina elf oder zwölf. Alles, was danach geschehen ist, habe ich nur noch am Rande mitbekommen.»

Björn klickte mit dem Kugelschreiber. «Hatte sie als Kind schon psychische Probleme?»

«Davon habe ich nichts mitgekriegt.»

«Und nachdem Sie weg waren?»

«Als Jugendliche war sie für einige Wochen in einer Klinik. Das weiß ich von meinen Eltern. Sie haben aber nie gesagt, was für eine Klinik das war. Ihre Erzählungen waren so schwammig, dass ich anfangs dachte, es hätte damit zu tun, dass sie so dünn ist. Eine Essstörung vielleicht. Erst später habe ich begriffen, dass sie in der Psychiatrie war.»

«Und den Grund haben sie Ihnen nicht verraten?»

«Sie haben ziemlich herumgedruckst. Ich habe mir zusammengereimt, dass es ein Suizidversuch gewesen sein muss. Aber sicher bin ich nicht.»

Björn schrieb etwas auf. «Den Namen der Klinik wissen Sie nicht zufällig?»

«Nein.»

Björn machte ein großes Fragezeichen hinter seine Notizen. Er verstand diesen Kerl nicht. Seine Schwester war wegen eines Selbstmordversuchs in Behandlung gewesen, und er hatte sie offenbar nicht einmal besucht. Was für ein beschissener Bruder.

«Ich danke Ihnen, Herr Sarow», sagte er, so neutral wie möglich. «Sie bekommen in den nächsten Tagen eine Aufforderung, das Protokoll Ihrer Aussage auf einem Polizeirevier in München zu unterschreiben.»

«Kein Problem.»

«Ich melde mich, wenn ich noch Fragen habe.» Björn legte auf.

Um seinem Ärger Luft zu machen, stand er auf und lief im Raum hin und her, soweit das in der Enge möglich war. Zwei Schritte in die eine Richtung und zwei in die andere. Marina Sarow war also eine geübte Schützin. Und sie war bereits als Jugendliche so labil gewesen, dass sie in psychiatrischer Behandlung war. Irgendwo da draußen lief eine menschliche Zeitbombe mit einem geladenen Gewehr herum, und es war seine Schuld.

## Am selben Vormittag

Als Mascha und Kira aufs Revier zurückkehrten, war der Empfang verwaist. Dafür drang leises Gemurmel aus dem Büro. Mascha stieß die Tür auf und fand das komplette Team versammelt vor, einschließlich der vier Streifenbeamten sowie eines unbekannten Mannes in Zivil. Das musste Björn André sein, der Kollege aus Teterow.

«Nanu, haben wir was verpasst?», murmelte Kira.

Die Stimmung im Raum ließ nicht hoffen, dass das, was es zu besprechen gab, Anlass zur Freude bot. Tom wich Maschas Blick aus. Mit dem Kopfverband und dem Arm in der Schlinge wirkte er auf seltsame Weise zugleich fragil und kampflustig.

«Ich habe eben einen Anruf von Joost Bartelsen erhalten», sagte er und drückte sich von dem Schreibtisch ab, an dem er gelehnt hatte. «Und das Gespräch war alles andere als angenehm. Es war total beschissen, um es genau zu sagen. Irgendwer hat Fotos von Patrizia Lamertz' sterblichen Überresten bei Instagram gepostet.»

Ein Aufstöhnen ging durch den Raum. Offenbar hatte Tom mit der Neuigkeit auf sie gewartet.

«Was für eine Scheiße», murmelte Paul und sprach damit aus, was Mascha dachte.

«Nicht irgendwelche Handyschnappschüsse von Gaffern»,

fuhr Tom mit mühsam unterdrücktem Zorn fort. «Sondern offizielle Aufnahmen der Spurensicherung aus der Akte. Und zwar nicht irgendwo auf Instagram, sondern auf dem Account des Sellnitzer Polizeireviers.» Er knallte mit der Faust seines gesunden Arms auf den Schreibtisch, sodass die Papierstapel ins Rutschen gerieten. Dennis, der am nächsten saß, packte zu. Tom bemerkte es offensichtlich gar nicht. «Habt ihr vollkommen den Verstand verloren?», brüllte er. «Was habt ihr euch dabei gedacht? Das ist doch kein dämliches Spiel! Was für ein Idiotenhaufen seid ihr eigentlich?»

Mascha schluckte fassungslos. Das Sellnitzer Revier war eine der Dienststellen, die versuchten, auf den sozialen Medien Bürgernähe zu demonstrieren. Normalerweise waren dort Fotos von Streifenwagen zu sehen, vor denen die Kollegen posierten, von einer Verkehrskontrolle oder dem neuen Kopierer im Aktenraum. Bestimmt waren unter den Followern auch viele Kinder. Was für eine Katastrophe.

«Ich brauche euch nicht zu erklären, was für ein Super-GAU das ist.» Tom blickte von einem zum anderen. «Die Fotos sind zwar inzwischen gelöscht, aber bis dahin wurden sie Hunderte Male gelikt, geteilt und was weiß ich wie verbreitet. Sie sind jetzt in der Welt, das lässt sich nicht mehr ungeschehen machen. Wir können nur beten, dass Patrizias Mutter sie nicht zu sehen kriegt, aber ich fürchte, das ist nur eine Frage der Zeit.» Er machte eine kurze Pause, niemand sagte ein Wort. «Jemand muss es ihr schonend beibringen. Paul, würdest du das übernehmen? Ich muss gleich nach Stralsund aufbrechen, zu meinem Termin mit Sören Brandner.»

«Soll dir das nicht jemand abnehmen?» Mascha betrachtete zweifelnd seine Verbände.

«Keine Sorge, mein Kopf funktioniert einwandfrei», fuhr er

sie an. «Und fahren wird mich Babyface.» Er sah zu dem Streifenbeamten hinüber, der grimmig nickte.

Mascha hob beschwichtigend die Hände. Sie konnte verstehen, dass Tom außer sich war vor Wut. Aber sie hatte die Fotos nicht hochgeladen.

Erneut nahm Tom einen nach dem anderen ins Visier. «Wer auch immer das getan hat, befindet sich hier in diesem Raum. Niemand sonst hat Zugang zu dem Account. Die Interne ist bereits informiert und wird Ermittlungen aufnehmen. Sie wird herausfinden, wer das war, da bin ich sicher. Die Person könnte allerdings den Anstand besitzen, sich sofort zu melden, um den Schaden zu begrenzen, denn bis ein Resultat vorliegt, stehen wir alle unter Generalverdacht.» Er schwieg abwartend, niemand meldete sich. «Dachte ich mir. Nur ein Feigling macht so was. Ich könnte kotzen, ehrlich.»

Mascha räusperte sich. «Wenn du willst, kann ich versuchen, es herauszufinden.»

Tom fixierte sie, und sie befürchtete, dass sich seine Wut nun an ihr entladen würde. Doch er schüttelte nur den Kopf. «Nein, tu das nicht. Wenn das herauskäme, würde es uns als Vertuschungsversuch ausgelegt werden.»

Sie zuckte mit den Schultern. «Wie du meinst.»

«Alle zurück an die Arbeit jetzt.» Tom ließ seinen Blick ein weiteres Mal über die Gesichter wandern. «Und falls doch noch irgendwer sein Gewissen entdeckt, kann er sich jederzeit bei mir melden.» Mit diesen Worten marschierte er aus dem Raum. Babyface folgte ihm hastig.

Mascha ließ sich auf einen Stuhl sinken. Was für ein Desaster. Es demontierte die Mordkommission und ihre Ermittlungen, dabei hatten sie mit den Fällen schon mehr als genug zu tun. Aber sie würde nicht tatenlos herumsitzen und zusehen, wie irgendwer ihre Arbeit kaputtmachte. Sie würde herausfinden, wer das getan hatte. Sie durfte nur keine Spuren hinterlassen.

## Am selben Tag

Beim Anblick von Sören Brandner erschrak Tom. Der junge Lehrer war nur noch ein Schatten seiner selbst, blass, mit eingefallenen Wangen und dunklen Rändern um den Augen. Die Verletzungen im Gesicht waren noch nicht abgeheilt. Die Hämatome schillerten in allen Schattierungen von Grün und Gelb. Sein gebrochenes Bein war eingegipst, die Krücken lehnten am Vernehmungstisch.

Die Situation entbehrte nicht einer gewissen Komik: Der Kommissar mit Kopfverband und Armschlinge vernahm den Verdächtigen mit Gipsbein und Krücken. Doch Tom war nicht nach Lachen zumute, also grüßte er nur kurz und setzte sich.

Auf der Fahrt nach Stralsund war seine Wut über den Schwachkopf, der die Fotos hochgeladen hatte, nicht verraucht. Gleichzeitig hatte ihn die Frage umgetrieben, warum Marina Sarow auf ihn geschossen hatte. War es tatsächlich die Angst, geschnappt zu werden, die sie wild auf Polizisten schießen ließ? Dann stellte sich die Frage, woher sie seine Adresse kannte. Oder steckte doch ein persönliches Motiv dahinter? Falls ja, lag dann eine Verwechslung vor? Die Frau war psychisch krank, gut möglich, dass sie jemand anderen in ihm gesehen hatte. Aber wen? Lauter Fragen, die ihm keine Ruhe ließen. Jetzt jedoch versuchte er, sich auf den Anlass seines Besuchs zu konzentrieren.

Brandner hatte darauf verzichtet, seinen Anwalt hinzuzuziehen, sie waren allein.

«Was ist passiert?», fragte er stirnrunzelnd, den Blick auf Toms Verbände gerichtet.

«Dazu komme ich gleich.» Tom legte sein Handy auf den Tisch und startete die Aufnahme. «Sie erlauben? Mitschreiben ist für mich im Augenblick etwas schwierig.»

«Klar, kein Thema.»

«Können Sie sich inzwischen besser daran erinnern, was am vergangenen Mittwoch zwischen Benjamin Reichert und Ihnen vorgefallen ist?»

Der junge Mann zuckte mit den Schultern. «Ich habe Ihnen alles erzählt, was ich weiß. Ich war wütend, weil ich dachte, dass er Lilli umgebracht hat. Und das hat er ja wohl auch. Ich habe auf ihn eingeprügelt, weil ich nicht wusste, wohin mit meinem Zorn und meiner Trauer.» Er senkte den Blick. «Das alles tut mir sehr leid. Vor allem für Jule. Ich habe zwar Freunde, die sich kümmern, aber keine Ahnung, wie lange sie das durchhalten. Und gerade jetzt bräuchte sie mich ganz besonders. Sie ist dabei aufzuwachen.»

«Ist das wahr?» Bisher hatte Tom geglaubt, dass Wachkomapatienten hoffnungslose Fälle waren.

Ein schwaches Lächeln huschte über Brandners Gesicht. «Ihre Therapeuten sind zuversichtlich. Sie ist inzwischen in der Lage, einem Gegenstand mit den Augen zu folgen. Das bedeutet, dass sie ihre Umwelt wahrnimmt. Und es wird jeden Tag besser. Wie weit sie sich erholt, steht natürlich in den Sternen, und es kommt sehr darauf an, wie stark sie gefördert wird. Deshalb wäre ich so gern bei ihr. Stattdessen werde ich die nächsten zwanzig Jahre im Gefängnis sitzen. Ich bin so ein Idiot.» Er vergrub das Gesicht in den Händen. «So ein dämlicher Idiot.»

Tom wollte ihm keine Hoffnung machen, deshalb formulierte er seine nächste Frage sehr vorsichtig. «Haben Sie auf dem Hof vielleicht ein unbekanntes Fahrzeug gesehen? Oder als Sie weggefahren sind? Kam Ihnen womöglich ein Auto entgegen?»

Brandner war offenbar mit seinen Gedanken noch bei seiner Schwester. Er runzelte verwirrt die Stirn. «Nein, ich erinnere mich an keinen Wagen.»

Tom beschloss, nicht zu insistieren. «Kennen Sie eine Marina Sarow?»

Überrascht sah der junge Mann ihn an. «Nein. Wer ist das?»

«Eine Frau aus Sellnitz, die vor zwanzig Jahren weggezogen und jetzt zurückgekehrt ist. Lilli hat den Namen nie erwähnt?»

Brandners Blick schweifte ab, als versuche er, sich zu erinnern. «Nein, ich bin sicher, dass Lilli nie von einer Marina gesprochen hat. Was ist denn mit ihr?»

«Sie kannte Lilli vermutlich.» Tom beschloss noch etwas mehr preiszugeben, um Brandners Reaktion zu sehen. «Und sie hat auf mich geschossen.»

«Oh, verdammt.» Brandner starrte auf den Verband. «Warum hat sie das getan?»

«Das versuchen wir herauszufinden.»

Der junge Mann schien zu begreifen. «Sie glauben, dass es mit Lilli zu tun hat, mit dem, was ihr passiert ist.»

Tom hatte keinen Grund, anzunehmen, dass Brandner ihn belog, was Marina Sarow anging, also wechselte er erneut das Thema. «Einige Personen haben ausgesagt, dass Lilli ein zweites Handy besaß. Wussten Sie davon?»

«Das glaube ich nicht. Wozu hätte sie das brauchen sollen?»

«Das würde ich gern von Ihnen wissen.» Tom lehnte sich zurück, um seine Schulter zu entlasten. Die Wirkung der Schmerztabletten ließ allmählich nach.

«Ich halte das für Unsinn. Vor mir hatte Lilli jedenfalls keine Geheimnisse.»

«Aber Sie vor ihr.»

Brandner senkte den Kopf. Er hatte sofort begriffen, worauf Tom anspielte. Seine Nummer mit Fabienne in den Dünen. «Wenn sie etwas vor mir geheim gehalten hat, habe ich nichts davon gemerkt», stieß er trotzig hervor.

«Und Sie haben auch keine Idee, um was es gegangen sein könnte?»

«Ein anderer Typ, das ist es doch, worauf Sie hinauswollen, oder?» Der junge Lehrer klang von einem Moment auf den anderen aggressiv, seine Augen blitzten zornig.

Tom war schon früher aufgefallen, wie schnell Sören Brandners Stimmung umschlagen konnte. Er dachte an Maschas Theorie, griff nach dem Handy und suchte ein Foto aus der Fallakte heraus. Dann hielt er Brandner das Display hin.

«Fällt Ihnen etwas auf?»

Brandner rieb sich die Augen, seine Wut war so schnell verflogen, wie sie aufgebraust war. Er wirkte müde. Mutlos. «Das ist Lillis Schreibtisch.»

«Und an der Wand darüber?»

Brandner runzelte die Stirn, dann blickte er auf. «Da fehlt ein Foto.»

Also hatte Mascha recht. Fragte sich nur, ob Lillis Großeltern es nicht besser gewusst oder gelogen hatten.

«Erinnern Sie sich, was auf dem fehlenden Bild zu sehen ist?»

Brandner senkte den Blick wieder auf das Display und nickte. «Das war ein Babyfoto von Lilli, auf dem Arm ihrer Mutter.»

## Graal-Müritz, am selben Tag

Ich zittere so vor Kälte, dass meine Zähne klappern. Gleichzeitig glühe ich, aber die Hitze wärmt nicht. Im Haus gibt es eine Heizung, aber ich wage nicht, sie anzustellen. Vielleicht macht sie Geräusche, oder der Brenner bläst verräterischen Rauch aus dem Kamin.

Es würde schon helfen, vom Boden aufzustehen, die Fliesen im Bad sind hart und eisig. Und sehr schick. Schwarzer Schiefer, der den weißen gemauerten Waschtisch, auf dem das Becken steht, hell leuchten lässt. Alles ist elegant und minimalistisch. Nicht so, wie man es erwarten würde, wenn man das Haus von außen sieht. Hier hat jemand für viel Geld umgebaut, aber aus irgendeinem Grund möchte er nicht, dass es jeder sehen kann. Vielleicht damit das Haus weiterhin zu den Nachbaranwesen passt. Oder um keine Einbrecher anzulocken. Ferienhäuser stehen ja häufig leer.

Ich muss mich bewegen, sonst erfriere ich. Mit Fieber gehört man ins Bett, würde Mama sagen. Aber sie ist nicht da, niemand ist da. Ich bin allein, muss allein mit meiner Schuld klarkommen. Was habe ich getan? Wie konnte ich nur? Was ist in mich gefahren?

Ich drücke mich vom Boden ab, irgendwo ist ein Rest Lebenswillen. Mein Kampf ist noch nicht zu Ende. Ich ziehe mich hoch, wanke. Wieder kommen mir die Worte des Radiosprechers in den Sinn, und meine Knie werden schwach. Die Versuchung, mich einfach wieder herabsinken zu lassen, ist riesig.

Als ich gestern Nacht endlich hier ankam, war ich so erschöpft, dass ich einfach nur zum Sofa gekrochen und sofort eingeschlafen bin. Ich hatte erwartet, Euphorie zu empfinden, oder zumindest Erleichterung darüber, dass der Mann, der mich so lange gequält hat, endlich tot ist. Aber da war nur eine große Leere.

Heute Morgen habe ich dann das Radio in der Küche angestellt, ganz leise, damit die Nachbarn es nicht hören. Das Haus direkt nebenan scheint nämlich bewohnt zu sein. Man kann nicht durch die Hecke sehen, aber ich habe Stimmen aus dem Garten gehört. Ich musste lange warten, doch dann kam die Meldung in den Regionalnachrichten. Ein Polizeibeamter wurde im Garten seines Hauses angeschossen.

Ein Polizeibeamter? Ein heißer Blitz durchfuhr mich, so schmerzhaft, dass ich aufstöhnte. Ich verstand nicht, dachte, hoffte, es würde sich um einen anderen Vorfall handeln. Aber es wurde Sellnitz erwähnt, und dass der Schuss aus den Dünen kam. Und dann sagte der Sprecher noch, dass der Mann alleinerziehender Vater sei. Mir fiel der Gegenstand ein, den er vom Boden aufgehoben hat. Ein Teddy. Warum habe ich nicht begriffen, was das bedeutet? Ein kleines Kind, das beinahe durch meine Schuld seinen Vater verloren hätte – was für Unmensch bin ich bloß?

Ich bin ins Bad gerannt und habe mich übergeben. Wieder und wieder, bis nur noch Galle kam. Danach habe ich mich auf dem kalten Boden zusammengerollt und gehofft, ich würde sterben. Jetzt ist meine Stirn ganz heiß, ich habe Fieber. Von der Kälte in den Dünen, von dem Schock, weil ich beinahe einen Unschuldigen erschossen hätte. Einen jungen Vater. Einen Polizisten. Wie konnte ich nur so dumm sein zu denken, in Sellnitz wäre alles immer noch genau so wie vor achtzehn Jahren?

Ich betrachte mich im Spiegel über dem Waschbecken. Die Gestalt, die mir entgegenblickt, sieht aus wie ein Geist. Ausgemergelt, bleich, mit glühenden Wangen und glasigen Augen.

«Du Monster.» Ich speie die Worte aus, voller Verachtung. «Scheusal. Ungeheuer.»

Ich balle die Faust, schlage meinem Spiegelbild mit voller Wucht ins Gesicht. Glas klirrt, Schmerz explodiert in meiner Hand, Scherben rieseln ins Becken, auf den Tisch, auf meine nackten Füße.

Etwas Rotes erscheint in meinem Blickfeld, ein Schwindel erfasst mich, alles wird dunkel.

## Sellnitz, am selben Tag

Ich kann dir gar nicht sagen, wie wütend ich bin.» Tom knallte die Wagentür zu.

Mascha stieg ebenfalls aus und schloss den Mietwagen mit der Fernbedienung ab. Sie waren zu Toms Haus gefahren, um ein paar Sachen zu holen. Bis auf Weiteres würden Romy und er bei ihr unterkommen.

Tom schimpfte schon, seit sie im Revier eingestiegen waren, und auch jetzt hörte er nicht auf. «Fundortfotos bei Instagram hochladen. Wer macht denn so eine Scheiße? Wenn ich rausfinde, wer das war, drehe ich ihm eigenhändig den Hals um.»

«Hast du in Erwägung gezogen, dass es ein Versehen gewesen sein könnte?», fragte Mascha, um ihn zu besänftigen. Sie ahnte, wen Tom im Verdacht hatte, ihre Gedanken gingen in dieselbe Richtung.

«Nicht dein Ernst, oder?», fuhr er sie an.

«Nicht wirklich.» Sie zuckte mit den Schultern und nahm ihm den Hausschlüssel ab, um aufzusperren.

Bevor sie die Tür aufstieß, blickte sie sich um. Alles wirkte friedlich und unberührt, nur am Gartentor flatterte Absperrband im Wind. Sie traten in den Flur. Es roch noch nach Pizza, und die Erinnerung an den Abend in der Küche versetzte Mascha einen Stich. Wie würde sie sich wohl jetzt fühlen, wenn Tom den Anschlag nicht überlebt hätte? Würde sie sich Vorwürfe machen, weil sie nichts geahnt hatte? Weil sie draußen auf der Klippe statt in seiner Nähe gewesen war?

Sie schob die Fragen beiseite. «Wenn du mir sagst, was du brauchst, kann ich das Packen übernehmen.»

«Auf keinen Fall. Hätte mir gerade noch gefehlt, dass du in meiner Unterwäsche wühlst.»

«Ach, ist dir das peinlich? Sag bloß, du hast irgendwelche bedruckten Boxershorts.»

Tom schnaubte ärgerlich.

«Habe ich etwa ins Schwarze getroffen?» Sie grinste. «Lass mich raten: Die Simpsons. Nein, Spiderman, der noble Kämpfer für eine bessere Welt.»

«Du spinnst.» Er schlug im Scherz mit seinem gesunden Arm nach ihr. «Mach uns lieber einen Kaffee, während ich oben bin.» Er stieg die Treppe hinauf.

Mascha registrierte überrascht, dass Tom die Küche noch aufgeräumt haben musste, bevor er sich im Garten eine Kugel eingefangen hatte. Sie befüllte die Maschine mit Wasser und suchte in den Schränken nach dem Karton mit den Kaffeepads. Es gab verschiedene Sorten. Sie entschied, dass sie beide eine extrastarke Dosis Koffein brauchten.

Die beiden Tassen waren gerade gefüllt, als Tom die Treppe wieder herunterkam, eine Reisetasche über die linke Schulter gehängt. «Ich hoffe, ich habe an alles gedacht. Fehlt nur noch Onkel August.» Er griff nach einem Teddy, der auf dem Tisch lag, dann stellte er die Tasche auf dem Boden ab und setzte sich.

Mascha nahm ebenfalls Platz. «Ich bin gestern nicht mehr dazu gekommen, dir von meiner Verabredung zu erzählen.»

«Ich bin gespannt.» Tom nahm einen Schluck von seinem Kaffee.

Mascha erzählte so knapp wie möglich von ihrem Treffen

mit Fabienne und was sie dabei herausgefunden hatte. Nur ihre merkwürdige Vision ließ sie weg.

Als sie fertig war, schob Tom den Finger unter den Kopfverband und kratzte sich. «Glaubst du ihr?»

«Du nicht?»

«Wäre nicht das erste Mal, dass sie uns anlügt. Oder zumindest nicht die volle Wahrheit erzählt.»

«Ja, aber jetzt wissen wir, warum.»

«Ich bin mir da nicht so sicher.»

Ärger stieg in Mascha auf. War Tom sauer, weil er nicht selbst darauf gekommen war, was hinter Fabiennes Geheimniskrämerei steckte?

«Was soll das heißen, du bist nicht sicher?», fragte sie etwas schärfer als beabsichtigt.

«Keine Ahnung. Ich würde einfach wachsam bleiben, nicht arglos alles glauben. Nach dem, was du mir erzählt hast, hat sie ziemlich schnell eingelenkt und gestanden. Sowas macht mich immer argwöhnisch.»

«Ich denke, sie war einfach froh, es sich endlich von der Seele reden zu können.» Mascha merkte, wie defensiv sie klang.

«Trotzdem könntest du mit den anderen jungen Leuten sprechen, die dabei waren. Wenn sie Fabiennes Geschichte bestätigen ... Aber nicht in den nächsten Tagen, da haben wir Wichtigeres zu tun.»

Mascha schluckte ihren Ärger hinunter. «Ich dachte eigentlich, dass es mit Lillis Geheimnis zusammenhängen könnte. Falls sie herausgefunden hätte, dass Fabienne und ihre Freunde oben auf der Klippe waren, als Jule verunglückte, und einfach abgehauen sind, hätte sie das bestimmt sehr wütend gemacht.»

«Du glaubst, sie wollte es ihnen heimzahlen? Aber wie? Indem sie verschwindet?»

Mascha zuckte mit den Schultern. «Ist nur so ein Gedanke. Wir wissen nicht wirklich viel über Lilli, aber ich habe den Eindruck, dass sie ein eher verschlossener Mensch war, der viel mit sich selbst ausgemacht hat. Und ziemlich starrsinnig.»

Tom blickte in seine Tasse. «Ich weiß nicht, klingt ein bisschen weit hergeholt. Aber wir können ja mal mit den anderen darüber reden und schauen, was die dazu sagen.» Er sah auf. «Ich hatte allerdings eine ganz andere Idee. Ich habe Brandner ein Bild von Lillis Zimmer gezeigt, und er wusste sofort, welches Foto an der Wand über dem Schreibtisch fehlt. Eins, das Lilli als Baby mit ihrer Mutter zeigt.»

Mascha starrte ihn an. «Beweist das nicht, dass sie freiwillig verschwunden ist?»

«Genau das dachte ich auch. Zumindest ist es ein starkes Indiz. Wenn Lilli untertauchen wollte, aus welchem Grund auch immer, hat sie bestimmt die Dinge mitgenommen, die ihr wirklich wichtig waren.»

## Am selben Tag

Mascha hatte darauf bestanden, die Reisetasche hoch in die Wohnung zu bringen, und Tom nutzte die Zeit, während er im Auto wartete, um die Psychologin in Berlin anzurufen, mit der er bei früheren Fällen zusammengearbeitet hatte.

«Hallo, Tina.»

«Tom, bist du das? Meine Güte, von dir habe ich ja ewig nichts gehört! Wie geht es dir da oben im Norden? Schiebst du eine ruhige Kugel?»

«Weit gefehlt. Ich schlage mich mit drei ungeklärten Todesfällen herum.» Den Anschlag erwähnte er lieber nicht, sonst würde Tina ihn bequatschen, den Vorfall mit einem Therapeuten zu bearbeiten.

«Bist du nicht da hochgezogen, um es etwas gemächlicher anzugehen?»

«Tja, was soll ich sagen? Hat nicht geklappt.» Tom schlug ein Bein über das andere, was in dem kleinen Wagen gar nicht so leicht war. Immerhin konnte er nun den verbundenen Arm auf dem Oberschenkel ablegen.

«Rufst du deshalb an? Brauchst du meinen Rat?»

«Inoffiziell, ja. Eine der drei Toten, eine junge Frau, ist mit Lorazepam im Blut ertrunken. Laut ihrer Mutter litt sie unter Depressionen und Angstzuständen.»

«Und das Lorazepam wurde ihr verschrieben?»

«Ja.» Tom nahm das Bein wieder runter, die Haltung war zu unbequem. «Sie hatte einen heimlichen Lover, aber wir konnten seine Identität noch nicht ermitteln. Ich hätte gern deine Einschätzung, wie wahrscheinlich es ist, dass sie sich umgebracht hat.»

«Hast du noch ein bisschen mehr?», fragte Tina. «Aufgrund so spärlicher Fakten kann ich keine Einschätzung abgeben, das wäre unseriös.»

«Ich kann dir die Akte schicken, und du schaust sie dir mal an. Bitte.»

«Und das alles in meiner Freizeit ohne Honorar, ja?»

«Ich spreche mit meinem Chef, vielleicht darf ich dich offiziell hinzuziehen. Aber das kann dauern. Ich hätte deine Meinung aber gern so schnell, wie es geht.»

«Du bist unmöglich, Tom, weißt du das?»

«Ich revanchiere mich, versprochen.»

«Und wie?»

«Komm mich besuchen, wenn das alles vorbei ist. Ich habe ein Haus direkt an den Dünen. Und ein Gästezimmer», fügte er rasch hinzu, damit Tina ihn nicht missverstand.

«Im Ernst?»

«Klar, warum nicht?»

«Also gut, ich sehe mir die Akte an. Aber ich kann nicht hellsehen, sondern dir bloß meine vorläufige fachliche Einschätzung geben.»

Mascha riss die Wagentür auf, sah, dass Tom telefonierte, und nahm schweigend hinter dem Lenkrad Platz.

«Ich bin dir echt dankbar, Tina.»

«Kein Problem. Ich freue mich auf den Trip ans Meer.» Sie unterbrach die Verbindung.

«Die Psychologin aus Berlin, die ich schön öfter hinzugezogen habe», erklärte Tom, als er Maschas fragenden Blick sah. «Wegen Patrizia.»

Sie nickte. «Zurück zum Revier?»

Tom fiel auf, dass er in der vergangenen halben Stunde nicht einmal an das Instagram-Debakel gedacht hatte. Doch jetzt brodelte der Zorn wieder in ihm hoch. Egal, wer dahintersteckte, ein Teil des Drecks würde auf jeden Fall an ihm hängen bleiben, weil er seine Leute nicht im Griff hatte.

«Ich habe gleich ein Gespräch mit dem Kollegen von der Inneren», stieß er zwischen den Zähnen hervor. «Ich kann dir gar nicht sagen, wie sehr ich mich darauf freue.»

## Am selben Tag

Björn schreckte hoch, als sein Handy klingelte. Er war so in die Akte vertieft gewesen, dass er ein paar Sekunden brauchte, um mit seinen Gedanken wieder an dem kleinen Schulpult im Revier anzukommen.

Er sah auf das Display. «Private Nummer» stand dort.

«Hallo?», meldete er sich.

«Herr André, sind Sie das?»

Björn erkannte die Stimme sofort. Er sprang auf, hob die Hand, um den Kollegen zu signalisieren, still zu sein. Außer ihm waren die beiden Kommissare aus Anklam, Paul Hendricks und Kira Blanck im Raum. Tom und Mascha waren noch unterwegs.

«Frau Sarow», sagte er laut und deutlich. «Wie gut, dass Sie sich melden.»

Die anderen starrten ihn an. Holger formte mit den Lippen die Frage nach der Rufnummer, und Björn schüttelte bedauernd den Kopf. Er stellte das Telefon auf laut, sodass alle mithören konnten.

«Es tut mir so leid», stammelte die Frau unterdessen. «Ich wollte das nicht.»

«Was wollten Sie nicht, Frau Sarow?»

«Der Polizist, ich wollte nicht auf ihn schießen.»

Björn griff sich in den Nacken, als könnte er damit seine

Gedanken fokussieren. Er durfte die Frau nicht verschrecken, musste sie so lange wie möglich in der Leitung halten. Nicht dass es eine Chance gab, den Anruf zurückzuverfolgen, nicht so schnell, das wäre nur über seinen Handyprovider möglich. Aber vielleicht gab sie versehentlich etwas über ihren Aufenthaltsort preis, oder besser noch, es gelang ihm, sie davon zu überzeugen, sich zu stellen.

«Ich glaube Ihnen, dass Sie das nicht wollten, Frau Sarow. Wenn Sie möchten, können wir darüber reden. Ganz in Ruhe.»

«Nein, das geht nicht!»

«Ich verspreche Ihnen, dass man Sie gut behandelt. Wenn Sie sich freiwillig stellen, wird das beim Strafmaß mit Sicherheit berücksichtigt.»

«Das Strafmaß ist mir gleich.»

Björn runzelte die Stirn. «Ich bin nicht sicher, ob ich Sie richtig verstehe.»

«Wenn ich fertig bin, können Sie mich meinetwegen für den Rest meines Lebens einsperren, das interessiert mich nicht.»

Björn erschrak. Wenn sie fertig war?

«Frau Sarow, wir müssen miteinander reden», beschwor er sie.

«Noch nicht. Ich muss erst etwas erledigen. Sobald ich wieder …» Sie brach ab.

«Sobald was?» Björn fuhr sich durch das Haar. Die Frau wirkte konfus. Er sah fragend seine Kollegen an, die ebenfalls ratlos dreinblickten. Paul signalisierte ihm mit einer Handbewegung weiterzusprechen.

«Frau Sarow, Marina, ich möchte …»

Ein Klirren unterbrach ihn, gefolgt von einem leisen Fluch. Björns Blick schoss wütend zu Kira, die aus Versehen ihren Kaffee vom Tisch gestoßen hatte.

«Was war das?», fragte Sarow alarmiert.

«Meine Kaffeetasse. Sie ist mir runtergefallen.»

«Ist da noch jemand bei Ihnen?»

Björn sah die anderen warnend an, vor allem Kira, deren Gesicht sich dunkelrot verfärbt hatte.

«Nein, Frau Sarow. Ich bin allein. Sie wollten mir etwas erzählen, sprechen Sie!»

Einen Augenblick lang blieb es still. Björn wollte gerade noch etwas hinzufügen, als er ihre Stimme wieder hörte.

«Da gibt es nichts zu erzählen. Ich habe einen Fehler gemacht. Einen schrecklichen Fehler. Das mit Ihrem Kollegen hätte nicht passieren dürfen.» Sie seufzte hörbar. «Aber jetzt weiß ich es besser.»

Björn spürte, dass sie das Gespräch beenden wollte. Sie hatte ihr Gewissen erleichtert und brauchte ihn nicht mehr.

Er legte so viel Wärme in die Stimme, wie er vermochte. «Ich kann Ihnen helfen, Marina.»

«Nein. Niemand kann das. Ich muss es allein schaffen.» Es klickte, die Verbindung wurde unterbrochen.

«Wir müssen rausfinden, von wo der Anruf kam», sagte Holger sofort.

Björn nickte, noch immer etwas verwirrt. «Ich werde meinen Provider kontaktieren. Aber bis wir eine Antwort haben, ist es vermutlich zu spät.»

«Sie hat etwas vor», murmelte Paul.

Alle sahen Björn an, als müsste er die Antwort wissen. Ihm brach der Schweiß aus, dann kam ihm ein Gedanke. «Wir haben doch schon darüber nachgedacht, dass Tom möglicherweise gar nicht das Ziel war. Und sie hat gesagt, dass sie einen Fehler gemacht hat. Also ist sie hinter jemand anderem her.»

«Aber eine Verwechslung kann es wohl kaum gewesen sein.»

Dennis schüttelte den Kopf. «Sie hat ihn in seinem eigenen Garten angeschossen.»

«Das ist die Antwort!» Paul sprang auf. «Tom wohnt erst seit einem Jahr in dem Haus.»

## Am selben Tag

Mascha sah aus den Augenwinkeln, wie Holger aus dem Büro verschwand. Kurz darauf hörte sie im Flur die Toilettentür zuknallen. Das war die Gelegenheit, auf die sie gewartet hatte.

Hastig klappte sie ihren Laptop zu und folgte ihrem Bruder. Es gab nur eine einzige Toilette, die aus einem Vorraum mit Waschbecken, Spiegel und Mülleimer bestand sowie einer Kabine hinter einer weißen Kunststofftür. Die Wände waren oberhalb der schmutzig weißen Fliesen in Mintgrün gestrichen, was wohl beruhigend wirken sollte, aber eher den Charme eines OP-Saals verbreitete. Es roch nach Schimmel und einem billigen Duftspender.

Mascha schloss die Tür in dem Moment, als die Spülung betätigt wurde und Holger aus der Kabine trat.

«Was für eine Überraschung.» Er wollte ihr Platz machen, doch sie winkte ab.

«Du willst wohl kontrollieren, ob ich mir die Hände wasche.» Er drehte den Hahn auf.

«Nein, ich will unter vier Augen mit dir reden.»

Er zog ein Papier aus dem Spender und betrachtete sie argwöhnisch. «Worüber?»

Sie verschränkte die Arme und baute sich vor ihm auf. Er war fast einen Kopf größer als sie, und seine Schultern waren ungefähr doppelt so breit, aber das störte sie nicht. Sie konnte ihm gefährlicher werden als er ihr. Hoffte sie zumindest.

«Ich weiß, von welchem Gerät die Fotos hochgeladen wurden.»

Ihre Stimme war vollkommen ruhig, aber innerlich zitterte sie. Als sie herausgefunden hatte, dass jemand ihr privates Handy benutzt hatte, um die Daten zu leaken, war ihr schlagartig kotzübel geworden. Gleichzeitig hatte sie begriffen, dass es nur eine Person gab, die ihr so etwas antun würde.

Nur wie er es angestellt hatte, war ihr noch schleierhaft. Ihr Smartphone ließ sich nur mit ihrem Fingerabdruck entsperren, zudem ließ sie es nicht unbeaufsichtigt herumliegen, dafür waren zu viele sensible Daten darauf gespeichert.

Holger setzte eine arglose Miene auf. «Welche Fotos?»

«Lass die Spielchen, du weißt genau, wovon ich rede.»

Er grinste höhnisch. «Ja, und?»

«Du warst das.»

«Wie kommst du denn darauf?»

«Ich weiß es.»

Sein Grinsen wurde breiter. «Kannst du es beweisen?»

«Das muss ich nicht. Ich habe sämtliche Spuren, die zum Ursprung der Fotos führen, beseitigt. Die Kollegen werden merken, dass irgendwer die Daten manipuliert hat, aber sie haben keine Chance herauszufinden, wer das war. Oder welche Informationen gelöscht wurden.»

Holgers Miene verfinsterte sich. «Du schaffst es immer, deinen Kopf aus der Schlinge zu ziehen, Mascha. Aber irgendwann ist dein Glück aufgebraucht.»

«Das hättest du wohl gern, Holger.» Sie schluckte hart, weil seine Worte so wehtaten. Er konnte ihr vielleicht kein Dienstvergehen anhängen, aber er hatte noch immer die Macht, sie zu verletzen.

Sie verbarg ihren Schmerz und stach ihm mit dem Finger in die Brust. «Solltest du es noch einmal wagen, mich so hinterfotzig aufs Kreuz zu legen, werde ich dir das nicht durchgehen lassen. Du weißt, dass ich gut bin. Richtig gut. Daten können nicht nur verschwinden, manchmal tauchen auch welche aus heiterem Himmel auf. Einfach so.» Sie schnippte mit den Fingern. «Noch eine solche Nummer, und dir fliegt so die Scheiße um die Ohren, dass du dir wünschst, du wärst nie geboren worden.»

## Am selben Tag

Dayita wollte gerade Feierabend machen, als das Telefon auf Eddas Schreibtisch klingelte. Die Kollegin hatte sich vor wenigen Minuten verabschiedet, Dayita war allein in der Redaktion.

Sie zögerte. Bei Edda kamen alle möglichen Anrufe an, im Zweifelsfall war es ein Leser, der sich darüber beschweren wollte, dass der Name seines Enkels in dem Bericht über das Fußballturnier falsch geschrieben war. Oder ein Anzeigenkunde mit Sonderwünschen. Nichts, worum Edda sich nicht morgen kümmern konnte.

Entschlossen griff sie nach ihrer Handtasche, legte sie jedoch sofort wieder weg und trat mit einem Seufzer an Eddas Schreibtisch. Sie war einfach zu neugierig. Außerdem wusste man nie, ob es nicht doch um etwas Wichtiges ging. Wenn sie die Story ihres Lebens verpasste, weil sie zu bequem war, ans Telefon zu gehen, würde sie sich das nie verzeihen.

«Sellnitzer Wochenblatt, Dayita Kumar am Apparat.»

«Ich rufe wegen der Kette an.»

Dayita hielt die Luft an. Die hatte sie schon fast vergessen. Sie hatte das Schmuckstück fotografiert und in der gestrigen Ausgabe als Fundstück inseriert.

«Ja?»

«Sie gehört meiner Tochter.»

Ein Schreck durchfuhr Dayita. War das etwa Britta Mauritz?

Gehörte die Kette Fabienne, und alles war ganz harmlos? Ein Schmuckstück der Tochter auf der Terrasse des Familienferienhauses war nicht gerade anrüchig. Zum Glück hatte sie mit keiner Silbe erwähnt, wo die Kette gefunden worden war.

«Da wird sich Ihre Tochter aber freuen», sagte sie vorsichtig. «Darf ich fragen, mit wem ich spreche?»

Am anderen Ende war ein Schluchzen zu hören.

Beunruhigt presste Dayita das Telefon ans Ohr. «Hallo? Ist alles in Ordnung?»

«Meine Tochter ist tot.»

Großer Gott, wovon redete die Frau? War sie verwirrt? Oder dement? Irgendeine einsame alte Dame, die glaubte, ein Familienschmuckstück wiedererkannt zu haben?

Dayita unterdrückte ein Seufzen und ließ sich auf den Stuhl sinken. «Hallo? Bitte hören Sie …»

Die Frau schniefte. «Tut mir leid.»

«Das muss es nicht, Frau …» Sie schwieg abwartend.

«Lamertz. Gudrun Lamertz. Meine Tochter …»

Heilige Scheiße. Dayita presste Daumen und Mittelfinger gegen die Schläfen. Ihre Gedanken überschlugen sich. Sie hörte die Frau etwas sagen, doch die Worte drangen nicht zu ihr durch. Sie war noch damit beschäftigt, die Dimensionen auszuloten, die ihr Fund schlagartig angenommen hatte. Und was das alles für sie bedeutete. Sie musste die Kette der Polizei übergeben, keine Frage, aber sie durfte nicht preisgeben, dass sie unbefugt ein Privatgrundstück betreten hatte. Sonst drohte ihr eine Anzeige wegen Hausfriedensbruchs. Oder Schlimmeres.

## Am selben Tag

Ich will so viele Informationen wie möglich sammeln, bevor ich Henning Mauritz vorlade.» Tom deutete auf die silberne Kette mit dem Herzanhänger, die in einem Beweisbeutel auf seinem Schreibtisch lag.

Dayita Kumar hatte sie eben vorbeigebracht. Ihre Geschichte dazu war mehr als dubios gewesen, etwas von einem Bekannten, der gute Gründe hatte, nicht selbst zur Polizei zu gehen, aber bereit war zu schwören, dass er die Kette auf der Terrasse eines Ferienhauses entdeckt hatte, das Mauritz gehörte.

Tom vermutete, dass die Journalistin selbst die Kette gefunden hatte. Aber das spielte im Augenblick keine Rolle. Sollte es zu einem Prozess kommen, würde sie ohnehin ihre Quelle preisgeben müssen. Jedenfalls glaubte er ihr, was den Fundort anging. Und das bedeutete, dass es eine Verbindung zwischen Mauritz und Lamertz gab. Noch bestand die Möglichkeit, dass die Studentin doch mit Fabienne Mauritz befreundet war, auch wenn Gudrun Lamertz dies verneint hatte. Welche Mutter kannte schon alle Freundinnen ihrer Tochter?

Aber falls nicht, hatten sie womöglich den heimlichen Lover der jungen Frau gefunden, und der hätte wahrhaftig mehr als einen Grund, die Beziehung geheim zu halten.

Obwohl es schon nach fünf war, hatte sich das ganze Team

noch einmal im Revier versammelt. Solange eine Spur heiß war, gab es keinen Feierabend. Zum Glück hatte Nicole von sich aus angeboten, Romy nach dem Kindergarten mit nach Hause zu nehmen, sodass Tom nicht wieder das Gefühl hatte, zwischen allen Stühlen zu sitzen.

«Mascha, ich möchte, dass du dir nochmals den Laptop und die Social-Media-Accounts von Patrizia vornimmst: Gibt es irgendeine Verbindung zur Familie Mauritz? Kannte sie Fabienne? Waren die beiden an derselben Schule? Oder gibt es bei den Andeutungen über ihren Lover irgendwas, das auf Mauritz hinweist? Du weißt ja, worauf es ankommt.»

Mascha, die mit überschlagenen Beinen auf einem Schulpult saß, nickte.

«Paul, du kennst doch alle Leute hier. Hör dich mal zu Mauritz um. Auch wenn es nur Gerüchte sind, sie führen uns womöglich zur Wahrheit.»

«Aye, Käpt'n.»

«Und ihr zwei ...» Er wandte sich an Holger und Dennis. «Ihr helft Björn, sich um die angeblichen Sichtungen von Marina Sarow zu kümmern. Wir müssen sie dringend finden, bevor sie ihre Ankündigung wahrmacht. Und sobald morgen früh wieder jemand auf dem Grundbuchamt erreichbar ist, besorgen wir uns eine Liste aller Mieter und Vorbesitzer meines Hauses. Vielleicht können wir Sarow zuvorkommen.»

Er rieb sich über den Arm. Unter dem Verband juckte es, am liebsten hätte er ihn abgewickelt, aber er wollte wenigstens noch den heutigen Tag durchhalten.

«Ich fahre mit Kira zu Frau Lamertz. Sie muss die Kette eindeutig identifizieren, ein Foto aus der Zeitung reicht da nicht aus. Und danach schauen wir uns dieses Ferienhaus an. Leider kriegen wir auf diesen vagen Verdacht hin keinen Durchsuchungsbeschluss, aber wir können uns ein wenig umsehen und mit den Nachbarn sprechen.»

Er sah zu Kira hinüber, die schon die ganze Zeit merkwürdig still war. Er fragte sich, ob es mit den Fotos auf Instagram zu tun hatte. Eigentlich hatte er ja Holger im Verdacht. Aber Kira traute er ebenfalls nicht über den Weg. Allerdings fiel ihm nicht ein, aus welchem Grund sie etwas getan haben sollte, das ihre Karriere beenden könnte, bevor sie richtig begonnen hatte.

«Ist es nicht merkwürdig, dass die Familie ein Ferienhaus in Graal-Müritz besitzt, obwohl sie hier in Sellnitz nur einen Kilometer vom Strand entfernt wohnt?», überlegte Dennis laut.

«Darüber habe ich mich auch gewundert.» Tom sah die anderen fragend an.

«Manche Leute haben einfach zu viel Geld», brummte Paul. «Hätte ich auch gern.» Er warf einen sehnsüchtigen Blick auf seine Postkartensammlung. «Soweit ich weiß, besitzt Mauritz noch mehr Immobilien in Sellnitz und Umgebung, die sind allerdings vermietet.»

«Vielleicht nutzt er das Haus als Liebesnest», meinte Björn. «Wenn er ein Faible für junge Frauen hat, war Patrizia bestimmt nicht die Erste.»

Tom nickte. «Ein guter Gedanke.» Er rieb sich wieder über den Arm. «Allerdings bin ich noch nicht davon überzeugt, dass die beiden wirklich was miteinander hatten. Patrizias Slip wurde bei Mike Wackerow gefunden. Nach allem, was wir bisher über die Frau in Erfahrung gebracht haben, glaube ich nicht, dass sie mit beiden Männern liiert war.» Er runzelte die Stirn, als er sah, wie Kira die Röte ins Gesicht schoss. «Kira, möchtest du dazu etwas sagen?»

Die junge Kollegin schüttelte den Kopf. «Ich dachte nur … Ach nichts.»

«Wirklich nicht?»

«Es … könnte sein, dass Henning Mauritz wusste, dass wir Wackerow verdächtigen.»

Der Satz schlug ein wie eine Bombe. Paul stieß einen Fluch aus, Holger schnaubte, Mascha stöhnte auf.

«Wie kommst du darauf?», fragte Tom scharf.

«Er hat mich angesprochen, weil er Wackerows Wagen vor dem Revier hat stehen sehen. Er wollte wissen, ob Mike in Schwierigkeiten sei. Natürlich habe ich nichts dazu gesagt, aber vielleicht dachte er …»

Tom glaubte ihr nicht. Aber das würde er später klären. Er beugte sich vor. «Wann war das?»

«Am Montag.»

«Also vor der Hausdurchsuchung?»

Sie schob die Brille hoch und nickte.

«Was genau hast du gesagt?»

«Nichts. Sagte ich doch. Aber irgendwie muss er auf die Idee gekommen sein …»

«Was für eine Scheiße», murmelte Mascha.

Tom fixierte Kira. «Falls er irgendwas mit Patrizias Tod zu tun hat, hast du ihn vorgewarnt.»

«Ich hab ihm wirklich nichts verraten!» Sie klang empört, jegliche Spur eines schlechten Gewissens war verschwunden. «Außerdem ging es bei der Befragung am Montag um die Überprüfung der schwarzen Wagen, also den Mord an Ben Reichert, nicht um Patrizia.»

«Du bleibst bis auf Weiteres auf dem Revier», fuhr er sie barsch an. «Und du sprichst mit niemandem mehr. Jeglicher Kontakt nach außen ist dir untersagt, verstanden?» Er wartete ihre Antwort nicht ab. «Björn sagt dir, was du zu tun hast.» Er schnappte sich den Beutel mit der Kette. «Dennis, du kommst mit mir.» Bevor die Wut ihn übermannte, hastete er nach draußen. Am liebsten wäre er allein gefahren, aber dazu tat seine Schulter zu weh. Er trat an die frische Luft und atmete einige Male tief ein und aus. Was für ein verfluchter Mist. Am liebsten hätte er Kira und Holger sofort aus dem Team geworfen. Aber er konnte beiden kein Fehlverhalten nachweisen. Also blieb ihm nur, die Zähne zusammenzubeißen und das Beste zu hoffen.

## Am selben Tag

Fabienne zog leise die Tür hinter sich zu und drehte sich zum Bett um. Jule lag wie immer reglos mit halb geöffneten Augen im Bett. Jemand hatte ihr die Haare geschnitten, sodass ihr Pony nicht mehr ins Gesicht hing. Aber das war nicht der Grund, weshalb Fabienne das Gefühl hatte, dass etwas anders war. Es musste an dem liegen, was die Ärztin ihr erzählt hatte. Jule machte tatsächlich Fortschritte, wenn auch sehr langsam.

Allein der Gedanke sorgte dafür, dass sich alles in Fabienne zusammenkrampfte. Ihr Magen fühlte sich an, als hätte ihn jemand zusammengepresst und mit Stacheldraht umwickelt. Obwohl sie am liebsten Reißaus genommen hätte, setzte sie sich behutsam auf die Bettkante.

«Hallo, Jule.»

Hatten ihre Pupillen sich bewegt? Waren sie ihrem Weg von der Tür zum Bett gefolgt?

Fabienne zwang sich, die aufwallende Panik zurückzudrängen, und setzte ein Lächeln auf. «Ich habe gehört, dass es dir besser geht, Jule. Ist das wahr? Kannst du mich verstehen?»

Erwartungsvoll sah sie ihre Freundin an, doch Jules Blick ging ins Leere. Fabienne griff in ihre Handtasche, sie musste es wissen. Sie zog ein Knicklicht aus einer Packung, die sie mal für eine Party besorgt, aber nicht benutzt hatte. Wenn Jule wirklich etwas sehen konnte, wäre es bestimmt einfacher für sie, einem Licht mit den Augen zu folgen als einem weniger auffälligen Gegenstand.

Fabienne bog den dünnen Stab, bis er rot aufleuchtete. Dann hielt sie ihn Jule vors Gesicht. «Na, siehst du das?»

Sie beobachtete ihre Freundin ganz genau. Schaute sie in das Licht oder ging ihr Blick daran vorbei?

Ganz langsam bewegte sie den Stab zur Seite. Jules Augen blieben starr. Nein, sie bewegten sich, wanderten millimeterweise nach links, bis die Pupillen auf den leuchtenden Stab gerichtet waren.

Fabiennes Hals wurde eng. Der Stacheldraht in ihrem Bauch zog sich enger zusammen und schnitt schmerzhaft in ihre Magenwand. Fuck. Fuck, fuck.

Vorsichtig bewegte sie das Licht in die entgegengesetzte Richtung, Jules Augen wanderten ihm mit einer kleinen Verzögerung hinterher. Sie versuchte es erneut, erst nach links, dann nach rechts. Und Jule folgte der Bewegung mit den Augen, jedes Mal schneller, wie es Fabienne vorkam.

Plötzlich schossen ihr die Tränen in die Augen. «Oh, Jule», murmelte sie. «Bist du wirklich wieder da?»

Die Augen wanderten von der Lampe zu Fabiennes Gesicht, und Fabienne war mit einem Mal sicher, dass Jule sie genau verstand, dass sie nur nicht in der Lage war, ihr zu antworten.

Hastig wischte sie die Tränen weg. Sie hatte eine Scheißangst davor, dass Jule ganz erwachte, dennoch spürte sie Erleichterung und Dankbarkeit in sich aufsteigen. Auch wenn nicht alles wieder gut werden würde, gab es vielleicht doch noch Hoffnung.

## Am selben Tag

Ich glaube, das Fieber ist zurückgegangen. Aber ich fühle mich noch immer, als hätte mich jemand verprügelt. Und ich habe Hunger, die Krämpfe in meinem Magen sind kaum auszuhalten. Ich muss dringend etwas zu essen organisieren, hier im Haus sind keine Vorräte mehr außer ein paar Flaschen Wein.

Heute Nacht, wenn es dunkel ist, werde ich noch einmal schauen, was ich in den Mülleimern finde. Damit hatte ich ja schon einmal Glück. Tagsüber will ich das Haus lieber nicht verlassen. Das ist viel zu riskant. Die Polizei sucht überall nach mir, bestimmt haben sie auch ein Foto in der Zeitung oder im Internet veröffentlicht. Bis dahin versuche ich, mich auf dem Sofa auszuruhen, so gut es möglich ist. Ein paarmal bin ich weggedämmert, aber der Schmerz in der Hand weckt mich immer wieder auf. Ich habe mich an den Spiegelscherben geschnitten. Oben im Bad ist alles voller Blut, aber ich habe nicht die Kraft, es wegzuwischen. Ich habe es gerade noch geschafft, mir mit einer Hand notdürftig einen Verband anzulegen, das war schwierig genug.

Dafür habe ich eine unfassbare Entdeckung gemacht. Auf der Suche nach etwas Essbarem habe ich das ganze Haus auf den Kopf gestellt, sogar die beiden Schlafzimmer. Vollkommen verrückt, aber ich wollte nichts unversucht lassen. Hätte ja sein können, dass irgendwer einen Schokoriegel in der Nachttischschublade vergessen hat.

In einer Kommode im Flur habe ich eine Stromrechnung gefunden. Als ich den Namen auf dem Umschlag gelesen habe, war das wie ein Faustschlag ins Gesicht.

Dieses Haus, mein Versteck, mein Unterschlupf gehört ausgerechnet dem Mann, der mich seit all den Jahren bedroht, der mir das Leben zur Hölle macht und daran schuld ist, dass ich unter Angstzuständen leide und Psychopharmaka nehmen muss. Der Albtraum meines Lebens, das Monster, das ich zur Strecke bringen will.

Erst habe ich nicht begriffen, wie das möglich ist. Warum hat er hier ein Haus, wenn er doch in Sellnitz wohnt? Und warum steht es leer? Er wird kaum seine Urlaube in einem Haus verbringen, das gerade mal dreißig Kilometer von seinem Wohnort entfernt liegt.

Dann habe ich mich über den Zufall gewundert, dass ich ausgerechnet in seinem Haus gelandet bin. Aber nur kurz. Mir fiel ein, dass ich in seinem Kofferraum hergekommen bin, dass ich Todesangst ausgestanden habe, weil er nur einen Meter von mir entfernt auf dem Fahrersitz saß. Er ist hierhergefahren und hat den Wagen gewechselt, bevor er nach Sellnitz zurückgekehrt ist. Vermutlich besitzt er mehrere Autos. Er will vermeiden, dass ihm jemand auf die Schliche kommt, dass sein dunkles Geheimnis ans Licht gezerrt wird.

Ich höre ein Fahrzeug vor dem Haus halten und erstarre. Ist er das? Ahnt er, dass ich hier bin? Weiß er, dass der Schuss auf den Polizisten eigentlich ihm gegolten hat?

Eine Autotür knallt zu. Ich wage kaum zu atmen. Dann höre ich Stimmen. Zwei Männer sind vor dem Haus.

Ich halte es nicht mehr aus, stehe vom Sofa auf und spähe durch das halb offene Rollo aus dem Fenster.

Ein Mann steht dort, den ich noch nie gesehen habe. Groß, muskulös, mit breiten Schultern, die schulterlangen Haare zu einem Pferdeschwanz zusammengebunden. Er hat ein freundliches Gesicht, aber das kann täuschen. Er zündet sich eine Zigarette an und raucht ein paar hastige Züge. Währenddessen tritt ein zweiter Mann zu ihm, und ich presse mir die Hand vor den Mund, um nicht laut aufzuschreien. Der Mann hat einen Verband um den Kopf und trägt den rechten Arm in einer Schlinge. Er hat ein jungenhaftes Gesicht und blonde Haare, nur der Bart verleiht ihm etwas Männliches. Mir wird klar, dass die beiden Polizisten sein müssen. Sie haben mich gefunden. Und der Bärtige mit der Armschlinge ist der, den ich angeschossen habe.

Seltsamerweise spüre ich Erleichterung in mir aufsteigen. Es ist vorbei. Ich muss mich nicht mehr verstecken, muss den Hunger und die Schmerzen nicht mehr aushalten. Ich habe alles versucht, doch das Schicksal wollte es anders.

Ich wende mich vom Fenster ab und bewege mich in Richtung Flur, um den Männern entgegenzugehen. In meinem Kopf forme ich Worte, ich will mich entschuldigen, sagen, wie leid mir das alles tut. An der Haustür zögere ich. Wenn ich jetzt nach draußen trete, kommt der Mann, der für all das Leid verantwortlich ist, wieder ungeschoren davon. Habe ich wirklich Schmerzen, Kälte und Hunger auf mich genommen, um so kurz vor dem Ziel aufzugeben? Schließlich geht es nicht nur um mich.

Ich horche, die Hand auf dem Türknauf. Keine Schritte, keine Stimmen. Umstellen gerade weitere Polizisten das Haus, um mir den Fluchtweg abzuschneiden?

So leise wie möglich schleiche ich zum Fenster zurück. Der Wagen steht noch da, die Männer sind weg. Nein, jetzt sehe ich sie. Sie stoßen gerade das Gartentor auf der gegenüberliegenden Straßenseite auf. In dem Haus, das versteckt zwischen hohen Kiefern und Rhododendren liegt, habe ich bisher noch kein Licht gesehen. Es ist wohl nur in den Ferien bewohnt. Ich warte nicht ab, bis die beiden Männer das ebenfalls bemerken, sondern öffne die Terrassentür und schlüpfe nach draußen. Behutsam drücke ich die Tür wieder zu, dann renne ich in der Deckung der Sträucher ans Ende des Gartens. Hier befindet sich nur ein schlichter Holzzaun, der leicht zu übersteigen ist, und dahinter der Wald, die Dünen und das Meer.

## Am selben Tag

Sie saßen im Aktenraum, der wieder einmal als Vernehmungszimmer diente.

«Nett haben Sie es hier.» Henning Mauritz fläzte sich breitbeinig auf seinem Stuhl und ließ mit abschätziger Miene den Blick wandern.

«Wir finden es ganz gemütlich.» Tom schaltete sein Handy ein, Mascha hatte den Laptop vor sich aufgeklappt.

Sie hatten den Bauunternehmer absichtlich aufs Revier bestellt, auf seinem eigenen Terrain fühlte er sich zu sicher. Viel zu befürchten schien er jedoch auch so nicht, denn er hatte darauf verzichtet, einen Anwalt hinzuzuziehen. Entweder hatte er wirklich ein reines Gewissen, oder er war noch abgebrühter, als Tom angenommen hatte.

Immerhin hatten sie ein paar weitere Indizien zusammengetragen, wenn auch keine eindeutigen Beweise.

Tom hatte beschlossen, auf ein langes Vorspiel zu verzichten und gleich zur Sache zu kommen. Er legte den Beweisbeutel auf den Tisch, ohne Mauritz aus den Augen zu lassen. War das Zucken seiner Mundwinkel eine Reaktion oder nur ein Tick?

Tom tippte auf den Beutel. «Kennen Sie dieses Schmuckstück?»

Mauritz beugte sich vor. «Ich glaube nicht.»

«Sicher?»

Er seufzte theatralisch. «Ich kann mich nicht erinnern, es schon einmal gesehen zu haben.»

«Es gehörte Patrizia Lamertz.»

«Das ist die Frau, die am Strand angespült wurde?» Mauritz wirkte noch immer vollkommen gelassen.

«Die Kette wurde auf Ihrer Terrasse gefunden.»

«Unmöglich.» Die Antwort kam ohne jedes Zögern.

Tom lehnte sich zurück. «Genauer gesagt, auf der Terrasse Ihres Ferienhauses in Graal-Müritz.»

Diesmal war die Reaktion eindeutig. Der Mund zuckte erneut, die Pupillen weiteten sich. «Hatten Sie einen Durchsuchungsbeschluss?»

«Das Schmuckstück wurde zufällig entdeckt, nicht im Rahmen einer polizeilichen Durchsuchung.»

«Und das soll ich glauben? Sie haben ...»

«Sie hatten eine Affäre mit Patrizia Lamertz, richtig?»

«Wer behauptet das?»

Tom lächelte. Endlich lief mal etwas richtig gut. Mascha war tatsächlich in den sozialen Netzwerken fündig geworden. Ein Foto auf Instagram, auf dem Patrizia eine Muschel hochhielt, die sie bei einem Spaziergang mit ihrem Lover gefunden hatte. Im Bildhintergrund spiegelten sich Patrizia und der Mann an ihrer Seite in einem Wagenfenster. Nicht ganz scharf, aber doch eindeutig zu erkennen.

In aller Seelenruhe öffnete Tom eine Mappe, nahm den vergrößerten Ausdruck des Fotos heraus und legte ihn neben den Beweisbeutel.

Henning Mauritz warf einen Blick darauf, wurde erst blass und dann rot. Mit einer wütenden Bewegung schob er das Bild von sich weg. «Diese dumme Gans!»

Mascha sah ihn über den Bildschirm hinweg an, ihre Augen blitzten empört. «Die dumme Gans ist tot.»

«Ich weiß.» Mauritz verschränkte die Arme. «Und das tut mir ja auch leid. Aber wir hatten eine Vereinbarung.»

Tom hob fragend eine Braue.

«Sie wusste, dass ich meine Familie niemals verlassen würde», erklärte Mauritz gereizt. «Und dass kein Mensch von unserer Beziehung erfahren durfte.»

«Woran sie sich nicht gehalten hat.» Tom nahm einige Ausdrucke aus der Mappe und breitete sie auf dem Tisch aus. Lauter Posts von Patrizias diversen Accounts. «Mehr noch, sie hat auf eine gemeinsame Zukunft gehofft. Sie hat überall verkündet, wie glücklich sie ist und dass Sie beide es bald offiziell machen würden.»

Mauritz warf nur einen kurzen Blick auf die Blätter. «Ich weiß. Deshalb habe ich ja auch Schluss gemacht.»

Tom horchte auf. «Wann war das?»

«Vor ein paar Tagen.»

«Geht das genauer?»

«Es war an dem Wochenende nach Lillis Verschwinden.» Mauritz faltete die Hände und presste sie gegen die Stirn. «Ich wollte es sowieso beenden und dachte, wenn die Polizei jetzt überall im Privatleben der Leute herumschnüffelt …»

«Verstehe», sagte Tom, auch wenn das gelogen war. Männer, die sich an junge Frauen im Alter ihrer Töchter heranmachten, um ihr Ego aufzupolieren, waren ihm zuwider. Er verstand auch nicht, was sie an so jungen Dingern fanden. Das waren doch noch halbe Kinder, keine Partnerinnen auf Augenhöhe.

Mascha hörte mit dem Tippen auf. «Wie hat Patrizia reagiert? Sie hat das doch bestimmt nicht einfach so akzeptiert?»

«Was glauben Sie denn? Sie hat einen Riesenaufstand gemacht, geheult, geschrien, mich angefleht.» Mauritz schloss für einen Moment die Augen. «Es war grässlich. Ich dachte, sie schreit alle Nachbarn zusammen.»

Mascha tippte weiter. «Wo war das?»

«In meinem Ferienhaus.»

«Das Sie als Liebesnest benutzen, richtig?»

«Liebesnest.» Mauritz schnaubte. «Wenn Sie es so nennen wollen.»

«Weiß Ihre Familie von dem Haus?»

«Natürlich. Meine Frau hat es von einer Tante geerbt. Früher haben wir es an Urlauber vermietet, aber das war zu aufwendig.»

Tom versuchte, sich seine Abneigung nicht anmerken zu lassen. «War bestimmt unangenehm, dass Patrizia so aufgebracht reagiert hat. Da drohte im letzten Moment noch alles aufzufliegen.»

«Worauf wollen Sie hinaus?» Mauritz' Ton war schneidend. Nicht ein Hauch von Demut oder Bedauern.

«Haben Sie versucht, sie zum Schweigen zu bringen?», fragte Tom genauso scharf zurück. «Sind Sie handgreiflich geworden?»

«Blödsinn.»

«Bei der Autopsie wurden Hämatome festgestellt, die eindeutig von einem Kampf herrühren. Ich schätze, es dürfte für die Kollegen von der Kriminaltechnik nicht schwer sein, in Ihrem Haus entsprechende Spuren zu sichern.»

Bisher hatten sie zwar noch keinen Beschluss, aber es konnte nicht schaden, ein wenig auf den Busch zu klopfen.

Mauritz stöhnte auf. «Ich gebe zu, es wurde ein bisschen hässlich. Sie ist auf mich losgegangen wie eine Wildkatze, ich habe sie abgewehrt. Ich wusste nicht, was ich tun sollte, sie war vollkommen hysterisch. Aber umgebracht habe ich sie nicht.»

«Und warum haben Sie dann versucht, Mike Wackerow die Schuld in die Schuhe zu schieben?»

«Wie bitte?»

«Streiten Sie es etwa ab?»

Mauritz massierte sich die Stirn. «Das war ein Fehler, das gebe ich zu. Eine Kurzschlussreaktion, weiter nichts. Ich war in Panik.»

Mascha hob die Brauen. «Für jemanden in Panik haben Sie ziemlich kühl und überlegt gehandelt. Erst die Kollegin ausgehorcht, dann das Beweisstück deponiert.»

«Es hat mir schon eine halbe Stunde später leidgetan», beteuerte Mauritz. «Ich wollte es rückgängig machen, aber da war es schon zu spät.»

Tom musste sich zwingen, nicht verächtlich das Gesicht zu verziehen. Henning Mauritz gab immer nur genau das zu, was sie ihm auf den Kopf zusagten. Und dann spielte er den Zerknirschten. Doch das war alles nur Show. Tom war sicher, dass der Bauunternehmer sich alles, was er tat, vorher genau überlegte. Und er wusste, dass es bei Patrizia Lamertz keine eindeutige Todesursache gab. Solange ihn keiner beim Morden oder beim Beseitigen der Leiche beobachtet hatte, konnte ihm nichts nachgewiesen werden.

Es frustrierte Tom, dass dieser aalglatte Typ womöglich mit einem Mord davonkommen würde. Aber noch war die Sache nicht ausgestanden. Er würde jeden Stein umdrehen und erst ruhen, wenn er die volle Wahrheit kannte.

Er sah Mascha an, die mit den Schultern zuckte.

«Also, Herr Mauritz», sagte er. «Wir sind hier erst mal fertig.

Aber halten Sie sich zu unserer Verfügung, wir haben mit Sicherheit weitere Fragen. Und wir brauchen eine Speichelprobe von Ihnen.»

## Am selben Abend

Mascha schlug den Kragen ihrer Jacke hoch. Tagsüber war es in den vergangenen Tagen mild gewesen, doch sobald die Sonne unterging, kam die Kälte. Wahrscheinlich waren es mit Mühe und Not zehn Grad. Definitiv zu kalt für ihre dünne Lederjacke.

Auf dem Parkplatz standen Laternen, und auch vom Klinikgebäude her schimmerte Licht, doch das Stück dazwischen lag im Dunkeln. Hinter der Klippe glaubte Mascha das Meer zu hören.

Sie lief los, der Fußweg zur Klinik war als graues Band zu erkennen. Etwas knirschte unter ihren Füßen. Scherben. Ihr Blick schoss nach oben. Eine kaputte Laterne. Mascha schüttelte das mulmige Gefühl ab und lief weiter. Sie hätte sich lieber an einem anderen Ort getroffen, wo es weniger kalt und dunkel war, aber sie hatte den Treffpunkt nicht ausgewählt.

Je näher sie der Klinik kam, desto besser konnte sie sehen. Schließlich erblickte sie eine Gestalt unter einem Baum, die so verfroren aussah, wie Mascha sich fühlte.

«Fabienne?»

Die Gestalt drehte sich zu ihr um. «Sind Sie allein?»

Wieder spürte Mascha einen Anflug von Unbehagen. War das eine Falle? Erst der Anschlag auf Tom, und jetzt sie? Tom hatte ihr geraten, Paul mitzunehmen, doch Mascha fürchtete, dass Fabienne kein Wort sagen würde, wenn eine weitere Person zugegen war.

«Sollen wir uns irgendwo hinsetzen, wo es wärmer ist?», schlug sie vor, anstatt die Frage zu beantworten.

«Ich würde gern hierbleiben.»

«Meinetwegen.» Mascha trat zu der jungen Frau unter den Baum. «Haben Sie Ihre Freundin besucht?», fragte sie mit Blick auf die Klinik.

Fabienne nickte. «Was ist mit meinem Vater? Hat er diese Frau umgebracht?»

Darum ging es also.

«Ich darf nicht mit Ihnen über die Ermittlungen reden, tut mir leid.»

Fabienne gab einen seltsamen Laut von sich, halb Stöhnen, halb Seufzen. «Warum hat er das getan?»

«Was genau meinen Sie?»

«Diese andere Frau. Warum hat er Mama und mir das angetan?»

«Ich weiß es nicht.»

«Das ist so ein Scheißklischee», stieß Fabienne hervor. «Der reiche Unternehmer mit der jungen Geliebten. Und dabei spielt er zu Hause immer den moralisch Überlegenen. Ich hasse ihn!»

Mascha vergrub die Hände tiefer in den Jackentaschen und betrachtete die junge Frau. Ihre Miene schwankte zwischen Angst und Trotz. Sie verstand Fabienne gut, konnte die Wut auf den Vater nur zu gut nachvollziehen. Ihr eigener Vater war zwar ganz anders als Henning Mauritz, aber genauso ein Arschloch.

Allerdings war es nicht ihr Job, einen Teenager zu trösten, der frustriert war über die Doppelmoral der älteren Generation. Noch dazu, wo dieser Teenager selbst moralisch fragwürdige Dinge getan hatte.

Fabienne wischte sich mit einer hektischen Handbewegung über das Gesicht. «Kommt er ins Gefängnis?»

«Das hängt davon ab, was er getan hat. Und wie das Gericht das bewertet.»

«Schon kapiert, Sie dürfen nichts sagen. Eigentlich will ich es auch gar nicht wissen.» Fabienne senkte den Blick auf ihre Füße. «Das ist jedenfalls nicht der Grund, weshalb ich mich mit Ihnen treffen wollte.»

Mascha horchte auf. «Was dann?»

Fabienne schwieg. Mascha wartete.

Dann hob Fabienne den Kopf. «Ich habe Ihnen nicht die Wahrheit gesagt.»

Verdammter Mist. Also hatte Tom recht gehabt. Sie hatte sich von der jungen Frau einwickeln lassen, sich zu schnell zufriedengegeben.

«Wir haben alle gelogen», fuhr Fabienne fort. «Wir haben geschworen, niemals darüber zu reden. Aber ich kann das nicht mehr.»

Die folgende Pause war so lang, dass Mascha es für nötig hielt, Fabienne sanft zum Weiterreden zu animieren.

«Was ist wirklich passiert am 3. Mai?»

Fabienne holte tief Luft. «Wir waren am Bunker, um zu feiern.» Sie zupfte an einer Haarsträhne. «Wir hatten Wodka dabei und Bier. Und auch was zu rauchen.»

Sie sah Mascha an, als wollte sie ihre Reaktion prüfen. Die nickte nur.

«Jule war auch da.»

Scheiße, scheiße. «Auf dem Bunker?»

«Ja.»

Die sechste Person, die auf keinem der Fotos richtig zu erkennen war. Verdammt, warum hatte sie sich nicht wenigstens die Namen der anderen jungen Leute geben lassen? Aber wie war das möglich? «Lilli hat doch ausgesagt, dass Jule mit ihr am Strand war.»

«Das stimmt ja auch. Sie hat versucht, sich zu drücken. Aber sie wusste, dass wir da oben sind und auf sie warten.» Wieder zupfte Fabienne an ihren Haaren. «Das Ganze war eine Scheißaktion, aber wir dachten, es wäre cool. Ein paar Tage vorher haben wir zusammen am Strand gesessen. Wir hatten Feuer gemacht und Marshmallows gegrillt, und ganz nüchtern waren wir auch nicht mehr. Irgendwer meinte, dieser ganze Abi-Scheiß sei totaler Bullshit, im Leben käme es auf ganz andere Dinge an. Und dann kam uns die Idee mit der echten Reifeprüfung.»

Mascha schluckte. Eine Ahnung stieg in ihr auf.

«Jeder von uns sollte eine Mutprobe bestehen. Wir schrieben unsere Ideen auf Zettel, dann wurde gezogen. Ich musste eine Nacht allein im Wald verbringen. War krass gruselig, ich hab kein Auge zugetan und mir fast in die Hose gepinkelt vor Schiss. Aber ich war trotzdem froh, dass ich nicht Jules Zettel gezogen habe.»

«Was musste sie tun?»

Fabienne presste die Lippen zusammen. «Von der Klippe am Bunker ins Meer springen.»

«Scheiße, echt? Was habt ihr euch bloß dabei gedacht?» Mascha musste sich beherrschen, um die junge Frau nicht zu packen und zu schütteln. Wie konnte man nur so dämlich sein? Andererseits hatte sie selbst früher auch ein paar krasse Sachen gemacht. Warum war man nur so verdammt leichtsinnig und dumm, wenn man jung war?

«Die Jungs haben behauptet, sie hätten es schon gemacht und es wäre total easy», erklärte Fabienne kleinlaut.

«Aber Jule wollte nicht.»

«Sie hat gesagt, wir wären vollkommen bescheuert. Deshalb ist sie ja auch nach der Prüfung nicht mit uns, sondern mit Lilli an den Strand gegangen.»

«Und dann?»

«Wir haben ihr Nachrichten geschickt, sie als Loser und Feigling beschimpft. Irgendwann kam sie dann doch zu uns hoch. Lilli hat sie vorgemacht, dass sie ein Stück läuft und dann schwimmen geht. Die war eh in ihr Buch vertieft, hat nichts mitgekriegt. Jule hatte eine Scheißangst, das habe ich ihr angesehen. Mir war nicht wohl bei der Sache, aber ich hätte nie gedacht ... Und dann ist sie gesprungen und trieb plötzlich auf dem Wasser, als wäre sie tot. Ich stand einfach nur da, wie gelähmt. Ich hatte noch nie im Leben so einen Schiss, nicht mal in der Nacht im Wald. Ich bin erst zu mir gekommen, als einer der Jungs mich am Arm weggezerrt hat. Da kamen bereits Leute angerannt, und ich wusste, dass die Jule helfen würden. Falls es nicht eh zu spät war. Wir sind gerannt, bis wir nicht mehr konnten, und dann haben wir uns geschworen, dass keiner von uns je darüber redet. In dem Moment dachten wir noch, dass Jule tot ist und niemand außer uns die Wahrheit kennt.»

Mascha begriff. «Aber jetzt könnte es sein, dass Jule aufwacht und sich erinnert.»

## Freitag, 20. September

## Sellnitz auf dem Darß, am Morgen

Die Sonne funkelte durch das Laub, über dem bereits ein Hauch herbstlichen Gelbs lag. Dunst stand über dem Meer und über den Wiesen, die sich in Richtung Bodden erstreckten. Die großen alten Bäume des Klinikparks ragten aus den weißen Schleiern heraus wie einsame Wanderer in einer von Menschen verlassenen Landschaft.

Tom atmete den süßen Duft der feuchten Erde ein. Für diesen Anblick war er hergezogen, für diese friedliche Gegend, für die Ruhe in der Natur. Schade, dass es nicht immer so sein konnte. Und ärgerlich, dass er noch nicht in sein Haus zurückkehren durfte. Die Ferienwohnung war zu klein für drei Personen, er vermisste einen Rückzugsort, eine Tür, die er hinter sich zumachen konnte. Allein hätte er das Risiko in Kauf genommen heimzukehren, aber er musste an seine Tochter denken.

Natürlich hatte sie nicht eher Ruhe gegeben, bis er ihr erzählt hatte, was passiert war, wenn auch in einer entschärften Version. Zu seiner Überraschung hatte sie eher beeindruckt als verängstigt reagiert.

«Jetzt bist du ein Zeibock», hatte sie gesagt.

«Ein was?»

«Weißt du etwa nicht, was ein Zeibock ist, Papa?» Romy hatte die Hände in die Hüften gestemmt und tadelnd zu ihm aufgeblickt, als hätte er seinen Klausurstoff nicht gelernt. «Du bist aber wirklich dumm.»

Da hatte er begriffen. «Du meinst einen Cyborg. Woher in aller Welt kennst du dieses Wort?»

«Das kennt doch jedes Baby.»

Er war lächelnd in die Hocke gegangen und hatte seinen unverletzten Arm um sie gelegt. «Mein großes kluges Mädchen.»

Als Romy dann jedoch wissen wollte, von wo genau die böse Frau geschossen hatte, war es ihm zu viel geworden, und er hatte rasch das Thema gewechselt. Dennoch war er unendlich erleichtert. Obwohl ihre Mutter in einer ähnlichen Situation ihr Leben verloren hatte, schien Romy keinen Zusammenhang zwischen den Ereignissen herzustellen und begriff die Tragweite des Vorfalls nicht.

Tom warf einen letzten Blick auf die Klinik und stieg in den Bulli. Er hatte gerade mit der Ärztin gesprochen, bei der Jule Brandner in Behandlung war, die jedoch ohne richterliche Anordnung nichts zu deren Krankengeschichte sagen wollte. Immerhin hatte er bei der Gelegenheit den Kopfverband durch ein Pflaster ersetzen lassen. Die Armschlinge hatte er selbst entsorgt, damit er wieder Auto fahren konnte. Er startete den Motor, der ein paarmal orgelte, dann jedoch ansprang.

Mascha würde heute die Morgenbesprechung leiten und den anderen erzählen, was Fabienne ihr gestern gestanden hatte. Ob den Jugendlichen eine Strafe drohte, hing vor allem davon ab, ob Jule wieder ins Leben zurückfand und ihre eigene Version des Vorfalls erzählen konnte.

Tom lenkte den Wagen vom Parkplatz. Er wollte noch einmal nach Ahrenshoop fahren. Zum einen kannte Gudrun Lamertz die neuesten Ermittlungsergebnisse noch nicht, zum anderen hatte er das Gefühl, dass sie ihnen nicht alles erzählt hatte, was sie wusste.

Es dauerte so lange, bis die Tür geöffnet wurde, dass Tom befürchtete, sie könnte doch wieder arbeiten gegangen sein. Sie hatte ihm erzählt, dass sie als Buchhalterin für eine Firma tätig war, die Ferienwohnungen vermietete. Sie hatte jedoch für den Rest des Monats Urlaub genommen. Im September war ohnehin nicht mehr ganz so viel los, erst in den Herbstferien würde es noch mal voller werden.

Endlich summte der Türöffner.

Gudrun Lamertz empfing ihn im Bademantel. «Ach, Sie sind es.» Sie trat zur Seite. «Ich habe was zum Schlafen genommen, bin gerade erst aufgewacht.»

«Darf ich trotzdem kurz reinkommen?» Er kam sich vor wie ein Eindringling, aber er musste das jetzt durchziehen. Wenn sein Gefühl ihn nicht trog, war es wichtig.

Sie nickte müde. «Ich mache uns Kaffee.»

Kaum hatte sie die Maschine eingeschaltet, entschuldigte sie sich für einen Moment. Als sie in die Küche zurückkehrte, war sie angezogen, frisiert und dezent geschminkt. Unwillkürlich musste Tom an Grit Sternberg denken. Lillis Großmutter sah ebenfalls stets aus, als hätte sie gleich einen offiziellen Termin, auch wenn ihr anzumerken war, wie sehr sie unter dem Verlust ihrer Enkelin litt. Er hütete sich davor, diese Frauen zu verurteilen, er wusste, dass jeder anders mit einem Schicksalsschlag umging. Er selbst hatte seine Trauer auch nicht nach außen getragen, sondern sich bemüht, die Fassade aufrechtzuerhalten.

Lamertz schenkte zwei Tassen Kaffee ein und stellte sie auf den weiß glänzenden Küchentisch. Alles in diesem Raum war penibel aufgeräumt und blitzte vor Sauberkeit.

Als sie saßen, nahm Tom einen Schluck. Der Kaffee war stark, wie ein Faustschlag in den Magen. Gut so.

«Ich bin gekommen, um Ihnen mitzuteilen, dass wir den Freund Ihrer Tochter ausfindig gemacht haben.»

«Wirklich? Wer ist es?»

«Ein deutlich älterer Geschäftsmann aus Sellnitz», erwiderte Tom ausweichend. «Er ist verheiratet, deshalb haben die beiden ihre Beziehung geheim gehalten.»

Er sprach bewusst von Freund und Beziehung, obwohl Henning Mauritz das vermutlich anders ausgedrückt hätte.

«Hat er …» Lamertz presste die Hand vor den Mund, legte sie dann jedoch im Schoß ab und straffte die Schultern. «Hat er etwas mit ihrem Tod zu tun?»

«Indirekt vielleicht.»

«Wie meinen Sie das?»

Tom antwortete mit einer Gegenfrage. «Ihre Tochter litt an Angstzuständen und Depressionen. Seit wann eigentlich?»

«Im Grunde schon seit ihrer Kindheit.» Lamertz verschränkte die Finger in ihrem Schoß. «Ihr Vater starb, als sie acht war. Das hat sie nicht gut verkraftet.»

Tom suchte ihren Blick. «Dieser Mann hat kurz vor Patrizias Tod mit ihr Schluss gemacht. Er sagt, es habe sie sehr verletzt.»

Obwohl Tom mit einer starken Reaktion gerechnet hatte, erschreckte ihn die Heftigkeit. Gudrun Lamertz gab einen glucksenden Laut von sich, die Hände schossen vors Gesicht, der Körper sackte in sich zusammen. Dann begannen ihre Schultern zu beben.

Nervös rieb er sich die Hände. Er hatte überlegt, ihre Freundin zu dem Gespräch hinzuzubitten, es aber aus taktischen Gründen unterlassen. Hoffentlich war das kein Fehler gewesen.

«Sie wissen, was passiert ist», sagte er sanft, aber bestimmt.

Die Frau nickte, ohne die Hände vom Gesicht zu nehmen.

Tom nahm einen tiefen Atemzug. Also hatte er richtig vermutet. Tina hatte ihn darauf gebracht, die Psychologin hatte ihn gestern Abend angerufen und ihm zu diesem Vorgehen geraten.

Er stand auf, riss ein paar Blätter von der Küchenrolle, die in einer Halterung über der Arbeitsplatte hing, und legte sie vor Lamertz auf den Tisch.

«Lassen Sie sich Zeit.»

Zehn Minuten später hielt Tom einen mit schwarzer Tinte geschriebenen Abschiedsbrief in den Händen. Er bestand nur aus wenigen Sätzen.

*Es tut mir leid, Mama, dass ich dir noch mehr Kummer bereite, aber ich kann nicht mehr. Mein Leben ist eine einzige Qual, und ich habe nicht deine Kraft. Bitte sei mir nicht böse und vergib mir.*
*In Liebe, Patrizia*

«Ich habe den Brief am Sonntag vor einer Woche auf ihrem Schreibtisch gefunden», erzählte Lamertz, nachdem sie die letzten Tränen getrocknet hatte. «Ich habe versucht, sie anzurufen, ich habe ihr Nachrichten geschickt, ich habe sie überall gesucht. Aber ich wusste, dass es zu spät war.» Sie putzte sich die Nase. «Als eine Woche später die Tote am Strand gefunden wurde, dachte ich gleich, dass sie es ist. Aber es hieß überall, es wäre diese Lilli. Als ich dann erfuhr, dass sie es wohl doch nicht ist, bin ich gleich am nächsten Morgen nach Sellnitz aufs Revier gefahren.» Sie sah Tom beschwörend an. «Ich wollte den Brief abgeben, das müssen Sie mir glauben. Ich hatte ihn in der Tasche. Aber Ihre Kollegin war so nett und mitfühlend …»

Sie nahm ein frisches Küchentuch und presste es auf die Augen.

Tom runzelte die Stirn. «Wie meinen Sie das?»

Lamertz faltete das Tuch ordentlich zusammen. «Wenn dein Kind ermordet wird, haben alle Mitleid mit dir. Aber wenn es sich umgebracht hat, rümpfen sie die Nase. Und selbst wenn sie es nicht laut aussprechen, zeigen sie dir deutlich, dass sie glauben, du hättest als Mutter versagt und es wäre deine Schuld.»

Tom wollte etwas erwidern, doch Lamertz war noch nicht fertig. «Sie fragen sich sicherlich, woher ich das weiß.» Sie lächelte traurig. «Ich habe das alles schon einmal mitgemacht. Mein Mann hat sich auf unserem Dachboden erhängt.»

## Am selben Tag

**D**er Mann, der neben der Eisbude stand, einen bunten Strickschal um den Hals gewickelt, sah noch genauso aus wie auf den Fotos, die Dayita im Internet gefunden hatte. Lang, schlaksig und mit einem offenen Gesicht. Nur das wellige Haar war grauer, und beim Näherkommen erkannte Dayita die Falten um Mund und Augen.

«Herr Siemer?»

«Elias.»

«Freut mich.» Sie reichte ihm die Hand. «Ich bin Dayita.»

Er nickte knapp. «Ich weiß, wer Sie sind.»

Sie spürte, wie ihr der Schweiß ausbrach. War das gut oder schlecht?

Rasch wechselte sie das Thema. «Ich bin Ihnen sehr dankbar, dass Sie bereit sind, mit mir zu reden. Ich nehme an, es hat einen Grund, dass wir uns ausgerechnet hier treffen?»

Sie sah zu der Feriensiedlung hinüber, eine Ansammlung von malerischen reetgedeckten Einfamilienhäusern am Ortsrand von Sellnitz. Auf der einen Seite wurde die Siedlung von den goldgelben Dünen begrenzt, auf der anderen Seite vom Sellnitzer Strom, dem teilweise versandeten Wasserlauf, der früher den Bodden mit der offenen See verbunden hatte. Auf der Klippe hinter der Siedlung lag die Klinik, dahinter schlossen sich weitere Dünen, Feuchtwiesen und Weiden an, die sich bis zur nächsten Ortschaft erstreckten. Eine Traumlage direkt am Meer. Wer hier Urlaub machen wollte, musste tief in die Tasche greifen.

«Ich dachte, wir schauen uns an, worüber wir reden», antwortete Elias, der ihrem Blick gefolgt war. «Das macht es plastischer.»

Er lief los, Dayita bemühte sich, mit ihm Schritt zu halten.

«Was wissen Sie über die Sache?», fragte er.

«Alles, was die Zeitungen berichtet haben. Aber ich hätte gern Ihre Version.»

Er blieb stehen, drehte sich zu ihr um. «Die ist schnell erzählt.» Sein Blick wanderte in einen der Gärten, wo zwei kleine Jungen in einem Sandkasten buddelten. «Zu DDR-Zeiten war auf diesem Gelände eine Mülldeponie. Die hatte irgendwas mit der Militärbasis zu tun, die das Regime von den Nazis übernommen hatte. Der Boden ist belastet mit Schwermetallen, unter anderem Blei, Kupfer, Nickel und Zink. Laut offiziellem Gutachten liegt die Konzentration unter dem Grenzwert für Wohnbebauung.»

«Aber?»

Einer der Jungen fing an zu schreien und den anderen mit Sand zu bewerfen, eine Frau stürzte aus dem Haus, um die Streithähne zu besänftigen.

«Aber sie liegt über dem für Kinderspielplätze», antwortete Elias. «Also wurde die Baugenehmigung für die Siedlung ohne Spielplatz erteilt.»

«Es war doch abzusehen, dass Kinder in den Gärten spielen würden.» Dayita schüttelte ungläubig den Kopf.

«So sind nun mal die Gesetze.» Elias zuckte mit den Schultern, doch Dayita sah ihm an, dass ihn die Sache nicht so kaltließ, wie es schien.

«Das ist doch total zynisch», entfuhr es ihr.

Sie blickte zu den beiden Jungen hinüber, die wieder friedlich im Sand saßen, jeder mit einem Eis in der Hand. Bewundernswert, wie schnell die Welt für Kinder wieder in Ordnung war.

Dabei ahnten sie nicht, dass der Boden, auf dem sie spielten, womöglich giftig war. Dayita schauderte unwillkürlich. Als sie Elias gegenüber erwähnt hatte, dass manche Verbrechen nicht verjähren, hatte sie ihn bloß ködern wollen, aber was, wenn die Schadstoffe im Boden tatsächlich bei irgendwem eine tödliche Krankheit verursacht hatten?

«Das ist noch nicht alles», unterbrach er ihre Gedanken. «Wir von Earthcare haben selbst Bodenproben in Auftrag gegeben. Bei denen lagen die Werte viel höher. Die wurden jedoch vom Gericht nicht akzeptiert. Angeblich hatten wir sie in zu großer Tiefe entnommen.»

Dayita sah ihn an. «Aber das haben Sie nicht?»

«Was glauben Sie denn?» Er wandte sich ab, redete im Gehen weiter. «Hier ging es um sehr viel Geld, um Einnahmen für die Gemeinde Sellnitz. Und natürlich für Henning Mauritz und seine Baufirma. Der damalige Bürgermeister Walter Sternberg und Mauritz waren dicke Freunde, die waren vollkommen skrupellos, an denen ist alles abgeprallt. Was die interessierte, war Gewinnmaximierung.» Er blieb stehen. «Was bedeutet dagegen schon die Gesundheit von Kindern?»

## Am selben Tag

Tom stellte seinen Bus vor dem Waldhotel ab. Noch vor wenigen Tagen hatten Grit und Walter Sternberg in der exklusiven Unterkunft an einem Charity-Dinner teilgenommen, und Tom hatte sich gefragt, wie sie es schafften, einen öffentlichen Auftritt zu absolvieren, während ihre Enkelin vermisst wurde.

Doch heute war er nicht wegen Lilli hier. Ein paar Meter weiter vorn endeten die brüchigen Betonplatten, die den Straßenbelag bildeten, und ein Waldweg begann. Dort stand Björn André, ins Gespräch mit einer Frau mit Gummistiefeln und Pferdeschwanz vertieft.

Vor zwanzig Minuten war Björn aufgebrochen, um einem Hinweis nachzugehen, der etwas vielversprechender klang als die zahllosen anderen, die im Zusammenhang mit der Fahndung nach Marina Sarow eingingen. Kurz darauf hatte er Tom und Mascha gebeten dazuzukommen.

Die Zeugin hatte eine Frau mit einer auffallend großen Tasche über der Schulter im Wald gesehen. Kurz darauf war ihr im Straßengraben ein Fahrrad aufgefallen.

Björn entdeckte sie und trat zu ihnen. Tom bemerkte, dass er das Bein etwas nachzog und das Gesicht vor Schmerzen verzog. Er hatte etwas von einem Autounfall im Dienst erzählt, es musste damit zu tun haben.

«Verstärkung ist angefordert», berichtete Björn. «Aber bis

die Kollegen hier sind, dauert es.» Er beäugte misstrauisch den Wald, der friedlich dalag. Das Licht der Nachmittagssonne, das durch die hohen Kronen der Kiefern fiel, malte helle Flecken auf den mit Nadeln bedeckten Boden. «Sollten wir das Gelände sperren? Immerhin läuft da womöglich eine psychisch gestörte Frau mit einem geladenen Gewehr rum.»

Tom warf einen Blick auf die Zeugin, die außer Hörweite wartete. «Wie sicher bist du, dass sie wirklich Marina Sarow gesehen hat?»

«Die Beschreibung passt. Schlank, dunkle Haare, um die vierzig. Ich habe ein Foto von dem Fahrrad gemacht. Damenrad, teures Modell, aber nicht mehr neu. Es liegt dort hinten.» Er deutete vage in den Wald hinein. «Man müsste den Mann fragen, dem ein Rad am Strandaufgang in der Nähe deines Hauses aufgefallen ist, ob es dasselbe sein könnte.»

Tom nickte. In seinem Nacken kribbelte es. Was, wenn Marina Sarow irgendwo im Unterholz hockte und genau in diesem Augenblick auf ihn anlegte? Sie hatte sich für den Anschlag entschuldigt, aber wer wusste schon, was im Kopf dieser verwirrten Frau vorging?

«Schick das Foto an Kira», bat er Björn. «Sie soll das übernehmen.»

Die junge Kollegin hatte lange genug auf dem Revier geschmort, und bei dieser Aufgabe konnte sie keinen Schaden anrichten.

«Wie war die Frau gekleidet?», fragte Mascha.

«Die Zeugin erinnert sich nur an ein weißes Oberteil. Sie weiß nicht, ob es eine Jacke oder eine Bluse war. Oder möglicherweise ein Kleid.»

«Ziemlich vage.» Tom rieb sich das Kinn. «Zu vage, um auf dieser Basis ein solch riesiges Gelände zu sperren. Zumal das logistisch kaum zu stemmen ist und Marina Sarow, falls sie es war, längst weg sein könnte.»

Sein Handy klingelte, er zog es hervor. «Warte, Paul, ich stelle dich laut, damit Mascha und Björn mithören können.»

«Hallo zusammen. Ich habe gerade mit dem Mann telefoniert, dem dein Haus vor zwanzig Jahren gehörte. Also vor der Witwe, die es dir verkauft hat. Halt dich fest, da kommst du nie drauf.»

Tom hatte keine Lust auf Ratespiele. «Verdammt, Duke, raus mit der Sprache.»

«Er hatte das Haus an ein junges Ehepaar vermietet, das gerade nach Sellnitz gezogen war. Sie stammte von hier, er war aus dem Westen.»

«Mach's nicht so spannend», drängte Mascha.

«Sorry», murmelte Paul. «Aber ich bin selbst noch so baff. Bei den Mietern handelt es sich um Britta und Henning Mauritz.»

## Am selben Tag

Mascha hatte Mühe, die Nummer auf dem Handy aufzurufen, so stark ging Tom in die Kurven. Der Motor des alten Polizeibusses heulte, die Hupe, mit der Tom sich den Weg freitrötete, grölte heiser.

Endlich hörte sie das Freizeichen. Doch niemand hob ab.

Sie hatten die Kollegen, die eigentlich zum Darßwald unterwegs waren, zur Adresse der Familie Mauritz beordert. Aber die waren noch nicht einmal auf der Halbinsel. Da ihnen sowohl Kira als auch Holger zu unberechenbar waren, verzichteten sie lieber auf Verstärkung aus dem Team. Sie hatten keine Ahnung, was Marina Sarow mit Henning Mauritz zu tun hatte, aber das spielte im Augenblick keine Rolle. Sie mussten verhindern, dass es weitere Tote gab.

«Es hebt keiner ab.» Mascha unterbrach die Verbindung.

«Versuch es auf seinem Handy.»

Mascha wählte die Nummer. Hoffentlich war es kein Fehler, die anderen rauszuhalten. Holger war eine tickende Zeitbombe, aber wenn etwas schiefging, weil sie zu spät kamen, konnten sie das nicht als Begründung in ihren Bericht schreiben.

«Ja», meldete sich Henning Mauritz kurz angebunden.

«Hier Mascha Krieger. Wo sind Sie gerade?»

«Zu Hause. Wollen Sie mir noch was anhängen?»

Arschloch. Mascha atmete tief durch. «Wir haben Grund zu

der Annahme, dass ein Anschlag auf Sie verübt werden soll. Bitte bleiben Sie im Haus und halten Sie Fenster und Türen geschlossen. Machen Sie niemandem auf. Wir sind gleich da.»

«Ein Anschlag? Soll das ein Witz sein?»

«Nein, das ist kein Witz. Wir erklären es Ihnen, sobald wir eingetroffen sind.»

«Aber wer …»

Mascha verdrehte die Augen. «Das erfahren Sie, wenn …»

«Fuck.»

«Herr Mauritz? Alles in Ordnung?»

«Verfluchte Scheiße, das gibt's doch nicht.»

Mascha presste das Telefon ans Ohr, sie konnte kaum etwas verstehen. «Herr Mauritz?»

«Scheiße, ich glaube, ich weiß …»

Ein Knall schnitt ihm das Wort ab, dann noch einer.

Verdammter Mist. «Herr Mauritz? Sind Sie noch dran?»

Mascha blickte zu Tom, der die Hände ums Lenkrad krallte, den Blick auf die Fahrbahn geheftet. «Ich fürchte, sie ist schon da.»

## Am selben Tag

Tom sprang aus dem Wagen und zog im Rennen seine Waffe. Hinter sich hörte er Mascha. Auf den ersten Blick sah alles friedlich aus. Das Haus, das aus zwei L-förmig übereinanderpositionierten Betonblöcken bestand, lag ruhig da. Vor der Garage standen ein roter Mini und ein silberner Sportwagen.

Doch dann bemerkte Tom, dass die Ruhe trog. Abrupt blieb er stehen. Die Heckscheibe des Porsche war geborsten, und auch in der Fahrertür prangte ein Loch. Auf dem Boden neben dem Fahrzeug lag Henning Mauritz und rührte sich nicht.

«Sieh nach», forderte Tom Mascha auf. «Ich gebe dir Deckung.»

Während Mascha sich um den Mann kümmerte, scannte Tom die Umgebung, hielt dabei die Waffe schussbereit. Mindestens zwei Schüsse musste Marina abgegeben haben, das hatten sie durchs Telefon gehört. Blieb maximal einer, denn das Magazin fasste vier Patronen. Vorausgesetzt, sie hatte es nicht geschafft, sich irgendwo ein weiteres Magazin zu besorgen.

Tom sah, wie Mauritz sich bewegte. Also lebte er. Mascha hatte ihr Handy am Ohr. Tom näherte sich vorsichtig, ließ jedoch die Büsche an der Grundstücksseite nicht aus den Augen. Dahinter schloss sich ein kleines Wäldchen an, das zwischen der Siedlung und der Landstraße lag.

Als Tom die beiden erreichte, war Mauritz aufgestanden.

«Sind Sie verletzt?», fragte Tom.

«Nein, ich habe mich rechtzeitig zu Boden geworfen.» Er stützte sich mit der Hand am Wagen ab, stand offenbar unter Schock. «Allerdings hatte ich das Gefühl, dass sie nur auf den Porsche gezielt hat.»

«Wie viele Schüsse?»

«Zwei oder drei. Ich weiß nicht.»

Mascha steckte das Handy weg. «Notarzt und Verstärkung sind gleich da. Wo sind Ihre Frau und Ihre Tochter?»

«Drinnen, glaube ich.»

«Haben Sie gesehen, wohin die Täterin gelaufen ist?»

«Leider nicht.» Er rieb sich mit zitternden Fingern das Gesicht.

Tom sah Mascha an. «Ich glaube nicht, dass sie noch da ist, aber wir müssen sichergehen. Zuerst drinnen.» Er wandte sich an Mauritz. «Sie kommen mit, halten Sie sich zwischen uns.»

## Am selben Tag

Mascha sicherte nach hinten, während Tom die Haustür aufstieß. Drinnen war alles still.

«Frau Mauritz? Fabienne? Tom Engelhardt hier.»

Keine Antwort.

Tom trat über die Schwelle, Mauritz folgte, Mascha hielt den Blick auf den Vorgarten gerichtet. Tom rief noch einmal, und irgendwo im Haus ertönte eine Antwort. Mascha atmete auf.

Sie wollte sich gerade umdrehen und den beiden Männern nach drinnen folgen, als sie zwischen den Sträuchern an der Grundstücksseite eine Bewegung wahrnahm.

Sie starrte auf die Stelle, sah etwas Weißes verschwinden.

«Tom!», rief sie ins Haus. «Hier draußen.»

Ohne seine Reaktion abzuwarten, rannte sie los, auf die Sträucher zu. Sie zwängte sich zwischen den Zweigen hindurch. Hier gab es keinen Zaun und keine Mauer, und nach wenigen Schritten stand sie auf einem Trampelpfad, der durch das Wäldchen zur Landstraße zu führen schien. In der Ferne sah sie eine Gestalt wegrennen.

«Stehen bleiben, Polizei!» Sie stürzte hinterher.

Der Pfad war schmal und uneben, Wurzeln krochen über den Boden, Brombeerranken streckten ihre dornigen Arme nach ihr aus, aber Mascha holte auf. Sie war jetzt sicher, dass es sich um eine Frau handelte, eine Frau in einer weißen Bluse, genau, wie die Zeugin die Verdächtige beschrieben hatte.

Die Frau verschwand hinter einer Biegung, Mascha beschleunigte das Tempo, stolperte über eine Wurzel, fluchte, fing sich im letzten Moment. Hinter der Biegung folgte ein schnurgerades Stück. Doch die Flüchtige war plötzlich nicht mehr zu sehen.

Hatte sie so viel an Vorsprung zugelegt? War sie in den Wald abgebogen? Mascha drosselte das Tempo, blickte in alle Richtungen, die Waffe im Anschlag. Ihr Herz hämmerte wild, ihr Atem ging stoßweise, Schweiß lief ihr über den Rücken.

Verdammt, wo blieb Tom?

Ein Rascheln zu ihrer Linken. Mascha fuhr herum. Etwas Weißes hinter einem Baum.

Mascha richtete ihre Waffe auf die Stelle. «Polizei! Kommen Sie heraus!»

Keine Reaktion.

Mascha lief los, die Frau setzte sich ebenfalls in Bewegung. Mascha holte auf, sprang, warf sich auf den Rücken der Flüchtigen. Hart prallten sie auf dem Boden auf. Schnell ergriff Mascha die Handgelenke der Frau und fixierte ihre Arme. Sie leistete keinen Widerstand. Erleichterung durchrieselte Mascha, das hätte auch anders ausgehen können.

«Nicht schießen», wimmerte die Frau. «Bitte tun Sie mir nichts.»

Mascha stockte. Ihre Gedanken wirbelten durcheinander, ihr Herzschlag stolperte. Was zum Teufel …

Rasch steckte sie die Waffe weg und stand auf. Sie zog die Frau zu sich hoch, drehte sie um. Ein Zweig hatte sich in ihrem

Haar verfangen, ihr blasses Gesicht war mit roten Flecken bedeckt, Schweiß schimmerte auf ihrer Stirn, ihre Unterlippe zitterte.

«Bitte nicht schießen», flehte sie erneut.

## Samstag, 21. September

## Sellnitz auf dem Darß, am Vormittag

Tom legte das Handy auf den Tisch, Björn verteilte Kaffeebecher, Mascha klappte ihren Laptop auf. Henning Mauritz hatte seinen Anwalt mitgebracht, einen Mann im maßgeschneiderten Anzug mit silbernen Schläfen und berechnenden grauen Augen. Gestern Abend hatte der Bauunternehmer sich geweigert, auch nur ein Wort zu sagen.

Offiziell war die Soko Strand aufgelöst, Kira, Holger und Dennis waren am Vorabend nach einem etwas verkrampften gemeinsamen Abschiedsessen in der Pizzeria abgereist. Tom hatte das Team vor allem deshalb eingeladen, weil er die letzte Chance, doch noch das Instagram-Leck zu finden, nicht ungenutzt verstreichen lassen wollte. Es ärgerte ihn maßlos, dass die Person, die ihnen so schändlich in den Rücken gefallen war, ungestraft davonkam.

Nun waren außer Paul und ihm nur noch Björn und Mascha da, die dabei helfen sollten, die nach wie vor flüchtige Marina Sarow zu ergreifen. Die Frau, die Mascha über den Waldpfad verfolgt hatte, war Britta Mauritz gewesen, die in Todesangst Mascha mit der Schützin verwechselt hatte.

Da fast alle verbliebenen Soko-Mitglieder an der Vernehmung beteiligt waren, hatten sie sich statt im Aktenraum im helleren, geräumigeren Büro des Reviers versammelt, nicht jedoch, ohne zuvor einige Fotos und sensible Informationen von der Pinnwand zu entfernen. Nun saßen die drei Polizisten auf der einen, Mauritz und sein Anwalt auf der anderen Seite von Toms Schreibtisch.

«Mein Mandant möchte eine Erklärung abgeben», sagte der Anwalt, noch bevor Tom die Befragung offiziell begonnen hatte.

Er hob interessiert die Brauen. Mit dem Anwalt abgesprochene Erklärungen kamen normalerweise von Tatverdächtigen, nicht von Opfern. Dass Henning Mauritz kein Unschuldsengel war, stand fest, aber bisher hatte er sich nichts zuschulden kommen lassen, was eine wohldurchdachte Verteidigungsstrategie erforderte. Dachte Tom jedenfalls.

Er faltete die Hände. «Dann lassen Sie mal hören.»

Henning Mauritz wechselte einen Blick mit seinem Anwalt. Er hatte einen kleinen Kratzer am Kinn, den er sich zugezogen hatte, als er vor den Schüssen in Deckung gegangen war. Davon abgesehen sah er aus wie immer, lässig, schick und aalglatt.

«Ich kenne Marina, also Frau Sarow, von früher», begann er. «Aus der Zeit, als ich gerade nach Sellnitz gezogen war. Ich war damals mit meiner jetzigen Frau Britta verlobt, sie war auch der Grund für den Umzug, sie stammt von hier.» Er blickte auf seine Hände und überlegte einen Moment, als müsste er sich auf sein Skript besinnen. «Marina war in mich verknallt, sie stellte mir ständig nach und versuchte, mich zu verführen. Es war ziemlich unangenehm. Ich gebe zu, dass ich zu Anfang vielleicht nicht ganz so konsequent war bei meinen Zurückweisungen, wie ich hätte sein sollen. Ich kannte sie ja nicht und hatte keine Ahnung, dass sie psychische Probleme hat.» Mauritz senkte den Kopf, als würde ihn das beschämen.

Doch Tom kaufte ihm seine Show nicht ab.

«Jedenfalls bin ich irgendwann sehr deutlich geworden, und da hat sie mit einem Mal ein ganz anderes Gesicht gezeigt. Sie hat meiner Verlobten und mir das Leben schwer gemacht, hat uns beschimpft und bedroht, mir sogar einmal die Reifen zerstochen.»

«Haben Sie Anzeige erstattet?», fragte Mascha.

«Nein.» Mauritz faltete die Hände. «Die Frau tat mir leid. Sie war ja noch so jung. Neunzehn oder zwanzig, fast noch ein Kind. Ich wollte sie nicht in Schwierigkeiten bringen. Zumal ich gehört hatte, dass sie schon mal in der Psychiatrie war.»

Wie nobel, dachte Tom zynisch. Er schaute zu Mascha. Sie hatte den Blick auf den Bildschirm geheftet, doch daran, wie ihre Finger auf die Tasten knallten, erkannte er, was sie von Mauritz' Geschichte hielt.

«Und dann?», fragte er.

«Sie ist fortgezogen, der Spuk hörte auf.»

Mascha beugte sich vor. «Und das ist alles? Sie wollen uns weismachen, dass diese Frau mit einem Gewehr herumgeballert hat, weil sie vor zwanzig Jahren mal in Sie verknallt war?»

«Das war es nicht ganz», gab Mauritz zu. «Nach der Sache mit den Reifen hat sie noch was versucht. Ich hatte damals gerade ein sehr wichtiges Projekt angestoßen, mein erstes großes Bauvorhaben in Sellnitz, eine Ferienhaussiedlung direkt an den Dünen. Marina hat versucht, es zu sabotieren, hat eine Umweltorganisation auf mich angesetzt, weil das Grundstück angeblich mit Schwermetallen belastet war. Die Klage wurde abgeschmettert, aber das Ganze hat mich jede Menge Nerven gekostet, und ein wichtiger Investor wäre beinahe abgesprungen. Daraufhin habe ich ihr gedroht, sie fertigzumachen, wenn sie je wieder etwas gegen mich unternimmt. Kurz danach ist sie aus Sellnitz weggegangen. Ich habe sie im Blick behalten, weil ich ihr nicht getraut habe. Psychisch kranke Menschen sind zu allem fähig. Deshalb habe ich in Erfahrung gebracht, wo sie wohnt, und mich hin und wieder vergewissert, dass alles in Ordnung ist. Ich wusste auch von ihren Klinikaufenthalten.»

«Haben Sie sie dort besucht?», fragte Björn.

«Ein- oder zweimal.» Er hob die Hände. «Ich muss meine Familie beschützen.» Er sah Tom an. «Das verstehen Sie doch sicherlich.»

Tom presste die Lippen zusammen. Wollte sich der Typ mit ihm verbrüdern, weil er auch eine Tochter hatte? Oder sollte das eine Drohung sein? Ihm lag eine scharfe Erwiderung auf der Zunge, doch Björn war schneller.

«Waren Sie auch am Donnerstag vor einer Woche in Teterow?»

Henning Mauritz senkte den Blick. «Ja. Das war ein Fehler, das gebe ich zu. Ich hatte in den Nachrichten von einer Patientin gehört, die aus der Klinik verschwunden und wieder aufgegriffen worden war, und ich wusste gleich, dass es sich um Marina handeln musste. Ich wollte mit ihr reden, sie beruhigen, wenn möglich. Eine dumme Idee.»

«Mit was für einem Fahrzeug waren Sie da?»

«Ich habe mir den Wagen eines Bekannten geliehen, einen Subaru Forester. Der Besitzer ist Jäger und wohnt neben unserem Ferienhaus in Graal-Müritz. Ich wollte nicht, dass Marina den Porsche erkennt und in Panik gerät, noch bevor ich mit ihr sprechen kann.»

Björn schob seinen Kaffeebecher zur Seite und musterte den Bauunternehmer abschätzend. «Aber sie hat Sie auch so erkannt.»

«Scheint so.»

«Wie heißt dieser Bekannte?»

Mauritz sah zu seinem Anwalt, der nickte. «Hubert Wichmann.»

«Dachte ich mir.» Björn nickte. «Warum sind Sie wieder weggefahren, ohne mit Marina zu reden?»

«Mir wurde plötzlich klar, dass es viel zu spät für einen Besuch war.»

«Aber Sie sind ausgestiegen.»

Mauritz runzelte die Stirn. «Ja.»

«Haben Sie das Fahrzeug abgeschlossen?»

«Ich … ich weiß nicht mehr. Wieso …» Er starrte Björn an. «Sie glauben …»

«Irgendwie hat Frau Sarow es geschafft, das Klinikgelände zu verlassen und von Teterow bis an die Ostsee zu gelangen, ohne gesehen zu werden. Und dann hat sie ein Gewehr aus einem Wagen gestohlen, in dem zwei Hunde saßen, die eigentlich hätten anschlagen müssen.»

«Aber …» Mauritz wurde blass.

Tom versuchte, sich seine Überraschung nicht anmerken zu lassen. Auf diesen Gedanken war er überhaupt noch nicht gekommen. «Haben Sie eine Vermutung, wo Frau Sarow stecken könnte? Immerhin haben Sie sie all die Jahre beobachtet und kennen sie vermutlich besser als jeder andere.»

«Nicht beobachtet, das wäre zu viel gesagt.» Mauritz wirkte noch immer geschockt angesichts der Erkenntnis, dass er selbst Marina hergefahren hatte. «Ich habe mir schon den Kopf zerbrochen, aber ich habe wirklich keine Ahnung.»

## Stralsund, am selben Tag

Ich habe einfach die Nerven verloren, es tut mir so leid.»

Fabienne wagte es nicht, Sören anzusehen. Sie zog die Schultern ein, machte sich auf einen Wutausbruch gefasst. Aber der blieb aus.

«Danke, dass du es mir erzählt hast», sagte er in das angespannte Schweigen hinein.

Überrascht blickte Fabienne auf. Sollte sie wirklich so glimpflich davonkommen? Sie hatte ihm verschwiegen, dass sie Jule hatte zuvorkommen wollen, die jeden Tag Fortschritte machte und laut ihrer Ärztin kurz davorstand, vollständig das Bewusstsein wiederzuerlangen. Vielleicht würde die Wut noch kommen, wenn ihm klar wurde, dass Fabienne ihm anderenfalls nie die Wahrheit erzählt hätte.

Sören zuckte mit den Schultern. «Ich bin wohl kaum in der Position, jemanden dafür zu verurteilen, dass er durchgedreht ist. Und du hast Jule ja nicht von der Klippe gestoßen. Sie ist selbst gesprungen. Was für eine dämliche Idee.» Er fasste sich an den Kopf. «Ich hätte sie wirklich für vernünftiger gehalten.»

«Sie wollte nicht zurückstehen, nachdem wir alle unsere Mutprobe bestanden hatten», erklärte Fabienne. «Wir hätten ihr das ausreden sollen, es war zu gefährlich.»

«Immerhin lebt sie noch.» In Sörens Augen schimmerten Tränen. «Ich wünschte, ich könnte sie sehen.»

«Das wirst du bestimmt.»

«Ich will nicht, dass sie mich im Gefängnis besuchen kommt.» Er sah sie eindringlich an. «Du kümmerst dich doch weiter um sie?»

Fabienne schluckte hart. «Klar.»

«Ich bin dir so dankbar.» Sören ergriff ihre Hand. «Geht es dir auch gut? Du bist so blass.»

«Bei uns zu Hause ist es gerade ein bisschen chaotisch.»

Das war die Untertreibung des Jahres. Fabienne hatte ihre Mutter noch nie so wütend erlebt. Und so voller Energie. Als hätten die Ereignisse der vergangenen vierundzwanzig Stunden sie aus ihrer jahrelangen Lethargie gerissen.

«Chaotisch?», fragte Sören.

«Komplizierte Geschichte.» Sie zuckte mit den Schultern, froh über den Themenwechsel. «Die Kurzversion lautet: Eine Geliebte meines Vaters hat sich umgebracht, eine andere auf ihn geschossen.»

«Herr im Himmel, ehrlich? Ist jemand verletzt worden?»

«Der Porsche ist Schrott. Und Papas Ego hat ein paar Kratzer abbekommen.»

Fabienne presste die Lippen zusammen. In Wahrheit war sie gar nicht so cool. Sie hatte eine Höllenangst gehabt, als sie die Schüsse gehört hatte, das zersplitternde Glas und die Schreie ihrer Mutter. Und sie war stinksauer auf ihren Vater, weil er ihnen das eingebrockt hatte.

«Mama und ich sind vorübergehend in das Ferienhaus in Graal-Müritz gezogen.» Dort hatten sie noch die Spuren von Papas letztem Rendezvous mit der jungen Frau gefunden, und von dem Streit, als er mit ihr Schluss gemacht hatte. Eine Decke auf dem Wohnzimmerboden, geöffnete Schubladen im Schlafzimmer, ein kaputter Spiegel im Bad.

Er hatte nicht einmal den Anstand besessen, das Haus aufzuräumen.

«Mein Leben ist ein Scherbenhaufen, alles geht den Bach runter. Dabei dachte ich, es würde besser werden, wenn endlich die beschissene Schule vorbei ist.»

«Ich hätte dir sagen können, dass es danach nur noch schlimmer wird.» Der Anflug eines bitteren Lächelns lag auf Sörens Gesicht.

«Und ich hätte es mir denken können.»

«Ich vermisse Lilli.»

Fabienne starrte ihn an. «Ich auch. So sehr, dass es wehtut. Ich wünschte, ich könnte sie noch einmal sehen.»

## Sellnitz, am selben Tag

Tom stieg aus dem Wagen und betrachtete das Haus, ließ seinen Blick vom Reetdach über die weiß verputzte Fassade mit den Sprossenfenstern bis zu der blau lackierten Tür wandern. Ein warmes Gefühl durchströmte ihn. Das war sein Zuhause. Er hatte befürchtet, dass ihm nach dem Anschlag hier unbehaglich zumute sein würde. Aber er empfand nur Glück und Erleichterung, endlich wieder daheim zu sein.

Rasch schritt er durch den Vorgarten und schloss auf. Er hatte nicht viel Zeit, musste Romy bei Nicole abholen, denn sie hatten noch einen Termin. Aber zuerst musste er etwas anderes erledigen. Er ließ die Reisetasche am Fuß der Treppe stehen und stieg in den ersten Stock. Vor dem Schrank im Badezimmer zögerte er einen Moment.

Sei kein Feigling, sprach er sich Mut zu, du brauchst das Zeug nicht, du schaffst es ohne. Kurz entschlossen riss er die Tür auf und nahm die Packung heraus. Er musste daran denken, wie er Mascha damit erwischt hatte und wie ihm dabei die Gefühle übergekocht waren. Zorn, Angst, Scham. Nie wieder wollte er in eine solche Situation geraten.

Anfangs würde es bestimmt schwer werden. Nächte ohne Schlaf. Entzugserscheinungen. Selbsthass. Aber er würde das in den Griff kriegen. Wenn nicht für sich selbst, dann für Romy. Seine Tochter sollte keinen verdammten Junkie als Vater haben, der Pillen brauchte, um sein Leben auf die Reihe zu kriegen.

Eine nach der anderen drückte er die Tabletten aus der Blisterpackung in die Toilette, dann spülte er. Das leere Päckchen riss er in kleine Fetzen und schmiss sie in den Müll. Als er den Deckel zuklappte, kam es ihm vor, als würde eine große Last von seinen Schultern genommen.

Bevor er das Haus wieder verließ, stellte er sich einen Moment an die Terrassentür. Beim Anblick der Dünen zwickte seine Schulter.

«Wo steckst du, Marina?», murmelte er. «Was hast du jetzt vor?»

Seltsamerweise war er nicht wütend auf sie. Vielmehr hatte er das Bedürfnis, sie zu beschützen. Nicht vor einem unbekannten Gegner, sondern vor sich selbst. Und er empfand Dankbarkeit. Dafür, dass er am Leben, dass er gesund war und eine wunderbare Tochter hatte. Der Schuss hatte ihn gelehrt, wertzuschätzen, was er besaß, und es nicht leichtfertig aufs Spiel zu setzen.

## Am selben Tag

Dayita gähnte und schlurfte zur Kaffeemaschine. Eigentlich hatte sie heute frei, schließlich war Wochenende. Doch es hatte sie nicht zu Hause gehalten, wo die leeren Räume sie nur daran erinnerten, dass Simon nicht mehr da war. Die Arbeit half gegen die Schmerzen.

Gestern hatte sie noch bis spät am Schreibtisch gesessen, um nicht nur die Story über Patrizia Lamertz' Suizid rechtzeitig für die Samstagsausgabe fertig zu bekommen, sondern auch einen Bericht über die Schüsse im Garten von Henning Mauritz.

Was für eine verrückte Geschichte. Eine Psychiatriepatientin, die von dem Bauunternehmer besessen war. Die Frau tat Dayita fast leid, auch wenn sie nicht nachvollziehen konnte, wie man für dieses arrogante Arschloch schwärmen konnte.

Jedenfalls war Mauritz' Untreue nicht nur eine Gefahr für seine Ehe. Aber die Finger von jungen Frauen zu lassen, schaffte er wohl nicht.

Dayita stellte die Maschine an und sah gähnend zu, wie der Kaffee durchlief. Vielleicht hätte sie doch zu Hause bleiben sollen. Viel würde sie heute ohnehin nicht schaffen. Sie brauchte ein Privatleben. Sollte sich mit Freunden treffen, ins Kino oder Theater gehen. In Hamburg hatte sie das alles gemacht. Mit Simon.

Das Telefon auf ihrem Schreibtisch klingelte. Dankbar über die Abwechslung eilte sie hin und meldete sich.

«Spreche ich mit der Zeitung?», fragte eine Frauenstimme.

«Mit dem Sellnitzer Wochenblatt, ja.» Ob man das als Zeitung bezeichnen durfte, war dahingestellt.

«Ich habe Ihren Artikel gelesen. Darin steht nicht die Wahrheit.»

Eine von diesen Nervensägen. Dayita ließ sich auf den Stuhl sinken.

«Welchen Artikel meinen Sie?», fragte sie bemüht freundlich.

«Den über Henning Mauritz.»

Dayita horchte auf. «Die Schüsse?»

«Das ist alles gelogen.»

Doch eine Spinnerin. «Tut mir leid, wenn …»

«Ich könnte Ihnen die Wahrheit erzählen, wenn Sie versprechen, alles abzudrucken. Er darf nicht wieder davonkommen.»

Dayita setzte sich gerade auf. «Die Wahrheit über Henning Mauritz, meinen Sie?»

«Versprechen Sie mir, nicht die Polizei zu informieren?»

Großer Gott, konnte es sein, dass …

«Sind Sie Marina Sarow?»

«Versprechen Sie es mir?»

«Ich gebe meine Informanten nie preis, Frau Sarow.» Dayita wiederholte den Namen, in der Hoffnung, dass die Frau bestätigen würde, dass sie es war. «Schlagen Sie einen Treffpunkt vor, ich komme, wohin Sie wollen.»

Dayita musste an das Telefonat denken, das Henning Mauritz in seinem Auto geführt und das sie zufällig mitgehört hatte. Die Worte, die ihr einen Schauder über den Rücken gejagt hatten. *Sie wird uns nicht gefährlich, dafür sorge ich.* Hatte er damit Marina Sarow gemeint?

Ein anderer Gedanke durchzuckte sie. Wie riskant war ein Treffen mit ihr? Die Frau war aus der Psychiatrie geflohen und hatte zweimal auf einen Menschen geschossen. Hatte sie das Gewehr noch? Oder hatte die Polizei es am Tatort gefunden?

Es war still in der Leitung.

«Hallo? Sind Sie noch da?»

Ein Knistern war zu hören, und ein Rauschen, wie von Wind oder Regen, dann wieder die Stimme. «Ich kann jetzt nicht weiterreden. Ich rufe wieder an.»

## Am selben Nachmittag

Hallo, Mutti.»

«Mascha!»

«Ich wollte …»

«Schön, dass du anrufst, Mascha. Dein Bruder hat behauptet, du kämst nicht zu Vatis Geburtstag. Aber ich weiß, dass du ihm das nicht antun würdest.»

Mascha presste die Hand gegen die Fensterscheibe, ihr Blick ging nach draußen, aber was sie sah, lag nicht vor dem Haus, sondern weit in der Vergangenheit. «Sie wollte fliehen.»

«Was? Wovon redest du?»

«Sie wollte in den Westen fliehen, über die Ostsee.»

Stille.

«Ich weiß es. Ich erinnere mich.»

«Fängst du schon wieder davon an?»

«Ihr hättet es mir erzählen müssen.»

«Ist das alles, worüber du mit mir reden wolltest?» Mascha hörte die Bitterkeit in der Stimme ihrer Mutter. «Hat dein Bruder doch recht, ist der Geburtstag deines Vaters dir egal?»

Mascha nahm die Hand von der Scheibe, lehnte stattdessen die Stirn gegen das kalte Glas. «Warum könnt ihr mir nicht einfach die Wahrheit sagen? Ich denke, ich habe ein Recht darauf.»

Es klickte in der Leitung. Es fühlte sich an, als hätte ihre Mutter sie geohrfeigt.

Mascha nahm das Telefon vom Ohr, drehte sich vom Fenster weg und ließ sich auf den Boden gleiten. Sie zog die Knie hoch, umschlang sie mit den Armen und ließ den Kopf darauf sinken. Wie sollte sie ihren Eltern jemals verzeihen, dass sie sie ihre gesamte Kindheit lang angelogen hatten, wenn sie nicht einmal jetzt bereit waren, mit ihr darüber zu reden?

Sie fuhr zusammen, als das Handy in ihrem Schoß klingelte. Hoffnungsvoll blickte sie auf das Display. Nicht ihre Mutter.

«Hallo, Tom.»

«Romy und ich kommen gerade von der Tagesmutter, sie ist sehr nett und hat schon ab Montag Zeit. Das wollen wir mit einem Picknick am Strand feiern. Es ist zwar nicht ganz so warm wie vorhergesagt, aber die Sonne scheint. Möchtest du mitkommen? Wir würden uns freuen.»

Mascha hatte das Nein schon auf den Lippen, ihr war nicht nach Gesellschaft, doch dann besann sie sich. «Sehr gern. Ich habe noch ein halbes Baguette, das kann ich beisteuern. Und eine Tafel Schokolade.»

«Perfekt. Wir holen dich in zehn Minuten ab.»

Sie fuhren an den Weststrand. Vom Parkplatz aus mussten sie ein Stück durch den Wald laufen, bis das Wasser zwischen den Kiefernstämmen hervorblitzte. Die letzte Reihe Bäume war tief vom Wind gebeugt, einige Stämme lagen quer im Sand, von der letzten Sturmflut gefällt. Kaum zu glauben, dass das Wasser, das heute so friedlich wirkte, an manchen Tagen nicht nur Dünen zerstörte und Bäume umstürzte, sondern ganze Stücke der Steilküste in den Abgrund riss.

Zahlreiche Spaziergänger nutzten das herrliche Wetter, doch sie hatten ihr kleines Stück Strand für sich allein. Erst spielten sie Ball, danach aßen sie belegte Brote, Kuchen, Trauben und Schokolade. Als es Romy auf der Decke langweilig wurde, gab Tom ihr einen Eimer, damit sie Muscheln sammeln konnte.

Dann griff er nach einer Traube und betrachtete sie nachdenklich von allen Seiten. «Ich hatte vorhin einen Anruf. Von der Inneren.»

Mascha versteifte sich. «Und?»

«Irgendwer hat die Spur der Fotos verwischt, sodass man nicht mehr nachvollziehen kann, von welchem Gerät sie hochgeladen wurden.» Er legte die Traube weg und sah Mascha an. «Warum zum Teufel hast du das getan?»

«Und ich war so dumm zu denken, du wolltest mich einfach nur zu einem Picknick einladen», entgegnete sie.

«Das wollte ich auch. Aber ich muss eine Antwort von dir haben.»

«Glaubst du etwa, ich hätte die Bilder auf Instagram hochgeladen und danach meine Spuren verwischt?»

«Natürlich nicht. Ich bin sicher, dass es Holger war. Ich verstehe nur nicht, warum du ihn deckst. Am Ende ist Blut doch dicker als Wasser, ist es das?»

Mascha lachte freudlos auf. «In diesem Fall ganz bestimmt nicht. Holger hat mein Handy benutzt.»

«Wie bitte?»

«Ich habe die ganze Zeit darüber nachgedacht, wie er es angestellt hat, und irgendwann ist mir eingefallen, dass ich in der Nacht nach dem Anschlag auf dich aufgewacht bin und dachte, es wäre jemand in der Wohnung. Kurz darauf habe ich unten auf der Straße ein Auto gehört.»

Tom starrte sie an. «Er ist in die Wohnung eingebrochen und hat dein Handy benutzt, um dir das anzuhängen?»

Mascha zuckte mit den Schultern und wandte sich dem

Meer zu. Tom sollte nicht sehen, wie weh ihr das tat. «Er glaubt, dass ich schuld bin an seinem Disziplinarverfahren.»

«Was für ein Arschloch. Kaum zu fassen, dass ihr verwandt seid.»

Mascha sagte nichts darauf, schaute den Wellen zu, die den Strand heraufkrochen und wieder zurückglitten, ein ewiger Kreislauf. Dann nahm sie ihren Mut zusammen.

«Wir sind nicht verwandt. Nicht blutsverwandt jedenfalls.»

«Aber du hast doch gesagt, er wäre dein Bruder.»

«Holger ist das leibliche Kind meiner Eltern, ich wurde adoptiert, weil sie sich noch ein Mädchen wünschten.»

«Ach je», murmelte Tom und sah zu Romy hinüber, die dazu übergegangen war, Äste durch den Sand zu schleifen, die der Sturm von den Bäumen gerissen hatte, und übereinanderzuschichten. «Ist das der Grund, weshalb ihr euch so schlecht versteht?»

«Keine Ahnung.» Mascha zog die Jacke enger um die Schultern, die Sonne wärmte sie nicht mehr. «Holger hat mich immer gepiesackt, auch als wir noch klein waren. Vielleicht war er eifersüchtig auf das kleine Mädchen, das seine Eltern ins Haus geholt hatten. Aber er hat mich auch beschützt, wenn ich in Gefahr war, mehr als einmal. Vermutlich waren wir ziemlich normale Geschwister. Bis ich mit siebzehn im Schreibtisch meines Vaters die Adoptionsurkunde fand. Da ist meine Welt zusammengebrochen. Von einer Sekunde auf die andere war nichts mehr so, wie ich geglaubt hatte. Alle Gewissheiten fort. Ich war so wütend, ich habe alle gehasst, vor allem meine Eltern, weil sie es mir verschwiegen haben. Noch heute weigern sie sich, mit mir darüber zu reden.»

«Und deine leiblichen Eltern?»

Mascha schloss für einen Moment die Augen, sah wieder die

Lichter am Bunker aufblitzen, hörte die Schreie der Frau. Sie fröstelte, umschlang die angezogenen Beine mit den Armen.

«Ich weiß es nicht», sagte sie leise. «Ich habe nicht einmal einen Namen.»

«In der Adoptionsurkunde steht nichts?»

«Nur mein Vorname, mein Geburtsdatum und mein Geburtsort. Dresden. Und der lapidare Satz: Das Kind trägt künftig den Namen Mascha Dietrich. Immerhin haben sie meinen Vornamen nicht geändert. Ich habe alles versucht, um mehr herauszukriegen, aber die Akte ist angeblich unauffindbar. Ich habe mich an Hilfsorganisationen gewandt, Behörden angeschrieben. Aber ohne einen Nachnamen ist es sinnlos.» Mascha spürte, wie ihr die Tränen kamen. Sie blinzelte sie weg. «Ich habe sogar darüber nachgedacht, mich hypnotisieren zu lassen. Ich war fast vier Jahre alt, als ich adoptiert wurde, alt genug, um mich zu erinnern.»

Tom runzelte nachdenklich die Stirn. «Die Aktenordner, die du mit dir herumschleppst, haben die etwas damit zu tun?»

«Ich habe alle Informationen zusammengetragen, die ich finden konnte. Unter anderem habe ich mir die Daten aller Frauen, die zur Zeit meiner Geburt in Dresden lebten und vom Alter her infrage kommen, aus dem Melderegister gezogen.»

«Ist das der Grund für deine Suspendierung?»

Mascha nickte, unfähig, etwas zu sagen, weil ihr schon wieder Tränen in den Augen brannten.

«Es muss schlimm sein, seine Wurzeln nicht zu kennen.»

«Es ist wie ein Loch, irgendwo tief hier drin.» Mascha legte die Hand auf den Bauch. «Wie eine Wunde, die nicht heilen will.»

«Das tut mir wirklich leid für dich.»

«Da ist noch etwas.» Mascha räusperte sich. «Ich hatte von

Anfang an das Gefühl, dass ich schon einmal hier gewesen bin, in Sellnitz, meine ich. Keine konkrete Erinnerung, nur ein vages Gefühl von Vertrautheit. Und dann, als ich mit Fabienne abends am Bunker war …» Mascha brach ab, Tom würde sie bestimmt für verrückt erklären.

«Was ist passiert?», fragte er sanft, als sie nicht weitersprach.

«Ich hatte so etwas wie einen Flashback. Da waren plötzlich Lichter und Stimmen, eine Frau rief meinen Namen. Ich stand da, presste mein Schnatterinchen an mich und hatte schreckliche Angst. Alles war so real.»

«Du glaubst, es war eine Erinnerung?»

Mascha griff in ihre Hosentasche und holte die kleine Ente hervor. «Sie ist das Einzige, was ich von damals habe, da bin ich sicher. Meine Eltern haben mehrmals versucht, sie mir wegzunehmen, aber ich habe immer ein solches Theater gemacht, dass sie es irgendwann aufgegeben haben. Wenn ich daran denke, dass meine Mutter sie in den Händen gehalten hat …» Mascha steckte die Ente rasch wieder weg. «Ich habe den Verdacht, dass sie mit mir über die Ostsee fliehen wollte. Sie wurde erwischt, wer weiß, was sie mit ihr gemacht haben. Und ich kam zu Adoptiveltern.»

Mascha spürte Toms Hand auf ihrer Schulter. «Das ist wirklich schlimm.»

Sie sah ihn an. «Das ist es. Aber jetzt habe ich einen neuen Ansatzpunkt für meine Suche. Alle Zwischenfälle an der Grenze sind dokumentiert. Und wenn meine Mutter ins Gefängnis kam, muss es auch darüber Unterlagen geben.»

«Du wirst sie finden, ganz bestimmt.» Er drückte sanft ihre Schulter. «Wenn jemand es schafft, dann du.»

Mascha lächelte. «Ich hoffe, du hast recht.»

Eine Weile saßen sie schweigend da.

Romy kam angestapft. «Durst!»

Tom goss ihr einen Becher Saft ein, sie trank in gierigen Zügen.

«Willst du auch noch was zu essen?»

«Nein, ich muss arbeiten.»

Er blickte zu dem Haufen Äste. «Wird das ein Lagerfeuer?»

«Nein, ein Schiff. Ich bin die Piratenkönigin.»

«Aye, Käpt'n.»

«Nicht Käpt'n. Königin.»

«Aye, Königin.»

Sie stürmte davon.

Mascha blickte ihr lächelnd hinterher. «Ich wäre auch gern eine Piratenkönigin.»

«Du wärst bestimmt eine tolle Piratenkönigin.» Tom grinste.

Mascha wurde wieder ernst. «Ich habe da eine Idee. Lass mich bitte ausreden, auch wenn du sie bescheuert findest.»

Er sah sie mit hochgezogenen Brauen an.

«Wir haben doch darüber nachgedacht, dass Lilli ihr Verschwinden selbst inszeniert haben könnte, zumindest zu Anfang. Ihre Mutter war ebenfalls adoptiert, also war Lilli vielleicht auch auf der Suche nach ihren Wurzeln. Sie hat sogar ein Schnatterinchen, genau wie ich.»

«Das sie von Ursula Zimmermann bekommen hat.»

«Ja, ich weiß.»

«Ich fürchte, dass du da bloß eine Parallele siehst, weil du sie sehen willst, Mascha.»

«Wir könnten es zumindest mal durchspielen.»

«Aber wir haben keinerlei Ansatzpunkte. Wenn sie tatsächlich nach ihrer Herkunft geforscht hat, wären mögliche Informationen dazu entweder auf ihrem Computer oder in diesem ominösen Notizheft zu finden. Auf dem Laptop war aber nichts, und das Heft ist weg. Wo sollten wir da ansetzen? Mal ganz abgesehen davon, dass der Fall nun endgültig als abgeschlossen gilt. Die Woche ist um, und wir haben keinen neuen Verdächtigen im Fall Ben Reichert ausfindig gemacht. Oder glaubst du ernsthaft, dass Mike Wackerow etwas mit der Sache zu tun hat?»

Mascha seufzte. «Er war sehr bemüht darum, sich ein Alibi zu organisieren. Aber nein, ich denke nicht, dass er Ben ermordet hat. Ich glaube aber auch nicht, dass Sören Brandner zwanzig Minuten nach der Prügelei zurückgekehrt ist und Ben Reichert eiskalt erschlagen hat.»

«Erklär das meinem Chef.»

«Also ist endgültig Schluss?»

«Ich wünschte, es wäre anders. Aber ich weiß nicht, wie wir noch eine neue Spur aus dem Hut zaubern sollen. Zumal du ab Montag wieder in Schwerin bist. Wir haben wirklich jeden Stein umgedreht.»

Einen Moment schwiegen sie. Dann gab Toms Handy einen Ton von sich, er warf einen Blick aufs Display, öffnete eine Nachricht.

«Verdammt, das darf doch nicht wahr sein.» Er schüttelte ungläubig den Kopf. «Was für eine Schlamperei!»

«Was ist los?»

«Die KT hat einen Teil der Kartons aus Bens Haus versehentlich auf ein anderes Revier bringen lassen. Und die haben das erst jetzt gemerkt.»

«Das ist ja wohl ein Scherz»

«Leider nicht.»

«Haben wir uns nicht eben noch gewünscht, dass irgendwer eine neue Spur aus dem Hut zaubert?»

«Eine neue Spur ist das zwar noch nicht, aber …»

«Schicken die uns die Akten nach Sellnitz?»

«Am liebsten würde ich sie selbst dort abholen. Und zwar heute noch.»

«Dann machen wir das», entschied Mascha, plötzlich von neuer Zuversicht erfüllt. «Und morgen gehen wir den Inhalt durch.»

Tom verzog das Gesicht. «Morgen ist Sonntag.»

«Hast du etwas Besseres vor?»

Er sah zu Romy hinüber.

«Wir nehmen sie mit», sagte Mascha. «Sie kann uns helfen.»

«Nicht dein Ernst.»

«Na ja, wir geben ihr einen Stapel Blätter, die sie bemalen und abheften kann. Auch Piratenköniginnen haben Papierkram zu erledigen.»

«Dir ist wohl jedes Mittel recht.»

«Du kennst mich doch.»

«Ja.» Er lächelte. «So langsam bekomme ich eine Ahnung.»

## Zwischenbemerkung

Auch in diesem Buch findet der Großteil der Handlung im fiktiven Sellnitz auf dem Darß statt. Die realen Orte, die in der Geschichte vorkommen, habe ich so nah an der Wahrheit beschrieben, wie es möglich war. Nur hin und wieder habe ich die Realität ein wenig angepasst, etwa in der Feriensiedlung am Ortsrand von Graal-Müritz. In meinem Buch wirkt sie größer, als sie in Wirklichkeit ist, und die Häuser liegen weiter auseinander.

Wieder habe ich von vielen Seiten Hilfe bekommen. Mein besonderer Dank gilt diesmal vor allem Dr. Frank Glenewinkel, der mir wie immer kompetent und gut gelaunt meine diversen rechtsmedizinischen Fragen beantwortet hat. Die Formulierung, dass Wasserleichen häufig ein recht buntes Bild bieten, habe ich wörtlich von ihm übernommen. Sämtliche Fehler, die mir bei der Beschreibung der Todeszeichen und der Errechnung des Todeszeitpunkts dennoch unterlaufen sein mögen, gehen auf meine Kappe.

Noch immer liegt im Dunkeln, was mit Lilli Sternberg geschah. Es gibt neue Spuren und frische Ermittlungsansätze. Aber führen sie wirklich zur Wahrheit?

Bevor diese Frage beantwortet wird, spitzen sich die Ereignisse auf jeden Fall noch einmal zu, und Mascha und Tom müssen sich Herausforderungen stellen, die sie an ihre Grenzen führen.

Ich wünsche viel Spaß beim Weiterlesen!

*Karen Sander*

Leseprobe

Drei Wochen sind seit dem Verschwinden von Lilli Sternberg vergangen. Die junge Frau ist höchstwahrscheinlich tot. Längst sind auch keine verschlüsselten Botschaften mehr eingetroffen. Die Ermittler Engelhardt und Krieger graben noch tiefer in Lillis Leben und stoßen auf eine neue Spur: Plötzlich sieht es so aus, als könnte Lillis Verschwinden mit dem Tod ihrer Mutter zusammenhängen, deren Leiche vor neunzehn Jahren genau dort gefunden wurde, wo die Polizei Lillis Blut entdeckte. Wurde damals der Falsche für das Verbrechen verurteilt? Läuft der wahre Täter noch frei herum und hat nun auch die Tochter umgebracht?

Weitere Informationen finden Sie unter *www.rowohlt.de*

## Zuvor

## Donnerstag, 5. September

## Sellnitz auf dem Darß, am Nachmittag

Es ist der gleiche Wald wie immer, der Wald, den sie seit ihrer Kindheit kennt, doch heute ist er ihr fremd. Die knorrigen Eichen wirken abweisend, die schmalen Wasserlöcher zwischen den herbstgelben Blättern des Adlerfarns schimmern bedrohlich schwarz. Lilli tritt fest in die Pedale, als könnte sie so die Beklemmung vertreiben. Es ist warm, fast sommerlich. Trotzdem fröstelt sie. Sie ist nervös. Und sie hat Angst. Immer wieder blickt sie über die Schulter. Bestimmt ist der Wald voller Geräusche. Ben hat ihr beschrieben, wie das Rascheln von Laub klingt und der Gesang der Feldlerche. Sie haben den verschiedenen Lauten Farben zugeordnet. Das Rauschen des Meeres ist türkis, das Singen des Windes in den Kronen der Kiefern himmelblau. Den Schritten eines Verfolgers haben sie nie eine Farbe gegeben. Es würde auch nicht helfen gegen das Unbehagen. Lillis Kehle ist so eng, dass ihr das Atmen schwerfällt. Aber sie ist fest entschlossen. Was immer es kostet, sie wird es durchziehen.

«Alles wird gut gehen», sagt sie sich. «In ein paar Tagen ist es vorbei, du darfst jetzt nicht schwach werden.»

Ben hat sie eben noch einmal gefragt, ob sie sich auch ganz sicher ist. Ja, das ist sie. Sie hat lange genug gezögert, sich mit Halbwahrheiten vertrösten lassen.

«Du musst das nicht tun.» Ben hat sie eindringlich angesehen.

«Aber ich will. Du hilfst mir doch? Oder hast du es dir anders überlegt?» Langsam ließ sie ihre Hand nach der letzten Gebärde von der Schläfe sinken.

Er wischte mit dem Zeigefinger von links nach rechts. «Nein, natürlich nicht.»

Sie weiß, dass sie sich auf Ben blind verlassen kann. Er ist ihr Halt, ihr Fels in der Brandung. Ohne Ben würde sie das nicht durchstehen. Kein Mensch ist ihr so nah. Das war schon immer so, sie kann sich nicht an eine Zeit erinnern, in der er nicht in ihrem Leben war. Sören versteht das nicht, er glaubt, dass Ben ein Nebenbuhler ist. So ein Unsinn.

Ben ist ihr Bruder, ihr Blutsbruder.

Sie erinnert sich noch genau an den Tag, als sie mit dem rostigen Taschenmesser ihre Arme aufgeschlitzt haben, um ihr Blut zu mischen, oben auf dem Heuboden in der Scheune. Sie muss damals sechs gewesen sein und Ben acht. Untrennbar verbunden, bis in alle Ewigkeit. Wenn man genau hinsieht, erkennt man noch immer die helle dünne Narbe auf der Innenseite ihres Unterarms.

Bens Vater hat damals noch gelebt. Er hat sie erwischt und ein Riesentheater gemacht. Hat Ben zusammengeschissen, weil er das arme kleine Mädchen zu so einem gefährlichen Unsinn angestiftet habe. Der faule Nichtsnutz, der bloß dumme Ideen im Kopf habe.

Lilli hat protestiert, es war ihre Idee gewesen, nicht Bens. Sie war die Wildere von ihnen beiden, zumindest als Kinder. Aber es hat nichts geholfen, Bens Vater konnte keine Gebärden, er hat sie nicht einmal wahrgenommen.

Ben bekam eine Woche Hausarrest, und zudem wahrscheinlich eine ordentliche Tracht Prügel, auch wenn er das ihr gegenüber nie zugegeben hat. Doch Lilli kannte seinen Vater.

Er war ein Mann mit festen Grundsätzen, und einer davon lautete, dass man Worten auch Taten folgen lassen musste, gerade bei ungezogenen Jungen.

Bens Mutter war damals schon tot. Wenn Lilli sich anstrengt, kann sie das Bild einer freundlichen, warmherzigen Frau heraufbeschwören, die in einem abgedunkelten Zimmer im Bett liegt, schwer gezeichnet von der Krankheit, die sie langsam tötet, aber dennoch tapfer ihrem Sohn Mut zuspricht. Manchmal ist sie traurig, dass sie eine Erinnerung an Bens Mutter hat, aber keine einzige an ihre eigene.

Der Abzweig kommt in Sicht. Geradeaus geht es zum Strand, wo sie mit Fabienne verabredet ist. Lilli zwingt sich, nicht an ihre Freundin zu denken. Nicht an Fabienne, nicht an ihre Großeltern. Nicht an Sören. Sie will niemandem wehtun, vor allem nicht den Menschen, die sie liebt. Aber sie muss das jetzt tun, es gibt keinen anderen Weg.

Sie fährt nicht weiter zum Strand, sondern biegt links ab Richtung Parkplatz Krielmoor. Zum Glück ist auch hier niemand zu sehen, der Wald liegt verlassen da. Die Eichen sind Kiefern und weiß leuchtenden Birken gewichen. Entlang des Forstwegs verläuft ein Graben, auf der schlammbraunen Wasseroberfläche schwimmt gelbes Laub.

In Gedanken geht Lilli noch einmal den Plan durch, überlegt zum hundertsten Mal, ob Ben und sie auch nichts vergessen haben. Am liebsten würde sie den Rucksack von den Schultern nehmen und nachschauen, ob sie wirklich alles dabeihat. Die beiden Handys, ihr Notizheft, das Foto, den Brief. Sie hat ihn vorhin noch einmal gelesen, und sie ist sicher, dass jedes Wort der Wahrheit entspricht.

Lilli ist so in Gedanken, dass sie die Person, die plötzlich hinter einem Weißdornstrauch hervor auf den Weg tritt, erst bemerkt, als sie nur noch wenige Meter entfernt ist. Erschrocken macht sie eine Vollbremsung, die Reifen blockieren, das Rad schlingert, kippt fast um. Als Lilli endlich sicher steht, hämmert ihr Herz wild in der Brust.

## 17 Tage später

## Sonntag, 22. September

## Sellnitz auf dem Darß, am Nachmittag

Mascha Krieger packte den Stapel Papiere zurück in den Karton und klappte ihn zu.

«Nichts?», fragte Tom Engelhardt, ihr Kollege, der neben ihr im Schneidersitz auf dem Boden saß, den Rücken gegen das Regal mit den verstaubten Akten gelehnt.

«Lauter banales Zeug.» Mascha schob den Karton weg. «Rechnungen, Versicherungsunterlagen, Kontoauszüge.»

Seit zwei Stunden durchsuchten sie im Aktenraum des kleinen Sellnitzer Polizeireviers die Kartons mit den Unterlagen, die vor knapp zwei Wochen im Rahmen einer Hausdurchsuchung auf dem Anwesen von Benjamin Reichert beschlagnahmt worden waren. Zu dem Zeitpunkt war er ein Tatverdächtiger im Fall Lilli Sternberg gewesen. Das war er noch, doch inzwischen war er selbst tot, erschlagen nach einem Streit mit Lillis Freund Sören Brandner.

Einen Teil der Kartons hatten sie bereits durchgesehen, doch mehr als die Hälfte war versehentlich in einem anderen Revier gelandet, was erst gestern aufgefallen war. Die Unterlagen waren ihre letzte Hoffnung, doch noch herauszufinden, was mit Lilli geschehen war. Und wer ihren Kumpel Ben ermordet hatte.

Und ob es eine Verbindung zu Marina Sarow gab, der Frau, die knapp hundert Kilometer von Sellnitz entfernt aus der

Psychiatrie ausgebrochen war und Schüsse auf Tom und einen lokalen Bauunternehmer abgeben hatte. Sie befand sich noch immer auf der Flucht. Die Suche nach ihr hatten jedoch seit gestern die Zielfahnder des LKA übernommen, die darauf spezialisiert und viel besser ausgerüstet waren. Lediglich Björn André, der Kollege aus Teterow, der von Anfang an in die Suche nach Sarow involviert gewesen war, war noch mit von der Partie.

Am Vorabend hatten Mascha und Tom beschlossen, ihren freien Sonntag zu opfern, um die fehlenden Kartons durchzusehen. Ihre letzte Chance, bevor Mascha zurück nach Schwerin musste, wo sie als Kryptologin im LKA arbeitete.

Toms fünfjährige Tochter Romy hatten sie mit aufs Revier genommen. Sie saß mit dem Streifenkollegen Bernd Kruse, der von allen nur Senior genannte wurde, an der Theke im Empfangsbereich und bastelte mit seiner Hilfe eine Polizeimarke, weil sie jetzt ja mit zum Team gehörte. Senior hatte vier Enkel und reichlich Routine im Basteln, und er freute sich über die Abwechslung beim langweiligen Sonntagsdienst.

Obwohl es in den vergangenen zweieinhalb Wochen in dem kleinen Ort an der Ostseeküste drei ungeklärte Todesfälle und zwei Mordanschläge gegeben hatte, war an diesem Sonntag nichts auf dem Revier los. Die Welle der Anrufe von Zeugen und Presse war verebbt und hatte der üblichen verschlafenen Ruhe Platz gemacht.

«Vielleicht war es eine Schnapsidee», sagte Tom und gähnte.

Mascha war noch nicht bereit aufzugeben. Sie hätte das Gefühl, Lilli im Stich zu lassen, wenn sie jetzt kapitulierte. Sie war sich darüber im Klaren, dass die Verbundenheit, die sie mit der jungen Frau empfand, unprofessionell war, aber das war ihr egal. Mascha war als Kind adoptiert worden und glaubte seit

Kurzem, sich zu erinnern, dass ihre Mutter mit ihr vom Sellnitzer Weststrand aus in den Westen fliehen wollte.

Lilli Sternbergs Mutter Cornelia war ebenfalls adoptiert worden. Wäre sie nicht ein halbes Jahr nach Lillis Geburt ermordet worden, wäre sie heute nur wenige Jahre älter als Mascha. Mascha hatte den Verdacht, dass Lilli wie sie selbst nach ihren Wurzeln gesucht hatte, bevor sie verschwand, und dass ihr Verschwinden damit zusammenhing. Allerdings gab es für diese Theorie nur ein paar vage Indizien.

«Einen Karton haben wir noch.» Mascha stand auf, hob ihn vom Tisch und stellte ihn vor Tom ab.

Sie entzifferte, was die Kollegen auf den Deckel geschrieben hatten: *Schreibtisch, Wohnzimmer.* Das klang vielversprechend. Der Inhalt der anderen Kartons war aus Schränken und Regalen genommen worden. Auf dem Schreibtisch hatte Ben Reichert vermutlich die aktuellen Unterlagen aufbewahrt.

Sie öffnete den Deckel, nahm einen Stapel heraus und reichte ihn Tom.

«Du gibst wohl nie Ruhe», murmelte er.

«So gut solltest du mich inzwischen kennen.»

Sie ergriff einen weiteren Packen Unterlagen und nahm wieder auf dem Boden Platz. Unter ein paar losen Blättern ertastete sie eine Dokumentenmappe. Rasch legte sie die Papiere weg und öffnete die Mappe. Die meisten Dokumente hatten mit dem Haus zu tun, einem ehemaligen Bauernhof, den Benjamin Reichert von seinen Eltern geerbt hatte und in dessen Scheune er sein Atelier eingerichtet hatte.

Mascha blätterte weiter und stockte. *Mein Testament*, stand auf dem Blatt. Neugierig überflog sie den kurzen Text und pfiff durch die Zähne.

«Ben hat seinen gesamten Besitz Lilli vermacht.»

Tom hob den Kopf. «Interessant.»

«Finde ich auch.»

«Damit hätte sie ein Mordmotiv – wenn sie noch leben würde.»

«Du glaubst doch nicht …» Mascha beendete den Satz nicht, weil Tom heftig den Kopf schüttelte.

«Aber es wirft neue Fragen auf», sagte er nachdenklich. «Was geschieht nun mit seinem Besitz? Da ist ja nicht nur der Hof. Ich habe mal nachgeschaut, seine Skulpturen sind teilweise hohe fünfstellige Summen wert. Nach seinem Tod eher noch mehr.»

Mascha betrachtete das Blatt in ihren Händen. «Die entscheidende Frage ist vermutlich, ob Lilli schon tot war, als Ben starb. Falls nicht, hätte sie ihn vor ihrem eigenen Tod beerbt, und alles würde an ihre nächsten Angehörigen gehen, also ihre Großeltern. Aber wenn sich nicht herausfinden lässt, wer zuerst starb, weil ihre Leiche nie gefunden wird …»

«Spannendes Problem.» Tom seufzte. «Nur leider verrät uns das alles nicht, was mit ihr geschehen ist. Wir tappen noch genauso im Dunkeln wie am Abend ihres Verschwindens.»

Mascha wollte protestieren, schließlich hatten sie inzwischen einiges herausgefunden über die Umstände von Lillis Verschwinden. Sie hatten ihr Fahrrad aus einem Tümpel im Wald geborgen, wussten, mit wem sie zuletzt gesprochen hatte, dass Daten von ihrem Laptop gelöscht wurden, dass sie ein zweites Handy besaß und dass ein Foto von ihrer Mutter fehlte, das über ihrem Schreibtisch gehangen hatte.

Doch als Mascha den Mund öffnete, klopfte es, und Senior steckte den Kopf zur Tür herein.

«Alles in Ordnung mit Romy?», fragte Tom.

«Bestens. Habe sie gerade zur Kriminaloberkommissarin befördert.» Senior grinste, wurde aber sofort wieder ernst. «Die Leitstelle hat sich gemeldet. Ein möglicher Suizidversuch auf der Meiningenbrücke.»

Tom runzelte die Stirn. «Die haben doch bestimmt schon Kollegen hingeschickt.»

«Klar, aber sie dachten, es könnte dich interessieren. Es handelt sich um eine Frau. Mit einem Gewehr.»

## Am selben Tag

Ich presse das Taschentuch auf die Wunde. Ich habe mich an einem hervorstehenden Stück Draht verletzt, als ich um die Absperrung herumgeklettert bin, die Unbefugten den Zutritt auf die stillgelegte Brücke verwehrt. Angeblich wird sie demnächst saniert, denn die Bahnlinie, die den Darß mit dem Festland verbindet, soll wieder eröffnet werden, doch noch ist davon nichts zu erkennen. Statt der Schienen, die schon nach dem Krieg zurückgebaut wurden, gibt es staubigen Asphalt, über den kein Fahrzeug mehr gerollt ist, seit nebenan die neue zweispurige Brücke gebaut wurde.

Ich blicke nervös zur Seite. In regelmäßigen Abständen fahren Autos vorbei, doch bisher hat keins das Tempo gedrosselt oder gar angehalten. Anscheinend sind die Insassen zu sehr mit sich selbst beschäftigt, um sich für eine Frau zu interessieren, die auf einer gesperrten alten Eisenbahnbrücke herumturnt.

Ich presse die Zähne zusammen. Mein rechter Unterarm brennt wie Feuer, das Blut hat eine Spur aus Tropfen auf die Fahrbahn gemalt und einen großen klebrigen Fleck auf meinem Kleid hinterlassen.

Egal. Bald werde ich noch viel stärker bluten, aber wohl nichts mehr davon merken. Eine Patrone ist noch im Magazin. Ich hoffe, dass ich trotz der Schmerzen im Arm genug Kraft haben werde, den Abzug zu ziehen. Und genug Mut.

Die massiven grauen Stahlstreben mit den rostigen Nieten liegen zum Glück so weit auseinander, dass es nicht schwierig ist, auf die Außenseite der Brücke zu gelangen. Das Geländer zwischen den Streben ist nur hüfthoch. Auf der anderen Seite bleibt kaum Platz für die Füße. Ich positioniere mich mit dem Rücken zum Abgrund, presse meinen Bauch an das Metall und umschlinge mit dem unverletzten Arm den Handlauf. Jetzt muss ich es nur noch schaffen, das Gewehr von der Schulter zu nehmen und durchzuladen, ohne dass es ins Wasser fällt.

Ich verschnaufe einen Augenblick und denke an das Telefonat gestern mit der Journalistin. Diese Dayita Kumar scheint nett zu sein. Ich hätte ihr gern die Wahrheit erzählt, über Henning Mauritz, über Walter Sternberg, über das, was damals geschah. Das Verbrechen, das nie gesühnt wurde. Aber woher soll ich wissen, ob ich der Frau trauen kann?

Wenn die Journalistin mich verrät, wenn sie die Polizei informiert, stellt man mich wegen der Anschläge auf Mauritz und den Polizisten vor Gericht. Ich würde ins Gefängnis kommen, vielleicht sogar in die geschlossene Psychiatrie. Ich würde den Rest meines Lebens in Gefangenschaft verbringen. Schließlich habe ich bewiesen, wie labil ich bin. Und wie gefährlich.

Aber sie werden mich nicht kriegen. Nicht lebend jedenfalls. Ich werde all dem ein Ende bereiten. Endgültig diesmal. Allerdings nicht, ohne Henning Mauritz ein Abschiedsgeschenk zu hinterlassen. Wenn ich gleich den Lauf des Gewehrs in den Mund schiebe und abdrücke, wird der Rückstoß mich in den Meiningenstrom katapultieren. Falls das Projektil mich nicht sofort tötet, werde ich innerhalb kürzester Zeit bewusstlos werden und ertrinken. Und mit etwas Glück wird die Strömung mich aufs offene Meer treiben und meine Leiche nie gefunden werden.

Henning Mauritz wird nie wissen, ob ich wirklich tot bin. Auch wenn ich offiziell für tot erklärt werde, kann er nicht ganz sicher sein. Er wird zeit seines Lebens auf der Hut sein, sich im Dunkeln auf der Straße umdrehen, wenn er Schritte hört, von dem klickenden Geräusch beim Laden einer Waffe aus dem Schlaf hochschrecken.

Nicht ganz die Strafe, die er verdient hat. Aber besser als nichts.

## Am selben Tag

Tom trat das Gaspedal durch. Eine Frau mit einem Gewehr auf der alten Meiningenbrücke, das konnte nur Marina Sarow sein. Er hatte sofort alles stehen und liegen lassen und war zum Wagen gesprintet. Mascha hatte ihn begleiten wollen, doch er hatte sie gebeten, den letzten Karton durchzusehen.

«Du musst etwas finden, bevor die Akten morgen der Staatsanwaltschaft übergeben werden.»

Mascha hatte zweifelnd auf den Karton geschaut. «Setz mich nur unter Druck.» Aber sie hatte sich wieder gesetzt und den nächsten Stapel Papier herausgenommen.

Toms Gedanken schossen wieder zu Marina Sarow. Er brauchte sie, und zwar lebend. Nicht nur als Zeugin, weil sie als Einzige Licht ins Dunkel bringen konnte, sondern auch, weil dieser Fall schon zu viele Menschenleben gefordert hatte.

Er passierte die Abfahrt nach Zingst. Jetzt war es nicht mehr weit. In der Ferne hörte er eine Sirene aus der entgegengesetzten Richtung kommen, vielleicht der Rettungswagen. Hoffentlich bedeutete das nicht, dass die Frau bereits gesprungen war. Oder schlimmer noch, geschossen hatte.

Die Brücke kam in Sicht. Pkw stauten sich in der Kurve vor der Auffahrt, wo Kollegen abgesperrt hatten. Tom wechselte auf die Gegenspur und fuhr bis an die Absperrung. Heiko

Gerdes alias Babyface hielt die Schaulustigen fern. An dem breitschultrigen jungen Mann kam so schnell keiner vorbei.

Er nickte Tom zu. «Schöne Scheiße.»

Tom reckte den Hals. «Sind noch Fahrzeuge auf der Brücke?»

«Nein. Alles frei. Auf der anderen Seite steht eine Streife aus Barth.»

«Wir brauchen Rettungsboote da unten. Fordere sie an. Und gib durch, dass niemand sich der Frau nähern soll. Ich übernehme das.»

Babyface verzog das Gesicht. «Ist das eine gute Idee? Immerhin hat sie auf dich geschossen, Chef. Sie könnte es wieder versuchen.»

«Sie hat nicht mich gemeint. Außerdem bin ich vorsichtig, keine Sorge.» Tom tippte auf die Dienstwaffe in seinem Holster.

Babyface wirkte nicht überzeugt, doch er protestierte nicht, als Tom Gas gab.

Da der Meiningenstrom die einzige Zufahrt vom Bodden aufs offene Meer bildete, war die Brücke so konstruiert, dass sie für große Schiffe geöffnet werden konnte. Bei dem Neubau konnte man einen Teil der Fahrbahn hochklappen, bei der alten Eisenbahnbrücke das erste Stück seitlich wegdrehen. Seit die Brücke nicht mehr genutzt wurde, war dieser Teil dauerhaft eingedreht. Von der Halbinsel aus gab es also keine Verbindung mehr.

Als Tom sich den beiden Brücken näherte, erkannte er die Gestalt im dünnen Sommerkleid, die sich mit einer Hand von außen ans Geländer klammerte. In der anderen hielt sie ein Gewehr. Ein Steyr SM12. Das Gewehr, mit dem sie auf Tom geschossen hatte. Für einen winzigen Moment zitterte sein Fuß auf dem Gaspedal, ein kalter Eisregen durchlief ihn, ein Stechen zuckte durch seine Schulter. Obwohl er von dem überzeugt war, was er zu Babyface gesagt hatte, war es ein merkwürdiges Gefühl, die Waffe zu sehen, die ihn beinahe getötet hätte, und das auch noch in den Händen der Frau, die geschossen hatte.

Zum Glück konnte Marina Sarow das Gewehr aus dieser Position heraus nicht schnell hochreißen und abfeuern. Ganz wohl war Tom trotzdem nicht. Vor allem als er über die neue Brücke aufs Festland zufuhr und Sarow dabei zwischen den Streben immer wieder für Bruchteile von Sekunden aus den Augen verlor.

Endlich hatte er das andere Ufer erreicht. Ein Uniformierter, den er nicht kannte, stand neben einem Streifenwagen, und nickte ihm zu. Dahinter hatte ein RTW geparkt. Als Tom sich der Auffahrt zur alten Brücke zuwandte, erkannte er einen zweiten Kollegen, der mit einem Seitenschneider an dem Bauzaun stand, der als Absperrung diente. Einige Drähte hatte er bereits gekappt.

Tom blickte über ihn hinweg und stellte erleichtert fest, dass Marina Sarow noch immer am Geländer stand. Rasch sprang er aus dem Wagen und sprintete los.

Gerade als er ankam, war das Loch groß genug. Tom quetschte sich hindurch. Als er sich bückte, zuckte ein Schmerz durch seine Schulter, als hätte ihm jemand einen Stromstoß versetzt. Tom stöhnte auf und dachte erneut voller Unbehagen an das Gewehr. Eigentlich dürfte sich nur noch eine Patrone darin befinden. Doch was, wenn der Jäger, dem Marina Sarow die Waffe entwendet hatte, sich geirrt hatte?

Tom richtete sich auf und machte ein paar vorsichtige Schritte auf die Gestalt im Kleid zu.

«Frau Sarow», rief er. «Ich bin Tom Engelhardt, und ich möchte mit Ihnen reden.»

Die Frau erwiderte nichts. Vielleicht hatte sie ihn nicht gehört, er war noch fast zwanzig Meter von ihr entfernt, der Wind blies stark und zerrte seine Worte mit sich fort aufs offene Meer. Er löste die Verriegelung des Holsters und bewegte sich langsam vorwärts.

«Bleiben Sie weg!», ertönte eine schrille Stimme.

Er blieb stehen und wiederholte seine Bitte. «Lassen Sie uns reden, Frau Sarow.»

«Nein!»

«Henning Mauritz hat uns seine Version der Ereignisse geschildert, aber ich bin sicher, dass das nicht die ganze Wahrheit ist.»

Während er sprach, machte Tom zwei weitere Schritte auf sie zu. Er war jetzt noch etwa zehn Meter entfernt, musste nicht mehr ganz so laut brüllen.

«Mir glaubt sowieso keiner», entgegnete die Frau.

Tom atmete auf. Das war schon fast ein Einlenken. «Ich glaube Ihnen, Frau Sarow. Ich weiß, dass Mauritz nicht so unschuldig ist, wie er tut.»

Noch während Tom die Worte aussprach, wurde ihm klar, dass er die Wahrheit sagte. Er misstraute dem Bauunternehmer zutiefst, nicht nur, weil er eine Affäre mit einer Frau im Alter seiner Tochter gehabt hatte. Der Mann war zu glatt, zu sauber, um echt zu sein. Ein paar nicht ganz korrekte Deals gehörten ja in seiner Branche fast schon zum guten Ton. Aber Tom vermutete, dass das nicht alles war.

«Sie wollen mich reinlegen», rief Marina Sarow.

«Nein, ganz sicher nicht. Reden Sie mit mir, lassen Sie Mauritz damit nicht davonkommen.»

Tom war jetzt so nah, dass er sehen konnte, wie erschreckend dünn sie unter dem Kleid war und wie groß ihre dunklen

Augen in dem blassen Gesicht wirkten. Sie zitterte am ganzen Körper, und der Stoff des Kleides war blutbefleckt.

«Es ist zu spät.» Sie schüttelte langsam den Kopf, sah ihn voller Bedauern an.

Dann riss sie das Gewehr hoch und schob sich den Lauf in den Mund.